열외인종 잔혹사

제14회 한겨레문학상 수상작

주원규 장편소설

한겨레출판

열외 인종 잔혹사

차례

제1부

11월 24일

1 장영달, AM 8:00

장영달은 군복이 썩 잘 어울리는 편이다. 1940년대생치고는 그렇다. 대개 그 연세에 걸친 군복이 주는 느낌이라면 추레함을 떠올리기 십상이다. 그렇지 않은가. 그럼에도 뭐랄까. 장영달에게선 처음부터 그 자신과 군복을 별개의 대상으로 생각하기 힘들 정도로 통일성이 느껴졌다. 그러기도 쉽지 않다.

장영달이 군복을 곱게 차려입고 집을 나선다. 그가 사는 곳은 연희동 단독 주택이다. 아직도 연희동 일대엔 고가(古家)들이 남아 있다. 장영달의 집도 그중 하나인데, 전형적인 일본풍 목조 주택이다. 그 주택의 오래된 철문 옆에 태극기가 매달려 있다. 적당히 아슬아슬하게.

장영달의 군복 상의엔 어지럽기만 한 훈장들이 재봉질되어 있다. 죄다 국가에서 준 무공 훈장 종류다. 이처럼 수많은 훈장을 군복에 박아 넣은 유명한 인물이 몇 있다. 쿠바의 카스트로가 그렇고, 이제는 죽고 없는 사담 후세인이 그랬다.

어쨌거나 다소 거추장스럽게 느껴지는 각종 훈장을 매단 군복을 입고, 장영달은 오늘도 연희동 집을 나선 것이다.

장영달은 연희동 자신의 집에서 2호선 신촌역까지 항상 걸어 다닌다. 건강을 생각하기 때문이라는 나름의 변명이 있지만, 무엇보다 그에겐 활동 자금이 턱없이 부족하다. 군복에 달린 무공 훈장을 기억한다면 국가에서 지급되는 풍족한 연금을 연상할 수도 있겠지만, 국가가 모든 애국자에게 너그러운 건 아닌가 보다.

장영달에게 지급되는 연금은 고작 한 달에 45만 원. 그러나 단한 푼도 국가유공자 예우 차원에서 지급되는 연금이 아니다. 오직 극빈자와 노령자를 위해 지급되는 사회복지 차원의 연금일 뿐이다.

그렇게 장영달이 짧지 않은 거리를 걸어 신촌역에 도착했을 무렵이다. 오전 8시의 신촌역을 한번 상상해보라. 세련된 슈트 차림의 3, 40대 남녀 직장인들, 도서관에 자리를 잡으려고 바지런히 집을 나선 연대, 이대, 홍대 학생들로 역사 주변은 꽤나 번잡스러웠다. 장영달은 번잡스러움이 압도하는 신촌역 역사가 가까워질수록 이맛살을 찌푸렸다. 완전히 벗겨진 대머리인 그의 찌푸려진 이마는 보기에 따라 충분히 그로테스크했다.

"만리교를 믿으시오! 만리교만이 살 길이오!"

장영달이 면상을 일그러뜨린 건 오전 8시 신촌역 역사의 번잡스러움 탓이 아니다. 바로 이 여인 때문이다. 시골 촌부의 칠순 잔치에서나 입음 직한 원색 한복을 입고 '만리교 천국, 아님 전부 지옥'이라는, 역시 원색적인 구호를 적은 띠를 두르고 선 50대 여인. 이 여인은 언제나 이렇게 아침만 되면 신촌역 3번 출구 앞에 버티고 서서 누가 뭐라든 아랑곳없이 버럭버럭 구호를 외쳐대는 것이다.

장영달이 이 여인을 관심 있게 보기 시작한 건 벌써 3개월 전이다. 3개월 동안 하루도 빠짐없이 이 여인의 외침을 들어왔기 때문에 그는 이젠 한계에 도달했다는 나름의 당위성을 갖게 되었다. 그렇다면 바야흐로 엄히 꾸짖을 때가 온 것이다. 여인의 몰상식하고 비상식적인 작태를 말이다. 장영달은 조심스럽게 여인의 곁에 바싹 다가서서 속삭이듯 말했다.

"이름이 뭐요?"

목청껏 "만리교 천국, 아님 전부 지옥"이라고 외쳐대던 이 여인은, 순간 반색하며 자신을 향해 말을 걸어온 장영달을 상대했다. 제법 친절하고 예의 있는 말솜씨로.

"제 이름은 '모(母)'라고 합니다."

"그게 이름이오?"

"만리교의 여신도들은 모두 서로를 '모'라고 부르지요."

"예수 천당 불신 지옥은 들어봤어도 만리교 천당, 아님 지옥이란 말은 처음 들어봤소."

"이젠 만리교의 세상이 곧 올 거랍니다. 우리 교주님께서는 30년 동안 계룡산에서 정진, 수도하셔서 오늘의 만리교를 창설하셨습니다. 그리하여 큰 깨달음을 얻으신바 도탄에 빠져버린 우리 중생들을 구원하시려……."

"아아, 그만. 설교는 집어치우고."

장영달이 여인의 말을 가로막자, 이 모라고 불리기 원하는 여인의 표정이 드라마틱하게 돌변했다. 표독스러운 맹수가 된 것인데, 이건 흡사 조울증 환자가 보임 직한 갑작스러운 변화가 아닐 수 없었다. 장영달이 계속 말한다. 다분히 협박조로.

"이제 서울 시민에게 민폐 끼치는 일은 그만합시다. 좋은 말로 할 때 물러나시오."

"노인네가 뭔데, 내 표교 활동을 막는 거야?"

"노인네?"

"그래. 주위를 둘러봐라. 여기 머리 벗겨진 노인네가 당신 말고 누가 있나? 죄다 젊은 놈들뿐이잖아."

모의 말은 틀리지 않았다. 워낙 목청이 좋은 탓인지 그녀의 고성을 들은 젊은이들이 둘의 실랑이를 흥미롭게 쳐다보며 지나갔다. 그런 그들의 손엔 죄다 〈메트로〉나 〈노컷뉴스〉 따위가 쥐여 있다. 반면 길바닥에 떨어져 있는 건 모가 사람들에게 억지로 건네준 만리교 홍보 전단지뿐이었다. 세상에 누가 출근길에 온통 한자투성이인 신흥 종교 포교문을 읽겠는가.

참고로 밝히면 장영달은 '노인네' 혹은 '할아버지'란 말을 죽기보다 듣기 싫어하고, 한번 흥분하면 억제가 안 되는 성격의 소유자다. 대한민국에 사는 60대 이상 남자들의 특성이 대개 그러하듯이 말이다. 모의 거친 반응을 확인한 장영달은 곧 자신의 감정을 절제하는 데 실패한다. 너무나 빨라서 우스운 실패지만, 그 정도 참은 것도 자신이 꽤 관대한 편이기 때문이라고 장영달은 자부한다. 이제 더 이상의 충고는 없다. 처절한 응징뿐이다.

모의 포교 활동은 장영달의 어처구니없을 만큼 강력한 응징으로 인해 허무하게 막을 내렸다. 장영달은 한복 차림의 모가 두 손에 들고 있던 족히 500장은 넘어 보이는 전단지를 죄다 빼앗아 버스 정류장 옆 쓰레기통에 구겨 넣었다. 더불어 당연히 모의 격렬한 저항이 예상되는 그 순간, 잽싸게 몸을 돌린 장영달은 군복 상의 안주머니에서 늘 휴대하고 다니던 비장의 무기를 꺼내 모의 목에 들입다 겨누었다.

비장의 무기란 바로 전기 충격기다. 치한 퇴치용으로 보급된, 여자와 노약자를 위한 필수 휴대품. 그러나 퇴역 군인 출신이자 월남 파병군이라는 화려한 전력을 맘껏 과시하지 못해 항상 몸이 근질거리는 장영달에게 전기 충격기는 말 그대로 비장의 무기였다.

하지만 만리교에 자신의 운명을 건 여인 모 역시 결코 만만한 상대가 아니었다. 낯선 이물감이 잔뜩 느껴지는 전기 충격기를 자신의 목에 들이댄 장영달 앞에서 조금도 주눅 들지 않는 게 아닌가. 그러므로 흠칫 겁이 난 건 오히려 장영달 쪽이다.

"이 늙은 영감탱이가 지금 어디다가 수작을 부리는 거야!"

"아니, 이년이 뭘 잘못 처먹었나? 썩 못 꺼져!"

"못 꺼지겠다면 어쩔 건대? 쏘기라도 할 거냐? 한번 해봐! 이 참에 이대로 뒈져버려서 교주님 품에 안거나 보자. 쏴봐! 어디 한번 쏴보라니까!"

그 순간이었다. 장영달이 고의로 그런 건 결코 아닐 것이다. 그도 실전엔 처음으로 꺼내 든 것이었으니. 실제로 그 문제의 전기 충격기를 호신용으로 들고 다닌 건 맞지만, 지금처럼 모의 돌발적인 덤벼듦에 밀려 엉겁결에 들이댄 건 처음이었다.

그랬다. 장영달은 자신도 모르게 권총을 닮은 전기 충격기 방아쇠를 힘껏 당겨버렸다. 그러자 한차례 요란한 소리가 울렸다. 카오디오를 갑자기 에프엠에서 에이엠으로 전환할 때 들려오는 소리라고 하면 이해가 되려나. 어쨌든 그 소리와 함께 모의 몸에 비록 찰나지만 푸른빛의 광채가 감돌았다. 장영달을 포함해 주위 사람 모두가 크게 놀랐다. 바쁜 시간대임에도 행인들이 어느새 바닥에 쓰러져버린 모 주위로 모여들었다.

모는 간질병 환자 같기도 하고 더없이 민망하기도 한 자세로 길

바닥에 드러누워 고통을 호소했다. 이쯤 되면 자연히 사람들의 시선이 장영달에게로 쏠리는 게 당연하다. 그러나 장영달 옹께서는 세상 누구보다 사태 파악이 빠른 인물이다. 어느새 그는 전기 충격기를 황급히 군복 안주머니에 숨기고 계속해서 몰려드는 인파를 뚫고 지하철 역사 안으로 단숨에 뛰어 들어갔다.

2 윤마리아, AM 8:20

아침부터 소리를 지르는 일은 반드시 무리가 따르는 법이다. 그러나 부리는 효과를 극대화하기 위해선 어쩔 수 없음을 강조하면서 닦달했다. 서른 평이 넘는 이름뿐인 세미나실 안에 모인 100명 남짓한 인턴 사원들을 향해 말이다.

부리는 아침 8시부터 인턴 사원들을 모아놓고 소위 정신 강화 교육을 시행하는 중이다. 말이 교육이지, 되지도 않는 구호를 죽어라고 외치게 하는 일이 그녀가 맡은 핵심 업무 중 하나다. 부리는 그런 면에선 자신의 맡은 바 책임을 성실히 수행하는 편이다. 그녀는 두 주먹 불끈 쥐고 허공을 향해 마구잡이로 휘저어대며 다음과 같이 선창(先唱)했다. 도무지 인턴들로 하여금 그녀를 따라 하지 않을 수 없게 만드는 위압감 충만한 목소리로.

"글로벌유나이티드 만세! 신약 헬스큐 만세!"

"글로벌유나이티드 만세! 신약 헬스큐 만세!"

"나는 할 수 있다. 나는 정규직 사원이 될 수 있다. 아자, 아자, 파이팅!"

"나는 할 수 있다. 나는 정규직 사원이 될 수 있다. 아자, 아자, 파이팅!"

레퍼토리는 초등학생 웅변대회처럼 유치찬란하지만, 부리와 인턴들 모두 비장한 결의로 불타올랐다. 물론 예외도 있다. 윤마리아가 그중 한 명이다. 겉보기에는 다른 인턴들과 행동과 표정, 몸동작에 별다른 차이가 없지만, 그녀의 마음은 '이런 유치한 짓을 아침마다 왜 하는 거야?'라는 자조적 의문에 휩싸여 있었다. 어쩌면 다른 인턴들 모두 그녀와 같은 생각인지도 모른다.

강남역 7번 출구 근처에 위치한 외국계 제약회사 '글로벌유나이티드'의 아침은 대충 이런 식으로 시작된다.

'한국 시장 진출을 위한 사세 확장 차원에서의 대규모 정규직 사원 모집'이란 슬로건을 내건 글로벌유나이티드는, 하지만 거창한 목표와는 달리 실제 정직원 채용 계획은 단 두 명에 불과했다. 그러나 정직원을 채용하기 위한 예비 코스인 인턴 사원 규모는 420명이었다. 그중 320명은 3개월 동안의 교육과 실습 과정에서 중도 탈락했고, 이제 정규직 채용 결과를 보고하기 하루 전날인 오늘 아침까지 살아남은 건 고작 100명이 전부다.

윤마리아도 인턴 사원 중 한 명이다. 스물여덟 살의 미혼인 그녀의 전공은 정치외교학이다. 하지만 오늘의 현실에서 학교나 전공이 무슨 상관일까. 그녀 역시 '이태백'의 굴레에서 벗어나기 위해 할 수 있는 일은 거의 모두 실천한 여자다. 미국으로 어학연수를 다녀오는 일도, 철마다 토익, 토플 시험 보는 일도, 국가 공인이든 민간단체, 협회 주관이든 가리지 않고 소위 취업에 도움이 될 만한 자격증 시험을 죄다 치러낸 결과가 이렇듯 외국계 제약회사 인턴 사원 자리인 것이다.

그 정도면 된 거 아니야. 비록 인턴이긴 해도 외국계 회사인데, 그렇잖아도 '백조'들이 넘쳐나는 20대 여자들 중에서 꽤 성공한 사례가 아니냐고 말할지도 모른다. 윤마리아도 처음엔 그렇게 생각했다. 그런데 3개월간의 인턴 사원 노릇을 견뎌오며 그러한 기대랄까, 자위에 의존한 긍정의 사고방식은 무참히 산산조각 났다.

우선 급여 문제부터가 수상했다. 도대체 인턴이란 직급의 의미가 뭔지 누구라도 붙잡고 묻고 싶을 정도로 인턴 사원에게 글로벌유나이티드에서 지급하는 급여는 단 한 푼도 없었다. 명분이야 그럴듯하다. '본사는 철저한 성과 위주, 능력 위주로 사원을 육성하기 때문에 의무적이고 관례적인 급여 지급과 같은 구습에 얽매일 필요가 없다고 생각한다'라는 게 사측의 설명이지만, 그렇다 해도 교통비나 식대조차 지급하지 않는 만행을 윤마리아는 도무지 이해하기 어려웠다.

또한 회사의 지명도란 것도 그녀의 회의적인 생각을 부채질하는 데 한몫을 담당했다. 사측의 계획은 언제나 거창하고 화려했다. 연내 코스닥 시장 진출, 바이오테크, 나노테크를 이용한 획기적 웰빙 건강 의약품 출시 및 판매를 목표로 하는 야심 찬 비전을 가진 기업이라고 쉴 새 없이 떠들어대긴 하지만, 실제로 연구소하나 생산 공장 하나 마련되지 않은 제약회사가 어떻게 무슨 수로 첨단 기술을 응용한 건강 의약품을 출시하고 판매하겠다는 건지 그녀로선 좀처럼 이해하기 어려웠다.

윤마리아는 조심스럽게 3개월이란 시간 동안 회사 분위기와 동료 인턴들을 지켜보며 이러한 자신의 의문을 다른 이들도 공감하고 있는지 확인해보고자 했다. 그렇지만 결과는 실망스러울 정도다. 동료들의 열광적 목표는 오직 하나. 두 명의 정직원에 발탁되는 것뿐이다. 그것만 해도 경쟁률 50 대 1이다. 이게 말이나 되는가.

7층 글로벌유나이티드엔 여자 화장실이 따로 마련되어 있지 않았다. 그래서 여자 인턴들은 모두 6층 다단계 사무실 옆에 마련된 화장실을 함께 사용해야 했다. 번잡스러운 건 당연히 불을 보듯 뻔한 일이다.

아침 8시부터 시작된 구호 외치기에 적당히 얼이 빠져버린 여자 인턴들 중엔 윤마리아도 포함됐다. 그녀들은 경쟁이라도 하듯 좁은 화장실에서 세면대 거울을 보며 화장을 고치거나 스피킹 연습을 했다. 스피킹 연습은 고객과의 대화를 원만하게 하기 위한 사전 연습일진대, 그런 연습을 군이 구린내 가득한 화장실까지 와서 해야 하나 하는 생각이 윤마리아를 더욱 우울하게 만들었다.

남들이 뭐라건 상관없이 윤마리아는 서둘러 담배 한 개비를 입에 물고 불을 붙였다. 물론 주위의 따가운 눈총을 감당해야 하는 건 어쩔 수 없다. 거울 정면에 '금연'이라는 경고성 스티커가 붙어 있긴 했지만, 그 또한 소용없는 일이다. '이것저것 다 지키며 살다 보면 결국은 죽어버릴지도 몰라. 누구나 자기만의 철학이나 좌우명은 있는 법이니까.'

한심스러운 듯 또는 짜증스럽게 윤마리아를 흘겨보던 동료 인턴들과 6층 직원들이 퇴장해버리자, 그녀는 한결 여유롭게 끽연을 즐길 수 있었다. 그렇게 몇 모금 빨아들이고 내쉬었을 때였을까, 느리고 거만한 동작의 소유자인 그녀가 등장한다. 그녀의 이름은 부리. 100명의 인턴 사원들에게 아침마다 동기를 부여하고 다그치는 소위 교육 담당 팀장, 강부리.

"럭키스트라이크야?"

부리가 물었다. 윤마리아는 담배를 입에 문 채 고개를 끄덕였다. 부리는 그런 윤마리아의 태도에 위협적으로 응수하려고 맘을 먹었다가 이내 고쳐먹는다. 그녀 역시 윤마리아의 성질머리를 어느 정도 파악한 상태다. 게다가 그나마 말이 통하는 상대로는 윤마리아 같은 인종이 적격이라는 사실까지도. 쓸데없는 의욕이나 거창한 명분이 없는 부류니깐 말이다.

"한 대 줘봐."

"팀장님도 이거 피우세요?"

그러나 부리는 대꾸하지 않고 말없이 거울을 보며 몇 모금 들이마시고 내쉬기를 반복한다.

둘의 어색한 침묵은 윤마리아의 입에 물려 있는 럭키스트라이크가 꽁초가 되어 쓰레기통에 던져질 때까지 계속되었다. 8시 30분. 다시 사무실로 돌아가야 할 시간이다. 그런데 윤마리아는 뭔가 분명한 동작을 취하지 않았다. 부리에게 간단히 목례를 하고 7층 사무실로 올라간 것도 아니고, 그렇다고 남아서 다른 볼일을 보려 한 것도 아니었다. 그건 다분히 직감에 의존한 결과였다. 윤마리아는 부리가 분명 자신에게 뭔가 할 말이 있는 것 같다는 느낌을 받은 것이다.

부리도 결국 윤마리아가 자신이 뭔가 말해주기를 기다리고 있다는 걸 확신한 모양인지, 담배를 피우던 손을 씻곤 이내 말문을 열었다. 그런데 정작 부리가 한 말은 중요한 이야기를 꺼내려는 화두(話頭)치고는 허탈할 정도로 평범했다.

"오전엔 어느 쪽으로 나가?"

"모르겠어요. 오후에 한 사람 만나기로 했는데, 다시 연락해봐야 해요."

"어떻게 이번엔 잘될 것 같아?"

"해봐야죠. 그런데 왜요?"

"오전에 별일 없으면 나랑 압구정 쪽으로 갈래?"

"압구정은 왜요?"

"만날 사람이 있는데……. 진짜 용건은 그게 아니고."

"그럼요?"

"차 안에서 해줄 말이 있어서 그래."

"무슨 말이요?"

"마리아 씨는 궁금하지 않아? 내일 결과에 대해?"

"이미 결정된 거 아니에요?"

물론 윤마리아가 어떤 결과를 미리 알고 꺼낸 말은 아니었다. 하지만 그건 대략의 정황만 살펴보더라도 짐작할 수 있는 일 아닌가. 정직원 발표를 하루 앞두고 아직도 결정을 못 했을 리 없다는 게, 일반적 관례에 근거한 윤마리아의 짐작이다. 하지만 부리는 그런 그녀의 짐작에 정색을 하고 맞섰다.

"그게 아니니까 해줄 말이 있다는 거 아니야."

"……."

"갈 거야, 안 갈 거야? 듣기 싫음 말고. 난 마리아 씨를 특별히 생각해서 챙겨주려고 이러는 건데."

"알았어요. 갈게요. 가면 되잖아요."

"그래. 그럼 바로 가방 챙겨서 8시 50분에 건물 지하 주차장에서 봐."

부리는 윤마리아의 어깨를 두어 번 다독인 다음 먼저 화장실 밖으로 나갔다. 윤마리아는 그런 그녀의 뒷모습을 흥미롭게 지켜봤다. 은밀하고 비공식적인 정보를 나누는 일이란 뭐든 흥미로운 법이다. 윤마리아는 3개월 동안 지켜보며 느낀 부리의 과도한 진지함을 신뢰해보기로 했다. 그 비공식적 정보 공유의 대상이 어째서 자신인지는 전혀 짐작조차 가지 않았지만 말이다.

3 김중혁, AM 8:10

단속반의 호루라기가 거칠게 울려 퍼진다. 그러나 눈이 떠지지 않는다. 몸의 감각도 제 것이 아닌 것만 같다. 이대로, 그냥 이대로 죽어버렸으면 하는 바람만 간절하다.

그러나 그런 기대 역시 망상에 머무르고 만다. 누군가의 손길이 김중혁의 어깻죽지를 끌어 올린다. 단속반원의 실력이 아니다. 그들은 언제나 어설프고 조심스럽다. 당연하다. 누가 자신의 손을 더러운 먼지와 오물로 더럽히고 싶겠나. 그렇다면 누구? 김중혁은 그제야 감은 눈을 뜰 수 있었다. 엉킨 실타래를 정리하듯 그렇게 힘겹게.

광록이다. 그는 입을 벌릴 때마다, 만성 비염으로 쿨럭거리며 거친 숨을 내쉴 때마다 고약한 입 냄새를 발사했다. 물론 그 입 냄새 속엔 지독한 알코올 냄새도 섞여 있다.

자신을 일으켜 세운 상대가 이제는 제법 친해진 동료 노숙자 광록인 것을 확인한 김중혁은 그대로 다시 드러누우려 일부러 상체의 힘을 뺐다. 그러나 광록은 그럴수록 더욱 억센 힘으로 김중혁을 끌어당겼다. 이번엔 아예 자리에서 일으켜 세우려는 작정이다.

"빨리 일어나게. 단속반 떴어."

"니미 씨발. 그렇게 할 일들이 없나? 아침부터 비렁뱅이들이나 잡으려고 설치고 다니다니."

다시 눈을 감아버린 김중혁이 그렇게 넋두리하듯 중얼거렸다. 그렇게 한바탕 익명의 대상을 향해 욕설을 뱉고 나니 정신이 돌아오는 것 같기도 했다. 그러자 김중혁은 다시금 눈을 뜨고 주위를 둘러봤다. 신문지 몇 장과 바닥에 깔려 있는 박스 골판지, 그리고 그 옆엔 어젯밤 먹다 남긴 소주병들이 나뒹굴었다.

광록은 제법 민첩한 편이다. 그는 빠른 손놀림으로 반쯤 남은 소주병과 새우깡 봉지를 집어 들고 도망갈 채비를 갖추었다. 그럴 수밖에 없었을 것이다. 김중혁이 보기에도 단속반원들이 이미 20미터 앞까지 접근해 있었다.

이제는 애물단지가 된 옛 서울역 역사는 김중혁과 오광록 같은 노숙자들의 보금자리가 되어버렸다. 물론 11월, 제법 몸을 얼얼하게 하는 추위가 결코 만만하지 않지만, 그래도 이 정도라면 버틸 만한 곳이다. 그런데 이마저도 서울시는 용납하지 않는다. 도시 정화 차원이라는 거창한 명분을 앞세우는 한 그들의 호루라기는 결코 그 요란함의 기세를 굽히지 않을 것이 분명했다.

노숙자들은 대개 게으른 편이다. 단속반이 들이닥쳐도 호루라기를 불며 생난리를 피워야 겨우 자리를 털고 일어날 정도다. 그런데 광록은 그런 고질적 습성을 가진 노숙자들과는 전혀 다른 인물이다. 엄청나게 부지런하고, 노숙자로 살아가기 위한 생존법에 나름 철저한 편이다. 김중혁은 그런 광록이 자신을 챙기는 것이 때론 끔찍할 만큼 성가시면서도, 나름대로 고마운 구석도 없지 않다고 생각했다. 지금 같은 경우가 그렇다. 아예 경찰까지 데리고 온 시청 단속반의 기세로 봐선 오늘은 몇 명이 본보기로 붙잡혀 막장 중의 막장—노숙자들은 그곳을 그렇게 부른다—인 쉼터로 끌려가게 될 것 같다. 소주도 담배도 자유도 없는, 대신 땀만 흘리는 노동과 긍정적 사고에 대한 강박과 억지 희망만이 창궐하는 그곳에 감금될지도 모른다고 생각하니, 김중혁은 정신이 번쩍 들었다. 하지만 몸은 여전히 굳어 있는 상태라 동작이 굼뜰 수밖에 없었다. 서툴고 더딘 손길로 박스와 함께 초라하지만 노숙에 필요한 필수품을 챙긴 김중혁은 거칠게 잡아끄는 광록에게 자신의 행로(行路)를 내맡겼다.

4 김중혁, AM 8:30

1호선 서울역에서 3호선 독립문역까지 오는 데 걸린 시간은 채

20분이 넘지 않았다. 그나마 갈아타는 번거로움이 없었다면 시간을 더욱 단축했을지도 모른다.

독립문역으로 오게 된 건 순전히 광록의 아이디어다. 김중혁은 도대체 자신이 왜 이 이른 시간에 독립문역에 와야 하는지 이해하지 못했다. 솔직히 이제 와서 무엇을 이해할 수 있단 말인가. 정리해보면 사회성의 고려가 가능하던 김중혁의 뇌가 정지된 시간만 벌써 5년 차에 접어든 것이다.

5년째 지속된 노숙자 생활. 처음 2년은 시간이 그처럼 더디 갈 수가 없었다. 그런데 차라리 소주 세 병 시원하게 몸속에 들이붓고 그대로 지옥행으로 돌진했으면 싶던 체념과 좌절의 악다구니가, 놀랍게도 2년이 지난 뒤부터는 그 나름의 초연함으로 대치되었다.

목적도, 이유도 없다. 보이는 건 지하철이요, 사람이요, 건물이요, 계단이요, 소주병일 뿐이다. 광록의 표현을 빌리면, 노숙자들이 이러한 상태로 몰입하는 것은 적멸(寂滅)의 경지였다. 뇌의 모든 기능이 멈춰버리는 경지, 생각이란 게 더는 필요 없게 된 상태. 그 경지에 이른 것이 바로 지금의 김중혁이다.

"자네는 동반자를 잘 만난 거야."

독립문역 근처 미성병원 대합실에서 광록이 한 말이다. 진료가 시작되려면 아직 30분가량 남았다. 광록과 김중혁은 대합실 의자에 나란히 앉아 있었다. 묵은 장마 냄새를 풍기는 노숙자들의 최대 장점은 주위에 사람들이 꼬여드는 법 없이 늘 공간 확보가 저절로 된다는 것이다. 이날도 그랬다. 늘 많은 환자들로 넘쳐나는 병원 대합실이었으나, 오늘 광록과 김중혁 주위 의자에는 앉아 있는 이들이 한 명도 없었다.

"그런데 왜 이곳으로 날 데려온 건가?"

"자네 어제 소주 말고 다른 술을 마시고 싶다고 했지?"

"그래…… 그랬는데. 그게 이 병원하고 무슨 상관인가?"

"조금만 지켜보게. 이유를 알게 될 테니."

광록이 말한 이유란 건 그다지 기발하거나 거창한 게 아니었다. 단지 생각이란 걸 조금 하고 다른 노숙자들보다 민첩하게 움직인다면 얻을 수 있는 기회 중의 하나였다.

응급실. 사람의 피 냄새로 가득한 곳. 광록은 원무과장 정도로 보이는 남자 옆에 다가가 뭔가를 귀엣말로 소곤거렸고 몇 마디 건네 들은 남자는 별다른 설명 없이 턱짓만으로 광록과 김중혁에게 엑스레이 촬영실로 들어가라고 지시했다.

촬영실로 들어간 중혁은 그때까지도 이게 무슨 상황인지 짐작하지 못했다. 병원 응급실, 그곳에서도 엑스레이 촬영실에 들어가는 것이 소주 아닌 다른 술, 쉽게 말해 나폴레옹 정도의 3급 국산 제조주를 마실 수 있는 것과 무슨 관계가 있는지 도통 알 수 없었다.

그러나 간호사가 주사를 비롯한 갖가지 채혈 도구를 갖고 들어

26

온 다음, 광록이 자신의 팔목을 주섬주섬 걷어 올리자 김중혁은 곧 이 상황을 알아차릴 수 있었다.

나란히 마련된 의자에 앉은 김중혁과 광록. 간호사는 둘의 오른팔에 길고 굵은 주삿바늘을 찔러 넣었고, 이내 채혈을 시작했다. 그런데 가만히 보니 피를 뽑아내는 양이 단순한 채혈의 정도를 훌쩍 넘어서는 듯했다. 김중혁은 놀라 광록에게 눈을 크게 뜨고 묻지 않을 수 없었다.

"이건 매혈 아닌가?"

광록이 능청스럽게 김중혁의 질문에 답했다.

"우리도 이렇게라도 생산적인 활동에 참여해야지."

"그런데 아무 검사도 않고 피를 뽑는단 말인가? 우리가 에이즈나 임질이라도 걸렸으면 어떡하려고?"

김중혁의 우려 섞인 말이 터져 나옴과 동시에 간호사가 눈을 부라리며 그를 주의시켰다. 광록이 답했다.

"목소리 좀 낮추게. 기차 화통을 삶아 먹었나?"

"이거 참!"

"너무 걱정하지 말게. 급하게 피가 필요한 환자들이 넘쳐날 때는 우선 살려놓고 보는 게 상책 아닌가? 우린 그저 굿이나 보고 떡이나 먹으면 되는 거야."

그렇게 말하고서 광록은 도통한 도인처럼 지그시 눈을 감았다. 김중혁은 시커먼 때가 아예 피부 조직의 일부가 되어버린 광록의

27

팔목에 꽂힌 주삿바늘을 통해 뽑아져 나오는 검은 핏줄기를 걱정스러운 눈길로 쳐다보았다.

노동의 대가는 나름대로 뿌듯할 정도였다. 광록과 김중혁은 독립문 앞 공원 벤치에 앉아 이른바 피 흘림의 전리품을 벤치 위에 펼쳐놓았다. 나폴레옹 두 병과 사브레 크래커, 딸기맛 웨하스에 훈제 오징어까지. 노숙자로서는 좀처럼 접하기 힘든 성찬이 김중혁으로 하여금 군침을 흘리게 했다.

김중혁은 광록의 수완에 새삼 탄복했다. 어떻게 종합병원 응급실에다 피를 팔아먹을 발상을 다 한단 말인가? 그러자 김중혁은 광록의 정체가 궁금해졌다. 도대체 이 인간은 노숙자가 되기 전에 어디서 뭐 하던 인종이었을까.

"감탄만 하지 말고 마시자고."

"이거 참. 황감해서 어디 감히 마실 수가 있나?"

"정당한 노동의 대가일세. 떳떳하게 마시자고."

그렇게 말한 광록이 손수 나폴레옹 술병의 뚜껑을 열어 김중혁에게 주었다. 그 뒤 곧 두 개의 나폴레옹 술병이 서로 마주치며 소리를 냈다. 간단한 건배와 함께 광록과 김중혁의 음주가 시작되었다. 상상할 수 없을 만큼 빠른 속도로.

5분도 지나지 않아 술 한 병을 가뿐히 비워낸 김중혁은 서툰 손놀림으로 크래커와 오징어 봉지를 뜯곤 그 역시 게걸스럽게 먹어치우기 시작했다. 광록은 그런 김중혁보단 다소 여유로운 태도를 견지하며, 식욕의 노예가 되어버린 김중혁에게 한마디 내뱉었다. 거의 선문답에 가까운 말이다.

"자네 《격암유록(格菴遺錄)》이라고 들어본 적 있나?"

"뭐…… 예언서 같은 거 아닌가?"

"맞아. 인류가 남긴 예언서 중 가장 확실하고 위대한 예언서라 할 수 있지. 그런데 말이야."

"말해보게."

"《격암유록 외전(外傳)》에 대해선 혹시 들어본 적 있나?"

"그런 것도 있나?"

"원래 진짜 엑기스는 죄다 《외전》에 담겨 있다고 할 수 있네. 모든 사람이 이해하고 알아듣는 경(經)에서는 특수하고 엄청난 비밀을 모두 말할 수 없다는 한계 때문이지."

그렇게 지껄이는 광록이 눈빛이 특수하고 엄청난 비밀을 두 눈으로 목격한 사람처럼 초롱초롱하게 빛나고 있었다. 그 눈빛이 워낙 진지해서 김중혁 역시 덩달아 심각해지지 않을 수 없었다.

사람과 사람 사이의 대화란 게 대개가 이런 식이다. 진지할 것이 전혀 없는 상황에서도 진지해지는 것은 순전히 대화 당사자의 마음 상태가 진지하기 때문이다. 김중혁은 공원 청소에 열중하는 미화원의 따가운 눈길이 신경 쓰였지만, 광록은 전혀 개의치 않으며 확신에 찬 말들을 이어나갔다.

"그런데 말이야. 내가 최근에 이 《격암유록 외전》에 담긴 예언

29

의 실체를 풀어냈다는 선생을 만난 적이 있어."

"자네가 언제? 자넨 항상 나와 함께 서울역과 종로 근처만 왔다 갔다 하지 않았나?"

"그런 적이 있었네. 말을 중간에 자르지 말고 끝까지 들어주게."

"미안하네. 계속 말해보게."

"예언의 실체를 풀어낸 게 우리 같은 인생들과 무슨 상관이 있겠느냐고 생각할지 모르겠네. 하지만 곧 놀라운 일이 벌어질 거라고 하는데…… 들어보겠나?"

"지금 듣고 있지 않나? 계속해보게."

"그래. 그렇지. 그 놀라운 일이란 건 바로 올해가 지나기 전에 천만 인구가 부대끼며 살고 있는 이 도시에서 쿠데타가 일어난다는 예언일세."

"쿠데타?"

"그렇지. 쿠데타. 가히 상상할 수 없는 수준의 엄청난 쿠데타라고 했네."

"누구에 의한 쿠데타지?"

"누구? 그건 무슨 뜻인가?"

"쿠데타를 주도하는 세력이 있을 거 아닌가? 이를테면 군대라든지, 시민이라든지. 예언서에 그런 건 나와 있지 않나?"

"좋은 질문이야. 내가 말하려는 게 바로 그거네."

"음."

"쿠데타가 일어날 걸세. 장난 아니게 엄청난 규모로 터질 텐데, 중요한 것은 바로 그 쿠데타를 일으키는 세력이 우리 노숙자들이라는 사실이네."

"노숙자들?"

"좀 더 광범위하게 말하자면, 이 도시에서 쓰레기로 분류되는 열외인간들 전부를 가리킨다고 볼 수 있지."

"그게 가능할까?"

"가능 여부를 묻는 건 우리의 몫이 아니야. 우리는 단지 그런 예언이 실제로 일어난다는 믿음을 갖는 것뿐이네."

"글쎄. 난 별로 믿음이 안 가는군. 이렇게 허구한 날 술에 취한 딸기코 막장 인생들이 어떻게 무슨 수로 담합해서 쿠데타를 일으킨다는 건지 말이야."

"쿠데타가 일어난다면 아마도 그 장소는 용산역이나 삼성역이 될 걸세."

"그런 것도 예언서에 나와 있나?"

"그렇지. 잠깐."

바로 그때 광록이 자신이 한 말의 신빙성을 입증하기 위해서 재킷 안주머니에 꼬불쳐둔 소책자 한 개를 꺼내 보였다. 그야말로 손때가 잔뜩 묻은 꼬질꼬질한 인쇄물이었는데, 광록은 그 책자의 중간쯤을 펼치더니 이내 붉은 줄을 그어놓은 문장 한 구절을 낭독했다.

"왕이 용들의 산과 세 개의 별이 빛나는 곳에 출몰하여 우리의 가난과 설움, 핍박의 한을 갚아주리라."

"그게 무슨 용산역과 삼성역인가?"

"이 친구도 참. 예언을 해석할 줄 모르는군. 자, 보게. 용들의 산이면 뭔가? 그게 곧 용산이지. 세 개의 별은 또 뭘 말하겠나? 바로 쓰리스타. 삼성역을 말하는 거 아닌가?"

광록은 자신의 해석을 믿지 못하는 김중혁을 나무라듯 바라봤다. 하지만 김중혁은 억지로 믿어주는 척을 하기엔 도무지 그의 이야기에 무리가 있다고 생각했다.

'그렇게 따지면 세 개의 별이 왜 굳이 삼성역이어야만 하는가? 태평로에 있는 삼성생명 건물일 수도 있고, 종로에 있는 삼성증권 건물이 될 수도 있는 거 아닌가? 또 용들의 산이 왜 꼭 용산역이어야만 하는가? 용문산도 있고, 계룡산도 용들의 산 아닌가?'

갖가지 따지고 싶은 사항들이 밀물처럼 몰려왔지만, 김중혁은 묻지 않았다. 확신에 차서 열변을 토하는 광록의 진지함에 애써 찬물을 끼얹고 싶지 않았기 때문이다. 그러나 김중혁은 곧 광록의 장단에 맞춰주기 위해 몇 마디 더 질문하지 않은 것을 후회하고 말았다. 그와 함께 방금 전 본 광록의 영롱한 눈빛이 마냥 좋은 것만은 아니라는 느낌도 들었다. 워낙 황당한 진지함으로 일관되었기 때문이다.

"그렇다면 그 경전에 등장하는 우리들이 바로 노숙자들을 가리킨다는 건가?"

"그렇지. 이제야 자네도 이해하기 시작하는군. 예언서의 말씀을 말이야."

"그럼, 우리들의 왕은 누구를 말하는 건가?"

"말 그대로야. 우리 노숙자들, 열외인간들 중에서 왕이 나타난다는 얘기야. 그 왕이 쿠데타를 일으키고 이 도시를 완전히 뒤엎어버려서 우리에게 권력과 힘을 송두리째 넘겨준다 이 말이지. 좀 더 구체적으로 말하면 이 왕이 곧 우리들의 메시아가 되는 거야. 왜, 성경 말씀에도 나와 있지 않은가? 메시아는 세리와 창녀의 친구라고 말이야."

"하지만《격암유록》이 성경은 아니지 않은가?"

"좋은 말씀들은 모두 통하는 거야. 더는 따져 묻지 말게. 흠흠."

계속해서 침을 튀겨가며 말하는 광록은 자신의 주장에 대해 추호의 의심도 하지 않는 것 같았다. 적어도 김중혁이 보기엔 말이다.

5   기무, AM 8:20

선택받은 유저에겐 총 서른다섯 발의 실탄이 주어진다. 그 서른다섯 발의 실탄을 적절히 사용해서 상대편 보스의 머리를 맞히는 사람이 게임 머니

2만 포인트를 획득할 수 있다.

독립문역 보관함으로 가라. 총 열다섯 개의 보관함이 있을 것이다. 그중 한 개를 임의로 골라 '찾음' 버튼을 눌러라. 만약 단 한 번의 선택으로 보관함 번호를 맞히는 유저가 있다면, 그 유저가 곧 이번 리얼 서바이벌 이벤트의 단독 플레이어로 선정되는 것이다.

보스의 인상착의에 관해 따로 말해줄 특징 같은 건 없다. 너무나 확실하게 드러날 것이기 때문이다. 보스를 비롯해 이 리얼 서바이벌 이벤트 '최악의 쿠데타'의 이른바 '최악' 멤버들 전체가 정상인들과 확연히 구별되는 모습으로 나타날 것임을 보장한다.

한번 참여해보시라. 게임 머니 2만 포인트! 흥분되지 않는가?

아 유 레디?

기무가 긴 한숨을 내쉰다. 이유는 단순하다. 담배가 바닥났기 때문이다. 씨발. 밤새도록 아껴 피우려고 국산 레종으로 두 갑이나 샀는데, 피시방이라는 이 밀폐된 공간에서 폭발적으로 치솟는 흡연욕을 충족하기엔 그마저도 역부족인 모양이다.

어젯밤 9시. 집 근처 피시방 중에서 처음 온 곳의 어두운 구석 자리에 자리 잡은 기무는 게임의 클래식이 되어버린 스타크래프트와 리니지를 새벽 2시까지 즐긴 다음, 그 뒤부터는 막 출시된 에프피에스(FPS, First-Person Shooter) 신형 게임에 본격적으로 몰두했다.

신형 게임이 흥미로운 이유는 단 하나다. 그것이 신형이기 때문이다. 새로운 아이템과 새로운 무기, 새로운 캐릭터의 다양한 역동성. 물론 하늘 아래 완전히 새로운 게 존재할 수 없듯 에프피에스 게임의 포맷이야 부처님 손바닥처럼 뻔하지만, 그래도 게임 폐인들에게는 신작이 그들만의 복음(福音)임은 의심의 여지가 없다. 그러나 아무리 그래도 그 관심은 길어야 보름이다.

새벽 2시에 시작해 동이 트는 오전 8시까지 장장 여섯 시간 동안 기무는 이 문제의 신형 게임에 빠져 시간을 허비했다. 그렇다고 게임이 완벽하게 자신을 매료한 것도 아니었다. 쏘고, 부수고, 터뜨리고, 정복하고, 아이템 거래하고. 역시 언제나 반복해온 게임 마니아의 패턴이었기에 이번에도 완벽한 카타르시스에 사로잡힌 건 결코 아니란 말이다. 그래도 게임에 임하는 플레이어의 심리는 그런 게 아니다. 아이템의 무한 거래를 상징하는 게임 머니의 비공식적 수치는 1만 포인트. 그런데 방금 본 이벤트에서 내건 게임 머니는 자그마치 2만 포인트다. 기무는 제법 신형 게임의 툴을 습득할 정도가 된 지금, 이와 같이 게임 개발 업체에서 내건 이벤트의 공지 화면을 접하게 되자 자연 솔깃하지 않을 수 없었다.

게임 업체가 내건 이벤트는 어딘가 모르게 플래시 몹의 냄새를 풍기기 마련이다. 동시에 비현실적이라는 생각도 기무의 뇌리를 스치고 지나갔다. 기무는 장난삼아 즐기는 플래시 몹 따위의 이벤트가 갖는 맹목성을 혐오했다. 아직은 고등학교에 다닐 나이인 녀석도 알 만한 건 다 안다. 맹목적인 행동의 허무함 정도는 말이다. 그러나 이건 게임 머니를 놓고 벌이는 일종의 베팅이다. 기무는 미끼를 걸고 동기를 부여하는 업체의 상술이 썩 맘에 드는 건 아니었지만, 한번 해볼 만하다는 생각이 마음의 절반을 차지하고 있음을 인정해야 했다.

하지만 나머지 절반은 의심과 짜증뿐이다. 어째서 그런가? 그건 과거의 학습 효과에 기인한다. 신형 에프피에스 게임을 반년이 멀다 하고 출시하는 본 게임 업체의 마케팅 전략은 거의 유저 참여용인 경우가 대부분이다. 기무가 살펴본 결과로는 그랬다. 캐릭터 아이디어 공모전을 유치한다든가 서울의 대형 피시방 같은 곳에서 피투피(P2P) 대전(大戰)을 벌인다든가 하는 이벤트는 그런대로 신빙성이 있지만, 지금과 같은 플래시 몹 형식의 이벤트는 해프닝에 가까운 경우가 압도적이었다. 광화문 이순신 동상 옆에 게임 아이템을 형상화한 황금 보물을 숨겨놨다는 말도 안 되는 거짓 소문을 퍼뜨려서 감수성 예민한 청소년 유저들을 광화문 네거리의 비렁뱅이로 만든 경우도 있었으며, 도저히 풀 수 없는 퀴즈를 내고 지금처럼 게임 머니 2만 포인트라는 천문학적 상금을 내건 경우까지 있었다. 기무는 이런 이유로 이번 이벤트 역시 과거의 경우처럼 허망한 결과를 낳을 거라는 우려와 의심을 거둘 수 없었다.

어쨌거나 이제는 헤어져야 할 시간이다. 펼쳐놓은 화면을 모두 달은 기무는 푸른 바탕화면에 비친 자신의 모습을 짜증스럽게 응시했다. 어젯밤 9시부터 오늘 오전 8시까지. 기무는 자그마치 11시간 동안 아무것도 먹지 않고 화장실도 가지 않은 채 자리 깔고 앉아서 레종 두 갑만 줄기차게 피워댔다. 목이 칼칼하고 두 다리에 쥐가 난 것이 사라지지 않는 상태는 고택골 입성을 코앞에 둔 노인들의 전형적인 증상일 것인데, 지금 기무의 몸 상태가 영락없이 그랬다.

하지만 기무는 지금 자신의 몸을 돌볼 겨를이 없다. 녀석은 민첩하면서도 자연스럽게 카운터에 앉아 있는 알바생의 동태를 살폈다. 대학생으로 보이는 남자 녀석인데, 기무의 눈엔 결코 호락호락해 보이지 않았다. 게다가 너무 오랫동안 자리를 지킨 탓도 있다. 그다지 넓은 규모가 아닌 피시방에 남은 사람은 기무와 바로 맞은편 금연석에 앉아 있는 초딩 녀석, 그렇게 둘뿐이다. 자연히 자신을 바라보는 알바생의 시선이 곱지 않다는 걸 기무는 의식할 수밖에 없었다.

기무는 최대한 자연스럽게 자리에서 일어나 카운터로 걸어갔다. 알바생은 기무가 계산할 것으로 예상하고는 카운터에 설치된 모니터를 체크하고 있었는데, 기무는 뜻밖에도 화장실이 있는 곳을 물었다. 그러자 알바생은 제대로 대답하지 않고, 단지 손가락으로 왼쪽을 가리켰다. 바로 피시방 입구 옆에 사람 얼굴 크기만 한 화장실 표지판이 부착된 곳을 말이다.

기무는 화장실로 들어가면서 두 가지 방법을 생각했다. 화장실이냐, 아님 정면 돌파냐. 그 방법의 목적은 단순하다. 사용료를 내지 않고 빠져나가기 위해서, 바로 그것이다.

다행이다. 비교적 깨끗한 화장실 안엔 친절하게도 창문이 활짝 열려 있었다. 기무는 개업한 지 얼마 안 되는 피시방을 찾아온 걸 잘한 선택이라고 생각했다. 이제 막 인테리어를 끝낸 건물이라 부대 시설이 깔끔하면서도, 한편으로는 이처럼 어설픈 부분이 있었기 때문이다.

기무는 또한 이곳이 건물 2층이라는 사실을 만족스럽게 받아들였다. 화장실 창문을 열고 밖으로 빠져나가는 건 파쿠르 같은 익스트림 스포츠를 동경하는, 대책 없이 에너지만 넘치는 10대 소년들에겐 너무나 수월한 탈출 방법이다.

기무는 그렇게 묘기를 부리듯 어른 머리 하나 들어가면 꽉 찰 것 같은 좁은 창문 틈새를 뚫고 피시방을 탈출하는 데 성공했다. 바닥에 착지할 때 출근길 사람들이 동물원 원숭이 대하듯 바라보던 시선의 민망함과 약간 발목이 접질린 것 같은 뻐근함이 느껴지는 걸 제외하고는 거의 완벽한 엑소더스다.

그렇게 기무는 이번에도 피시방 무전취식을 깔끔하게 성공시켰다.

6 장영달, AM 9:00

오전 9시의 탑골공원은 노인들로 넘쳐났다. 나이가 들수록 아침잠이 없어진다는 게 의학적으로 규명된 사실임을 입증하기라도 하려는 건지, 수많은 노인들이 하나같이 초라한 행색으로 공원 근처를 어슬렁거리는 모습은 이미 오전 8시부터 시작된 풍경이었다.

따라서 장영달의 시국 강연이 누가 봐도 이른 시간인 오전 9시에 거행된다 해도, 이곳에서 시비를 걸 사람은 아무도 없다. 물론 어느 누구도 그의 연설을 시국 강연이라고 꼬집어 이야기한 적은 없다. 하지만 장영달은 자신만의 철저한 애국심과 충정에서 비롯된 대국민 성토를 이곳 탑골공원에서 자신과 나이가 엇비슷한 노인들을 대상으로 오래전부터 펼쳐왔다.

거의 3년 가까이 되었을까. 장영달이 연희동 자택에서 신촌역까지 걸어가서 2호선에서 1호선으로 환승까지 해야 하는 번거로움을 무릅쓰고, 이곳 종각역에 위치한 탑골공원에 나와 혼자만의 강연에 열중해온 기간 말이다. 여하튼 장영달의 집념이 이제 어느 정도 탑골공원 노인네들 사이에선 그 진정성을 인정받기 시작한 모양이다. 처음 시작할 땐 노인들이 어디서 동네 개가 짖나 하는 수수방관으로 일관했는데, 이제는 기본 열댓 명 정도가 장영달의 말을 듣기 위해 모여드니 말이다.

그렇다고 장영달이 강연 분위기를 어느 정도 갖춘 곳에서 연설을 한다고 생각하면 큰 오산이다. 장영달의 연설 장소는 공원 중심부, 이제는 하수구가 막혀버려 사용이 어렵게 된 공공화장실 옆이었다. 사용 금지 표지판이 입구를 가로막고 있는데도 깜빡 정신줄을 놓는 일이 다반사인 노인들이 종종 그 화장실에 들어가 소변을 보고 똥을 누는 탓에 악취가 보통이 아니었지만, 그래도 장영달은 꿋꿋하게 그 장소를 선호했다. 별다른 이유가 있어서인지는 잘 모르겠지만 말이다.

오늘도 오전 8시 50분에 종각역에 내려 탑골공원에 도착한 장영달은 언제나처럼 공공화장실 쪽으로 단숨에 걸어가 단상을 마련했다. 대단한 건 아니다. 나무 상자 몇 개를 쌓아 올린 것이 단상의 실체다. 하지만 장영달은 오늘도 막 전쟁에 임하는 군인과 같은 비장감을 가슴 한가득 품고서 자신을 흘낏흘낏 바라보는 노인들을 향해 어서 오라는 손짓을 해 보였다.

지성이면 감천이라 했던가. 이런 장영달을 따르는, 이른바 추종자도 한 명 있었다. 그는 이름을 밝히는 대신 자신을 '제갈 소령'이라 불러달라 했다. 하지만 제갈 소령이 장영달을 추종하게 된 이유가 그의 강연 내용에 매료된 결과라고 보긴 어렵다. 오히려 그건 다분히 지연에 얽매이는 한국적 관습에 의한 결과에 가까웠다.

제갈 소령 역시 장영달처럼 베트남 전쟁 당시 파견된 월남군 출신이라고 자신을 소개했다. 물론 그 주장은 제갈 소령 자신의 주장일 뿐, 공식적으로 입증된 건 아무것도 없다. 그러나 장영달은 제갈 소령의 접근이나 자기 소개를 조금도 의심하지 않았다. 자신의 동지를 만난 것이 반가워서일까. 아니면 그저 제갈 소령이 자신의 강연과 애국주의적 가치관에 매료되어 자신과 뜻을 함께하는 게 대견해서일까. 아무튼 둘은 다섯 살의 나이 차를 극복하고 뜻을 같이하는 동료가 되었다.

오늘도 예외는 아니어서, 가장 먼저 장영달의 시국 강연에 참석한 이는 바로 제갈 소령이었다. 그 역시 군복 차림이었지만, 장영달이 입은 군복만큼 청결함을 유지하지는 못했다. 곳곳에 라면 국물 같은 자국이 선명했으며, 특히 팔뚝, 어깨 부분은 솔기가 죄다 터져 언뜻 보기에 넝마주이처럼 보이기도 했다.

제갈 소령이 차가운 맨바닥에 자리를 잡고 앉자, 그에 자극을 받아서인지 아니면 단순한 호기심인지 하나둘씩 노인들이 모여들었다. 그들은 물론 제갈 소령처럼 맨바닥에 아무것도 없이 앉진 않았다. 몇몇은 서 있었으며, 장영달이 선 위치에서 제법 떨어진 곳에 있는 벤치에 앉아 그의 강연을 경청하려 했다.

그렇게 시작된 장영달의 소위 시국 강연은 신선하지도 나름 일관성이 있지도 않았다. 실망스러운 일이지만, 안타깝게도 장영달에겐 어휘 선택의 핍진(乏盡)함이라는 거대한 장벽이 있었다.

레퍼토리는 금방 바닥이 나버렸다. 김일성과 김정일, 김정은 삼대가 한반도의 평화를 깡그리 말아먹었다, 6·25 전쟁 때 중공 놈

들만 없었어도 남북통일은 충분히 가능했을 것이므로 지금이라
도 메이드 인 차이나 제품의 씨를 말려야 한다, 미국은 가장 어려
울 때 우리를 도와준 영원한 우방이다, 국가보안법은 통일의 그
날, 아니 통일 이후에도 영원히 수호되어야 할 대한민국의 신성한
국법이다, 박정희 같은 군인 출신의 강한 지도자가 이 나라를 다
스려야 한다 등등. 간혹 가다 중앙 일간지에 게재되는 광고 문안
이나 오래전 교과서에서 쉽게 볼 수 있던 보수주의자들의 주장을
반복하는 게 장영달이 하는 시국 강연의 핵심 주제였다. 그리고
그 주제는 3년 전이나 지금이나 한 치의 변화도 허용하지 않고 지
루함으로 일관되었다.

　하지만 달라진 점이 하나도 없진 않았다. 비난의 수위가 3년
전과 비교해 더욱 강화된 점이다. 최근 장영달은 아예 작심이라도
한 듯 현 정부의 어정쩡한 대북 정책을 맹비난했고, 조금이라도
좌파의 냄새를 풍기는 발언들이 신문이나 매체에서 전해질라치
면 발언자가 누구인지 가릴 것 없이 죄다 장영달의 혀를 통해 천
하에 둘도 없는 빨갱이가 되어버리고 말았다.

7　장영달, AM 10:20

　노인들의 두드러진 변화로 아침잠의 실종과 더불어 한 가지 더

꼽아보자면 말의 과잉을 꼽을 수 있다. 물론 전부가 그렇다는 건 아니지만, 대부분 노인들은 후대에 대한 염려 때문에 잔소리에 가까운 말들이 많아진다. 장영달과 같이 특수한 소명 의식에 불타오르는 경우는 특히 우려할 만한 수준이다.

장영달은 오전 9시부터 시작해 거의 한 시간 동안 한숨도 쉬지 않고 목청 높여 현 정부의 대북 정책을 맹공격했다. 중간중간 박수와 함성이 터지기까지 했는데, 그건 물론 추종자 제갈 소령이 단독으로 벌인 돌출 행동에 불과했다.

그런데 그런 장영달의 성토가 어찌된 일인지 10시 20분쯤 되자 바람 빠진 풍선마냥 사그라들었다. 무서운 속도로.

이유는 간단했다. 탑골공원 입구 근처에서 이름도 모를 봉사 단체가 '효(孝)' 운동을 한답시고 노인들에게 월동 준비에 필요한 장갑과 양말을 무료로 제공하는 이벤트를 벌였기 때문이다.

강연을 시작한 지 한 시간쯤 지났을까. 그렇잖아도 온몸으로 지루함을 호소하던 노인들 중 열 명가량이 소리 소문 없이 사라지더니, 20분쯤 지나자 아예 제갈 소령조차 실종되었다.

제갈 소령까지 사라져버리자 장영달은 허탈한 기분이 들어 강연을 도중에 멈추고 나무 상자 하나를 땅바닥에 내린 뒤 그 위에 걸터앉아 이마의 땀을 훔쳤다.

그렇게 5분 정도 지났을까. 제갈 소령이 돌아왔다. 그의 두 손엔 손모아장갑 두 켤레와 국방색 양말 봉지가 쥐어 있었다.

"벌써 끝난 거요, 형님?"

"자네까지 도망가버렸는데, 무슨 신명이 나서 계속하나?"

"도망가다니…… 섭섭하오. 난 형님 추운데 개고생하는 게 안쓰러워서 장갑 좀 얻어갖고 다시 온 건데."

제갈 소령은 진실로 서운한 표정이었다. 그런 그의 얼굴엔 마른땅에 내리는 단비와도 같은, 장영달의 강연을 듣고 싶어 하는 강한 의지가 엿보였다. 하지만 장영달은 더 할 마음이 생기지 않았다. 기분파요, 다혈질인 그가 일단 제대로 바람이 빠져버린 맥주를 무슨 흥으로 다시 입에 대겠는가. 그럴 수는 없는 일이라며, 장영달은 자기 자신에게 다짐하듯 오늘 강연의 종결을 선언했다.

그런 장영달의 의지를 간파한 제갈 소령은 어떻게든 그의 마음을 풀어주기 위해 노력했다. 가상하고 기특한 전우애가 돋보이는 순간이다.

"그건 그렇고, 이 장갑 좀 한번 껴보시오. 겁나게 따뜻하네요."

"됐어. 자네나 끼게. 나로 말하자면 한겨울에 군복 야상도 걸치지 않고 웃통 벗고 구보를 뛴 사람이야. 이거 왜 이래?"

"에이, 그땐 그때고 지금은 무조건 따뜻한 게 최고라니까. 그만 팅기고 어서 빨리 껴봐요. 어서."

사실 장영달은 반말과 존댓말을 섞어가며 자신을 속물로 만들어버리는 제갈 소령의 말이나 행동이 여간 거슬리는 게 아니었다. 특히 전라도인지 충청도인지 좀처럼 분간하기 어려운 그 말씨는 도대체 뭐란 말이냐. 하지만 어쩌겠는가. 그래도 뜻을 같이하고 나라를 걱정하는 동지라면 받아들여야지 하는 심정으로 장영달은 삽살개처럼 실실대는 제갈 소령이 들이민 손모아장갑을 마지 못해 받아 들었다. 장갑을 끼어보니 생각보다 따뜻했다.

"어떻소? 따뜻하지 않소?"

"그렇긴 하군."

"그런데, 형님."

"말해보게."

"오후에 밥 먹고 그곳에 안 가볼라요?"

"어디를?"

"종각역 와이엠시에이 옆에 '한성기원'이라는 기원이 있지 않소?"

"알지. 거긴 왜?"

한성기원. 장영달이 그곳을 모를 리가 없다. 그곳 역시 자신과 비슷한 생각을 가진 극보수주의 인물의 시국 강연이 왕왕 열리는 장소였기 때문이다. 그러나 장영달은 그 보수주의자의 노선이나 강연이 엉터리 사이비라고 치부해버린 지 오래다. 물론 그건 장영 달만의 주관적인 기준으로 판단한 결과다.

실제로 '이대왕'이라는 엄청난 이름을 가진 문제의 극보수주의 자는 장영달처럼 말발의 달림을 호소하는 군인 출신이 아니고, 나름대로 정치판을 기웃거리던 정치 지망생 출신이었다. 주위들은 풍월이란 결코 무시할 수 없는 법. 이대왕 선생은 나름 설득력 있는 주장과 때론 해박하다고 칭송할 수밖에 없는 예리한 세태 비판을 곁들여 그런대로 종각 노인네들 사이에서 꽤 유명한 인물로 통했다.

군이 비교하자면 장영달이 마이너리그라면 이대왕은 메이저리그로 보면 되지 않을까. 이런 비교에서 비롯된 장영달의 질투심으로 뒤엉킨 옹졸한 속내를 아는지 모르는지, 제갈 소령은 주책스러운 말을 계속 늘어놓았다.

"오늘 이대왕이 그곳에 정말 용한 점쟁이 하나를 데리고 온다고 하지 않소?"

"점쟁이?"

"옥 선녀라고, 원래는 공원에서 박카스 들고 다니며 영감들 아랫도리를 호리던 년이었는데, 갑자기 신내림을 받았다고 하면서 점쟁이 흉내를 내는 계집이라네요. 그년이."

"그런데 자넨 무슨 이유로 그런 돼먹지 못한 연놈들이 설쳐대는 곳에 같이 가자고 하는 건가?"

끝내 장영달이 노골적으로 불편한 심기를 내비쳤다. 그랬더니 제갈 소령, 제법 똑똑한 소리를 하는 게 아닌가.

"두 가지 이유 때문에 안 그렇소?"

"두 가지 이유?"

"한 가지는 단순한 호기심이오. 난 한번 보지도 못했는데, 영감들 사이에선 소문이 쫙 깔렸더구먼. 그 옥 선녀인지 옹녀인지 하는 년이 그렇게 명기(名器)라는 소문 말이오."

"천박스럽긴……. 다른 이유는 또 뭔가?"

그런데 제갈 소령이 나머지 이유를 풀어놓는 대목에선 장영달도 귀가 솔깃해지지 않을 수 없었다. 원칙과 정도(正道)만을 고집한다는 그가 말이다.

"그런데 그년이 받은 신(神)이 죽은 빡통의 신이라고 하지 않소."

"근거가 있는가?"

"그래도 이대왕이 직접 데려와 예언 점을 들으려 한다면 그럴 듯하지 않겠소. 소문에 듣기론 시국에 관련된 굵직굵직한 사건들 모두가 그년이 예언해서 맞힌 거라고 하더라고요."

물론 여성 잡지의 절반 이상을 차지하는 허접스러운 광고들에서 그러한 내용을 접한 적은 있다. 죽은 박정희 대통령의 신을 받은 무속인들이 지껄이는 소위 시국 예언 같은 거 말이다. 하지만 그럼에도 박정희 이름 석 자는 언제나 장영달의 가슴을 설레게 했다. 그분이 누구신가. 나라를 살려내고 경제 기적을 이뤄낸, 모든 군인들의 영원한 로망 아닌가. 제갈 소령은 이렇듯 흔들리는 장영달의 마음에 쐐기를 박았다. 가지 않을 수 없게 하는 결정적 한마디를 남긴 것이다.

"한번 갑시다. 돈 드는 것도 아니고, 밑져야 본전 아니요."

"오후 몇 신데?"

"2시라네요. 딱 적당하지."

"오후엔 알바가 있는데……."

물론 장영달의 마지막 말은 혼잣말처럼 중얼거린 것이다. 제갈 소령에게 알바 때문에 시간을 비울 수 없다고 말한다면 자신을 얼마나 우습게 볼 것인가 하는 우려가 앞섰기 때문이다. 제갈 소령은 어찌 됐든 자신의 강연을 경청하는 추종자다. 최소한의 이미지 관리는 해야 하지 않겠는가. 그리하여 장영달은 오직 머릿속으로만 오늘 오후의 스케줄을 따져봐야 했다.

8 기무, AM 9:20

홍제동 산동네. 홍제역 4번 출구에서부터 예전엔 성인영화 세 편을 동시 상영해주던 홍제극장 골목을 타고 100미터 정도 쉬지 않고 올라가는 그 언덕길을 두고 하는 말이다. 물론 지금은 누구도 섣불리 이곳을 산동네라고 부르지 않는다. 곳곳에 제법 고급 자재를 들여 만든 빌라와 아파트 규모의 고급 주택이 들어선 지금은 말이다. 그러나 이곳에서 태어나 17년 동안 자라온 기무의 기억 속에 이곳은 산동네 그 이상도 이하도 아니다. 홍제극장이여, 영원하라.

다세대 주택 지하인 자신의 집으로 돌아온 기무는, 어리뜩한 생김새와는 다르게 나름 청결을 유지하기 위해 현관에 들어서자마자 단숨에 옷을 벗어버리고 욕실로 들어갔다. 노랗게 탈색된 유행 지난 머리를 감고 겨드랑이와 가랑이 사이를 보디 클렌저로 정성껏 씻어낸 기무는 그제야 남아 있던 몸의 긴장감이 이완되는 것을 실감했다. 노인네도 아닌데 이렇게 온수를 선호하다니. 기무는 그러한 자신의 체질을 스스로도 별스럽게 생각했다.

몸을 씻고 대충 머리를 말린 다음 나이키 트레이닝복으로 갈아입고 나면, 어느 정도 기분이 상쾌해지고 새로운 마음이 들어야 정상일 것이다. 그런데 어찌 된 일인지 기무에겐 이러한 샤워의 효과가 나타나지 않는다. 이유는 단순하다. 거실과 안방, 마침내 자신의 방까지 거의 완벽하게 도배해놓은 종이 때문이다. 얇디얇은 한지 위에 봉숭아 물 들이듯 새빨간 색으로 수놓은 괴상망측한 기호와 문자들. 그 종이들은 단순한 종이가 아니었다. 그것은 부적이었다.

약간의 미신을 허용하는 사람이라면 부적 한두 장쯤이야 얼마든지 현관문이나 방문 위에 붙여놓을 것이다. 그 정도라면 기무 또한 그것을 보고 머리가 지끈거린다고 할 것까지는 없다. 하지만 이건 그 수준이 아니다.

그렇다고 기무가 짜증스러워하는 이유가 부적의 양이 많아서만은 아니다. 그것까지도 이해할 수 있다. 하지만 문제는 그 부적이 공급되는 출처이며, 그 공급원과 어미의 관계였다.

그 관계를 지금 기무는 스무 평 남짓한 집의 보잘것없는 거실 벽면 전체를 차지하고 있는 대형 액자를 통해 분명히 확인한다. 보면 볼수록 짜증 나는 장면이 담긴 사진 액자.

한 가정의 거실에 걸려 있는 액자의 내용은 거의 전형적이다. 아이들이 있는 가정이라면 가족사진이, 이제 막 결혼한 신혼부부라면 웨딩드레스 입고 찍은 결혼식 사진이 대부분 아닌가. 그러나 기무의 집 거실에 걸린 사진은 그런 용도가 아니었다. 물론 그것도 기무의 홀어머니인 모의 말을 빌리면 결혼식 사진이긴 하다. '성혼(聖婚)'이라는 거창한 작품 제목까지 붙어 있는 사진에는 원색의 한복을 곱게 갖춰 입은 모와 소위 만리교 교주가 함께 주인공으로 등장한다.

둘의 자세란 것 역시 일반적 형태로 보기 어려우며, 종교적 의식의 한 장면을 떠올리게 한다. 모는 교주 앞에서 무릎을 꿇고 환희에 찬 얼굴로 교주를 올려다보고 있고, 정체불명인 신부복 비슷한 차림의 만리교 교주는 오른손으로 '만리교백일완성(萬里敎百日完成)'이라는 타이틀을 금박으로 새겨 넣은 경전을 가슴에 갖다 대고 왼손은 모의 머리에 얹고서 더없이 자애로운 눈길로 내려다보고 있다.

기무는 이처럼 대단히 혼란스러운 집 안 분위기를 뒤로하고, 깊은 한숨을 쉬며 주방을 기웃거리다가 냉장고를 열었다. 이유는 간단하다. 먹을 것을 찾기 위해서다.

하지만 기대는 이번에도 좌절된다. 제대로 먹을 수 있는 게 아무것도 없다. 남은 건 싱크대 위로 한가득 쌓인, 그저께 그리고 어제까지 먹고 쌓아놓은 그릇들과 컵들, 음식물 쓰레기들뿐이다. 기무는 이 참담한 현실 앞에서 다음과 같이 혼잣말을 내질렀다.

"씨발. 처먹을 수 있는 건 해놓고 싸돌아다녀야 될 거 아니야."

이때였다. 기무의 휴대폰 벨 소리가 울려댄다. 기무는 거칠고 상스러운 가사로 무장한 자신의 벨 소리 음악을 사랑했다. 쉽게 접하기 어려운 갱스터 랩을 다운받아 벨 소리로 변화시킨 것이다. 기무는 이렇듯 뭐든 마니아적인 취향으로 몰고 가는 자신의 극단적인 성향을 스스로 대견하게 생각했다. 뭐든지 자족(自足)한다는 건 인간에게 썩 괜찮은 미덕이다. 무론대소(無論大小)하고 말이다.

"여보세요?"

"나야. 알면서 쌩까기는. 그럼 폼 나냐?"

"용건이나 말해."

"너 어디야?"

"어디긴? 집이지."

"아침은 먹었어?"

"씨발. 어제 저녁도 못 먹었다."

"연양갱 먹을래?"

"맨날 연양갱이냐?"

"그게 제일 뽀리까기 쉬우니까 그런 거지. 싫음 말고."

"됐어. 넌 어디야?"

"니네 집 앞이다."

"이런 씨발년이! 집 앞이면 냅다 들어오지, 폰비 아깝게 전화하
고 지랄이야."

그렇게 돌순은 통화를 시작한 지 3분도 안 되어 기무의 집 안
으로 들어왔다. 참고로 밝히자면 돌순은 기무의 여자 친구 이름
이다. 성(姓)은 육. 그리하여 그녀의 이름은 육돌순.

9 기무, AM 10:10

편의점에서 야간 알바를 뛰는 돌순이가 식료품 재고 정리를
하는 과정에서 융통성 있게 빼돌린 연양갱 열 개를 단숨에 섭취
한 기무는, 곧바로 그녀를 거실 소파 위에 드러눕혔다.

청춘이란 위대하다. 특히 당구장과 피시방, 심지어 찜질방조차
밤 10시 이후엔 맘대로 드나들지 못하는 소년 소녀의 남아도는
기력이란 가히 타의 추종을 불허했기에, 피시방과 편의점에서 꼬
박 밤을 새운 기무와 돌순, 설익은 두 육체는 이렇게 11월 24일의
아침에도 어김없이 질펀한 섹스를 감행한 것이다.

미성숙한 세대의 교접(交接)이라 해서 아예 무시하거나 정숙한
풋풋함만을 떠올리는 건 매우 곤란하며 시대착오적인 발상이다.

평일 오전 10시에 부적과 이단(異端)의 기운으로 충만한 지하 전 셋집 거실 소파에서 발가벗고 뒹구는 17세 소년 소녀의 모습을 결코 평범하다고 말할 수 없는 것처럼, 그런 그들이 벌이는 섹스 역시 경지에 오른 포르노 배우의 그것처럼 능수능란했다.

이미 짐작했겠지만, 기무와 돌순 둘은 학교에 다니지 않는다. 나이로 보면 고등학교 1학년이 정상이지만, 세상이란 가끔 적당한 예외를 용납하는 편이다. 기무와 돌순도 이 예외에 속하는 한 무리일 뿐이다. 기무는 중학교를 졸업하고 고등학교에 진학하지 않았고, 돌순은 중학교 2학년 때 무슨 이유인진 모르지만 학교로부터 무기정학을 통고받은 뒤로 더는 학교에 다니지 않았다.

이 둘이 학교를 중퇴하고 하릴없는 청춘이 되어버린 과정이나 저간의 사정 따위를 늘어놓는 건 무의미할 듯싶다. 천만 인구가 북적거리는 서울이라는 대도시에서 학교에 다니지 않는 청소년들을 발견하는 게 뭐 그리 특별한 일이라고 말이다.

기가 막힌 솜씨를 발휘해 거실 벽을 타고 물구나무를 선 채로 기무의 정액을 받아낸 돌순은, 한참 동안이나 그 상태 그대로 있더니 이내 잠들어버렸다. 보통의 남자보다 더 험악하게 코를 고는 그녀를 보며 기무는 그녀가 나름대로 바쁘고 고된 인생임에 틀림없다고 생각했다. 동시에 녀석은 피시방이나 기웃거리며 무전취식하는 한량 같은 자신과 달리 밤에는 편의점 알바, 늦은 오후엔 주유소 알바까지 뛰는 돌순의 넘치는 근로 의욕을 이해하지 못했다.

잠에 곯아떨어진 돌순과 다르게 기무는 잠들지 않았다. 대신 자신의 방에 들어와 컴퓨터를 켜놓고 피시방에서 탈출하기 직전에 본 게임 업체의 이벤트 문구를 다시 한번 확인했다. 그중 가장 눈에 들어오는 문구는 바로 독립문역이다.

독립문역 보관함으로 가라. 총 열다섯 개의 보관함이 있을 것이다. 그중 한 개를 임의로 골라 '찾음' 버튼을 눌러라. 만약 단 한 번의 선택으로 보관함 번호를 맞히는 유저가 있다면, 그 유저가 곧 이번 리얼 서바이벌 이벤트의 단독 플레이어로 선정되는 것이다.

17년 동안 홍제동에서 살아온 그다. 3호선 홍제역과 독립문역의 거리가 어느 정도인지 모를 리 없다. 기무는 고개를 돌려 거실 소파 위에 누워 잠든 돌순을 한번 쳐다봤다.

'2만 포인트라…… 2만 포인트!'

밑져야 본전이란 생각이 기무의 마음을 강하게 충동질했다. 만약 이번에도 허망한 해프닝으로 끝난다 하더라도, 그대로 다시 집으로 돌아와 자빠져 자면 그만이다. 홍제역에서 독립문역까지 왕복으로 뛰어갔다 오는 데 30분도 걸리지 않으므로 속아도 손해 보는 장사는 결코 아니다.

그런 생각이 강하게 들자 기무는 자신의 마음 깊은 곳에서부터 용솟음치는 충동을 행동에 옮기지 않을 수 없었다. 그는 잠든 돌

순의 발가벗은 알몸 위에 담요를 덮어주고는 청바지를 챙겨 입고
집을 나섰다.

10   윤마리아, AM 10:20

사실 거리상으로 강남역 7번 출구에 위치한 빌딩에서 한양아
파트와 인접한 압구정역까지 가는 데는 시간이 그렇게 많이 걸리
지 않는다. 지하철을 이용할 경우 2호선에서 3호선으로 한 번 환
승해야 하는 번거로움을 감안하더라도 넉넉히 30분 정도면 도착
할 수 있다 이 말이다.

윤마리아는 거의 움직이지 않는 차 안 조수석에 앉아 그런 생
각을 하며, 자신도 모르게 새끼손가락의 손톱을 깨물었다. 그런
그녀의 머릿속엔 '지하철 탔으면 벌써 도착하고 남았는데……'
하는 후회만 담겨 있는 게 아니었다. 윤마리아는 그렇게 소극적
으로 후회만 하고 있을 만큼 성격이 온유하지 못하다. 아니, 불가
피하게 혈기 방장할 수밖에 없는 20대라면 어느 누구라도 이런
상황에서 온유함만을 견지하기는 어려울 것이다.

우선 팀장 부리는 강남역 사무실에서 정확히 8시 50분에 출발
하겠다는 약속부터 무단으로 파기했다. 빌딩 입구 로비에서 윤마
리아가 무작정 기다린 시간만 장장 30여 분. 화장 좀 고치고 서

류 몇 개만 챙기면 곧 나올 수 있다고 말하며, 나름 분주한 윤마리아를 먼저 붙잡은 건 그녀였다. 다른 인턴들은 이미 9시가 되기 전부터 고객 명단이 담긴 파일을 챙겨 들고 사무실을 빠져나간 뒤였다. 아무리 고객 접촉에 초연한 윤마리아라지만, 정규직 사원 발표가 하루 앞으로 다가온 상황이다. 어찌 되었든 꼬박 3개월을 식대조차 지급받지 못하고 버텨온 곳이 아닌가. 그런데 이렇게 사람을 기다리게 하다니.

부리는 그렇게 9시 30분이 다 돼서야 7층 글로벌유나이티드 사무실에서 내려왔다. 그럼에도 윤마리아에게 조금도 미안한 기색을 표하지 않았다. 이거 인내심 테스트라도 하자는 건가.

이런저런 상황을 감안한다면, 지금 청담역 네거리에서 완전히 옴짝달싹할 수 없을 정도로 가공할 만한 교통 정체에 걸려버린 부리의 차 안에 동승해 있는 윤마리아의 심리 상태가 어떨지는 충분히 짐작할 수 있을 것이다.

정체의 원인은 간단했다. 궁극적인 원인은 청담역 네거리를 중심으로 광범위하고 산발적으로 포진된 지하철 9호선 마무리 공사 현장이다. 4차선 도로가 생뚱맞게 신호등을 목전에 둔 거리에서 2차선으로 좁혀졌다. 교통 신호 타이밍을 조절하는 교통경찰도 없는 상황, 게다가 개나 소나 죄다 끌고 나온 초대형 외제 차량의 홍수로 인해 행여 접촉 사고라도 일어날까 봐 극도로 조심하는 차량들의 거북이 운전은 그야말로 가관이었다.

부리도 윤마리아의 이런 터질 것 같은 속내를 어느 정도 이해하는 걸까, 아니면 원래 운전 습관이 그런 걸까. 차창을 반쯤 내리고 럭키스트라이크를 손가락 사이에 끼운 채 한 손만으로 핸들을 붙잡고 나비 문양 페라가모 선글라스를 착용한 부리는, 이미 정체의 징후가 나타나던 초입부터 거친 욕설과 함께 서울시 교통 정책을 싸잡아 비난하는 말을 두서없이 늘어놓았다.

"이건 완전히 미친 짓이야. 땅굴 파자고 노상의 차도를 2차선이나 틀어막았으면 신호라도 적당히 조절해줘야 할 거 아냐. 개새끼들. 시민 혈세는 흡혈귀처럼 쪽쪽 빨아먹으면서, 제대로 하는 건 하나도 없어. 죄다 벌여놓기만 하고 말이야."

윤마리아도 그런 부리의 말을 거든다.

"차량 숫자도 어지간하네요. 출근 시간도 아닌데."

"니미 씨발년들. 남편들 출근시켜놓고 마사지나 받으러 가는 것들이 차는 왜 끌고 나와? 이런 년들 때문에 우리 2, 30대가 기를 못 펴고 사는 거야. 안 그래?"

2, 30대? 윤마리아는 부리의 말에 아무 대꾸 없이 피식하며 허탈한 웃음만 흘렸다. 그렇게라도 해서 동질감을 느끼고 싶은 걸까.

윤마리아는 모르지 않았다. 부리 나이가 고무줄 나이라는 사실을 말이다. 39세. '30대 후반도 30대로 봐야 하나?' 하는 생각이 그녀의 머리를 스치자, 그와 동시에 지독한 냉소를 품은 생각들이 떠올랐다. 20대 자리를 죄다 차지하고 앉은 건 4, 50대 강남

아줌마들이나 시장 바닥의 생활력 강한 억순이들이 아니다. 문제는 30대다. 90학번 이후 생산된 이들이 그런대로 가능성 있는 자리란 자리는 죄다 꿰차고 앉아 20대의 장밋빛 진로를 철저히 봉쇄하고 있는 게 오늘의 현실 아닌가. 윤마리아는 이런 종류의 시니컬한 자조에 함몰되는 걸 결코 즐기지 않는 편이다. 하지만 자신의 처지를 생각하다가 절로 한숨을 내쉬게 되면, 그때부터는 자동적으로 비관의 세계에 빠져들 수밖에 없다. 이 또한 현실이다. 냉정하고 비루한 현실.

클랙슨을 마구잡이로 울려대며 네거리를 벗어나기 위해 조금이라도 유리한 위치를 선점하려고 분주히 액셀을 밟아대던 부리가, 잔뜩 신경이 날카로워진 윤마리아에게 전혀 예상하지 못한 한마디를 내뱉는다. 입에 물고 있던 담배꽁초를 차창 밖으로 내버리듯 무심하게.

"마리아 씨. 내가 늦게 나온 데 대해 할 말 있어?"

"솔직하게 말씀드려요?"

"에둘러 말하라고 해도 직설적으로 말할 거잖아. 안 그래?"

"잘 아시네요."

"명색이 비즈니스 교육 관련 업무만 5년째 했어. 그 정도 사람 볼 줄은 안다."

"……."

"죽이고 싶었냐?"

"그 정도는 아니고요."

"왜 늦었는지는 궁금하지 않고?"

"그보단 할 말이 있다고 하셨잖아요? 그 부분에 대해선 당연히 궁금하죠."

"아까는 본사 본부장 론하고 전화 통화 하느라고 늦었어."

"저한테 하실 말씀 있다는 것과 관계가 있는 통화였나요?"

"마리아 씨. 본부장이 인사 쪽에서는 실세란 거 정도는 알고 있지?"

물론이다. 하지만 인턴 사원 모두가 이번 정규직 사원 채용의 실제적 인사권을 갖고 있다는, '론'이라는 이름을 가진 남자의 실물을 한 번도 본 적이 없다. 모니터를 통해 송출된 세미나에서 본 게 고작이다. 그렇고 그런 전형적인 40대 백인의 모습이었다. 되는대로 아랫배가 불룩 튀어나오고 대책 없이 큰 키에 크고 푸른 눈을 가진 백인 남자.

윤마리아는 그 정도의 짐작만 염두에 두고 부리의 말을 대수롭지 않게 간주했다. 부리의 차는 여전히 네거리를 벗어나지 못한 채 지지부진한 답보 상태를 유지했다.

부리가 잠시 동안의 침묵을 깨고 다시 말을 이었다. 그런데 이번엔 이야기의 비중이 남다르다. 윤마리아에게 얘기하고자 했던 본래의 화제가 시작된 것이다. 그러자 그녀의 말을 듣는 윤마리아의 태도 또한 진지함으로 돌변했다.

"사실 지금까지의 신약 임상 실험에 관련된 실적 테스트는 정규직 채용과 전혀 무관하다고 하더군."

들던 중 반가운 소리다. 100명의 인턴 사원 중 윤마리아의 실적 순위는 중간 이하다. 그와 함께 들려온 부리의 다음 말은 윤마리아의 관심을 폭발적으로 증폭시켰다.

"이번에 채택될 정규직 두 명은 글로벌유나이티드 한국 지부에서 거의 로열 프로젝트를 맡게 될 거야. 그러면 자연히 연봉도 기존에 제시된 4000만 원 정도에는 우습게 육박할 테고."

"말씀 중에 죄송한데요……."

"질문해."

"지금 이 시점에서 이런 이야기를 듣는 건 제가 유일한 건가요?"

"물론이지. 그러니까 끝까지 들어봐."

"알겠어요."

"그런데 마리아 씨, 혹시 '십헤드(Sheep head) 카니발'이라고 들어본 적 있어?"

도대체 무슨 말을 하고 싶은 건지 좀처럼 가닥을 잡을 수가 없다. 지금까지는 그렇다. 윤마리아는 대답 대신 고개를 살짝 가로저었다. 부리는 계속해서 신경질적으로 클랙슨을 눌렀다. 앞차의 주행 습관이 영 맘에 들지 않는 모양이다. 양옆 차선에서 닥치는 대로 끼어드는 모든 차에게 자리를 양보해주는 관대한 습관을 고

집하니, 그럴 만도 하다. 부리는 제 분을 삭이지 못해 입술을 한 번 질끈 깨물고는 우회적으로 돌려 말하는, 듣는 상대로서는 전혀 유쾌하지 않은 독특한 화술의 대미를 장식했다.

"미국 텍사스주에서 종종 벌이는 카니발이야. 종교적 축제라고 하는데 잘은 모르겠고. 여하튼 본부장의 말을 종합해보면 자신은 지금 한국의 모 호텔에 와 있고, 오늘 오후에 조촐하나마 텍사스주 회원들과 함께 카니발을 개최할 예정이라는 거야."

"그런데 그게 저하고 무슨 상관인가요?"

"텍사스주 회원이라는 게 무슨 특별한 가입 조건이 있는 게 아니야. 사실 말하자면 그건 같은 종교를 가진 사람들이 모이는 일종의 예배 모임 같은 거란 말이지."

'같은 종교를 가진 사람들이면 된다.' 부리가 남긴 이 문장의 본격적인 의미에 대해 가장 적절히 간파하고 있을 사람은 다른 누구도 아닌 바로 윤마리아였다. 부리는 자신이 뱉은 말의 속뜻을 머릿속으로 파악하느라 나름 복잡한 윤마리아의 얼굴을 보며 적당한 한마디를 절묘하게 덧붙였다.

"난 처음엔 성당에 다녀서 이름이 마리아인가 했어. 흔치 않을 거야. 이 지구상에서 꽤나 희귀하다고 볼 수 있는 종교를 공유한다는 게 말이야."

"그런데 저는 제가 믿는 종교에 십헤드 카니발이라는 게 있다는 것도 몰랐어요."

61

"교회에 가서 물어보면 되지 않나?"

윤마리아라는 이름. 충분히 부리와 같이 천주교 세례명으로 생각할 수 있다. 하지만 다소 독특하게도 그녀의 이름은 데이비드교라는 신흥 종교를 신봉하는 부친에 의해 작명되었다. 한국에서 데이비드교는 '다윗 말세 교회' 정도로 불린다. 정통 기독교 교리를 가진 협회나 단체에서는 이 데이비드교를 이단으로 규정지었지만, 복잡한 종교적 토론을 할 마음이 없다면 그저 그런 종교로 크지도 그렇다고 아예 미미하지도 않은 교세로 명맥을 유지한다는 정도로만 인지하면 될 것 같다.

부리가 그야말로 윤마리아에게 결정적인 정보를 준 것만은 사실이다. 미국의 텍사스주가 이 데이비드교의 본산지라고 할 수 있는데, 본부장 론이란 작자가 텍사스 출신의 데이비드교 열성 신도라는 정보를 준 것은 이 데이비드교의 특성을 가장 효과적으로 파악하고 있는 윤마리아에게 자기 홍보를 할 수 있는 엄청난 기회를 제공하는 것과 다름없기 때문이다.

어느 종교나 대개 그렇듯이 동일 종교를 가진 종교인들끼리 느끼는 유대감은 심지어 경우에 따라선 혈연의 끈끈함을 초월하기도 한다. 데이비드교는 그중에서도 극단의 결속력을 보여주는 종교 집단이라 할 수 있으니, 이제 한번 상상해보시라. 윤마리아가 이번 인사의 실세인 론이란 남자에게 자신이 당신과 같은 데이비드교를 믿고 있다는 사실을 밝히는 게 어떤 파급 효과를 가져올지에 대해 말이다.

어느 정도 자신이 하는 말을 알아들었다고 생각한 건지 부리는 윤마리아를 보며 미소를 지어 보이기까지 했다. 그와 함께 이제는 친절하게 윤마리아가 어떤 액션을 취해야 하는지에 관해 세부 지침까지 제시해주는 게 아닌가.

"확실하진 않지만, 본부장 론은 삼성역에 있는 인터컨티넨탈 호텔에 투숙했을 거야. 한국에 오면 언제나 그곳에 묵으니까. 사무실하고 가까워서 말이지."

"그럼 예정되어 있다는 카니발도……?"

"장소는 아직 확실하지 않아. 하지만 곧 스케줄이 잡히겠지. 아마도 삼성역 근처가 되지 않을까 싶어."

"삼성역이라면 그분이 묵고 있다는 호텔에서 카니발을 한다고요?"

"인터컨티넨탈 건물에 호텔만 있는 건 아니지. 1층이나 지하에 있는 볼룸 같은 데서 카니발을 즐기지 않겠어?"

"그렇겠네요."

"그래. 그러니까 점심 때부터는 강남 쪽에 있으라고. 만나자는 고객도 그쪽으로 불러내든지 아님 그냥 취소하든지. 그게 나을 거야."

"그래요……."

"장소는 그렇다 치고……."

"또 뭐죠?"

"마리아 씨, 영어 몇 마디 할 줄 알지? 카니발 참석자들이 대부분 미국인이니까, 가서 신분 밝히고 적당히 와인 몇 잔 마셔주면 될 거야. 그럼 게임 끝이지. 안 그래?"

"그런데요……."

윤마리아는 의아한 눈길로 부리를 바라봤다. 그러고는 다음과 같이 물었다. 그건 아주 근본적이고 자연스러운 의심에서 비롯된 질문이다.

"왜 절 도와주세요?"

"당연한 거 아니야? 다윗 말세 교회에 다니는 사람이 국내에 흔하겠어? 안 그래?"

"그럼 팀장님도?"

"나도 데이비드교도야. 그러니까 지금까지 안 잘리고 버틸 수 있었지."

"……."

"이력서 종교란에 '데이비드교'라고 쓸 수 있는 그 용기를 높이 샀어. 그래서 이 정도 고급 정보를 무상으로 흘려준 거니까, 나머지는 알아서 잘 요리하라고. 틀림없이 좋은 결과가 있을 거야."

11 기무, AM 10:30

그야말로 한 치의 망설임도 없이 기무는 홍제동 집에서 출발한 지 정확히 20분 만에 독립문역에 도착했다. 분별력 없이 넘치기만 하는 에너지를 보유한 10대 무적(無籍) 청소년 기무에게 다른 선택의 여지란 존재하지 않았다. 되면 그만이고, 아니면 아침 시간에 별 의미 없는 뜀박질 한번 했다고 생각하면 된다. 인생 뭐 별거 있나.

한 번도 유심히 살펴본 적이 없다. 각 지하철 역사에 있는 보관함 같은 것을 말이다. 기무는 그것이 자기 자신만 느끼는 생소함이라고 생각하지 않았다. 지하철 역사 내부의 부대시설을 그렇게까지 적극적으로 활용하는 사람이 얼마나 되겠는가. 모두 다 각자의 목적지로 가는 데만 집중할 뿐이다.

그러나 보관함은 실제로 존재했다. 게임 업체의 이벤트가 아예 헛말은 아니었다고 기무가 믿게 된 것은 보관함의 존재 유무를 확인한 다음부터였다. 보관함의 개수를 세어보니, 공지 사항에서 알려준 대로 정확히 열다섯 개였다.

그런데 보관함은 기무가 상상한 방식과는 다소 다른 모습이었다. 진화했다고 봐야 하나. 기무가 생각한 지하철 보관함의 모습은 철저한 아날로그식이었다. 1000원짜리 지폐나 100원짜리 동전 열 개를 투입하고 조악하게 생긴 자물쇠로 문을 잠그는 방식.

그러나 지금 독립문역 보관함은 한마디로 디지털식이다. 현금자
동지급기와 유사한 방식으로 '보관'이나 '찾음' 버튼을 액정 화면
에서 손으로 터치하는 방식. 바로 지금 기무는 그 방식의 막막함
을 절감하게 하는 액정 화면 앞에 서 있다.

오전 10시가 조금 지난 독립문역은 황량하기까지 했다. 3호선
의 변방임을 자인하듯 지하 역사로 들어오거나 개찰구를 나오는
사람이 손에 꼽을 정도였다. 기무는 그러한 황량한 역사 안을 한
번 크게 둘러보았다. 행여나 자신과 같이 게임 머니를 획득하기
위해 찾아온 얼빠진 고딩이나 청년 폐인들이 있는지 확인하기 위
해서였다. 그러나 불행인지 다행인지 기무와 같은 목적을 갖고 독
립문역을 찾아온 인간은 단 한 명도 없어 보였다.

이제 문제는 보관함 열다섯 개 중에서 하나의 번호를 선택하는
일이다. 기무는 평소의 거침없는 불량스러움과 거리가 먼 신중한
동작으로 보관함 디지털 액정 화면 앞으로 다가가 뚫어져라 살펴
보았다. '보관'과 '찾음' 두 개의 버튼이 제시되어 있다. 거의 10초
가까이 부동의 상태를 유지하던 기무. 이내 결심이 선 모양인지
곧 '찾음' 버튼을 눌렀다. 그러자 다음 화면으로 제시된 건 열다
섯 개의 보관함 번호였고, 이어서 '찾고자 하는 보관함의 번호를
입력하세요'라는 안내 멘트가 하단부에 제시되었다. 기무는 마른
침을 한번 삼켰다. 이거 제법 흥미로운데.

기무는 짧은 시간 동안 무슨 숫자를 선택할지 제법 심각하게

66

궁리했다. 열 개 중 하나를 고르는 것도 아니고, 열다섯 개란 숫자는 어딘가 모르게 어색하다. 확률 15 대 1. 쉽다면 쉽고 어렵다고 보면 너무나 어려운 확률이다.

그러나 결코 생각을 즐기는 성격이 못 되는 우리의 기무. 채 10초를 넘기지 못하고 하나의 번호를 선택한다. 녀석이 선택한 번호는 1번이다. 심도 깊은 분석이나 고뇌에서 비롯된 결과가 결코 아니다. 그냥 가장 만만한 번호라고 생각한 것이 1번이었을 뿐이다.

놀라움은 언제나 한 템포 늦게 찾아온다. 1번을 누른 뒤 액정 화면이 잠시 암전 상태로 변했을 때만 해도 기무는 '공쳤구나!' 하는 좌절감에 휩싸였다. 그러나 모든 일에는 반전이 있는 법. 암전 상태가 꽤 지루하게 지속되던 액정은 기무가 그만 뜻을 접고 돌아서려는 찰나, '덜컥' 소리와 함께 1번 보관함 문이 열리는 것으로 응답해주었다.

그렇게 기무가 선택한 1번 보관함의 문이 열렸다. 기무는 얼떨떨한 얼굴로 액정을 다시 확인했다. 더 이상 암전 상태가 아닌 액정에는 '1번 보관함에 보관된 물건을 찾으신 다음, 반드시 문을 닫아주세요'라는 안내 멘트가 등장했다.

명색이 최첨단 시스템을 자랑하는 디지털 보관함이 이렇게 간단해도 되는 건가 하는 의문은, 지금 기무에게 전혀 영양가 없는 것임에 틀림없다. 대신 기무는 게임 업체가 이번엔 제대로 된 흥미로운 이벤트를 준비했구나 하는 확신을 느끼지 않을 수 없었다. 동시에 자기에게도 기회라는 게 주어지기는 하는구나 하는 소박한 기쁨도 함께 밀려옴을 온몸으로 파고드는 찰나의 전율로써 체감할 수 있었다.

보관함 안에는 장난감이라고 하기엔 지극히 사실적인 둔중한 무게를 갖고 있는 총 한 정과 몇 개의 문장이 무성의하게 타이핑되어 있는 에이포 용지 한 장이 보관되어 있었다. 기무는 신기한 눈빛으로 총을 바라보며 만지작거렸다. 다소 비현실적인 디자인이 인상적이다. 일반적으로 홍콩 누아르 같은 영화에서도 보기 어려운, 권총이라고 하기엔 다소 그 크기와 무게가 남다르고 그렇다고 레밍턴 스틸 정도의 유탄 발사기로 볼 수도 없는, 은박의 화려함에 휩싸여 있는 권총. 그러나 분명한 건 지금 기무의 손에 들린 총은 디자인뿐만 아니라 안전장치, 탄창의 결합 상태, 가늠좌의 섬세함으로 보아, 실제로 방아쇠를 당기면 '쾅!' 소리를 내며 격발될 것 같은 실사용이 가능한 무기로 보인다는 사실이었다.

'제법 신경 썼는데……'

기무가 마음속으로 털어놓은 감탄 섞인 변(辯)이다. 나이가 어리고 세상 물정에 어두울수록 그에 비례해 감동의 빈도가 줄어들고 겁을 망각하는 경우도 빈번하다. 기무와 같이 세상 거칠 게 아무것도 없는 안전핀 뽑혀버린 녀석들의 경우는 특별히 더할 것이다. 그런 기무가 이렇게 감탄할 정도면 문제의 총이 얼마나 사실적인지 굳이 부연하지 않아도 될 것이다.

주위를 살피며 이리저리 총을 만져보던 기무는 한동안 난생처음 보는 금속의 물체에 정신이 팔려 있다가, 어느 순간 갑자기 생각이 났는지 보관함에 총과 함께 놓여 있던 에이포 용지를 움켜쥐고는 종이 위에 타이핑되어 있는 글을 단숨에 읽었다.

압구정역 보관함으로 가시오. 번호는 7번.

바탕에 회사 로고가 박힌 고급 용지는커녕 이면지를 활용한 부실한 준비가 게임 업체의 무성의함을 돋보이게 해 기무를 약간 실망시켰지만, 총의 정교함을 떠올리자 이내 실망감이 누그러졌다.

기무는 다시 한번 역사 주변을 살폈다. 역무원은 보이지 않고, 일없이 개찰구 주변을 서성거리는 청소 아주머니들 몇 명과 등산복을 잔뜩 갖춰 입고 산행을 위해 지하철 출구로 향하는 노인들 몇 명만 눈에 들어올 뿐이다.

여전히 한가한 역사 분위기가 기무의 호기심을 더욱 자극한 걸까, 아님 무엇이든 직접 확인하지 않으면 견디지 못하는 성격 탓일까. 기무는 지금 자신의 발목을 붙잡는 맹렬한 호기심을 해소하고 싶은 강한 욕망에 사로잡혔다. 정말 격발되는 총인지 확인하고 싶은 마음. 적어도 실제로 방아쇠를 당기고 격발하고. 총알이 튀어 나가는 실사 형태의 서바이벌 게임이라면 총의 성능 또한 일반 장난감 총의 수준보다 월등할 거라는 막연한 기대를 기무는 몸소 확인하고 싶었던 것이다. 아무리 한가하다고는 하지만 그래도 명색이 공공장소인 지하철 역사 안에서 겁 없이 말이다.

설마 하는 마음이 압도적이었다. 안전장치를 풀고 방아쇠를 당길 때까지 내내 그런 마음이 녀석의 행동과 정신을 지배했다. 결국 비비탄 정도 튀어 나가지 않을까 하는.

그런데 그런 기무의 추측은 방아쇠를 힘껏 당기는 순간 무참히 깨져버린다. 아무도 사용하지 않을 것 같은 공중전화 부스가 모여 있는 곳에서 총구를 벽에다 조준하고 방아쇠를 당기자, 이제껏 단 한 번도 들어보지 못한 그야말로 폭탄 터지는 소리가 터져 나온 것이다.

엄청난 폭음과 더불어 한 손으로 총을 잡고 방아쇠를 당긴 기무는 그 자리에서 쓰러지고 말았다. 방아쇠를 당김과 동시에 엄청난 진동이 몸의 균형을 순식간에 무너뜨렸기 때문이다. 총 또한 녀석의 손에서 벗어나 지하철 바닥에 곤두박질쳤고, 기무는 한동안 멍한 표정으로 입을 다물지 못했다.

모든 것이 정지 화면처럼 마냥 지속될 것 같던 순간은 그리 오래가지 못했다. 기무는 서둘러 몸을 일으켜야 했다. 그와 함께 민첩하게 총을 집어 들어 자신의 청바지 뒷주머니에 찔러 넣었다. 떨리는 손을 애써 진정시키면서.

주위에 사람들은 많지 않았다. 산행을 준비하던 노인들은 이미 지하철 엘리베이터를 타고 지상으로 올라간 뒤였으며, 이 장면을 목격한 이는 어느새 화장실 쪽으로 이동한 청소 아주머니 두 명 정도가 고작이었다. 아주머니들은 이 엄청나고 사실적인 총소리에 놀라 기겁을 한 상태였고, 곧바로 역무원을 부를 기세였다. 기무의 눈에는 그래 보였다.

따라서 녀석은 서둘러야 했다. 총구를 겨누고 실제로 격발한 공중전화 부스가 어떤 상태인지 확인할 겨를도 없이, 녀석은 특유의 날랜 발을 이용해 전력으로 계단 쪽으로 내달렸다. 물론 지금의 사태를 전적으로 기무의 잘못만으로 돌리긴 어렵다. 이 모든 건 게임 업체에서 세팅해놓은 황당한 결과 아닌가. 누구라도 자신이 직접 방아쇠를 당긴 총에서 실제 총과 같은 엄청난 총성이 터져 나왔다면, 우선 도망치자는 생각 외에 다른 묘안이 떠오르기 어려울 것이다. 더구나 공공장소에서 그것도 노랗게 탈색한 파마 머리에 찢어진 청바지를 입은 불량스럽기 그지없는 기무와 같은 어린 녀석이 그런 일을 저질렀다면 더 무슨 설명이 필요하겠는가.

어쨌든 그렇게 기무가 바닥에 떨어진 총을 집어 들고 독립문역을 빠져나오는 데는 1분도 채 걸리지 않았다.

12 김중혁, AM 10:25

"이 소리 들었는가?"

"글쎄, 무슨 소리가 난 것도 같은데…….."

"같은 게 아니라, 이건 총소리 아닌가?"

광록은 보기보다 술이 약한 편이다. 독립문역 근처 미성병원에서 이른바 매혈의 대가로 얻어낸 2만 원을 국산 제조주 나폴레옹 두 병과 평소엔 입에 대기도 어렵던 술안주를 구입하는 데 탕진해버린 광록과 김중혁은 정확히 한 병씩 나눠 마셨는데, 김중혁은 멀쩡했고 광록은 취기에 얼큰하게 휩싸인 상태였다.

그래도 소주와 엇비슷한 알코올 도수를 자랑하는 나폴레옹을 30분도 안 되는 시간에 완전히 비워버린 상황만 놓고 보자면, 적당히 취해 있는 광록의 모습이 오히려 당연한지도 모른다. 둘의 신분은 노숙자다. 앞으로 몇 개월간은 영하의 날씨를 견뎌내야 하므로, 이렇듯 적당한 혈중 알코올 농도를 늘 유지할 필요가 있다. 그런 면에서 김중혁은 상대적으로 취기를 잘 느끼는 광록을 내심 부럽게 생각했다. 제기랄, 취하려고 술을 마시는데, 이건 어떻게 된 게 마시면 마실수록 정신이 더 멀쩡해지니…….. 벽에 머리를 대고 눈을 감은 광록을 보며 김중혁은 그런 쓸쓸한 생각이 들었다.

둘은 지금 독립문역 안 플랫폼에 있다. 독립문 공원에서 30분 정도 허겁지겁 술과 과자를 섭취하고 난 후, 광록의 채근에 못 이겨 부랴부랴 플랫폼 안까지 들어온 것이다. 광록이 이렇듯 분주하게 움직이는 이유는 그만의 독특한 생존 전략 때문이다. 11시부터 줄을 서지 않으면 그나마 매주 새롭게 준비되는 반찬을 맛볼 수 없을 뿐만 아니라 뒤로 처지게 되면 밥의 양도 현저히 줄어드는 무료 급식의 생리를 꿰뚫고 있는 그로서는 당연히 지금부터 서둘러 움직여야만 했다.

김중혁이 문제의 총소리를 들은 타이밍은 공교롭게도 요란한 버저 소리와 함께 수서행 지하철이 들어오던 순간이었다. 자리에서 일어선 김중혁은 위에서 들려온 이 거대한 굉음의 실체를 확인하기 위해 계단 위로 올라가려 했다. 그러나 광록은 김중혁의 당연한 호기심을 무가치한 것으로 간주했다. 광록은 그의 팔목을 움켜쥐듯 잡으며 말했다. 이제 막 용광로에 담그다 만 쇠처럼 부자연스럽게 상기된 검붉은 얼굴로.

"총소리면 어떻고, 대포 소리면 어쩌겠나. 이번 지하철 놓치면 10분을 더 기다려야 하네. 그만큼 경쟁력을 잃는 거야."

"진짜 총소리야. 자넨 무슨 일인지 궁금하지도 않나?"

"그래봐야 전쟁밖에 더 나겠나? 우리에겐 그보다 더 시급한 일이 있지 않나."

"그게 뭔데?"

"점심을 해결하는 일. 안 그런가?"

틀린 말이 아니다. 한번 무료 급식의 때를 놓치면 한 끼 점심이 그대로 달아나버리는 게 작금에 당면한 광록과 김중혁의 현실이다.

결국 김중혁은 총소리의 진위 여부를 확인하는 일을 포기하고 만다. 그는 끝까지 자신의 팔목을 붙잡고 수선을 떠는 광록의 채근에 못 이겨 지하철에 올라타고 말았다.

13 윤마리아, AM 11:20

부리와의 압구정로데오역 4번 출구에서의 이별은 정확히 오전 11시에 마무리되었다. 9시 30분에 강남역에서 차를 몰고 나와 관세청 네거리와 청담 네거리, 한양아파트를 경유해 압구정까지 오는 데 무려 1시간 30분이나 걸린 셈이다.

그러나 윤마리아의 기분은 처음 부리의 차에 올라탔을 때와는 180도 달라져 있었다. 우선 표정부터가 다르다. 특유의 억세고 굳은 인상은 여전했으나, 떫은 감을 씹은 것 같던 처음 모습과 다르게 이름 그대로 성녀(聖女)의 평온함이 얼굴에 감돌았기 때문이다.

부리는 압구정로데오역 4번 출구와 바로 면해 있는 한 성형외과를 찾아간다고 했다. 말은 고객 미팅이라고 하지만 윤마리아는 그 말이 거짓말이라는 사실을 너무나 잘 알고 있다. 30대 후반 나이에 외모에 특히 자신이 없는 미혼의 커리어우먼이 성형외과를 찾는 데 사심(私心)이 개입되지 않을 거란 기대는 몽상에 가깝다. 비록 3개월밖에 접하지 않았음에도 윤마리아가 관찰한 부리의 얼굴은 조금씩, 하지만 뚜렷하게 이목구비의 진화가 이뤄지고 있었다. 윤마리아는 부리가 이번엔 더욱 강도 높은 보톡스를 시술받을 거라고 생각했지만, 이전과 달리 부리를 향해 냉소나 비난을 보내지 않았다. 왜냐하면 부리는 이제 자신의 은인이기 때문이다.

윤마리아는 부리가 자신에게 제공해준 특급 정보를 생각하며 발걸음을 막연히 어느 한 곳으로 향했다. 압구정로데오역 근처에 내려달라고는 했지만 딱히 이곳에서 고객 미팅이 있는 건 아니다. 몇 명의 당일 접촉 고객이 있기는 했지만, 그런 것에 신경 쓸 만큼 윤마리아의 들뜬 심리는 쉽게 가라앉지 않았다.

이유인즉 이제 한 방이 생겼기 때문이다. 본부장이자 실세인 론에게 확실히 어필할 수 있는 끝내주는 카운터펀치 말이다. 그런 생각은 윤마리아의 빈 지갑을 든든하게 채워주었다. 비록 지금은 카드 한도가 초과 수준을 육박하는 실정이지만, 이번에 정규직 채용만 제대로 성사되면 그때부터는 20대의 상위 5퍼센트에 속하는 고액 연봉자 대열에 합류하게 된다. 이것이 바로 윤마리아가 너무나 자연스럽게 떠올린 미래의 청사진이었다. 그러한 장밋빛 미래가 머릿속을 메우자, 그녀는 이곳이 압구정로데오역 갤러리아 백화점 근처라는 사실이 그렇게 반가울 수가 없었다. 왜냐하면 이곳은 윤마리아 같은 명품 선호족에게 언제나 무한한 기회와 상대적 박탈감을 동시에 제공해주는 곳이기 때문이다.

압구정로데오역 4번 출구에서 한양아파트 쪽으로 급하지 않은 걸음으로 5분 정도 걸리는 거리에 위치한 갤러리아 백화점 명품관. 하지만 윤마리아가 찾은 곳은 그곳이 아니다. 그 맞은편 로데오 거리로 들어선 윤마리아는 그처럼 세련돼 보일 수 없는 거리의 상점들 중에서 상대적으로 가장 허름해 보이는, 이름도 낯선 '신일전당포'라는 곳을 찾았다.

윤마리아는 전당포가 무슨 일을 하는 곳인지 정확히 알지 못한다. 누구도 가르쳐주지 않은 탓이 크다. 물론 부리 같은 30대 후반 독신 여성들은 신도시 부동산 가격만큼이나 잘 알고 있는 곳이겠지만.

하지만 윤마리아는 이곳 신일전당포의 단골 고객이다. 그녀가 전당포 고유의 업무를 포기한 이곳을 찾은 이유는 단순하다. 진짜에 가까운 짝퉁을 구입하기 위해서.

신일전당포의 별도 업무에 대해선 윤마리아만 알고 있는 게 아니다. 이곳은 쇼핑이나 명품에 대해 조금이라도 관심이 있는 그녀 또래 여자들이라면 모를 수가 없는 명소다. 명색은 전당포라는 간판을 붙여놨지만, 구색만 갖춰놓은 가게 모습 이면의 진실은 1층 가게에서 지하로 향하는 계단을 내려서면 확연히 드러난다. 완벽하게 변모된 모양새로 말이다.

누구의 안내도 받지 않고 전당포 쪽문을 열고 지하로 향하는 계단으로 내려간 윤마리아는 무표정한 얼굴로 두 눈동자를 민첩하게 움직였다. 그것은 스무 평 남짓한 창고 한가득 무질서하게 쌓여 있는 짝퉁 명품들 중에서 새로 나온 물건, 소위 신품을 골라잡기 위한 민첩함이다.

신일전당포는 명품 짝퉁을 밀수입해 판매하는 가게들 중 질적인 면에서 단연 압도적인 우위를 과시하는 곳이다. 질적인 우월성이란 바로 짝퉁의 진정성을 의미하기도 한다. 짝퉁의 진정성, 궁극적인 목표는 단 하나다. 진품과 똑같은 짝퉁이 되는 것. 이곳에서 판매되는 제품들은 단순히 메이드 인 차이나 제품을 공수해 와서 이태원이나 용산, 남대문 등지에서 판매하는 시중의 명품 짝퉁들과는 그 격이 다르다. 순수 국내 장인(?)들의 기술로 탄생한 베르사체, 루이까또즈, 롤렉스, 아르마니, 안나수이 등의 짝퉁 제품들은 흡사 불후의 명화들을 모작한 예술 작품과 견주어도 될 만큼 정교한 솜씨가 느껴진다.

익숙한 손놀림으로 맘에 드는 짝퉁들을 찾아내는 윤마리아의 눈빛에선 그녀만의 열망이 너무나 노골적으로 드러났다. 제대로 된 것들을 선택할 때의 짜릿함을 그녀는 숭배하는 편이다. 그런 그녀의 경향은 또래 명품족들 중에서도 단연 독보적이다. 지극히 일반적인 소시민 가정에서 성장해서 별 특징 없는 서울 소재 4년제 대학을 졸업하고 제대로 된 직장 하나 구하지 못해 버둥거리

는 암울한 청춘인 현실과 달리, 윤마리아의 옷차림새, 액세서리
는 온통 머리부터 발끝까지 명품으로 도배하는 수준이었다. 안나
수이 스카프에 베르사체 시폰 원피스, 페라가모 구두에 샤넬 가
방까지. 물론 그와 같은 연출이 가능한 것은 그 명품들이 원본을
빼어나게 닮은 짝퉁인 덕분이지만, 그 역시 엄청난 무리수를 각오
하지 않으면 불가능한 일이다. 이 정도로 정밀하게 모방한 제품은
가격 또한 진품 못지않기 때문이다.

"오늘은 꽤 무리하네."

마르고 한눈에 봐도 변태같이 생긴 전당포 주인은 윤마리아가
선택한 제품들의 가격을 산출하기 위해 계산기를 두들기며 그렇
게 말했다. 주인의 말엔 충분히 일리가 있다. 선글라스에 투피스
상의, 가방 두 개에 손목시계까지 골랐으니……. 윤마리아는 계
산기 버튼을 몇 번이고 반복해서 누르는 주인의 손을 태연하게 지
켜봤다. '그래봐야 진품 가방 한 개 값도 안 되는 돈이다. 외국계
회사 정규직 사원만 돼봐라. 그땐 곰팡이 냄새 나는 이곳도 굿바
이야. 이거 왜 이러셔.' 윤마리아의 마음은 주인 남자를 향해 그
렇게 소리치고 있었다.

대충 계산을 끝낸 듯한 주인 남자가 정확한 기준이 마련되지 않
은 밀거래의 기본인 흥정의 여지를 만들기 위해 한마디 내뱉는다.

"160 정도 나왔는데 150만 내."

가격이 그때그때 상황마다 롤러코스터를 타는 짝퉁 시장의 가

격 결정은 고무줄처럼 탄력적인 액수를 제시하면서부터 시작된
다. 그리고 이어지는 지루하고 소모적인 흥정. 그런데 오늘의 거
래는 윤마리아의 가격에 대한 철저한 무관심으로 인해 싱겁게 마
무리됐다. 주인 남자도 의아하게 여길 만큼 윤마리아는 그가 제
시한 가격에 대해 별다른 토를 달지 않았기 때문이다. 평소라면
제시한 가격의 절반까지 에누리를 할 기세로 덤벼들던 그녀다. 그
러나 지금은 아니다.

윤마리아는 오히려 미심쩍어하는 주인 남자에게 지갑을 꺼내
보이며 자신이 소지한 카드란 카드는 죄다 꺼내 카운터 위에 올려
놨다. 모두 열두 개. 국내, 외국계 카드가 총망라된 것들이지만,
카드를 본 주인 남자는 난색을 표했다.

"카드 어려운 거 잘 알면서 왜 이래?"

"전에 보니까 깡도 하시는 것 같던데…… 깡으로 긁어주세요."

"선이자가 꽤 높은데, 괜찮겠어?"

"상관없어요."

주인 남자로선 손해 볼 게 없는 장사다. 3할에 가까운 선이자
를 떼는 카드깡이야말로 마이너 금융거래 차익 실현에 있어서 단
연 돋보이는 수익률을 자랑하는 아이템 아닌가. 주인 남자는 혹
시라도 그녀의 마음이 바뀔까 봐 걱정하며 분주하게 카드를 긁어
댔고, 윤마리아는 그 순간 미래 지향적인 향후 방향 수립에 골몰
했다. 동시에 쇼핑의 순간 만끽하는 특유의 짜릿함을 즐기면서.

14　기무, AM 11:15

지레 겁을 먹고 버스를 탄 것을 기무는 후회했다. 독립문역에서부터 바바리맨의 못 볼 것을 본 여고생처럼 전력을 다해 버스 정류장 쪽으로 도망치던 기무는 마침 두 대 연속해서 들어오던 471번 버스를 보자마자 정신없이 올라탄 것이다.

471번의 경로는 독립문에서 신촌, 신촌에서 연대와 충정로를 거쳐 종로3가로 이어졌다. 버스 맨 뒷자리에 앉아 상상조차 해본 적 없는 엄청난 총격의 화끈함에서 차츰 깨어난 기무는 청바지 뒷주머니에 꽂아 넣은 문제의 총과 한 장의 종이를 다시 꺼냈다.

덜컹거리는 471번 버스 안은 승객이 서 있을 만큼 붐비지 않았다. 맨 뒷자리에서 기무가 오전 햇살을 받아 빛을 반사하는 총을 만지작거리며 앉아 있어도, 녀석의 그런 모습을 경계의 눈초리로 지켜보는 승객은 아무도 없었다. 버스나 지하철, 공공장소에 부착된 111 안보 광고 스티커를 무색하게 만드는 대목이었다. 만약에 노랑머리인 자신이 남파된 무장공비쯤 되어 1960년대의 김신조처럼 대통령을 암살하겠다고 설쳐대면 어쩌려고 이러나 하는 생각이 문득 어린 녀석의 마음에 근거 없는 애국심을 부채질했다.

다음 정류장 안내 멘트에서 '종로3가역'이라는 단어가 귀에 들어왔을 때, 기무는 용수철이 튕겨 나가듯 자리에서 일어나 단숨에 하차문 쪽으로 달려가 벨을 눌렀다. 그와 함께 녀석은 종이에 적혀 있는 다음 장소와 종로3가 전철역의 연관성을 생각했다. 3호선 압구정역, 3호선 종로3가역……. 기무는 여기서 내려 압구정으로 가는 게 가장 지름길이라고 생각했다. 물론 종로3가를 거쳐 동호대교를 넘어 압구정역으로 가는 버스가 있긴 해도, 기무는 더 이상 버스를 타고 싶지 않았다. 버스의 너무나 느리고 더딘 진행이 손에 총을 쥐고 있어 들뜨고 흥분된 마음일 수밖에 없는 녀석에겐 영 답답했기 때문이다.

15 기무, AM 11:40

그렇게 471번 버스를 내려 종로3가역에서 지하철을 타고 압구정역에 도착한 시간이 11시 40분이다. 기무는 참으로 오랜만에 시간이 빠른 속도로 굴러간다는 느낌을 받았다. 학교 다닐 때도, 학교를 다니지 않고 할 일 없이 거리를 싸돌아다닐 때도 기무를 가장 짜증스럽게 한 건 바로 시간의 지루함이었다. 그 또래 아이들은 담배 한 모금 빨고 친구 녀석들과 그렇고 그런 잡담이나 음담패설 늘어놓는 일로 시간을 보내면 하루가 어떻게 지나는지도 모른다고 말들 하지만, 기무에게 그 말은 전혀 근거 없는 헛소리에 불과했다. 아무리 게임에 몰두하고 담배를 피워대도 녀석에게 시간은 마치 재미없는 예술 영화의 장면들을 느린 화면으로 보는 것처럼 처치 곤란한 괴물이었다.

그런 생각이 들자 기무는 오늘의 이벤트를 준비한 게임 업체에 고마운 마음까지 들었다. 이처럼 흥분된 상태로 복날 미친개처럼 거리를 뛰어다니는 것이 얼마 만인가.

기무의 손엔 여전히 은빛으로 도금된 총이 외부에 노출된 채로 쥐여 있었다. 471번 버스에서 내릴 때부터 기무는 그렇게 총을 쥔 채로 지하철을 탄 것이다. 물론 그런 녀석의 행동이 의도된 것은 아니었다. 지나치게 흥분된 상태여서 미처 총을 숨길 생각을 하지 못했을 뿐이다. 나중에 그 사실을 의식하고 뒷주머니에 꽂아 넣으려고 할 때 녀석은 주위 사람들, 좀 더 정확히 말해 서울 시민의 경이로운 무관심에 또 한 번 놀라지 않을 수 없었다.

여전히 기무는 30분 전 독립문역에서 터져 나온 그 우렁찬 총소리를 잊지 못한다. 아직도 귓전에 총성의 반향이 맴돌았기 때문이다. 하지만 그런 기무의 흥분된 마음과는 다르게 문제의 총소리를 듣지 못한 시민들의 시선은 놀라울 정도로 무감각했다.

기무가 총을 들고 이곳저곳 설레발치고 다니거나 적지 않은 사람들이 부대끼는 지하철 안에서 노골적으로 총을 쥐고 있어도, 그들은 그 어떤 제재도 가하지 않았다. 그저 하나같이 피곤하고 잔인할 만큼 억눌린 얼굴을 하고서, 휴대폰을 유년 시절 장난감처럼 만지작거리거나 타블로이드판 무료 일간지를 뒤적거리는 데 온 신경을 집중할 뿐이었다.

그런 그들의 반응에 서운한 마음마저 생긴 기무는 개찰구를 우습게 뛰어넘은 다음 압구정역 보관함 앞에 멈춰 섰다. 압구정역 보관함 역시 독립문역의 그것과 마찬가지로 디지털 시설로 교체된 상태였다. 보관함 앞에 선 기무는 종이에 적힌 대로 '찾음' 버튼을 누른 다음 연이어 7번을 선택했다. 그러자 신기할 정도로 신속하게 7번 보관함의 문이 열렸다.

더욱 커져가는 짜릿함과 그에 수반되는 들뜬 마음은 보관함 안에 들어 있는 또 하나의 사물을 대하는 순간 몇 배로 증폭되었다.

보관함 안에 들어 있는 것은 바로 총알이었다. 케이스에 보관된 것도 아니고 하다못해 비닐봉지 같은 것에 담기지도 않은 채 보관함 속을 나뒹구는 총알들을 본 기무는, 그것들을 일일이 손으로 집어 청바지 주머니에 집어넣다가 나머지는 손에 움켜쥔 다음 머리를 이용해 보관함 문을 닫았다. 그러고는 벤치에 주저앉아 들고 온 총과 총알들을 펼쳐놓았다.

총알은 정확히 서른세 개였다. 이제 기무는 게임 업체가 허풍이나 해프닝으로 그칠 이벤트를 준비한 게 아니란 확신을 갖게 되었다. 하지만 의문이 완전히 해소된 건 아니다. 처음 이벤트 공지 사항에는 총 서른다섯 발의 총알만을 이용한다고 되어 있지 않았던가. 보관함에 들어 있던 총알들을 모두 세어본 기무는 공지 사항과 다르다고 생각했다. 하지만 갖고 있는 총의 탄창을 분리해보고는 이내 서른다섯 발이 정확하다는 걸 발견했다. 탄창 안에 한 발의 총알이 들어 있었다. 방금 전 독립문역에서 한 발을 격발하고 남은 총알이다. 그러므로 모두 서른다섯 발의 총알을 준비했다는 게임 업체의 공지는 사실이었던 것이다.

기무는 총알을 엄지와 검지로 잡고 호기심 가득한 눈빛으로 외관을 살폈다. 우선 아홉 발을 탄창에 장전해 넣었다. 은빛으로 도금된, 제법 무게가 나가는 진짜 총알로 보였다. 총알의 표면에는 영문 이니셜로 'MADE IN GERMANY'라고 제조국까지 새겨져 있었다. 총알을 만지작거리며 기무는 다시 한번 감탄했다. 조잡하고 어설픈 게임들만 출시하는 그저 그런 업체로만 알았는데, 이처럼 세심하고 실제적인 서바이벌 이벤트를 준비하다니. 그런데 막상 총알까지 지급받고 나자 또 한 번 막막한 느낌이 밀려들었다. 당연한 반응이다.

총과 총알까지는 확보된 상태다. 그런데 보스는 어디 있으며, 제거해야 할 서바이벌 상대는 또 어디에 어떤 모습으로 숨어 있단 말인가? 그런 것에 대한 구체적인 설명이 없다는 사실을 깨닫자, 기무는 그러한 허탈함에 생리적으로 반응하듯 갑자기 밀려오는 조갈을 강하게 실감했다. 목이 마르다. 기무는 집에서 연양갱 열 개를 단숨에 섭취한 뒤 현재까지 닥치는 대로 이곳저곳을 뛰어다니면서 그 어떤 음료도 마시지 못한 상태다. 녀석은 우선 뭔가를 마셔야겠다는 강한 충동만을 느끼며 자리에서 일어났다.

16   김중혁, AM 11:50

광록의 우려는 기우에 그치지 않았다. 말 그대로였다. 어느 교회 복지 단체 주관으로 종로3가 탑골공원 입구에 마련된 무료 급식 행사에는 이미 감당할 수 없을 정도로 많은 사람들이 모여 있었다.

서울 어느 지역에서나 이러한 무료 급식 행사에 모여드는 인원이 대단하겠지만, 김중혁의 눈에 비친 이곳, 탑골공원 무료 급식대 근처 풍경은 사뭇 달랐다. 최근까지 김중혁은 서울역 근처 가톨릭 재단이 운영하는 무료 급식 센터에서 점심과 저녁을 해결해왔다. 그런데 광록은 달랐다. 밤마다 잠은 옛 서울역 역사에서 잤지만, 아침 식사는 서울역에서 그리고 점심 식사는 탑골공원 혹은 신촌에서 해결하는 다양한 이동 경로를 과시해온 것이다.

그렇게 광록이 이곳저곳을 배회하면서 끼니를 해결하는 명분은 확고했다. 좀 더 인간다운 식사를 하기 위해서라는 게 평소 그의 지론이었다. 그렇다고 서울역 주변에서 활동하는 가톨릭 재단이 제공하는 점심 식사의 질이 엄청나게 수준 이하라는 말은 아니다. 요컨대 사람이 먹을 수 없는 먹을거리를 들이미는 정도는 아니란 말이다. 그러나 광록의 의견은 달랐다. 적어도 우리가 성직자나 고행자처럼 특수한 직종에 종사하는 게 아닌 이상 매일 똑같은 반찬에 똑같은 밥을 먹을 수는 없다는 것이 그의 울분에 찬 항변이었다.

11월 24일, 광록이 김중혁을 3호선 종로3가역 13번 출구에서 도보로 5분 이상 걸어야 도착할 수 있는 곳에 마련된 무료 급식 센터까지 데리고 온 이유도, 바로 평소 자신의 주장을 동반자에게 확인시켜주고 싶은 의욕이 지나치게 앞선 탓이다. 김중혁은 그런 광록의 열의를 타박하고 싶진 않았지만, 결코 공감하진 못했다. 어차피·우리는 노숙자다. 이번 겨울에도 몇 명이 길바닥에서 얼어 죽어 일간지 하단 무연고자 사체 처리 공고에 포함될지 모르는 형편이다. 우리에게 필요한 건 단지 보온 효과 짱짱한 신문지의 다량 확보와 혹독한 냉기로부터 몸을 보호해주는 알코올의 지속적인 공급뿐이다. 인간다운 식사라니……. 김중혁은 광록에게, 그리고 자신에게 묻고 싶었다. 과연 우리가 인간인가.

탑골공원의 무료 급식 센터에 모여드는 이들은 노숙자들만이 아니었다. 아침부터 저녁 늦게까지 공원과 그 주변에 죽치고 앉아 시간을 소비하는 노인들까지 끼니를 때우기 위해 모여드는 곳이 바로 이곳이다. 김중혁은 11시 50분의 이곳 풍경을 목격하고 나서야 광록이 어째서 그토록 서둘러야 한다고 자신을 채근했는지 이해했다. 일렬로 늘어선 줄만 해도 족히 100미터가 넘어 보인다. 광록과 김중혁은 그중에서도 하위 그룹에 속했다. 시간이 지날수록 더 많은 노숙자와 노인들이 김중혁의 뒤로 어슬렁거리며 접근했다. 하지만 자원봉사자들은 아직도 식사 배급을 시작하지 않았다. 한 줄로 늘어선 사람들의 숫자를 헤아리며 인상을 잔뜩 찡그리는 폼이 예사롭지 않다. 어디 이래서야 맛난 반찬은 고사하고 밥 한 끼나 제대로 얻어먹을 수 있겠는가. 광록의 우울한 얼굴은 바로 그러한 외침을 여과 없이 표현했다. 그런 그가 말한다. 붉게 물든 눈동자를 쉼 없이 회번덕거리며.

"아무래도 날을 잘못 잡은 것 같네."

"원래 이렇게 많은가?"

"대체로……. 하지만 오늘은 더 심한 것 같군."

"몇 명 먹을 분량을 챙겨 왔을까?"

"그래도 200명까지는 커버할 수 있지 않겠나 싶네."

"그런데 자원봉사자들 표정이 영 밝지가 않네. 왜 저러지?"

김중혁의 순수한 마음에서 비롯한 물음이었다. 그런 김중혁의 질문에 대한 광록의 대답은 차갑고 냉정했다.

"공익광고에서처럼 훈훈한 봉사 정신을 기대한다면 실망이네. 그런 낭만은 이제 잊을 때도 되지 않았나?"

일리 있는 말이다. 물론 초인적인 박애주의로 무장한 이들이 극소수 존재하기는 할 것이다. 하지만 그들조차도 인간이다. 매일 같이 이렇게 냄새나는 무리들이 죽치고 앉아 밥을 구걸한다고 생각해보라. 그게 뭐 그리 신명 나는 일이겠는가. 김중혁은 종교 재단에서 파견된 자원봉사자들이 하나같이 똥 씹은 표정을 하고 있는 궁극의 원인을 그렇게 짐작했다.

11시 55분. 엄청나게 큰 냄비와 솥의 뚜껑이 개봉되면서 오늘의 국과 반찬이 공개된다. 그 먼 거리에서도 광록은 핏발 선 눈을 더욱 크게 부릅뜨며 반찬과 국의 내용물을 탐색했다. 그와 함께 군침을 삼켰다. 꽤 괜찮은 메뉴인가 보다. 광록은 흥분한 목소리로 오늘의 메뉴를 국어책 읽듯 김중혁에게 보고했다.

"소고기를 넣은 뭇국에 장조림, 김치, 숙주나물, 게다가 콩이 섞인 찰밥이라니……. 이거 장난이 아닌데."

광록은 그야말로 환희에 찬 표정을 짓고 있었다. 김중혁은 신기한 표정으로 단숨에 오늘의 메뉴를 읊어댄 광록의 빼어난 관찰력에 경의를 표했다.

"어떻게 저 먼 곳에 있는 음식들이 뭔지 알 수 있나?"

"냄새만 맡아도 다 알 수 있네. 자네도 이 생활을 1년만 더 해보면 알게 될 거야."

"아무튼 대단하네."

"그런데 문제는 지금부터야."

광록의 표정이 심각해졌다. 그와 함께 곧 그가 우려하던 경고의 메시지가 들려왔다. '밥퍼 사랑 나눔회'라는 문구가 새겨진 앞치마를 두른 자원봉사자들 중에서 리더로 보이는 남자가 확성기를 입에 대고 간절히 점심을 기다리는 이들에게 다음과 같이 선포했다.

"알려드립니다. 준비해 온 식사가 많지 않은 관계로 지금 오셔서 줄을 서고 계신 분들께서는 다른 곳에 준비된 무료 급식 서비스를 이용하시기 바랍니다. 알려드립니다."

그와 함께 벼락같이 터져 나오는 호루라기 소리. 그제야 김중혁은 이곳에 도착한 이후로 내내 머릿속을 맴돌던 한 가지 의문을 해소할 수 있었다. 요란스러운 호루라기 소리를 들으며 말이다.

무뇌아적인 상태로 퇴화해버린 노숙자들이 어떻게 이처럼 도덕 교과서 삽화에서나 봄 직한 질서 정연함을 유지할 수 있을까 하는 의문. 그 질서 정연함은 바로 이 대열을 관리하는 두 사람의 과도한 설쳐댐 덕분에 가능했던 것이다.

두 명의 남자는 칠순을 넉넉히 넘긴 것으로 보이는 노인들이었고, 둘 다 군복 차림이었다. 한 명은 고 박정희 대통령이 즐겨 착용하던 검은색 선글라스를 쓰고 나이에 비해 건장한 체격이었는데, 그가 곧 장영달이다. 다른 한 명은 물론 그의 추종자 제갈 소령.

그들은 누가 시킨 것도 아닌데, 어느 때부터인가 탑골공원 자치질서수립회 회장과 부회장직을 꿰차고 이렇듯 점심때마다 장사진을 이루는 급식 대열을 정비하는 데 앞장서왔다. 그런데 이런 그들을 바라보는 광록의 시선은 대단히 곱지 않았다. 광록은 밥이 모자라다는 자원봉사자의 말에 자극을 받아 동요하는 노숙자와 노인들을 요란스러운 호루라기 소리로 진압하며 여기저기 설치고 돌아다니는 장영달과 제갈 소령을 향해 노골적인 적의를 드러냈다.

"저 노인네들 때문에 될 일도 안 되는 거야."

"저들이 누군가?"

"선글라스 눌러쓴 노인네는 말로는 자치질서수립회 회장이라는데……. 웃기고 앉아 있네. 공짜로 밥 얻어먹는 데 무슨 질서고 나발이야."

광록의 장영달을 향한 비난은 거기서 그치지 않았다.

"이렇게 한 줄로 늘어서서 음식을 기다리니까 될 일도 안 되는 거야. 줄 한번 잘못 서면, 씨발, 오후 2시가 넘어도 밥알 구경도 못 하는 경우가 다반사야. 이게 말이 되느냐고. 그러면서 지들은 뒤로 한 그릇 융숭하게 빼돌리면서 말이야."

그런 광록의 적의를 전혀 눈치채지 못한 장영달은 더욱 호기롭게 몸을 놀리며 대열을 정비하는 데 여념이 없었다. 어디서 구해 왔는지 길고 야무진 오동나무 지팡이를 무기 삼아 조금이라도 줄에서 이탈하려는 조짐을 보이는 불순분자들을 향해 마구잡이로 삿대질을 해댔다. 장영달의 지팡이에 옆구리나 어깻죽지를 얻어맞는 사람도 속출했다.

"줄을 제대로 서란 말이야! 밥이라도 한 끼 얻어먹으려면 말이야."

반말까지는 그런대로 견딜 만하다. 그런데 드디어 급식이 시작되면서부터 장영달의 입에서 발설되는 노숙자들을 향한 경멸의 표현은 일반의 상식을 초월하는 수준이었기에, 김중혁은 저 노인

90

네가 실성한 게 아닌가 하는 생각이 들 정도였다.

"이런 밥버러지 같은 인간 말종들! 이 어르신들이 아무 일도 안 하고 거리나 어슬렁거리며 소주나 처먹고 밥이나 빌어먹으려고 돌아다니는 노숙자들과 함께 어울려야 하다니……. 이런 생비극이 어디 있단 말이야! 야야! 거기 줄 제대로 못 서!"

그러나 장영달은 자신이 내뱉은 발언들에 대해 전혀 후회하지 않았다. 너무나 당연한 표현들이라고 생각했으며, 심지어 그의 완고한 소신에서 비롯된 고상한 훈계이기도 했다. 적어도 장영달의 머릿속에선 말이다.

장영달은 노숙자들의 운집을 보며 그렇게 개탄했다. 7, 80년대까지만 해도 이렇게 일도 안 하고 빈둥거리는 노숙자란 게 어디 가당키나 한 일이었는가. 장영달은 이런 일련의 작태가 삼청교육대라는 바람직한 미덕을 끔찍한 역사 청산 과제쯤으로 몰아가는 현 정부의 좌익 사상 때문이라고 생각할 수밖에 없었다. 그것이 그의 세계에서 정의 내릴 수 있는 최선의 결론임과 동시에 최대의 관용이었다.

광록은 지나칠 만큼 안절부절못했다. 예상보다도 훨씬 빠른 속도로 광록이 고대하는 밑반찬들이 줄어들고 있기 때문이었다. 그것은 신참으로 보이는 몇몇 풋내기 자원봉사자들이 반찬의 양을 조절하지 못하고 그때그때 충동적으로 반찬을 배급하는 통에 초래된 비극적 결말이었다. 광록은 이 상황을 지켜보며 진심으로 안타까워했다.

"저런 개념 없는 것들. 저렇게 막 퍼주면 뒤에 있는 사람들은 어쩌려는 거야?"

"너무 몸 달아 하지 말게. 그래도 보아하니 우리 차례까진 돌아오겠는데그래."

"돌아오면 뭐 하나? 이래가지고선 뭇국에 쇠고기 한 점 구경할 수 없겠구먼."

광록이 툴툴거리며 더 이상 이대로는 안 되겠다 싶었는지 입술을 실룩거리며 더욱 요란하게 눈동자를 굴려댔다.

그런 그가 주목한 건 다른 누구도 아닌 장영달과 제갈 소령의 움직임이었다. 지금 광록과 김중혁은 대열의 중간 정도에 서 있고, 그 앞으로 40명 정도가 더 남아 있다. 대부분 노인들이었으며, 노숙자들은 몇 명 되지 않았다. 장영달은 무질서함이 빈번히 발발하는 뒷줄의 노숙자 무리를 통제하는 데 여념이 없었고, 제갈 소령은 뒷짐을 지고 서서 따분하게 이 사태를 지켜보는 것으로 봐서 장영달보다 적극성이 부족해 보였다. 광록은 바로 지금이 적기라고 생각한 모양이다. 그는 여전히 장영달을 바라보며 김중혁에게 말을 건넸다.

"내가 먼저 자리를 잡으면 그때 뒤이어 들어오게. 힘없는 늙은이들만 있으니까 시치미 떼면 별일 없을 거야."

"어쩌려고?"

"보면 알게 돼. 황홀한 런치 타임을 이대로 보내버릴 순 없어."

그렇게 말한 광록은 즉시 행동에 들어갔다. 광록이 벌인 행동은 단순했다. 줄에서 무단으로 이탈해 바로 급식대 코앞까지 접근하는 일이었다. 간단히 말해 그는 새치기를 한 것이다.

완전범죄가 성립되는가 싶었다. 과연 광록의 말대로 그가 험악하게 줄의 틈을 비집고 들어가자 줄 서 있던 노인들이 순간 울상이 되긴 했지만, 행여 불상사라도 생길까 싶어 별다른 불만을 터뜨리지 않았다. 그러나 그것으로 광록의 행동이 성공한 건 아니었다. 그의 얍삽한 행동을 목격한 제갈 소령이 "야, 이 새끼야!"라고 고함치며, 가뜩이나 뒷줄의 무질서한 노숙자들 때문에 분을 삭이지 못해 씩씩거리던 장영달의 용광로 같은 마음에 쇳물을 부어버린 것이다.

광록의 새치기 사실을 알아차린 장영달은, 호루라기를 으깨어버릴 듯 꽉 물고 오동나무 지팡이를 허공을 향해 사정없이 휘둘러대며 광록이 선 쪽으로 다가왔다. 그때는 마침 광록이 식판을 집어 들고 음식을 배급받을 타이밍이었다.

장영달은 새치기에 성공한 광록이 무료 급식을 받아먹는 뻔뻔함을 결코 용납하지 않았다. 있는 힘껏 호루라기를 불어대며 광록의 앞을 완전히 가로막고 선 것이다. 그와 함께 장영달은 냉엄하고 차가운 눈빛으로 광록을 내려다보며 당황해하는 자원봉사자들을 향해 경고하듯 말했다.

"어서 배급을 멈추시오. 부도덕하고 추잡스러운 똥파리 하나가 끼어들었으니, 말끔히 청소한 다음 선행을 실천해야 되지 않겠소."

자원봉사자의 우두머리가 어떻게 좀 나서줄 줄 알았다. 광록을 비롯한 다른 노숙자들과 김중혁, 심지어 노인들조차 그렇게 믿었다. 그러나 그들은 아무 말도 하지 않았다. 그렇다고 그들이 장영달을 이곳의 진정한 자치질서수립회 회장으로 인정하는 것은 아니었다. 단지 그들은 환멸과 지루함에 가득 차 있었다. 자신들이 벌인 이 밥퍼 행사의 숭고함에 대한 후회 같은 거 말이다. 그들의 표정만 보면 그렇다는 거다.

장영달의 지시대로 자원봉사자들은 하던 일을 잠시 멈추었다. 자신의 제지에 호응해준 그들의 행동을 보고 더욱 의기양양해진 장영달. 광록을 향해 괴성으로 일갈한다. 칠순을 훨씬 넘긴 나이가 무색할 정도로 쩌렁쩌렁한 육성이 일품이다.

"원래 자리로 돌아가라. 이 기생충 같은 노무 새끼!"

"노인네가 뭔데 이래라 저래라야?"

"뭐? 노인네?"

"그럼. 노인네를 노인네라 부르지, 뭐라고 불러드릴까? 군인 할배라고 불러드릴까?"

광록의 비아냥거림에 주위 사람들이 키득거린다. 심지어 노인들까지도 장영달과 광록을 번갈아 보며 알 수 없는 미소를 지었다. 그러자 장영달의 분노는 걷잡을 수 없는 지경으로 치달았다.

하지만 그는 제 스스로 앉은 자리이지만 명색이 자치질서수립회 회장이라는 신분의 근엄함을 유지하기 위해 가까스로 인내하며 광록에게 최후통첩의 메시지를 보냈다.

"좋은 말로 할 때 원래 자리로 돌아가라. 어서!"

단호하고 근엄한 음성. 장영달은 군대 시절을 추억하며 그때의 낭만이 복원되길 기원했다. 계급과 체제, 명령과 복종만이 존재하는 군대 조직의 일사불란함은, 하지만 지금 이곳 탑골공원 무료 급식 대열에서는 조금도 기대하기 어려웠다. 장영달의 소망과는 다르게 말이다.

우려하던 일이 결국 벌어졌다. 그토록 공들여 질서를 수립해놓은 뒷줄에서 기어이 대열이 해체되고 말았다. 굳이 광록이 나서지 않았더라도 벌어질 일이었다. 광록이 장영달의 경고를 듣고도 식판을 붙들고 버티는 중에 뒷줄의 노숙자들과 노인들 사이에서 한바탕 실랑이가 벌어졌고, 그로 인해 줄이 삽시간에 무력화되고 말았다. 뒤늦게 제갈 소령이 달려들어 열심히 호루라기를 불어댔지만, 이미 엎질러진 물이었다. 노숙자들과 노인들이 한순간에 우르르 광록이 서 있는 급식대 앞으로 달려들었기 때문이다.

"줄을 서란 말이야. 이 버러지들아!"

장영달은 급기야 이성을 잃은 헐크로 변신하고 말았다. 그는 노인이며 노숙자며 가릴 것 없이 마구잡이로 오동나무 지팡이를 휘두르며, 좀비처럼 몰려드는 무리를 쫓아내고자 했다. 광록도 당황하기는 마찬가지였다. 그래도 그는 점심을 먹겠다는 집념만큼은 절대 포기할 수 없어 장영달이 물러선 틈을 타서 급식대 앞으로 단숨에 뛰어들어 밥과 반찬들을 직접 손으로 식판 위에 올려놓았다. 그러나 광록의 시도는 결국 성공하지 못했다. 식판을 붙잡고 대열을 탈출하려 했지만, 일단 뒤엉켜버린 아수라도(阿修羅道)의 난장에 휩쓸린 탓에 식판을 바닥에 떨어뜨리고 간신히 몸만 빠져나올 수 있었다.

김중혁은 이 현장을 한 걸음 물러서서 지켜보며 어째서 이 도시에 경찰과 같은 공권력이 필요한지 이제야 공감할 수 있었다. 차라리 단속반과 공익 요원, 경찰이 그리워지기까지 한 것도 무리가 아닐 만큼 무료 급식 현장은 순식간에 엉망진창이 되어버렸다.

한 가지 놀라운 건 장영달이라는 노인의 지치지 않는 불굴의 투혼이었다. 그는 엄청난 노익장을 과시하면서, 자기가 정말 이 혼돈을 잠재울 수 있으며 반드시 그래야만 하는 막중한 사명을 지닌 전사(戰士)라도 되는 양 오동나무 지팡이를 휘둘렀다.

결국 광록과 김중혁은 완전히 엎어져버린 국그릇들과 밥솥 따위를 안타까운 눈으로 바라보다가, 더 늦기 전에 무료 급식을 먹기 위해 다른 장소로 발걸음을 돌려야 했다.

17 윤마리아, PM 12:20

압구정로데오역 3번 출구 앞. 윤마리아는 대개 또래의 여자들이 이용하는 스타벅스나 그보다 조금 못한 던킨도너츠 같은 곳을 찾지 않았다. 대신 그녀가 찾은 곳은 3번 출구에서 그리 멀리 떨어지지 않은 곳에 위치한 맥도날드였다.

물론 그녀는 미국 패스트푸드에 열광하는 인스턴트 마니아가 아니다. 아마도 압구정 근처 사람들에게 묻는다면 열에 아홉은 맥도날드 따위에 열광하는 칠푼이가 어디 있느냐며 면박을 줄 거다. 점심시간에 맥도날드의 감자튀김과 햄버거를 찾는 인종들은 대개 미국산 패스트푸드에 열광하는 게 아니라 빠른 시간에 적당히 끼니를 때울 수 있는 장점을 선호하는 부류다. 그렇다면 윤마리아도 그와 같은 빠르고 바쁜 직장인의 패턴을 선호하는 인종들 중 한 명일까? 그녀가 그렇게까지 마냥 정신없고 분주한 스타일인가 하면 꼭 그렇지만은 않다. 평소 그녀의 시니컬한 태도로 봐서도 그렇고, 부리로부터 특급 정보까지 얻어내어 더 이상 실험 고객을 붙잡고 통사정해야 할 이유가 사라져버린 지금에 와선 더더욱 아닐 것이다.

윤마리아는 오히려 우아하고 팝아트적 분위기로 충만한 카페테리아 한구석에 틀어박혀 레모네이드를 곁들인 치즈 샌드위치를 탐닉하고 싶을 것이다. 게다가 《엘르》나 《보그》 잡지까지 뒤적거린다면 완벽할 것이다.

그런 그녀가 지금의 상황과 아무 관계도 없는, 맥도날드의 그 악명 높은 런치 타임 카운터에 줄을 선 결정적인 한 가지 이유가 존재한다. 더는 빙빙 돌려 말할 필요가 없다. 그녀에겐 이제 우아한 점심을 즐길 만한 돈이 없는 것이다. 현금이며 카드며 뭐든 할 것 없이 바닥이다.

뭔가를 먹지 않아도 배부를 만큼 명품을 닮은 짝퉁을 한가득 담은 쇼핑백을 양손에 들고 있다지만, 그래도 배가 고픈 건 어쩔 수 없는 현실이다. 괜스레 어젯밤 체중 감량 좀 해보겠다고 저녁을 건너뛴 게 화근이다. 하다못해 아침이라도 먹고 나왔다면 이렇게까지 아랫배가 쓰리진 않을 텐데.

현재 윤마리아가 수중에 가진 거라곤 교통카드 한 장과 1000원짜리 두 장이 전부다. 어제 저녁에 사놓은 럭키스트라이크는 어느새 열 개비도 남지 않았다. 물론 지갑에 열두 개의 신용카드가 차례대로 꽂혀 있긴 하지만, 충동구매에 가까운 짝퉁 사재기를 한 탓에 그것들은 이제 사용 불능 상태였다.

이런 상태를 확인해보니 막상 카운터 앞에서 자신의 차례가 돌아와도 별다른 메뉴를 선택할 여지가 없었다. 2000원으로 끼니를 때울 수 있는 맥도날드 메뉴는 유일하다. 일반 햄버거 스몰 사이즈 한 개. 콜라를 마시는 건 처음부터 불가능한 일이다.

자신의 차례가 돌아오자 윤마리아는 간단하게 햄버거 스몰 사이즈 한 개를 주문했다. 영 철딱서니 없어 보이는 알바생은 윤마리아가 애써서 표정을 관리하고 있는 것도 알아채지 못하고, 어떻게 콜라 한 잔도 없이 달랑 햄버거 한 개만 먹을 수 있느냐며 신기해했다.

메뉴가 간단하고 소박했기에 대기 시간도 다른 주문자들에 비해 매우 짧았다. 재빨리 햄버거 한 개가 놓인 쟁반을 든 그녀는 뒤에 서 있는 사람들을 제법 난폭하게 밀쳐내곤 그대로 2층으로 올라갔다.

2층에도 사람은 많았다. 슈트 차림의 젊은 남자 둘과 어학원 죽순이로 보이는 여자 몇 명이 보였고, 특히 기말고사를 끝내고 온 여중생들이 넘쳐났는데 그녀들은 2층 창가 로열석을 차지하고 앉아 예의라곤 전혀 찾아볼 수 없는 소란스러움으로 일관했다.

윤마리아는 그녀들의 소란을 피해 최대한 조용하고 그나마 우아해 보이는 자리를 찾았다. 그렇게 찾은 자리가 반대편 창가 구석 자리였다. 창가에 면해 있는 좌석의 끝 바로 옆자리였는데, 그 맨 끝자리에는 기무가 혼자 자리를 잡고 앉아 콜라 컵의 빨대를 입에 물고 있었다. 어느 누가 봐도 눈길을 확 잡아끄는 노란 병아리처럼 탈색된 머리를 하고서 말이다.

기무도 윤마리아의 신경을 거슬리게 하기엔 조금도 부족함이 없었다. 물론 반대편 로열석의 여중생 계집애들만큼은 아니겠지만 말이다. 기무의 튀는 옷차림새와 헤어스타일이 윤마리아의 심기를 불편하게 한 것은 아니다. 차라리 그것은 개성 있는 압구정 로데오 거리의 눈요깃감으로 평가해줄 만하다. 문제는 녀석의 통화 내용이다. 윤마리아가 앉은 자리를 향해 고개를 돌리고 턱을 괴고 앉아 이따금씩 콜라를 마시며 분명 허물없는 여자 친구로 짐작되는 상대와 대화를 주고받는 풍경 자체만 보면 아무 문제가 없어 보인다. 그러나 좀처럼 조율되지 않는 기무의 원색적인 대화 내용은 그저 듣고만 있어도 짜증스러웠고, 더구나 이성(異性)이 듣기엔 대단히 민망한 수준의 단어들로 가득했다.

그렇다면 그 문제의 통화 상대는 누구일까? 생각할 것도 없이 돌순이었다. 돌순은 알몸인 채 죽음에 가까운 잠에 빠져버린 자신을 버려두고 압구정에 가 있다는 하나뿐인 남자 친구 기무를 향해 원망 섞인 앙탈을 부리는 중이었는데, 그런 여자 친구를 향해 툭툭 뱉어대는 기무의 소위 위로의 말이 그야말로 가관이었다.

"쌍년. 실컷 박아달라고 해서 박아줬더니 먼저 곯아떨어진 게 누군데 그래? 스컹크처럼 방귀나 픽픽 뀌어대면서 말이야."

이 정도는 그래도 들어줄 만하다.

"개같은 년. 오늘은 좆나 바빠. 끝내주는 이벤트가 날 기다리고 있거든. 몰라도 돼. 이년아. 너같이 절벽 같은 년은 몰라도 되는 국가 기밀이야. 됐어. 가서 니네 아빠 똥구멍이나 빨고 있어."

윤마리아는 잘못하면 입에 물고 있던 마요네즈로 범벅이 된 햄버거를 그대로 게워낼 뻔했다. 본의 아니게 기무의 말을 청취하게 된 순간부터 그랬다. 그런데 바로 그녀의 욕지기가 절정에 이를 무렵, 기무가 말을 건넸다.

"목 안 말라요?"

녀석은 더 이상 통화 중이 아니었다. 휴대폰은 주머니 속에 밀어 넣은 상태였고, 녀석은 이번에도 별다른 생각 없이 좌석 위에 은빛으로 반짝거리는 총을 올려놓았다. 그런 기무가 말을 건넨 상대는 바로 옆자리에 앉아 있는 검은 정장 차림의 윤마리아였다.

여자, 그것도 아직 결혼과는 거리가 멀다고 자부하는 20대 후반 도시 여자에게 남아 있는 관심은, 상대가 누구이든 이성이기만 하면 한 가지로 압축된다. 상대는 자신을 몇 살로 봐줄까? 혹시 녀석이 지금 날 아줌마로 불러야 할지, 누나라고 불러야 할지 고민하는 건 아닐까 하는 착각에 가까운 궁금증 같은 거 말이다.

머릿속으로 그런저런 궁리를 복잡하게 떠올리며 윤마리아는 기무를 쳐다봤다. 자신의 말에 아무 대꾸 없이 그저 쳐다보기만 하는 그녀에게 기무는 천연덕스럽게 되묻는다. 이번에는 좀 더 다정하고 느끼해진 음성으로.

"어떻게 햄버거를 먹으면서 콜라를 마시지 않을 수 있는지 이해가 안 되네요. 누나."

'누나'라는 호칭에 방금 전 녀석의 입에서 튀어나온 추잡스러운 육두문자의 기억이 가라앉은 윤마리아는 일그러진 미소를 보내는 것으로 기무의 질문에 반응했다.

기무는 속으로 '이거 신비주의야, 뭐야?'라고 생각하며, 윤마리아의 침묵을 답답해했다. 그러곤 자신의 용건을 꺼냈다. 햄버거나 감자튀김 따위를 허겁지겁 챙겨 먹고 꺼져버리는 서울의 한 공간에서 어린 남자 녀석이 이모뻘 되는 누나에게 제안할 수 있는 용건이란 건 그다지 대단한 게 아니었다.

"콜라는 리필 되니까 제가 한 번 더 갔다 올게요. 그러니까 누난 햄버거 반쪽을 제게 넘겨요. 공평하죠?"

"뭐가 공평하다는 거야? 학생이 콜라를 리필하는 거하고 내가 학생한테 햄버거 반쪽을 넘기는 게 무슨 상관인데?"

"나 학생 아닌데……."

"어찌 됐든."

"리필한 콜라를 누나에게 주겠다고요. 익스체인지 몰라요? 물물교환."

기무는 답답한 듯 바닥을 드러낸 콜라 컵을 흔들어 보이기까지 하며 거듭 설명했다. 윤마리아는 그런 기무의 거칠고 서툰 설명을 더는 듣고 싶지 않아서 대충 고개를 끄덕이며 남은 햄버거 반쪽을 녀석의 자리로 넘겨주었다. 그러자 기무는 제법 신난 표정이 되어 콜라를 리필하겠다며 자리에서 일어났다.

녀석이 1층으로 내려갔다가 다시 올라오는 사이 윤마리아의 휴대폰이 울렸다. 번호를 확인한 그녀는 발신자가 부리인 것을 확인하고 한 치의 망설임도 없이 전화를 받았다. 예전 같으면 "이런 스토커 같은 년!" 하며 받지 않았을 번호다. 그러나 지금은 상황이 전혀 다르다. 그녀는 최대한 예의 바르게 부리와의 통화에 성실히 임했다.

"예. 팀장님. 말씀하세요."

"마리아 씨. 통화 괜찮아? 고객하고 상담 중인 건 아니고?"

"전혀 아니에요. 그러니까 얼마든지 말씀하세요."

"본론부터 말할게. 방금 전에 우리가 차에서 말한 거 말이야."

순간 그녀는 가슴이 철렁 내려앉았다. 설명하긴 힘들지만, 무의식 속에 잠재해 있던 비관적인 의심에서 비롯된 불안감이 그녀를 무섭게 자극한 것이다. 혹시라도 "오늘 내가 말한 건 죄다 거짓말이야. 세상이 그렇게 만만한 줄 알아?"라고 말하지나 않을까 하는 불안감 말이다. 그러나 그런 그녀의 생각은 기우에 불과했다.

"십헤드 카니발 말이야. 듣고 있어?"

"말씀하세요. 뭐가 잘못됐나요?"

"그런 건 아닌데, 만반의 준비를 할 필요가 있을 것 같아서."

"무슨 말씀이세요?"

"점심 먹으면서 본부장 스케줄을 얼핏 전해 들었는데, 오후 2시경에 용산역에서 열리는 무슨 행사에 참석하는 스케줄이 있다네."

"무슨 행사인데요?"

"모르겠어. 하지만 공식 행사는 아니고 사적으로 움직이는 것만은 분명해."

"오후 2시요?"

윤마리아는 잽싸게 현재 시간을 확인했다. 12시 30분. 용산역까지 가려면 어떤 교통편이 최상인가. 그녀는 순간 지하철 노선도를 머릿속에 떠올렸다. 그런 그녀에게 부리가 말을 이었다.

"물론 정확하진 않아. 하지만 본부장의 오후 동선은 틀림없이 오후 2시 용산역, 그리고 오후 4시 삼성역이야. 그 두 곳이 본부장의 스케줄이랬어. 그러니까 두 곳 중 한 곳에서 카니발이 벌어질 거야. 어떤 형식인지는 잘 모르지만 말이야."

그 말을 끝으로 부리는 바쁘다는 핑계로 먼저 전화를 끊었다. 휴대폰을 바에 올려놓은 윤마리아는 무언가 아이디어를 궁리하는 신입 사원다운 총명한 눈빛을 번뜩이면서, 동시에 여전히 부재 중인 기무의 자리에 놓여 있는 총을 바라봤다. 누가 봐도 이구동성으로 "이건 진짜 총이야!"라고 외칠 만큼 파격적인 정교함이 돋보였다. 윤마리아는 문득 그 총을 한번 손에 쥐어보고 싶다는 생각을 했다. 어떤 느낌일까? 그 어떤 액세서리보다도 화려한 은빛을 머금은 총을 보며 그녀는 그런 충동에 시달렸다.

기대와 말초신경을 자극하던 순간적인 열망은 거센 물살에 휩쓸린 모래톱처럼 사라져버렸지만, 김중혁은 한 가지 소중한 사실을 발견한 것을 위안으로 삼아야 했다. 생에 대한 광록의 거대한 집착을 재발견했다고 해야 하나? 그렇게 거창할 것까지도 없다. 끼니에 대한 집념. 이 표현이 가장 적당하다.

탑골공원에서 벌어진 소위 참사 직후 김중혁은 마음속으로 오늘, 11월 24일의 점심은 깨끗이 포기했다. 그 아비규환을 겪고 나서 무슨 먹을 것을 더 찾아보겠다고 설치겠는가. 더구나 김중혁은 광록을 따라 오전부터 뱃속에 기준치 이상의 알코올과 제법 귀한 안줏거리를 넣어둔 상태다. 저녁이나 걱정하면 될 일이라고 생각해도 아쉬울 게 없다. 집도 절도 없는 노숙자 신세다. 사실 저녁까지 거른다 해도 뭐 그리 억울할까.

그러나 광록은 그렇게 생각하지 않았다. 무슨 방법을 동원해서라도 점심을 먹고야 말겠다는 집념은 결국 그로 하여금 노숙자 특유의 기질을 발휘하게 만들었다. 엉망진창이 되어버린 무료 급식 장소를 가까스로 빠져나온 광록과 김중혁은 한동안 멍한 상태로 종로3가역 역사 주위를 겨울잠 덜 깬 반달가슴곰처럼 어슬렁거렸다. 김중혁은 광록이 적당히 술독에 빠져 있는 상태에서 봉변을 겪어 평소와 다르게 게으름을 피우는가 싶었다. 그러나 알고 보니 그게 아니다. 광록은 역사 주변의 쓰레기통을 유심히 살피고 있었던 것이다.

종로3가의 공영 쓰레기통 안에는 김중혁의 머리로 도저히 상상할 수 없는 먹을거리들이, 순전히 광록의 말을 빌리자면 '보화'처럼 은닉되어 있었다. 광록이 그 이유를 설명해주었다. 종로3가는 노점상들의 황금 상권이다. 오전 오후 가리지 않고 이들은 음식물 쓰레기를 때와 상황에 맞게 처치해야 하는데 그에 안성맞춤인 도구가 바로 공영 쓰레기통이다. 광록은 그렇게 말하며 김중혁에게 아직 이런 사실도 모르고 있었느냐며 핀잔을 주었다.

"단지 쓰레기통에 박혀 있다 해서 그게 모두 쓰레기인 것이 아니야. 편의상 그렇게 부르는 것뿐이지. 다 사람이 먹을 수 있는 것들이네. 편견을 버리고 뒤져봐. 한 끼 식사로 부족함이 없을 테니까."

광록의 바람과 다르게 김중혁은 쓰레기통을 뒤지지 못했다. 그러나 광록은 천성이 이해심이 깊은 사내인 모양이다. 그는 자신을 따라다니면서도 행동은 같이하지 못하는 소위 동반자 김중혁에게 더는 별다른 요구를 하지 않았다.

여하튼 족히 스무 개가 넘는 종로3가와 종각 일대 쓰레기통을 빠짐없이 순례한 광록은 손에 검은 비닐봉지 하나를 확보했는데, 그 안엔 먹다 버린 각종 음식물들이 골고루 정성껏 담겨 있었다.

그렇다면 그들의 식사는 어디에서 어떻게 이뤄졌을까? 1호선 종각역 11번 출구 근처에서 이른바 먹을거리 순례를 끝낸 광록을 보며, 김중혁은 그 자리에서 챙겨 온 것을 대충 주워 삼킬 것으로 예상했다. 그러나 광록은 일반 영업직 샐러리맨보다 더 분주하고 은밀한 스케줄을 소유한 사람처럼 행동했다. 다시 가야 할 곳이 있다면서 김중혁을 이끌고 지하철 1호선 개찰구를 통과한 광록은 계단을 내려오자마자 1호선 인천행 열차가 곧 출발한다는 걸 확인하곤 "뛰어!"라는 고함 소리와 함께 그대로 열차에 올라탔다. 광록보다 거의 10여 미터는 뒤쳐져 있던 김중혁은 정말 간발의 차로 닫히는 지하철 문에 왼발 하나를 밀어 넣을 수 있었다.

광록의 점심 식사는 그렇게 지하철을 탄 다음에야 시작되었다. 물론 김중혁은 이런 상황 자체가 전혀 달갑지 않았다. 노약자와 장애인 좌석을 제멋대로 차지하고 앉아 검은 비닐봉지를 자리 위에 펼쳐놓은 광록은, 자신이 마치 인도의 수행자라도 되는 양 경건한 손동작으로 공영 쓰레기통에서 건져 올린 먹을 만한 것들을 집어 먹기 시작했다. 그러더니 자신이 음식물을 3분의 1가량이나 집어 먹는 동안 그것들에 관심도 갖지 않는 김중혁을 기이하게 바라보며 말문을 열었다. 제법 크게 벌린 광록의 입 속엔 으깨진 오뎅과 떡볶이 양념에 버무려진 튀김 따위가 한가득 담겨 있었다.

"왜 먹지 않나?"

"아니. 난 괜찮네. 오전에 먹은 게 아직도 남아 있어서 말이야."

"그래? 참으로 신기하군. 난 먹어도 먹어도 배가 고픈데. 이런 걸 두고 걸신이 들렸다고 하지 않던가?"

김중혁은 고개를 들어 차분한 눈길로 지하철 내부를 둘러봤다. 결코 적지 않은 승객들, 그중에서도 대다수가 노인들임에도 김중혁과 광록이 앉은 자리 주위는 한가했다. 그렇다 해서 김중혁이 이 상황 때문에 광록과 자신에 대해 부끄러움을 느끼는 건 결코 아니었다. 그런 사회적 감정으로부터 초탈했음을 경험한 지 꽤 되었다. 아직까지 쓰레기통에서 먹을 것을 뒤질 정도의 경지엔 이르지 못했지만 말이다.

지하철은 어느새 서울역을 지나 남영역을 향하고 있었다.

김중혁은 비닐봉지 안에 담긴 먹을거리를 이제 거의 집어삼킨 광록에게 물었다.

"그런데 이제는 어디로 가는 건가?"

그러자 광록은 그제야 생각이 난 듯 숙이고 있던 고개를 처들고서 다시 말문을 열었다. 점심 식사로 인해 지속된 침묵을 깨고 말이다.

"아, 그러고 보니 자네에게 다음 행선지를 말해주지 않았군."

"무슨 상관이겠느냐만, 그래도 궁금해서 말이지."

"자네, 내가 오전에 해준 말을 귀담아들었던가?"

"무슨 말?"

"이런, 이런."

광록이 다소 실망스러운 표정을 지었다. 김중혁은 순간 빠른 속도로 기억을 되돌려 오늘 오전에 광록과 나눈 대화 내용을 떠올렸다. 별다른 대화라는 게 있었던가? 늘 이런 식이다. 김중혁은 노숙자 생활을 시작한 뒤로 상대와의 대화 내용을 좀처럼 진지하게 머릿속에 담아두지 못하는 상태가 되어버렸다. 더는 심각할 것도 없고, 생각할 게 남아 있지 않는 상태. 광록은 그런 김중혁의 무뇌아적인 상태를 나무라듯 말을 이었다.

"《격암유록 외전》에 대해 말해주지 않았던가……. 벌써 잊은 건가?"

"잊을 리 있겠는가? 자네가 입에 거품까지 물며 자세히 설명해주었는데."

잊은 건 아니지만 귀담아두어야 할 필요까지 느끼고 있던 건 아니었다. 동반자임을 자처하는 광록과 그런 식의 대화를 주고받는 것이 김중혁에게 어제오늘 일이 아니기 때문이다.

노스트라다무스가 어쨌다느니, 아마겟돈 전쟁이 어쨌다느니 등등. 광록은 주로 인류의 종말과 천지가 개벽할 만한 사회 변화에 대한 노골적인 기대를 비논리와 비현실로 가득한 말들을 동원해서 두서없이 떠들어댔다. 오늘 오전에 말한 《격암유록 외전》인지 뭔지 하는 이야기도 그런 범주에서 조금도 벗어나지 못하지 않았던가. 그런데 광록은 오늘 비교적 지난날의 두서없음과는 다른 모습을 보여주었다.

"우리는 지금 용산역으로 가는 걸세. 이제 한 정거장 남았구먼. 준비하자고."

"용산역엔 또 왜 가는가?"

"어허, 이 사람. 아침에 다 말해주지 않았나?"

"뭘 말인가?"

"메시아가 용산에 출몰하고 전무후무한 쿠데타가 일어난다는, 《격암유록 외전》의 그 주옥같은 말씀 말일세."

"그게 오늘이라고 하지는 않았잖은가?"

"내가 그 말은 하지 않았던가? 어째서지? 그처럼 중요한 말을 하지 않다니."

"그걸 나한테 물으면 어떡하나?"

"여하튼 오늘이 디데이일세. 내가 그래서 이렇게 꾸역꾸역 처먹고 있는 걸지도 몰라. 이를테면 뱃심을 기르려고 말이지."

"그 말, 정말인가?"

"보면 알 것 아닌가? 내가 왜 그렇게 서둘렀는지 곧 알게 될 걸세."

순간 김중혁은 이런 생각이 들었다. 광록이 쓰레기통에서 먹을거리를 조달하는 행동이 어리석었다는 생각 말이다. 광록의 급격한 심경 변화를 보면서 김중혁은 검은 비닐봉지에 가득 담긴 음식물이 상한 게 틀림없다고 생각하지 않을 수 없었다. 그렇지 않고서야 갑자기 디데이가 어쩌니 뱃심을 기른다니 어쩌니 하는 말을 저렇게 진지한 얼굴로 지껄일 수 있단 말인가. 마치 천기를 누설하는 예언자처럼 말이다.

어쨌든 광록은 그 고도의 진지함을 직접 실행에 옮기는 일을 주저하지 않았다. 그의 호언장담 그대로 정말 용산역에서 노숙자 출신의 메시아가 출몰하여 쿠데타를 일으킬지 그렇지 않을지는 직접 확인해보면 될 일이다. 밑져야 본전. 용산역에 도착하자마자 광록과 김중혁은 누가 먼저랄 것도 없이 평소에는 상상할 수 없을 만큼 빠른 걸음으로 지하철 역사를 빠져나갔다.

19 장영달, PM 2:00

종각역 와이엠시에이 옆 한성기원. 서른 평 남짓한 허름한 내부는 장영달의 눈을 의심하게 할 만한 열기로 가득했다.

장영달은 오후 1시 30분까지만 해도 도무지 한성기원 같은 곳을 찾아갈 만한 기분이 아니라는 사실을 누차 제갈 소령에게 고지했다. 점심시간에 벌어진 이른바 열외인간들의 무의미한 난동을 제지하지 못한 자신을 진심으로 한탄하고 있음이 분명하다. 열 살만 더 젊었어도 그런 버러지 같은 무리들을 제압하고 통솔하는 건 일도 아니었을 텐데.

제갈 소령도 안타까워하긴 마찬가지였다. 하지만 그는 자신의 안타까움의 원인을 장영달과 다소 다른 차원에서 찾았다. 무엇보다 그 난동으로 인해 점심을 먹지 못하게 되었다는 안타까움이 바로 제갈 소령이 느끼는 고통 중 가장 큰 고통이었다.

그럼에도 결론은 장영달이 정확히 오후 2시에 이곳 한성기원을 찾아왔다는 사실이다.

이곳은 '기원'이라는 고유의 기능을 거의 상실한 듯했다. 자리 곳곳에 바둑판과 재떨이가 눈에 띄긴 했지만 바둑을 두기 위해 앉아 있는 사람은 전무했고, 입구에서 본 정면엔 흡사 선거 출정식을 연상케 하는 대형 현수막이 걸려 있었으며, 그 중앙에 낡았지만 고풍스러운 디자인이 돋보이는 강단이 마련되어 있었다. 그리고 현수막엔 다음과 같은 다소 길고 장황한 글귀가 적혀 있었다.

평화인류정치(平和人類政治)의 큰 어른 이대왕 선생 주관

점화(點火) 옥 선녀 말세(末世) 시국 대예언 강좌

장영달은 평소 이대왕이라는, 이 입만 나불거리는—이건 순전히 장영달의 표현을 그대로 옮겨 온 것이다—극보수주의 논객에 대한 묘한 질투심과 경쟁심을 마음속에 품어왔다. 실제로 둘은 몇 달 전 바로 이곳에서 만나 이른바 시국을 논한 적도 있었다.

그때로 기억한다. 장영달이 처음으로 자신의 주장이나 말이 상대를 설득하거나 감복시키는 데 턱없이 부족하다는 사실을 깨달은 것이. 이대왕은 능글맞은 미소를 안면에서 시종 거두지 않은 채 쉼 없이 말을 이어가며 자신의 논리와 주장을 피력했다. 물론 장영달의 아웃사이더 같은 활동에 대해서도 지지해주는 척하면서 말이다.

　그때 장영달은 이대왕의 말을 듣고 나서 별다른 갈등이나 분노를 느끼지 않았다. 구구절절 자신과 뜻이 맞는다는 사실을 확인하며, 심지어 "우리는 구국동지!"라는 자부심마저 느꼈으니 말이다. 그런데 연희동 집으로 돌아와 이대왕이 한 말을 곰곰이 되짚어보니, 분노와 수치심, 더불어 치욕에 근거한 질투심이 솟구쳐 올라 장영달을 미치게 만들었다.

　"나라를 위해 희생·봉사하신 군인 여러분들이 이제 해야 할 일은 다양한 방법으로 오늘의 시국을 고발하고, 흔들린 국가 질서를 바로잡고, 대민 봉사에 힘써주시는 것이라고 생각한다. 장영달 선생도 그런 면에서 훌륭한 일을 하고 계신 것 같다는 생각을 아예 안 하는 건 아니다. 하지만 이제 시대는 우리 보수주의자들에게 방법의 변화를 요구하고 있다. 박통의 경제 개발이 그냥 거저 이뤄진 게 아니다. 다 변화와 개혁이 있으니까 가능했던 거다. 이런 변화와 개혁은 보수주의적인 마인드만 갖고 있다고 되는 게 아니다. 다양하게 문호를 개방하는 게 최선이다. 역사, 종교, 신화를 아우르는 큰 틀 말이다. 그런 면에서 마음을 열지 못한다면 결국 수구 꼴통이라는 말을 들을 수밖에 없는 거 아니냐. 어쩌면 그런 소리를 듣게끔 의욕만 넘치고 생각은 비어 있는, 이를테면 쌍팔년도 군바리 사고에 길든 일부 몰지각한 어르신들의 행동이 우리 보수주의 전체를 욕되게 하는 건 아닌지 한번 숙고해볼 필요가 있다고 생각한다."

이것이 한껏 빙빙 돌려 말한 이대왕의 완곡한 표현을 그나마 풀어서 해석해본 내용이다. 쉽게 결론을 내려보면 결국 이런 거다. 장영달 같은 퇴역 군인이 설레발치며 시국이 어쩌고저쩌고 떠들고 다니니까 자기 같은 먹물들까지 세트로 욕을 먹는다 이 얘기다. 물론 정색을 하고 당신이 이렇게 말하지 않았느냐고 따져물으면, 이대왕은 손사래를 치며 부인할 거다. 그러면서 장영달을 오히려 몰아붙일 것이다. 자신의 진심을 알아주지 않고 쓸데없이 모함이나 한다고 말이다.

그런데도 장영달이 이곳을 찾은 건 나름의 이유가 있어서였다. 솔직한 이유와 명분에 근거한 이유, 두 가지가 동일한 비중으로 공존하고 있다.

솔직한 이유는 제갈 소령을 비롯해 이곳 한성기원에 벌 떼처럼 모여든 노인들의 의중과 크게 다르지 않을 것이다. 노인들은 모두 이 '점화(點火)'라는 기가 막힌 아호(雅號)까지 갖고 있는, 전직 박카스 아줌마 옥 선녀의 자태에서 흘러넘치는 색(色)의 정체를 확인하고 싶은 호기심을 마음 한가득 갖고 있었다. 시국 예언이라는 화두도 격동의 한반도에서 반세기를 겪어온 자신들에겐 빼놓을 수 없는 관심거리 중 하나이며, 게다가 이대왕 선생이라는 그 바닥에서 이름난 극보수주의 논객까지 있어 나름대로 무속인 치맛자락이나 붙잡으려고 이 시간에 할 일 없이 죽치는 건 아니라는 핑곗거리도 갖게 되었으니, 일석이조 아닌가.

장영달에겐 이런 저간의 솔직한 호기심과 더불어 다른 노인네들과는 분명 차별화된 명분도 있었다. 그건 바로 이대왕의 치졸함과 위선을 적발해내겠다는 의분이다.

복잡하게 더 설명하지 않아도, 장영달의 호전성(好戰性)은 여타 범인(凡人)의 그것과는 확실히 차원이 다르다. 언제나 군복 야상 안주머니에 전기 충격기를 갖고 다니는 것만 봐도 벌써 다르지 않은가.

만일 옥 선녀인지 옹녀인지 하는 여자가 말도 안 되는 예언을 지껄여댄다면 아예 이 사이비 먹물의 본거지인 기원을 쑥대밭으로 만들어버리고, 이참에 이대왕이라는 이름 뒤에 훈장처럼 붙어다니는 '선생'이라는 호칭을 '사기꾼'으로 바꿔주겠다는 야심 차고 불온한 마음을 품고서 장영달은 이곳을 찾아온 것이다. 그러니 그가 다른 노인들과 달리 사뭇 비장하고 살기 넘치는 눈빛을 하고 있는 건 당연한 일이다.

그런 장영달의 마음과는 다르게 기원은 무료하던 노인들의 증폭된 관심으로 인해 인산인해를 이루었다. 앉을 수 있는 자리는 처음부터 마련되지 않았으며, 기원 안은 제대로 몸을 움직일 수도 없을 만큼 점화 옥 선녀의 예언을 듣기 위해 모인 노인들로 가득했다. 물론 장영달과 제갈 소령은 운 좋게도 강단 바로 앞에 자리를 잡을 수 있었지만.

이대왕이 먼저 강단에 올라서서 간단한 인사말을 하자, 바로 점화 옥 선녀가 등장했다. 원색의 개량 한복을 입고 예순은 되어 보이는 나이에 어울리지 않는 긴 생머리를 하고 뮤지컬 배우 같은 무대 화장을 한 그녀의 등장에, 제갈 소령과 다른 노인들은 순간 웅성거림을 일제히 멈추고 마른침을 꿀꺽 삼키며 숨을 죽였다. 모두의 예상처럼 옥 선녀의 육체에선 어르신들의 잠들어 있는 성적 욕망을 들추어내기에 충분한, 딱히 설명할 수 없는 기운이 강하게 풍겨 나왔다. 이를테면 주술적인 판타지 정도라고 할 만한.

장영달의 마음도 순간 동하기는 했다. 그도 사내다. 게다가 칠순을 훨씬 넘긴 노인이기는 해도 그는 다른 또래 늙은이들에 비해 끝내주는 체력을 보유한, 변강쇠를 닮은 사내인 것이다. 그래도 장영달은 한 가지 일관된 집념만을 마음에 품고 집요한 두 눈을 선글라스 안에 숨긴 채 매섭게 옥 선녀를 노려보았고, 두 귀는 그녀가 하는 말의 허점을 잡기 위한 열정으로 곤두세웠다.

그러나 예상과 다르게 옥 선녀의 소위 말세 시국 대예언의 내용은 평범했으며, 심지어 부실하기까지 했다. 박정희 대통령의 신이 내렸다고 해서 그런지 왠지 모르게 딱딱하고 고압적인 말투는 우스꽝스러운 성대모사에 가까웠고, 정확히 말해 예언이라고 보기 힘든 누구나 다 알 법한 굵직굵직한 과거사를 국어책 읽듯 낭독한 게 전부였다. 자신이 그런 과거사에 대해 이렇게 저렇게 생각했다고 나름의 평을 내리기는 했지만, 그런 말이야 누가 못 하겠는가. 삼척동자도 다 아는 사실을 말이다.

어느 정도 상황을 파악한 장영달은 그대로 난동을 부릴까도 생각해봤다. 그래서 한번 고개를 돌려 다른 노인들의 모습을 살폈는데, 그들 대부분이 옥 선녀가 한다는 소위 예언 행위에는 그다지 관심이 없어 보였다. 한심하고 얼빠진 늙은이들. 장영달은 이제 단독으로라도 나설 결심을 결연히 했다. 경제 대통령, 민족의 횃불, 박정희 대통령을 희화화하는 이런 욕된 시도를 더는 용납할 수 없다는 강한 명분도 있지 않은가. 더 뭘 망설이는가.

그런데 바로 그때부터였다. 일장 연설 형식으로 자신과 박정희 신의 관련성을 늘어놓는 데 대부분의 시간을 할애한 옥 선녀가 그 뒤부터 예언 비슷한 말을 몇 마디 토해내기 시작했다. 별다른 건 아니었다. 앞으로 이 한반도의 미래가 어떻게 전개될 것인지에 대한 예측이었는데, 왠지 모르게 그 예언이 장영달의 귀를 솔깃하게 만든 것이다.

그녀의 발언이란 것이 워낙 무질서하고 산만하게 쏟아내는 것이어서, 대략의 요점만 정리해보면 다음과 같은 내용으로 요약된다.

북한이 보유하고 있는 핵무기 중 한두 개는 10년 안에 터질 것이다. 그와 함께 남한에서는 양의 탈을 뒤집어쓴 위선자, 민중의 편임을 자임하는 좌익 빨갱이가 사회에 불만을 품고 있는 사람, 불순한 사상을 갖고 있는 사람, 사회에서 낙오된 사람, 생산성이 없는 약자와 소수자를 규합하여 사

상 전례 없는 쿠데타를 일으킬 것이다.

이 무질서한 언어의 난무 속에서 장영달의 뇌리에 옥 선녀의 한마디 말이 또렷하게 각인된다. '양의 탈을 뒤집어쓴 위선자'라는 말. 그 말이 머릿속을 맴도는 순간, 동시에 그는 공교롭게도 점심때 벌어진 난동 장면을 본능적으로 떠올렸다.

그런데 장영달이 옥 선녀의 소위 예언에 일순간 취해 있던 그때, 강연장 분위기에 찬물을 끼얹는 일이 발생했다. 어디선가 요란하고 경박스러운 뽕짝 벨 소리 〈네 박자〉가 터져 나온 것인데, 그로 인해 강연의 리듬을 놓친 옥 선녀가 순간 말을 멈추었고 그러자 이대왕이 자리에서 벌떡 일어서서 절규했다.

"휴대폰을 진동으로 하라고 제가 몇 번이나 말했습니까?"

가장 난처해진 것은 다름 아닌 장영달이었다. 휴대폰 벨 소리의 주인이 장영달 자신이었기 때문이다. 장영달은 서둘러 몸을 돌려 문 쪽을 향해 닥치는 대로 노인들의 틈을 헤집고 빠져나와야 했다. 노인들의 투덜거리는 소리가 곳곳에서 터져 나왔으며, 이대왕은 밖으로 나가는 장영달의 뒤통수를 향해 회심의 멘트까지 날려서 좌중의 폭소를 유도했다.

"다음에 오실 때는 선글라스 좀 벗어주세요. 우리 옥 선녀가 집중을 못 하겠다고 그러네요."

가까스로 노인들 틈을 헤집고 기원 밖으로 나온 장영달은 쉬지 않고 쿵덕쿵덕 울려대는 전화를 받았다. 적당히 다급하고 흥분된 음성으로.

"여보쇼?"

"여보세요?"

"말해요. 듣고 있으니까."

젊은 여자의 음성이다. '언젠가 틀림없이 들은 목소리인데, 어디서 들었더라?' 장영달은 인상을 잔뜩 구기며 목소리의 주인공을 추리했다. 여자가 말했다.

"할아버지, 저 기억하세요? 글로벌유나이티드요."

"글로발……? 아, 그 약장수로구먼."

장영달은 그제야 생각이 났다. 오늘 오후에 잡아놓은 알바 스케줄을 깜빡 잊고 있었던 것이다.

"그런데요, 할아버지. 정말 생각이 있으신 거예요?"

"두말하면 잔소리지. 그래, 어디서 몇 시에 만날까?"

"이게 말이죠. 물론 미국 의약품관리국에 인증 신청을 해놓은 상태이긴 한데요, 그래도 혹시 모르는 부작용이 있을 수도 있거든요."

"상관없으니까 시간하고 장소 정해. 젊은 처자가 왜 이렇게 말귀를 못 알아들어."

장영달이 버럭 화를 냈다. 반공은 반공이고, 용돈벌이는 용돈벌이다. 만나서 약 한번 먹어주고 며칠 후에 증상 변화나 약의 효능에 대한 설문지 한 장만 작성해주면 돈 7만 원이 생기는 이런 고액 알바를, 장영달은 결코 놓치고 싶지 않았다. 다급해진 장영달이 자신도 모르게 버럭 소리를 지르자, 상대방 여자가 다소 놀랐는지 더는 군소리 없이 이내 화제를 바꾸어 말했다.

"그럼, 할아버지. 제가 정확한 시간과 장소가 정해지는 대로 다시 전화드리면 안 될까요?"

"사람 만나는 게 뭐 그렇게 복잡해? 대충 어디로 가야 되는지 말해봐."

"글쎄요……."

"강남이고 강북이고, 그런 구분 정도는 할 수 있잖아."

"정확한 건 아니지만, 어쩌면 코엑스몰에서 뵐지도 모르겠어요."

"아가씨 지금 있는 곳은 어딘데?"

"용산이요."

"그럼 내가 그곳으로 가면 되는 거 아냐?"

"그런데 제가 언제까지 있을지 확실하지가 않아서요. 조금 있다가 코엑스몰로 갈 거예요."

"알았어. 그런데 코엑스몰은 지하철 몇 호선 무슨 역에 있는 거야?"

"지하철 2호선 삼성역이요."

"오케이. 그럼 거기서 보는 걸로 하지."

"예."

"그리고 또 한 가지."

"말씀하세요."

"말끝마다 할아버지, 할아버지 하는데, 그거 좋은 버릇 아니야. 고쳐."

"할아버지를 할아버지라고 부르지, 그럼 뭐라고 불러요?"

"선생님이란 말도 있고, 아버님이란 말도 있잖아."

"알겠어요. 그렇게 불러드릴게요."

그렇게 장영달의 기원 앞 복도에서의 전화 통화는 마무리되었다.

20 기무, PM 2:00

특이할 만한 것은 기무가 피시방에 들어왔다는 사실 자체가 아니다. 고등학교 미진학 청소년이 평일 오후에 피시방에 죽치고 앉아 컵라면 따위로 점심을 때우는 모습이 그렇게 희귀한 장면은 아니지 않은가. 그러나 압구정역 근처에 위치한 어학원 건물 지하 2층에 자리 잡은 피시방을 찾은 기무에게는 분명 다른 날과 달리 특이한 점이 존재한다. 녀석은 지금 금연 구역에 자리를 잡고 앉은 것이다.

기무는 게임에 열중하지 않았다. 노랗게 탈색된 머리에 채 솜털이 가시지 않은 어설픈 동안을 자랑하는 기무의 시선이 전후좌우 가릴 것 없이 분주하고 민첩하게 움직이고 있었다.

'누나들은 예뻤다.' 이것이 기무가 시선을 산만하고 기민하게 놀려대며 금연 구역을 가득 메운 여성 이용자들의 모습을 보면서 느낀 최종 결론이었다.

사실 홍제동에 살고 있는 기무가 압구정역을 찾는 일은 흔한 경우가 아니다. 작심하고 부킹을 하기 위해 클럽을 기웃거린다 해도 신촌이나 홍대 밖을 벗어난 적이 없다. 압구정역 하면 왠지 10대와는 어울리지 않는다는 선입견도 나름 작용했기 때문이다.

그런데 이런 우연찮은 기회에 압구정역 근처를 배회하면서 살펴보니, 그야말로 기무에게는 황홀경 그 자체였다. 온몸에서 세련됨을 느끼게 하는 패션 감각을 과시하는 20대 초중반 여성들이 무리지어 돌아다니는, 서울에서 몇 안 되는 곳임을 확인하고야만 것이다.

물론 맥도날드에서 햄버거 반쪽과 리필한 콜라를 교환한 여자처럼 특별히 섹스어필하는 구석이라곤 눈을 씻고 찾아봐도 찾을 수 없는 여자들도 있기는 하다. 하지만 다른 생각 없이 그저 막연히 서바이벌 게임의 다음 경로나 알아보기 위해 어학원 아래 위치한 피시방을 찾았을 때, 기무는 확실히 왜 많은 사람들이 압구정, 압구정 하며 특정 지역에 대한 찬양을 아끼지 않는지 어렴풋이나마 이해하게 되었다.

그래서였을까. 원래 기무는 들어와서 10분 정도만 자리에 뭉개고 앉아 게임 업체 홈페이지에 접속해 간단히 변동 사항이나 확인하고 피시방을 나가려 했다. 물론 흡연석이었을 테고 말이다. 이러한 머릿속 계산은 10분 정도 버티다가 위층 어학원에 두고 온 게 있다면서 빠져나가면 굳이 10분 사용한 것 때문에 생난리를 치를 일은 없을 거라는, 기무가 오랜 시간 축적해온 피시방 엑소더스 노하우에서 얻은 지혜였다.

그러나 언제나 예외는 존재하는 법. 결국 기무는 좀 더 많은 여자 이용자들이 친밀하게 촘촘히 모여 있는 금연 구역에 자리를 잡고 앉았다. 물론 늘 그래온 것처럼 게임 업체 홈페이지에 접속해놓고는 있었지만, 아직까지 이성에 대한 왕성한 호기심과 특유의 성욕을 주체하지 못하는 기무는 아주 노골적일 정도로 자신의 주변을 둘러싼 누나들의 몸을 탐욕스럽게 훔쳐보는 데 열중했다.

그러면서 기무는 썩 유쾌하지 않은 작업을 하게 되었다. 바로 자신의 여자 친구 육돌순과 피시방 누나들의 비교 말이다.

기무는 이름의 촌스러움이야 논외로 하더라도, 외모의 촌스러움은 도무지 비교할 만한 거리도 못 되는 것으로 결론 내렸다. 같은 도시, 같은 하늘 아래 같은 물을 먹고 자란 여자들이 어떻게 이런 극단적인 차이를 보일 수 있단 말인가. 문득 기무는 자신이 지금까지 너무 우물 안 개구리처럼 살지 않았는지 생각해보게 되었다. 물론 이런 식의 어른스러운 상념은 절대적으로 무가치한 일이지만 말이다.

독립문역과 압구정역 보관함에서 각각 총과 총알을 확보한 기무는 나름 설레는 마음으로 게임 업체에 접속했다. 이벤트 덕분에 서바이벌 게임에 대한 관심도 또한 증폭되어 불과 몇 시간 만에 접속자 수가 평일 동시간대와 비교해 족히 스무 배 이상 폭주하는 양상이었다. 그러나 게시판을 접속해보면, 거의 대부분이 업체가 준비한 이번 이벤트 역시 모두 사기며 허풍 아니냐는 의문과 불만을 성토하는 글로 채워져 있었다.

아침 8시에 독립문역 보관함 앞에 죽치고 서서 번호를 눌러댔는데 안 되더라, 도대체 총과 총알을 확보한 유저가 있기는 한 거냐 등등의 내용이 접속자들의 주된 불만이었는데, 이에 대해 업체 관계자가 남긴 공지 사항은 기무에게 의미심장한 흥미를 불러일으키기에 충분했다.

관계자의 공지 사항 기록 일시는 정확히 오전 10시 35분과 11시 57분으로, 두 번 업데이트되어 있었다. 공지 사항의 내용은 모두 자신들의 이벤트가 얼마나 심혈을 기울여 준비한 것인지, 그리고 실제로 절대적인 긴박함 속에 진행되고 있음을 호소하는 글이었다. 그러한 내용엔 물론 자신들이 이번 이벤트를 준비하는 데 천문학적인 비용을 투입했다는 생색용 멘트가 첨부되었고, 아울러 "10시 30분에 독립문역 보관함에서 신비의 총 '킬십건(Kill sheep gun)'을, 그리고 11시 50분경 압구정역 보관함에서 총알을 찾아간 유저가 틀림없이 존재한다"라는 문장이 친절하게 밑줄까지 그어져 제시되어 있었다.

기무는 그 공지 사항의 내용을 읽으면서 흡족해했다. 아, 이런 게 경품에 당첨된 인간들이 느끼는 짜릿함이구나 하는 나름의 상상까지 해보며 말이다.

하지만 이러한 업체 측의 공지에도 불구하고 접속자들이 남긴 댓글에 담겨 있는, 업체를 향한 비난과 의심은 거의 맹목적인 불신에 가까웠다. "누가 찾아갔는지, 그럼 한번 증거를 대봐라" "총을 갖고 뭘 어떡하겠다는 얘기냐? 실제로 서울 한복판에서 총격전이라도 재연해 보이겠다는 거냐, 뭐냐?" 하는 식의 비난과 의심의 댓글들. 기무는 그 엄청난 양의 악플들을 읽으며 세상엔 정말할 일 없는 인간들이 너무 많구나 하는 자조 섞인 한숨을 내뱉었다. 그렇지 않은가. 자신처럼 할 일을 찾을 수 없는 잉여 청춘이야 그렇다 하더라도, 평일 이 시간에 이런 열정으로 댓글이나 올리며 시간을 허비하는 진상들은 또 뭐란 말인가.

이런저런 잡념을 머릿속에 고스란히 담은 채 홈페이지 이곳저곳을 클릭하던 기무는 1시 50분경에야 비로소 새롭게 업데이트된 공지 사항을 확인할 수 있었다.

"킬십건을 확보한 유저분, 읽으세요." 공지 사항이 화면에 제시되자마자 기무는 입술을 한번 씰룩거리며 흥분되는 마음을 감추지 못했다. 말 그대로라면 지금 자신의 바지 뒷주머니에 꽂혀 있는 은박으로 도금된 제법 묵직한 총의 이름은 '킬십건'이고, 이 총을 확보한 사람은 현재 자신밖에 없다는 논리가 성립된다. 기무는 게임 머니 2만 포인트의 무궁무진한 활용 가능성을 기대하며, 공지 사항의 내용을 서둘러 확인했다.

리얼 서바이벌 이벤트 '최악의 쿠데타'에 참여하게 된 단 한 분의 행운아에게 주어지는 마지막 찬스!

당신은 한 번이라도 사격을 해본 적이 있는가? 사람의 머리에 총질을 해댄 적이 한 번이라도 있기는 한가 말이다. 서든 어택이나 에프피에스 따위 같은 컴퓨터 모니터 속 게임이 아닌 실제로 말이다.

이제 그 실제 감각을 체험할 시간이다. '최악'의 멤버들이 당신에게 이러한 감각을 느끼게 해주려고 지금 삼성역 코엑스몰에 기가 막힌, 전무후무한, 짜릿짜릿한 사상 초유의 액션 이벤트를 세팅해놓았다.

오후 4시까지 코엑스몰 배스킨라빈스 아이스크림 매장 앞으로 가라. 그러면 당신은 체험하고, 즐기게 될 것이다. 지상 최대의 짜릿하고 판타스틱한 이벤트를 단독으로 말이다. 흥분되지 않는가? 짜릿하지 않은가?

아 유 레디?

피에스: '최악' 멤버들의 특징을 잊지 말고 기억하세요. '최악' 멤버들은 모두 양의 탈을 쓰고 검은 연미복을 입고 있답니다. 괜히 일반인이나 경비 아저씨들한테 킬십건을 함부로 사용해 봉변당하지 마시고, 반드시 양의 탈을 쓴 '최악' 멤버들에게만 격발하세요.

그러자 공지 사항이 업데이트된 지 30초도 지나지 않아 댓글들이 올라왔다.

"뺑까지 마라. 코엑스몰이 뭐 자원봉사 단체냐? 니네 같은 삼류 게임 업체 이벤트 하라고 장소를 내주게." "킬십건? 양을 쏴 죽이는 총? 총 이름이 그게 뭐냐? 지나가는 개가 웃겠다." "이제 관계자께서는 생지랄 그만 멈추시고, 지금까지 만우절 예비 행사 했다고 고백하세요. 이젠 정말 인내심의 한계에 다다랐답니다." 댓글창은 시간이 지날수록 더욱 노골적이고 원색적인 비난으로 채워져갔다.

하지만 기무는 이제 그 댓글들을 들여다보지 않는다. 더는 모니터 화면을 응시하지도 않았다. 대충의 내용과 향후 이동 경로를 확인한 것만으로 충분하다. 그렇다면 기무는 또다시 주위 누나들에게 추파를 보내는 중인가? 그것도 아니다. 기무는 지금 카운터에 앉아 있는 알바생 남자를 쨰려보는 중이다. 갓 대학에 입학한 듯한 알바생은 기무와 유사한 촌스러운 펑크 헤어스타일을 하고서 잔뜩 무료한 얼굴로 카운터에 앉아 있었다. 뭐, 알바생이 카운터에 앉아 있는 거야 지극히 정상이지만, 문제는 녀석이 기무를 너무나 신경 쓰는 눈길로 노려본다는 사실이었다. '난 네 녀석이 지금 하고 있는 일을 다 알고 있어'라는 식의 기분 나쁜 조소를 머금은 얼굴로 말이다.

상대를 겁주기 위해 이용하는 쨰려봄엔 나름 일가견이 있다고 자부하던 기무다. 그런 녀석이었는데, 지금 알바 녀석의 음험한 시선을 대면하니 일순 소름이 돋았다. 그렇다고 녀석이 뭔가 심각한 위해를 가한 건 분명 아니다. 녀석은 단지 기무의 지금 모습을 조롱할 뿐이다. 물론 그건 기무 혼자만의 생각인지도 모른다. 금연 구역에서 엄청나게 끓어오르는 흡연욕을 억지로 누르며, 주위에 둘러싸인 누나들의 분내에 취해 아무것도 하지 않으며 눌러앉아, 뒷주머니에 장난감 총이나 쓸데없이 꽂고 다니며, 그다지 재미도 없고 생산성과는 아무 관계도 없는 삼류 게임과 그 게임 업체가 벌이는 장난 같은 이벤트 따위에 광분하는 자신을 한심하게 쳐다보는 알바생을 보면서 기무의 심장은 그 순간 쉽게 납득하기 힘든 광폭하고 불온한 분노에 포박되었다.

그와 동시에 기무는 한 가지 실험을 감행하고 싶어졌다. 총의 성능이나 기능 따위를 시험해보고 싶은 생각은 없다. 단지 이 리얼 서바이벌 이벤트에 사용될 유일한 메타포인 킬십건이란 물체가 일반인, 그러니까 게임이 아닌 실제 현실에 적용된다면 어떤 효과를 발휘할 수 있을지에 대한 의문이 섬뜩한 분노와 함께 치솟았을 뿐이다. 그리고 마지막으로 한 가지 더 추가되는 명분. 어느새 피시방에서 소비한 시간만 거의 두 시간이다. 사용료도 압구정이라 그런지 시간당 2500원, 도합 5000원. 에누리는 없다. 더구나 이곳은 지하다. 화장실 창문을 통해 도망치는 방법이 애초부터 불가능한 장소였다.

한번 분노의 충동에 사로잡히면 물불을 가리지 않는 게 기무의 장점이자 최악의 단점이다. 녀석은 곧바로 헤드폰을 벗어 자리에 내동댕이치고, 거침없이 자리에서 일어났다. 카운터 알바생을 그야말로 죽일 듯 노려보면서.

알바 녀석은 그런 기무의 행동을 보고 흠칫 놀라는 반응을 보였다. 그러나 녀석은 특유의 능글맞음으로 기무를 다시 태연하게 쳐다봤다. '네깟 놈이……' 하는 듯한 표정. 기무는 더는 참을 수 없었다. '그럼, 지하 피시방에서 카운터나 지키고 있는 네 놈은 뭐 대단한 재벌 아들이라도 되냐?' 기무는 그 나이에 품을 수 있는 유아적인 열패감만을 가득 품은 채 카운터 쪽을 향해 단숨에 다가섰다. 그러고는 한순간에 그야말로 아무 생각도 하지 않고 뒷주머니에 꽂아놓은 총을 꺼내 총구를 알바 녀석의 이마에 겨누었다.

"뭐, 뭐야?"

순식간에 벌어진 일이다. 그러나 이 장면을 꽤나 대단한 은행강도 영화의 한 장면이나 홍콩 누아르의 폼 나는 담배 연기 실루엣 너머의 그 무엇으로 상상하는 건 곤란하다. 총구를 겨누고 있는 기무와 총구가 자신의 이마에 겨누어져 있는 것을 실감한 알바 녀석, 이 둘을 제외하곤 피시방에 앉아 있는 어느 누구도 이 장면에 관심을 갖는 인간은 없었다. 그들은 오직 모니터 앞에 시선을 고정하고 게임을 하거나 홈피 관리를 하는 등 뻔하고 흔한 일상의 컴질에만 골몰할 뿐이다.

기무는 그다음 장면을 어떻게 이어나갈지 미리 계획한 것이 없었다. 따라서 이렇게 총부리를 겨눈 다음 어떤 말로 어떻게 위협해야 할지 요량이 서 있지 않았던 탓에, 한동안 아무 말도 하지 않았다. 그러자 알바 녀석이 조심스럽게 기무를 시험하기 시작했다.

"너, 장난치는 거냐?"

자극에 대한 반응은 질풍노도의 시기인 기무와 같은 청춘에겐 거의 본능에 가깝다. '너 이 새끼, 말 한번 잘했다' 하는 마음으로 기무는 알바 녀석의 말에 자신만만하게 대꾸했고, 그에 걸맞게 행동했다.

"진짜인지 아닌지, 한번 당겨볼까?"

안전장치를 풀고 방아쇠를 당기는 모든 행동을 실제로 옮기려는 기무. 킬십건이란 황당한 이름을 가진 총에는 실제로 열 발이 촘촘히 채워진 탄창이 장전되어 있다. 격발만 하면 두어 시간 전에 독립문역에서 벌어진 그 엄청난 굉음이 재연될 거란 생각이 기무를 묘하게 자극했다. 그러나 상대의 도발은 거기까지가 전부였다. 알바 녀석이 손사래를 치며 비명을 질렀기 때문이다.

정색을 하고 어떤 말로 경고를 해도 그 능글맞은 조소를 거두지 않을 것 같던 알바 녀석의 굴복은, 기무를 허탈하게 만들었다. 알바생은 "살려주세요"라는 약간 과장된 비명을 꽥꽥 질러대며, 두 손으로 머리를 가리고 그대로 바닥에 내려앉아 무릎을 꿇었던 것이다.

덕분에 피시방 사람들의 시선이 일제히 카운터 쪽으로 쏠렸다. 하지만 기무는 더 이상의 액션은 무의미하다는 판단 아래 그들에게 총을 겨누거나 위협하는 일종의 충동적 실험을 자제하고, 그대로 피시방을 벗어났다. 또 한 번의 피시방 무전취식이 성공한 것이다.

21 윤마리아, PM 2:20

용산역의 오후 2시는 평범했다. 평범하지 않은 것이 어떤 상태를 의미하냐고 누군가 따져 묻는다면 쉽게 답할 수 없는 게 사실이지만, 적어도 소기의 목적을 품고 온 윤마리아의 눈에 비친 용산역 풍경은 그랬다.

꽤나 신경 쓰이는 할아버지 고객과의 통화를 마치고 난 뒤, 윤마리아는 더욱 복잡한 심경이 되어 용산역 역사 주변을 두리번거렸다. 그와 함께 그녀의 입가에는 다음과 같은 말 한마디가 자연스럽게 맴돌았다.

"십헤드 카니발…… 양머리 카니발? 씨발, 무슨 카니발 이름이 그래?"

용산역 풍경은 여타의 지하철역보다 한층 더 웅장하고 복잡했으며, 그만큼 따분했다. 바로 옆으로 아이파크몰이 연결되어 있고 시지브이, 현대백화점도 눈에 띄었다. 지하철만이 아니라 기차 역사까지 연결되어 있는 매표소도 일반 지하철역과 비교해 족히 세 배는 더 넓었으며, 그만큼 대합실에 서성거리는 인간들도 많았다.

윤마리아는 용산역에 도착하자마자, 조심스럽지만 빠른 속도로 주변을 돌아다니며 행사나 이벤트가 시작되거나 준비 중인지 살폈다. 용산역 대합실에서 파리바게뜨 빵집 사은 행사가 있는 것과 아이파크몰의 연중무휴 컴퓨터 제품 파격 세일 행사, 현대백화점에서 남아프리카공화국 출신 슈퍼 모델 초청 사인회가 마련된 것 정도가 오후 2시에 시작되거나 이미 진행 중인 이벤트의 전부였다. 그 외에 적어도 카니발이라는 행사를 마련할 만한 공간도, 행사 직원들 움직임도 전무했다.

짜증스러운 얼굴이 된 윤마리아는 대합실 좌석 아무 곳에나 자리를 잡고 앉아 부리에게 전화를 걸었다. 부리는 전화벨이 꽤 오래 울린 뒤에야 전화를 받았다. 퉁명스럽고 무성의한 목소리다.

"뭐야?"

"통화 괜찮으세요?"

"괜찮은 적이 있었어? 빨리 말해."

"용산역 말이에요."

"그런데?"

"아닌 것 같아요. 카니발 행사 같은 건 준비하고 있지 않아요."

"그럼 코엑스몰로 가. 오후 4시야."

"거기선 정말 행사가 있을까요?"

"이것 봐. 그걸 지금 나한테 물으면 어떡해? 난 마리아 씨에게 최선의 정보를 제공했어. 그럼 나머진 마리아 씨가 알아서 해야 되는 거 아냐? 꼭 바쁜 사람 붙잡고 쓸데없이 하소연이나 해야겠어? 숟가락 쥐여줬으면 됐지, 직접 떠먹여까지 줘야 해?"

짜증스러움과 예민함, 아랫사람이나 부하 직원을 길들일 때 사용하는 밀어붙이기식 화술의 전형이다. 윤마리아는 부리의 급작스레 변화된 태도를 확인하고선 더 이상 대화가 어렵겠다는 계산이 서자 간단히 인사만 하고 서둘러 통화를 끝냈다.

통화를 끝낸 윤마리아는 본능적으로 관자놀이를 문지르며 잔뜩 인상을 구겼다. 갑자기 두통이 밀려온 것인데, 처음에 그녀는 그 이유가 부리와의 통화에서 드러난 친밀감의 급작스러운 단절 탓이라고 생각했다. 하지만 좀 더 시간이 지나고 더욱 뚜렷하게 머리가 아파오자, 그녀는 두통의 원인이 다른 곳에 있음을 직감했다.

현재 자신이 앉아 있는 대합실 의자 주변을 한번 둘러보는 것만으로도 그녀는 자신의 머리를 한없이 지끈거리게 만든 두통의 원인을 찾을 수 있었다. 주위를 가득 메운, 앉아 있거나 누워 있는 사람들이 갖는 공통점이 바로 그것이다. 그들의 공통분모는 다음과 같다. 모두 남자라는 점, 나이는 주로 4, 50대이며 60대 노인들도 간혹 끼어 있다는 점, 그리고 그들 모두 지독히도 추잡스러운 차림새로 끔찍한 악취를 온몸으로 쏟아내는 노숙자라는 점.

자신의 주변에 온통 노숙자들이 모여 있다는 사실을 의식한 윤마리아는 본능적으로 자리에서 일어나 몇 걸음 물러났다. 그와 함께 용산역 전체를 둘러보며 특이할 만한 현상이나 징후를 탐색했다.

어느 역사에서건 계단에 앉아 있는 걸인이나 의자에 누워 있는 노숙자를 어렵지 않게 볼 수 있다. 그렇지만 그들의 존재는 대개 한두 명 정도 눈에 뜨이는 게 고작이다.

그런데 지금 윤마리아의 눈에 비친 용산역 역사의 걸인, 노숙자들의 운집은 다른 무리들의 우왕좌왕하는 결집과는 조금 다르게 비쳤다. 물론 그들의 표정이나 움직임에선 집단적인 결속력을 조금도 찾아보기 어렵다. 하지만 그들의 숫자나 모양새로 봐선 뭔가 석연찮은 기운이 감도는 걸 부정할 수 없었다. 한두 명이 아니다. 대합실 중앙을 차지하고 200여 명의 노숙자들이 일제히 모여 일부는 찬 바닥에 주저앉거나 일부는 벤치에 앉아 있고, 또 몇은 서서 팔짱을 끼고 흐느적거리며 이곳저곳을 두리번거리고 있는 게 아닌가.

하지만 그게 무슨 상관이란 말이야. 그들이 무슨 일을 벌이든 어느 정도가 모여들었든 윤마리아는 자신과는 아무 관계없는 현실이라고 단정 지었다. 단지 그녀는 그들의 몸에서 풍기는 악취로 인해 머리가 지끈거리는 게 마냥 짜증스러울 뿐이었다.

윤마리아는 그대로 밖으로 나가려다가 그래도 조금 더 기다려보자는 생각에 대합실에서 저들의 악취를 피할 수 있는 장소가 있는지 물색했다. 그렇게 찾은 곳이 바로 대합실에 마련된 피시 이용실이다. 500원짜리 동전을 넣으면 10분 정도 인터넷을 검색할 수 있는 편의 시설인 그곳은 친절하게도 담배를 피울 수 있는 흡연 구역이기도 했다. 윤마리아는 '십헤드 카니발'이라는 행사가 자신이 몸담고 있는 데이비드교의 종교 행사이기는 한 건지 한번 검색이나 해보자는 심사로 반대편 위치에 있는 피시 이용실 쪽으로 서둘러 자리를 이동했다.

22   김중혁, PM 2:25

김중혁은 자신의 눈을 의심했다. 광록의 말에 반신반의하며 오후 1시 30분에 용산역 대합실에 도착한 김중혁은, 여전히 그의 말에 대한 불신을 가슴 깊이 묻어두고 주위를 지켜봤다. 광록이 신줏단지 모시듯 품고 있는 《격암유록 외전》이라는 비급(祕笈)이 예언한 대로 정말 용산역에 메시아가 도래하는지 말이다.

그렇게 한 시간 정도 지나자 김중혁의 눈을 의심하게 하는 한 가지 현상이 명백하게 드러났다. 무엇보다 눈에 띄는 건 노숙자,

비렁뱅이, 앵벌이 패거리들이 이유 없이 모여드는 것이었다. 이들은 모두 하나의 공통점을 갖고 있다. 그것은 곧 이들의 몸에서 나는 냄새였다. 광록은 노숙자들을 포함한 걸인들의 몸에서 나는 냄새를 썩은 짬뽕 냄새라고 했다.

"왜 하필이면 썩은 짬뽕 냄새인가?"

"우리들의 창자 속을 한번 들여다보게. 사람들이 먹다 버린 찌꺼기들로 넘쳐나지 않는가. 그런 창자를 갖고 있는 놈들이 피워대는 냄새야 뻔하지 않은가. 그리고 실제로 그런 냄새가 난다고 하지 않나? 물론 우리들 자신이야 잘 모르지만 말일세."

그건 사실이다. 김중혁이 노숙자 신세로 전락하고 난 뒤로 가장 놀라운 변화는 자신의 몸에서 풍기는 냄새를 맡을 수 없게 된 일이다. 그건 어쩌면 새로운 세계에 적응하기 위해 새롭게 발전된, 단지 생존을 위한 종(種)의 진화라고 볼 만한 문제였다. 과거의 그는 어땠는가? 노숙자들이 지하철에서 자리를 차지하고 앉아 있을 때 그는 분명히 그 냄새를 맡을 수 있었고, 그로 인해 괴로워하기도 했다. 광록의 말대로 썩은 짬뽕 냄새 같은 비릿하고 영 개운치 않은 악취 때문이었다. 그러나 막상 자신이 노숙자가 되자 놀랍게도 그 냄새가 휘발되어버린 것이다. 지구상의 모든 냄새는 무취의 열반에 들어섰고, 그로 인해 김중혁은 세상 모든 노숙자들과 허물없이 몸을 부대낄 수 있는 나름의 경지에 도달했다 이 말이다.

지금과 같은 경우가 그렇다. 처음 도착했을 때 대합실에 서성거리던 스무 명 남짓한 노숙자들의 수가 10분도 지나지 않아 50명으로 증가하더니 2시가 넘자 이내 200여 명의 노숙자들이 역사 한가운데를 차지해버린 판인데도, 김중혁은 그 문제의 썩은 짬뽕 냄새를 전혀 맡을 수 없었다. 그러나 다른 일반인들은 어떤가? 김중혁은 굳이 그들을 주의 깊게 쳐다보지 않아도 쉽게 발견되는 하나의 현상에 당혹스러웠다. 그들은 200여 명의 노숙자 몸에서 풍겨 나오는 악취를 견디지 못하고 차라리 역사 밖으로 나가버리거나, 최대한 그들과 거리를 두려고 발버둥 쳤다. 하나같이 야비할 만큼 차가운 시선으로 노숙자들을 쏘아보며 말이다.

"이 얼마 만인가? 이토록 많은 우리 노숙자들이 일치단결하여 한곳에 모인 적이 말이야."

광록은 계속해서 용산역 대합실로 모여드는 노숙자들을 바라보며 감격에 겨운 듯 그렇게 중얼거렸다. 김중혁은 그런 광록을 심각하게 바라보며 물었다.

"전에도 이런 적이 있었단 말인가?"

"그랬지. 아이엠에프 터지고 그 이듬해 겨울에 모두 모여서 한봉준 열사의 주검을 부둥켜안고 서울역 찬 바닥에 주저앉아 대성통곡을 했더랬지."

"한봉준 열사가 누군가?"

"노숙자 중 한 명이었네. 그 추운 겨울날 단속반에 의해 역사 밖으로 쫓겨나자 홧김에 소주 한 병 원샷하고 가로수 옆에 누워 잠깐 잠을 청한다는 게 그대로 요단강을 건너버리고 말았다네."

"그걸 열사라고 말해도 되는 건지 모르겠네."

"아무튼 그때 이후로 처음이네. 이처럼 많은 노숙자들이 모여든 건 말일세."

"그러니까 자네 생각엔 이렇게 노숙자들이 용산역에 모여드는 것이 곧 메시아가 출현하고 우리들이 쿠데타를 일으킬 징조라는 건가?"

"말을 좀 어렵게 하는군. 어쨌든 그렇네."

"그런데 내 생각엔 지금 우리들의 꼬락서니만 놓고 보면, 쿠데타가 아니라 금방이라도 집단 수용소에 감금될 것 같은 모습이군. 심히 우려되네."

김중혁의 우려는 결코 과장이 아니었다. 물론 한 장소에 이렇듯 많은 숫자의 노숙자들이 모인 건 무료 급식 때를 제외하곤 처음 보는 현상이긴 했다. 하지만 그렇다고 해도 모여든 이들의 모습만 보면 전무후무한 쿠데타니, 메시아의 출현이니 하는 거창하고 비장한 주제와는 전혀 거리가 멀어 보였다. 바닥에 주저앉거나 자빠져 잠이 든 노숙자, 어디서 구했는지 빈 막걸리 통을 두들겨대며 술주정을 하는 노숙자, 좀비처럼 풀린 눈으로 이곳저곳 후비고 돌아다니는 노숙자까지, 하나같이 목표를 잃고 정처 없이 표류하는 보트피플처럼 보였기 때문이다. 그건 비단 김중혁의 눈에만 그렇게 보이는 게 아닐 것이다. 모여든 노숙자들 사이에서도 자신들이 왜 모였는지, 이렇게 모여서 앞으로 뭘 할 건지에 대해 아무런 정보가 없는 상태였다. 그러나 광록의 눈에 비친 이 현상은 의심의 여지 없이 말세의 징후이며, 예언의 성취였다. 급기야 광록은 그러한 도취를 여과 없이 표출하고자 감행한다. 우선 그는 김중혁의 미심쩍은 말들을 우렁찬 괴성으로 묵살하고자 했다. 주위에 모여든 노숙자들 모두가 똑똑히 들을 수 있도록 말이다.

"사탄아, 물러가라. 사탄아, 물러가!"

한 인격의 어처구니없는 변화를 어떻게 받아들여야 할까? 자신을 사탄으로 규정지은 광록의 노기 띤 얼굴을 황망히 바라보던 김중혁은, 어찌 되었든 노숙자들의 시선이 광록에게 집중된 걸로 보아 그가 의도한 바를 성취했다고 생각했다.

상황이 이쯤 되자 모든 노숙자의 시선이 자신에게 집중된 것에 흡족함을 느낀 광록은 더 난폭하고 과감하게 김중혁을 몰아붙였다. 하지만 광록의 말은 굳이 김중혁을 표적으로 했다기보단, 자신이 신앙하는 《외전》의 가르침에 귀를 기울여달라는 성토에 가까웠다.

"의심만 해서는 아무것도 이룰 수 없다. 이제 우리는 행동해야만 하는 때가 온 것이다. 우리를 거리로 내몬 저 허섭스레기 같은 위정자들을 숙청하고, 우리만의 세상을 건설해야 할 때가 왔단 말이다!"

이 와중에 김중혁은 조심스럽게 광록에게 말을 건넸다. 믿기지 않을 정도의 신중함으로.

"그렇게 말하는 걸 보니, 꼭 광록이 자네가 우리 노숙자들 중의 메시아인 것 같군그래. 안 그런가?"

김중혁의 질문을 받은 광록은 더욱 흥분한 나머지 대합실 의자 위로 성큼 올라서서 두 주먹을 불끈 쥐었다. 그러더니 마치 헤이그 광장에서 나라 잃은 슬픔을 토해내던 이준 열사처럼 다음과 같은 말을 서슴없이 쏟아냈다.

"난 메시아를 기다리는 세례 요한이다!"

그와 함께 광록은 더욱 분기탱천하여 일견 자신을 향해 모인 것처럼 보이는 노숙자 무리의 중심에 서서 소리쳤다.

"여러분, 이제 우리는 우리의 권리를 찾아야 합니다. 겨울철에 길고양이처럼 추운 길바닥으로 쫓겨나지 않을 권리! 점심과 저녁을 무료로 급식받을 수 있는 권리! 하루 세 병 이상의 소주를 마실 수 있는 권리 말입니다! 이것이 인권입니다! 이제 우리의 인권을 허락해주시고 우리만의 세상을 열어주실 메시아가 곧 그 자비로운 모습을 나타낼 것입니다! 여러분 외칩시다. 이렇게 외치세요! 이렇게 기도하세요! '메시아님. 메시아님. 이 용산 바닥에 임하여주세요! 오, 메시아님. 임하여주세요'라고 말입니다."

광록의 전직(前職)을 의심케 하는 장면이다. 주먹 쥔 손을 힘껏 휘둘러대며 메시아의 강림을 외치는 광록의 얼굴은, 다미 선교회 같은 종말론자들의 예배를 집전하는 목사의 그것과 상당히 닮아 있었다. 김중혁이 스스로에게 다시 묻는다. 과연 이 작자는 노숙자가 되기 전에 어디서 뭘 하던 인간이었단 말인가?

하지만 안타깝게도 이런 광록의 핏빛 외침에도 그 구호에 선동되어 기도하거나 호응하는 노숙자는 단 한 명도 없었다. 대신 한층 격해진 투덜거림으로 장내를 소란스럽게 만들 뿐이었다. 김중혁은 진심으로 묻고 싶었다. 그렇다면 정말 이 무리들은 왜 모인 건가? 광록의 말처럼 메시아를 기다리는 것도, 쿠데타를 준비하는 것도 아니라면 말이다. 광록은 노숙자들의 무기력한 웅성거림이 커질수록 더욱 격렬하게 웅변을 계속했다.

"메시아는 임할 것입니다! 사람의 몸을 빌려 말입니다! 여러분들은 무식하거나 가방끈이 짧아서 잘 모를 테지만 난 알고 있습니다. 메시아가 사람의 몸을 빌리는 화육(化肉)의 신비를 통해 임하신다는 사실을 말입니다. 그때 화가 있을 것이다! 이 위선자들아! 우리를 길바닥으로 내몬 이 진짜 쓰레기들아! 화! 화! 화가 있을 거란 말이다! 자, 여러분, 행동하십시오. 기물을 파괴하고 곳곳에 휘발유를 부어 불을 지르십시오. 투쟁하십시오. 폭력과 파괴만이 저 위선자들을 깨우치고 각성시킬 수 있는 유일한 방법입니다. 다 때려 부수세요. 와! 와!"

참으로 우스꽝스럽기 짝이 없는 말이었지만, 이어진 광록의 행동을 보면 결코 웃을 일이 아니었다. 웅변을 끝낸 광록은 아무도 자신의 말에 동조하지 않자 몸소 실천하려는 듯 자리에서 내려와 곧장 대합실에 설치된 공영 텔레비전 앞으로 달려가더니 두 발을 날리고 주먹을 휘두르는 등 소위 공공기물 파괴 의식을 감행하기에 이르렀다.

그러자 몸을 던지는 광록의 순교 열정에 자극받았다기보다는, 노숙자들의 원초적 본능에 잠재해 있던 폭력이라는 공통분모의 뇌관이 폭발했다고 보는 편이 더 합당할 듯한 현상이 벌어졌다.

급기야 역사 구석에 놓여 있던 소화기까지 집어 들어 펑펑 분말 가스를 터뜨리는 광록의 난동에 크게 고무된 노숙자들이, 그 폭력의 아드레날린을 분출하지 않고 억제하는 것이야말로 자신들의 직무 유기라고 간주하고 누가 먼저랄 것도 없이 광록의 난동에 동참하기 시작했다. 벤치를 뽑고, 매점 유리를 박살 내고, 전광판을 주먹이나 소주병으로 내리치는, 어이없으면서도 심각한 난동 장면은 한마디로 진풍경이었다.

그러나 김중혁은 너무나 잘 알고 있었다. 광록은 이 난동을 성스러운 쿠데타라고 말할 테지만, 그의 눈에 비친 이 광경은 그저 찰나의 소동에 불과했다. 그리고 무엇보다 심각한 건 이 난동이 순식간에 꺼져버릴 촛불처럼 일시적인 현상에 지나지 않으리라는 예측이었다.

김중혁의 예측이 현실로 되는 데엔 결코 오랜 시간이 걸리지 않았다. 노숙자 무리가 난동을 부린 지 채 1분도 되지 않아 적지 않은 숫자의 경찰과 공익 근무 요원들이 무리 주변을 둘러싸더니, 귀를 얼얼하게 할 정도로 큰 소리로 윽박질러 순간적으로 노숙자들의 행동을 위축시켰다. 실제로 노숙자들은 김중혁의 예상대로 원초적 감성인 폭력을 실현할 만한 그 어떤 공격 무기도 마련하지 못한 상태였다. 전문 시위꾼들처럼 화염병이 있는 것도 아니고, 경찰들이 마구 휘둘러대는 곤봉에 대응할 만한 변변한 무기 하나 갖추지 못했다.

"여러분, 물러서면 안 됩니다. 이제 곧 메시아가 출현하실 것입니다. 그분만 나타나면 이 인간쓰레기들을 말끔히 청소하고 새 세상, 새 하늘, 새 땅을 여실 거란 말입니다. 그러니까 힘을 내란 말입니다. 힘을!"

광록의 의분은 정말이지 과거 독립투사들의 열정을 능가할 정도였다. 광록은 그야말로 바로 이 순간에 자신의 노숙자 인생 전부를 내던진 투사처럼 행동했다. 노숙자들 무리가 경찰과 공익 요원들의 마구잡이식 해산으로 인해 붕괴되려는 양상을 보일라치면 그들을 이끌어 다른 곳으로 모으면서, 틈나는 대로 의자 위로 올라가 두 주먹을 불끈 쳐올리며 구호 외치기를 반복했다.

그러나 현실은 광록의 처절한 핏빛 열망과 정반대로 진행되었다. 누가 보기에도 기가 막힐 정도의 빠른 속도로.

빛의 속도로 붕괴되는 건 바로 노숙자들의 쿠데타에 대한 열의였다. 그들은 광록의 염원과 달리 처음부터 쿠데타니, 메시아 출현이니 하는 거창한 주제와 아무 관련도 없다는 듯 행동했다. 경찰들이 말 그대로 위협용으로 곤봉을 가볍게 한두 번 휘두르자 지레 겁먹은 노숙자 몇 명이 외마디 비명을 질렀고, 이내 그 전체가 흩어지기 시작했다. 물론 그들의 행동은 대단히 굼뜨고 게을렀다. 그렇다고 그들이 본래 게으르다고 매도하진 마시라. 만성 알코올 중독 탓에 노숙자들의 동작은 시간 죽이기를 위한 방편으로 동작 하나 바꾸는 데에도 거대한 시간의 옹벽을 쌓아가는 수도자의 그것에 가까웠으므로, 경찰이 거칠게 달려들어도 슬로모션 화면처럼 대응할 수밖에 없었던 것이다.

처음엔 경찰들이 제법 겁을 먹은 모양새였다. 이 정도로 많은 수의 노숙자가 한 장소에 모인 적이 없었으니까. 심지어 경찰들 중엔 금속 노조나 비정규직 노조 단체들처럼 생존과 직결된 문제를 걸고 덤벼드는 이들과 치열하게 대치하던 전투 경찰도 끼여 있었는데, 그들 역시 처음엔 하나같이 긴장하는 모습이 역력했다. 물론 그들에게 긴장을 유발한 근본적인 원인은 광록이 외쳐댄 원색적인 선동 구호에 있었을 것이다.

그러나 시험 삼아 노숙자들을 위협해 그들의 반응을 확인한 경찰은 싱거운 헛웃음을 터뜨렸다. 단지 겁만 주려고 곤봉을 휘둘렀을 뿐인데, 노숙자 한 녀석이 바닥에 쓰러져 울음을 터뜨리는 게 아닌가. 그뿐만이 아니었다. 그와 때를 같이해 잔뜩 산만한 자세로 널브러져 있던 노숙자들이 경찰의 등장에 놀라 지레 겁을 먹고 용산역 밖으로 도망치기 시작한 것이다.

노숙자들은 그렇게 순식간에 해체되어갔고, 그 중심에 남은 건 이제 광록과 몇몇 특별히 행동이 느린 이들뿐이었다.

김중혁은 어떻게 되었을까. 광록의 곁에 남아 끝까지 그의 외침에 동참했을까. 광록의 말대로 그도 메시아의 출연으로 인한 새 하늘, 새 땅을 기대했을까. 그런 기대는 단지 광록만의 일방적 짝사랑이었을 뿐이다.

우리는 둘도 없는 길벗이요, 동반자라고 광록을 위로하던 김중혁이었지만, 그 역시 경찰의 곤봉 앞에 맥없이 무너질 수밖에 없는 노숙자들 중 한 명일 뿐이다. 광록의 말이 전혀 실현성이 없다고 판단한 김중혁은, 이미 진압 초기에 몸을 피해 노숙자 대열에서 적당한 거리를 두고 잽싸게 물러났다. 그러다가 진압이 본격화되자 그는 자신은 노숙자들과 무관하다는 상황을 설정하기 위해 가장 적합한 장소를 물색했다. 밖으로 도망치는 노숙자들과 행동을 같이하면 곤란해진다. 왜냐하면 어떻게 알고 왔는지 용산경찰서 인원이 죄다 출동한 최악의 상황이어서, 역사와 대합실 입구 적재적소에 경찰들이 배치되어 가뜩이나 어리바리하게 도망치는 노숙자들을 진압하여 무릎을 꿇리는 데 열을 올리는 중이었기 때문이다.

그렇다면 어떻게 해야 하는가? 김중혁은 이런 순간에 결코 어수룩하지 않았다. 그는 잽싸게 상황의 심각성을 파악하고 자신은 본질적으로 노숙자들과 무관하다는 걸 짧은 순간이나마 입증하기 위한 최적의 장소를 찾았는데, 그곳은 바로 역사 내에 위치한 피시 이용실이었다. 흡연석이기 때문에 유리문으로 밀폐된 그곳. 동전을 넣고 피시를 검색하는 흉내만 적당히 내면 경찰들의 무자비한 진압을 피할 수 있겠다는 요량이 서자마자 김중혁은 단숨에 피시 이용실 안으로 뛰어들었다.

이용실 안엔 여섯 개의 피시가 설치되어 있었다. 그곳의 이용자는 단 한 사람 있었는데, 비교적 젊지도 늙지도 않은 여자, 바로 윤마리아였다.

그녀는 가뜩이나 뒤숭숭하고 결코 우스꽝스럽지만은 않은 한낮 공공장소에서의 소요를 지켜보다가, 대뜸 김중혁이 등장하자 호러 퀸처럼 요란한 비명을 지를 듯한 놀란 얼굴이 되었다.

그건 지극히 자연스러운 반응이다. 김중혁을 노숙자라고 그저 추상적으로 말해서 그렇지, 세밀하게 표현한다면 그는 누구라도 비명을 지를 만큼 특색 넘치는 추접함의 소유자였기 때문이다.

올리브오일을 뒤집어쓴 것 같은 기름진 머리, 묵은 때가 퇴적되어 그을음 같은 흔적으로 남은 까무잡잡한 얼굴, 흡사 광남(狂男)을 떠올리게 하는 초점을 상실한 브라운 아이즈, 게다가 방금 돼지우리를 뒹굴다 나온 것 같은 대단한 악취까지. 그나마 윤마리아의 천성이 쿨한 편이라 자신의 등장을 보고도 실신하지 않은 걸 김중혁은 고마워해야 한다.

하지만 단지 자리에 앉았다고만 해서 문제가 말끔히 해소되는 건 아니다. 김중혁은 윤마리아 바로 옆자리에 서둘러 앉았지만, 피시 화면이 암흑이고 자신의 꼬락서니가 누가 봐도 노숙자로 보이는 현실에 부딪혔다. 닫힌 피시 이용실 유리문 너머로 경찰과 공익 요원들이 분주히 뛰어다니며 이 시대의 잉여 인간들을 발본색원하는 데 혈안이 되어 있다. 이대로라면 이곳도 안심할 장소가 못 된다. 만약 끌려가게 되면? 그땐 아마도 쉼터에 감금되는 것으로 끝나지 않을지도 모른다. 공공기물 파괴와 역사 난동으로 구치소 신세를 지게 될지도 모르는 일이다.

이러한 긴박한 상황에서 김중혁은 다른 사람에게 도움을 청하지 않을 수 없었다. 바로 자신의 옆자리에 앉아 제법 우아한 포즈로 럭키스트라이크를 빨아대고 있는 윤마리아에게 김중혁은 전후 사정에 대한 예의 바른 설명 따위는 집어치우고 무조건 통사정했다.

"500원짜리 동전 하나만 있으면 빌려줘요. 꼭 갚을게."

김중혁은 그녀에게 말을 꺼내면서 자신이 걸친 점퍼를 벗어 의자 밑으로 구겨 넣었다. 점퍼가 너무 지저분했기 때문이다. 그와 함께 제멋대로 자란 머리도 억지로 눌러 진정시켰다. 윤마리아는 그런 김중혁의 입성을 보며 황당한 표정을 거두지 못했다. 김중혁은 그렇게 아무 말 없이 자신의 얼굴을 동물원 원숭이 관찰하듯 쳐다보고만 있는 윤마리아에게 다시 한번 부탁했다. 최대한 불쌍하게.

"아가씨, 나 저 인간들에게 끌려가면 다신 못 돌아와. 그러니까 사람 한번 살려주는 셈 치고 500원짜리 동전 하나만 줘요. 1000원도 아니고 겨우 500원에 뭘 그렇게 야박하게 굴어? 젊은 사람이."

그러나 김중혁이 모르는 사실이 있다. 아무리 멀쩡해 보이는 인간이라 해도 단돈 500원조차 없을 수 있다는 사실 말이다. 윤마리아는 실제로 땡전 한 푼 갖고 있지 않았다. 알지 않는가? 그녀가 오늘 돈 3000원이 없어 맥도날드에서 햄버거 세트도 주문하지 못하고 1500원짜리 햄버거 하나만 주문했다는 사실 말이다. 그나마 2000원에서 1500원을 쓰고 남은 500원짜리 동전으로 이곳을 찾은 것이다. 시간도 3분이 채 남지 않은 상태다.

이런 윤마리아의 사정도 모르고, 김중혁은 제때 볼일을 보지 못해 안달 난 똥강아지처럼 안절부절못하며 말을 이었다.

"젊은 사람이 왜 이렇게 꽉 막혔어? 사정 좀 봐달란 말이야. 이봐. 노숙자도 사람이야. 내 이래 보여도 몇 년 전만 해도 어엿한 직장이 있던 사람이야. 비록 용역이었지만, 회사에서 주는 겨울 점퍼도 얻어 입고 그랬단 말이야. 봐! 세탁을 안 해서 그렇지, 지금 이 점퍼도 옛날 다니던 회사에서 줬던 거야. 보라고."

윤마리아는 방금 전 의자 밑에 구겨 넣은 점퍼를 손으로 가리키는 김중혁을 보며 꽤 안쓰럽다는 생각이 들긴 했다. 일차적으로 김중혁의 구걸이 통한 걸로 봐야 하나. 윤마리아는 썩 내키지 않는다는 듯 우거지상을 하고 의자에서 일어나 다음과 같이 말했다.

"여기 우선 앉아 있어요. 그럼 의심 안 할 거 아니에요?"

"아가씨는 어떡하고?"

"아저씨 일행인 척 옆에서 같이 화면 보고 있으면 되죠. 그럼 저와 아저씨가 일행인 줄 알고 그냥 지나갈 거예요."

김중혁은 윤마리아의 민첩한 상황 판단에 순간 감복했다. 그녀의 말을 듣고 잽싸게 자리에 앉은 김중혁은 곧바로 키보드 위에 두 손을 올려놓고 화면을 응시했다. 그사이 윤마리아는 유리문 밖 대합실에서 벌어진 풍경을 지켜보며, 다음과 같이 말했다.

"방금 전만 해도 아저씨 같은 사람들이 되게 많았는데, 지금은 다 흩어지고 없네요."

"그중에도 끝까지 남아 발버둥 치는 사람 보이지?"

"예. 한 사람 있는데, 지금 막 경찰들한테 붙잡혀서 발버둥 치고 있어요."

"그럼 상황은 어때? 거의 끝나가?"

"지금은 다 흩어지고 없다니까요. 청소하는 아주머니들이 와서 대걸레로 바닥 청소하고 있어요."

윤마리아는 시종 짜증스러운 말투로 김중혁에게 바깥 상황을 보고했고, 그러자 김중혁은 허탈한 마음이 들었다. 이렇게 허무하고 잽싸게 진압되는 쿠데타를 어디서 또 찾아볼 수 있을까 싶자

괜히 서글픈 생각마저 들었다.

윤마리아의 말대로 상황은 거의 종료되었다. 마지막 남은 광록 혼자서 열 명 정도 되는 경찰과 공익 요원들에게 에워싸여 고통스럽게 "메시아 만세!" "쿠데타 만세!"를 외쳐대고 있을 뿐이었다.

그러자 김중혁은 더 이상 자신이 이 자리를 꿰차고 앉아 있을 명분이 없다는 걸 느꼈다. 그러한 느낌은 윤마리아가 깨우쳐준 것이다. '이제 그만 일어나라. 냄새 그만 풍기고'라는 메시지가 강하게 담긴 눈빛으로 자신을 째려보는 것을 느끼고서 끝까지 일어나지 않을 뻔뻔한 놈은 아마 없을 거라고 생각하며, 김중혁은 냉큼 그녀에게 자리를 비켜주었다. 윤마리아는 별다른 대꾸도 하지 않고 다시 자리에 앉았다. 그런 그녀에게 김중혁은 민망했던지 나름 친근감을 표시하려 했는데, 그게 그만 화근이었다. 오히려 윤마리아를 거칠게 자극하는 결과만 만들었으니 말이다. 김중혁은 화면을 손가락으로 가리키며 다음과 같이 말했다.

"그런데 젊은 아가씨가 뭐 저렇게 험악한 장면을 보나? 보기 민망하구먼."

실제로 김중혁의 말은 아예 틀린 말은 아니다. 그러나 그 말을 들은 윤마리아는 마치 보면 안 되는 것을 훔쳐보다 부모에게 들켜버린 10대 청소년처럼 발끈하며 대꾸했다. 잔뜩 골이 난 음성으로.

"아저씨가 뭔데, 제가 뭘 검색하든 무슨 상관이에요? 이젠 아저씨 갈 길이나 가세요. 별일이야. 정말."

"알았어. 알았다고. 까칠하긴. 암튼 고마워."

김중혁은 슬슬 뒷걸음질을 치며 유리문을 열고 이용실 밖으로 나갔다.

23 윤마리아, PM 2:50

윤마리아는 그런 김중혁의 퇴장을 확인하고 다시 화면을 주시했다. 그러고는 자신도 눈살을 찡그렸다. 모니터 속 화면은 난생처음 접속해본 블로그에서 캡처한 건데, 다름 아닌 '십헤드 카니발' 관련 자료였다. 10분이라는 짧은 시간 동안 윤마리아가 자신의 현재 전 재산인 500원을 투자해 검색하고자 한 건 바로 그 해괴망측한 카니발에 대한 정보였다. 그녀는 처음으로 자신이 몸담고 있는—정확히 말해 그녀는 부모들의 열광적인 신앙에 묻어가는 걸로 봐야 한다—소위 다윗 말세 교회 한국 공식 홈페이지에 접속해 '십헤드 카니발'이라는 종교 행사가 있는지 검색해봤다. 하지만 결과는 참담했다. 검색창에 처음엔 영어 이름 그대로 '십헤드'를, 나중엔 '양머리'라는 한글을 넣어봤지만, 결과는 마찬가지로 자료 없음이거나 카니발과 전혀 무관한 자료들만 검색되는 게 아닌가.

그렇다고 그냥 포기할 수도 없는 상황. 윤마리아는 교회 홈페이지에서 검색하는 게 무의미하다는 판단이 서자마자 구글에 접속해 'Sheep head carnival'이라는 주제어로 검색을 시작했고, 거의 100여 개의 웹 문서를 빠른 속도로 훑어보던 중 'Sheep head carnival'이라는 정확한 명칭이 포함된 웹 문서를 찾았기에 그 블로그에 접속한 것이다.

그러나 김중혁이 가리킨 문제의 그 험악한 장면을 윤마리아는 제대로 보지 못했다. 곧 퇴장해버리고 말았는데, 이유는 여러 가지가 있을 수 있겠지만, 워낙 하드고어적인 장면 때문이라기보다는 필기체로 깨알같이 적혀 있는 영어 문장들이 윤마리아의 머리를 지끈거리게 했기 때문으로 보인다.

화면 제목은 'Sheep head carnival'이었고, 좌측에는 세로로 긴 일러스트가, 우측은 아마도 카니발에 대한 해설로 보이는 글이 영문으로 채워져 있었는데, 윤마리아는 일러스트 장면이 뭐 그렇게 심하게 하드고어로 보이지는 않는다고 생각했다. 그녀는 워낙 자신이 공포나 엽기 장르의 영화를 두루 섭렵하는 편이라 그런 걸지도 모른다고 생각했는데, 문제의 장면엔 분명 카니발 이름 그대로 양의 머리가 등장하긴 했다.

마치 텔레비전 어린이 인형극 프로그램 〈모여라 꿈동산〉을 떠올리게 하는 인형 머리 같은 것을 뒤집어쓴 사람들이 있었는데, 그들이 뒤집어쓴 그 머리가 꼭 양의 머리를 닮아 있었다. 그들은 검은 연미복 차림이었고, 성별 구분이 지극히 모호했다.

그 장면만 봤다면 하드고어니 하는 말은 나오지 않았을 거다. 문제는 그들 각자가 제법 세련된 총 한 정씩을 들고 일반인들을 향해 난사하는 장면이 묘사되어 있었다는 사실이다. 양머리를 쓰지 않은 수많은 백인과 흑인들이 놀라움과 공포에 사로잡힌 표정으로 온몸이 피투성이가 되어 있는 장면. 꽤 세밀하고 극사실적으로 표현된 일러스트였기에 윤마리아는 처음에 한 컷의 사진으로 착각했을 정도였다.

하지만 그녀는 더 이상 그 화면을 접하고 싶지 않았다. 영문을 번역하는 것도 고역이었지만, 무엇보다 일러스트에 제시된 장면대로라면 전혀 현실성 없는 판타지로 보였기 때문이다. 양머리를 뒤집어쓰고 코엑스몰이나 용산역 같은 공공장소에서 총질을 해댄다는 게 말이 되는 일이냐. 그런 생각을 하니 윤마리아는 절로 실소가 터져 나왔다. 생각할수록 우스운 일이다. 그런대로 점잖은 얼굴에 적당히 나온 아랫배를 축재(蓄財)의 미덕쯤으로 여기는 외국계 제약회사 본부장이란 남자가 〈모여라 꿈동산〉 같은 양머리 탈을 뒤집어쓰고 코엑스몰을 싸돌아다닌다는 발상 말이다. 윤마리아는 자신도 모르게 쓴웃음을 머금고 고개를 가로저었다. 그러자 이내 피시가 타임 오버 되어버렸고, 그녀는 다시금 특유의 짜증스럽고 권태로운 얼굴로 되돌아왔다.

24   장영달, PM 3:10

장영달은 다시 한번 언제나 고질적인 습벽처럼 치밀어 오르는 진노의 표출을 최대한 억제하려는 모습을 연출했다. 얼굴 전체를 포함해 거의 완벽히 벗겨진 대머리까지 온통 상기된 모습은 주변 사람이 보기에도 흠칫 놀랄 만큼 폭발 직전의 긴장감을 피력하기에 충분했다.

그런데 따지고 보면 장영달이 그렇게까지 흥분할 일은 아니라는 것이 그와 한 공간을 점유하고 있는 이들의 공통된 생각인 듯하다. 그렇게 장영달이 흥분하며 서 있는 곳은 지하철 안이었다. 지저분하고 다양한 사람들이 모이는 곳, 지하철 2호선. 굳이 노선을 말하라고 한다면 강남, 잠실 방면이다.

오후 3시 10분이라고 해서 운행 중인 지하철 안이 한산할 거라고 생각하면 오산이다. 그건 비교적 인적이 드물고 홍보가 덜 된 5호선이나 6호선 지하철의 경우다. 2호선, 게다가 강남, 잠실로 향하는 지하철이라면 상황은 한층 더 심각하다. 더욱이 최근엔 만성 적자니 뭐니 해서 운행 간격도 늘어난 실정 아닌가.

그래서였을까. 칠순을 훌쩍 넘긴 고령의 나이테를 지닌 우리의 장영달 옹. 이 옹께서 앉을 자리가 지하철에 마련되어 있지 않았다. 그렇다고 할머니들이 정답게 앉아 담소를 나누는 노약자석에 주책망나니처럼 비집고 들어갈 수도 없는 탓에, 장영달은 일반석

쪽을 기웃거리며 자리를 양보해주는 비교적 젊은 것들의 훈훈한 미덕에 기댈 수밖에 없었다.

처음엔 그리 오래 걸리지 않을 것으로 보였다. 신도림역에서 열차를 갈아타고 신림역으로 갈 때까지만 해도, 승객들 중 몇 명이 좌석을 박차고 일어나 양보하거나 적어도 열차에서 내리기 위해서라도 일어날 줄 알았다. 그러나 모두가 하나같이 자리를 꿰차고 앉아 꼼짝도 하지 않는 것이다.

'이런 괘씸한 것들. 어르신이 이렇게 배회하고 있으면 후딱후딱 자리에서 일어설 것이지……. 공경심이라곤 눈을 씻고 봐도 찾아볼 수 없는 이런 후레자식들 같으니라고.'

장영달은 그렇게 분한 마음을 삭이며 빈자리를 둘러보다가 문득 한 녀석을 발견하게 되었다.

녀석은 좌석에 앉아 있는 사람들 중 독보적으로 연령대가 어려 보였다. 다른 이들은 그래도 4, 50대 아주머니, 아저씨들로 장영달이 대놓고 자리를 양보하라고 하기엔 무리가 있어 보였다. 하지만 녀석은 달랐다. 녀석은 그야말로 호적에 잉크도 안 말랐을 것 같은 10대 중반 정도로 보이는 녀석인데, 보기 드문 샛노란 머리에 엄지손가락 크기만 한 귀걸이를 한, 딱 보기에도 부적응의 아이콘으로 보이는 불량 청소년이었다.

장영달이 처음부터 굳이 녀석의 자리 앞에 서 있겠다고 마음먹은 건 아니었다. 그런데 이 녀석의 행동이 하도 가관이라 자연히 장영달의 심기를 불편하게 했다. 녀석은 일부러 조는 등 딴청을 피우지도 않았다. 두 귀에 엠피스리 이어폰을 꽂고는 있었으나, 떡하니 팔짱을 끼고 최대한 시건방진 자세로 다리를 꼬고 앉아 자신 앞에 서서 그늘을 만드는 장영달을 무심한 눈길로 올려다보고 있던 것이다.

이 자식이 뭘 잘못 먹었나 하는 생각이 드는 건 평소 장영달의 과격한 성품으로 보아 불 보듯 훤한 일이다. 앞에 선 사람이 칠순 먹은 노인이라는 사실을 비록 시원찮은 눈알이지만 똑똑히 목격했다면, 벌떡 일어나 "어르신 앉으십시오. 저는 괜찮습니다" 하는 게 이 도시의 마땅한 윤리이자 도덕일진대, 녀석은 그렇게 하지 않은 것이다. 오히려 꼬고 앉은 녀석의 다리가 비록 고의는 아닐지언정 장영달의 군화 발목 부근과 묘하게 접촉되기까지 한 것이다.

무슨 생각에서일까. 장영달은 주위에 빈자리가 생겼는데도 녀석의 자리 앞을 떠나지 않고 지키기로 했다. 녀석이 어떻게 하나 지켜보자는 말도 안 되는 오기가 발동한 것인데, 그런데 이 녀석 또한 예사는 아니어서, 장영달이 자신을 노려보건 말건 오히려 더 천연덕스럽게 장영달을 올려다보며 엠피스리에서 흘러나오는 요란한 갱스터 랩을 감상하는 데 전력을 기울였다.

"이런 후레자식 같으니라고!"

결국 장영달이 한마디 내뱉고 만다. 사당역에서 벌어진 일이다. 분명 녀석의 옆자리가 비었는데도 선 채로.

하지만 장영달의 호통에 가까운 소리를 듣고서 놀란 것은 녀석이 아니었다. 우르르 몰려 탄 많은 사람들이 장영달의 일성(一聲)에 화들짝 놀라 얼굴을 붉혔다. 녀석이 장영달의 호통에 아무 반응도 보이지 않는 이유는 간단했다. 이어폰을 꽂고 있기 때문이다. 녀석이 듣고 있는 음악은 '사이프레스 힐' 계통의 지독한 노이즈로 가득한 갱스터 랩이다. 장영달이 분명 뭔가 말을 한 것은 알았지만, 녀석은 이 지독히도 할 일 없어 보이는 노인네가 뭘 말하는지 알고 싶은 마음이 추호도 없었기에 그저 그렇게 변함없는 자세를 고수할 뿐이었다.

정말이지 장영달은 그대로 녀석의 두 귀에 꽂혀 있는 이어폰을 단숨에 벗겨내고, 녀석의 햇병아리 같은 머리통을 보기 좋게 두 들겨주고 싶었다. 그와 함께 군대 시절 익숙하게 사용하던 군홧발로 정강이를 걷어찬 다음, 여건만 허락된다면 원산폭격을 시킨 상태로 "노인을 공경하겠습니다!"라는 구호를 스무 번 이상 외치게 하고 싶다는 충동이 오관에 들끓었다.

하지만 장영달은 교대역까지 왔을 때, 그러한 자신의 생각을 결국 굽혀야 했다. 녀석이 앉은 맞은편 자리가 공석이 되었으나, 장영달의 노기 띤 얼굴에 지레 겁을 먹은 시민들이 그 자리에 앉을 엄두조차 내지 못했기 때문이다. 하지만 무엇보다 장영달이 분노를 억누른 이유는 그 지랄 맞은 아르바이트 약속 때문이었다. 특별히 혈압에 주의해야 한다는 약장수 아가씨의 당부가 있었기에, 장영달은 더 이상의 흥분은 금물이라는 자제의 메시지에 귀를 기울여야만 했던 것이다.

그렇게 녀석의 맞은편 자리에 앉은 장영달은 고압적이고 매서운 눈빛으로 녀석에게 잘못을 일깨워주고 싶었지만, 그 또한 별다른 효력을 발휘하지 못했다. 왜냐하면 녀석은 더 이상 군복 차림의 장영달에게 별다른 흥미를 느끼지 않았기 때문이다. 이유인즉 강남역에서 문이 열리자 우르르 올라탄 누나들의 몸매와 얼굴을 아래위로 훑어보는 데서 더 강렬한 재미를 느꼈기 때문이다.

장영달은 엄청나게 불편해진 심기를 애써 억누르며 약속 장소인 코엑스몰이 위치한 삼성역까지 가야 했다. 그리고 그 행선지는 녀석의 행선지이기도 했다. 녀석도 장영달의 뒤를 따라 삼성역에서 함께 내린 것이다.

참고로 녀석의 정체를 밝히면 다음과 같다. 녀석은 바로 기무다. 평일 오후 3시경에 그 따위 꼴사나운 모습을 하고 장영달 정도의 괴력 노인까지 무시할 만큼 무례한 청소년이 그렇게 흔할 거라고 생각했는가.

25 윤마리아, PM 3:40

부리는 더 이상 전화를 받지 않았다. 오후 시간이 되면 잠수를 타는 것이 그녀의 얄미운 습관이다.

윤마리아는 휴대폰의 폴더를 닫으며 더 난처해질 것도 없는 현재 상황에 안타까움을 느꼈다. 용산역에서 접한 제법 꺼림칙한 블로그 화면 속 일러스트를 뒤로한 채, 또한 역한 냄새를 풀풀 풍겨대던 노숙자 남자에게 자리를 내준 황당한 경험도 죄다 잊고, 한걸음에 달려온 곳이 코엑스몰이다. 그런데 결론부터 말하자면 이곳 역시 용산역과 마찬가지로 그 어떤 카니발의 냄새도 풍기지 않고 있었다.

처음에 그녀는 코엑스몰과 정반대 방향에 위치한 인터컨티넨탈 호텔을 찾아갔다. 찾아갔다기보다는 기웃거렸다는 표현이 더 정확하다. 그냥 보기만 해도 접근이 요원해 보이는 위압감 넘치고 화려함이 돋보이는 카운터 앞으로 다가선 그녀는, "혹시 이 호텔에 론 본부장님이라고 계신가요?"라는 식의 다소 촌스러운 질문을 차마 하지 못하고 머뭇거렸다. 차라리 질문을 하는 게 한결 간단했을 걸 하는 후회가 홍당무처럼 발그레해진 얼굴과 함께 후폭풍으로 밀려왔다. 말 한마디 제대로 못 하고 카운터 앞에 서서 빌빌거리자, 뒤이어 기다리고 있던 럭셔리한 연인이 윤마리아의 꼴을 한심스럽게 흘겨보며 체크인을 하는 게 아닌가.

카운터의 여직원은 윤마리아에게 어떤 말도 걸지 않았다. 설마 네깟 년이 최소 일일 숙박료 25만 원을 육박하는 호텔에 별 용무도 없이 체크인하려고 하겠느냐 하는 오만함이 잔뜩 밴 도도한 눈길을 보내며, 럭셔리 연인 다음으로 다가온 백인 남자를 향해 밉살스럽게 "헬로, 메이 아이 헬프 유?"라고 읊어댔다.

짜증이 머리끝까지 치민 윤마리아는 그래도 포기하지 않고 카운터 앞에 버티고 서서 여직원이 자신에게 말을 건네주기를 기다리다가, 자신이 직접 질문 공세를 퍼부었다. 이 호텔 연회장에 예정된 행사가 없냐, 하다못해 결혼식을 빙자한 파티나 카니발 같은 스케줄이 있으면 좀 말해달라 등등. 그녀는 그런 질문들을 신세타령하듯 되는대로 지껄였는데, 그에 대해 답하는 여직원의 목소리는 비록 친절의 가면을 쓰긴 했지만 참혹할 정도로 냉정하고 차가웠다. 한마디로 그런 행사는 전혀 없다는 게 답변 내용의 전부다.

호텔 로비에서의 굴욕을 뒤로하고 이번엔 코엑스몰을 찾아온 윤마리아. 그러나 그곳에 도착하자마자 그녀가 느낀 건 치미는 짜증과 당혹감뿐이었다. 평소엔 이곳이 이렇게 쓸데없이 방대하고 복잡한 장소라는 생각을 추호도 하지 않았다. 있을 만한 브랜드는 죄다 모인 패션숍과 영화관 그리고 외국계 대형 서점이 최첨단 인테리어로 무장되어 있는 곳, 지하철을 이용해 별다른 빈티를 내지 않고 찾아올 수 있는 거의 유일한 장소인 이곳 코엑스몰은 윤마리아도 애용하던 곳이었음이 사실이다. 또래의 다른 여자들이 대부분 그렇듯.

그런데 지금은 상황이 다르다. '십헤드 카니발'이라는 여전히

생소한 행사를 찾아다니기에 몰은 숨 막힐 만큼 복잡한 구조로
되어 있다. 걷고 또 걸으며 주위를 둘러봐도 보이지 않는, '양머
리' 혹은 카니발에 관한 흔적의 부재는 윤마리아를 곧 지치게 했
다. 게다가 부리마저 자신의 전화를 의도적으로 피하는 듯한 이
빌어먹을 현실. 이 시점에서 윤마리아가 마음속에서 가장 격하게
후회의 불씨를 발화시킬 만한 소스가 있다면, 그건 당연히 오전
11시경에 저지른 압구정역 카드깡 사건일 것이다.

'니미 좆또. 본부장을 만나든지 어쩌든지 해야 나도 데이비드
교 신도라고 밝힐 거 아냐.' 윤마리아는 마음속으로 그렇게 절규
하며 양머리 찾기를 돌연 중단하고, 몰의 어느 한 곳에 멈춰 섰
다. 완전히 지친 데다 만성이 된 짜증스러움이 한가득인 얼굴을
하고서 말이다.

26 김중혁, PM 3:10

1호선 용산역에서 벌어진 광록을 비롯한 노숙자 집단의 어처
구니없이 방대하면서도 허무하기 짝이 없는 소동의 악다구니를
벗어난 김중혁은 그대로 경찰과 공익 요원들을 피해 잽싸게 역사
피시 이용실을 빠져나와 지하철 계단으로 내려갔으며, 운 좋게
그가 마지막 계단에 내려섰을 때 도착한 지하철의 문이 열려 그

대로 슬라이딩하듯 빨려 들어갔다.

그렇게 김중혁은 이 대대적인 진압의 포악에서 탈출하는가 싶었다.

그러나 인천행 1호선 열차 안에서도 김중혁과 같이 노숙자 꼬락서니를 한 자들을 색출하는 작업이 벌어지고 있음을, 그는 앞 칸에서 앵벌이로 보이는 꼬질꼬질한 소녀 한 명이 도망치듯 자신의 칸으로 넘어왔을 때 감지했다. 이 정도면 억세게 운이 좋은 케이스라고 할 수 있다. 김중혁은 표나게 발을 절름거리는 소녀의 모습이나 표정을 예의 주시하고 사태의 위급함을 비교적 정확히 진단했다. 그것은 바로 앞 칸에서부터 무조건적인 단속을 상징하는 완장을 팔뚝에 두른 단속반원들이 들이닥치고 있다는 사실이다.

김중혁은 잽싸게 노약자 자리에서 일어나 다음 칸으로 옮긴 다음 연결문을 닫고 창문 너머로 동정을 살폈다. 앵벌이 소녀는 딴에는 전력으로 도망쳤지만 워낙 심하게 발을 저는 통에 성큼성큼 어른 걸음으로 달려드는 단속반원의 추격을 더는 따돌리지 못하고 중간 정도에서 덜미를 잡히고 말았다.

앵벌이 소녀 따위가 잡히는 거야 김중혁과 별로 상관없을지도 모른다. 차라리 잘된 일일 수도 있다. 어린 녀석들이야 노숙자 쉼터 같은 최악의 보금자리에서 신음할 일은 없지 않은가. 그보다 문제는 소녀를 진압하기 위해 몰려든 단속반원의 규모다. 족히 다섯 명은 더 되는 정복 차림의 그들이 겨우 소녀의 덜미를 잡는 것으로는 소기의 목적을 달성했다고 생각하지 않는 듯 눈에 쌍심지를 켜고 두리번거리는 게 아닌가.

김중혁의 상황 판단은 결코 여타의 알코올 중독자 출신 노숙자들처럼 둔하지 않았다. 몇 칸 정도 더 도망쳐서 구석에 웅크리고 있으면 되겠지 하는 안일한 생각을 하다간 대대적으로 파견된 서슬 퍼런 단속반원들의 곤봉에 호되게 당하고 말 거라는 불길함이 김중혁의 발걸음을 재촉했고, 그래서 그는 때마침 지하철이 멈추고 문이 열리자마자 그대로 지하철 밖으로 뛰쳐나왔다.

그렇게 김중혁이 내린 곳은 신도림역이었는데, 그는 단지 내리는 것으로 안심하지 않았다. 주위를 둘러보니 수많은 사람들이 개성 없는 복장을 하고 쏟아져 나왔다. 그런데 이런 엿같은! 방금 전 앵벌이 소녀를 색출해낸 단속반원 다섯 명뿐만 아니라 다른 칸에서도 한 팀으로 보이는 단속반원 한 무리가 떼거지로 내리는 게 아닌가.

김중혁은 뭔가 상황이 심상찮게 흘러가고 있다는 사실을 인정하지 않을 수 없었다. 그리고 이러한 상황의 도래는 분명 용산역에서의 소요와 난동이 그 주된 원인일 거라고 판단했다.

김중혁은 다시금 현재 자신의 꼬락서니를 살폈다. 살피고 말 것도 없다. 악명 높은 신도림역의 환승 장소라 수많은 사람들로 좁아터진 곳이었으나, 그 꼴을 보면 누구라도 그를 노숙자로 보고 멀찍이 피할 수밖에 없는 모양새였다.

그렇다면 어떻게 해야 하는가? 지금 자신에게 별다른 묘안이란 게 존재하지 않는다는 걸 확인하는 자체가 김중혁에겐 큰 깨달음이었다.

그러한 깨달음은 본능적인 행동을 낳는다. 김중혁은 그저 움직였다. 수많은 사람들의 움직임, 그 흐름을 타고. 하지만 그들보다 다소 거칠고 빠른 속도로 움직임으로써 자신과 같은 꼬락서니를 하고 있는 이들을 색출하는 데 혈안이 된 단속반원들의 시선을 분산시켜야 했다.

바삐 움직인 보람은 반드시 존재하는 법. 그렇게 사람들을 밀치며 그들보다 앞서 움직인 김중혁이 도착한 곳은 2호선 열차로 갈아타는 장소였고, 또 때마침 2호선 강남, 잠실행 열차가 들어오고 있었다. 김중혁은 상당히 거칠어진 호흡을 가다듬으며 점검하듯 주위를 살폈다. 단속반원의 모습은 보이지 않았지만, 완전히 따돌렸다고 생각하는 건 무리였다. 왜냐하면 지금도 계속해서 환승 통로를 통해 사람들이 밀려들었기 때문이다.

김중혁에게는 결국 다른 선택의 여지가 없었다. 그는 이번에는 터치다운을 향해 앞뒤 보지 않고 달려드는 미식 축구 선수처럼 상체를 잔뜩 웅크리고 열린 지하철 자동문 안으로 뛰어들었다.

27 김중혁, PM 3:25

갑작스러운 체온 상승, 몰려드는 만성 피로, 그리고 적당한 수위를 넘어선 취기는 극한 상황에서도 사람이란 존재를 무장해제시키는 데 즉효를 발휘하는 법인가 보다.

물론 잡히기 싫어 그렇게 기를 쓴 김중혁이 잠실행 2호선 열차에 올라탔다고 바로 긴장의 끈을 놓아버린 건 결코 아니었다. 그는 구치소를 막 탈출한 탈옥수처럼 정신없이 뛰어다니며 자신이 탑승한 칸뿐만 아니라 바로 옆 칸의 동정까지 살피는 치밀함을 보였다.

그렇게 확인한 결과 단속반원으로 의심되는 이들은 더 이상 눈에 띄지 않았다. 하지만 그래도 안심이 안 됐는지 김중혁은 자신을 한눈에 노숙자로 보이게 하는 노약자, 임산부 좌석을 마다하고 일반 좌석 빈자리에 비집고 들어가 앉은 다음, 잔뜩 몸을 웅크리며 긴장의 고삐를 늦추지 않았다. 신도림역을 출발해 낙성대역까지 가는 동안은 그랬다.

낙성대역. 그래, 거기까지는 괜찮았다. 안내 방송이 나오고 그와 함께 자신의 양옆 자리가 허전해지기 시작한 징후를 포착한 것까지 김중혁은 기억한다. 분명 열차 안은 앉을 자리가 넘쳐날 정도로 한가하지 않았건만, 김중혁이 앉은 자리의 양옆이 이내 한산해진 것이다. 이유야 두 번 말해 뭘 하겠는가.

김중혁도 그 사실을 의식하고서 주위를 경계했다. 이 상태로 계속 가다가 행여 단속반원이라도 들이닥치면 영락없이 적발되고 만다. 스컹크처럼 구린 냄새를 피우는 너 같은 놈을 색출하지 않으면 누굴 잡겠냐며 설레발치는 소리를 들으면서.

그렇다면 어떻게 해야 하지? 일어서 있을까? 아니면 사당역에서 다시 밖으로 나가버릴까? 그런데 김중혁은 이 순간에 5년 가까이 축적해온 노숙자 특유의 게으른 근성을 쉽게 뿌리치지 못한다. 적당히 따뜻한 지하철 내 난방시설을 박차고 나가 냉기 가득한 사당역 길거리를 배회한다 해서 뭐 뾰족한 수가 있겠느냐는 회피성 반문이 김중혁의 향후 결단을 머뭇거리게 했다. 동시에 김중혁은 스르르 두 눈을 감아버리고 만다. 졸 생각은 아니었다. 단지 술기운이 이제야 몰려오는 사태가 하도 신기해 눈을 감고 생각 좀 정리하려는 심사였다.

그러나 그런 자신의 의지와 다르게 김중혁은 눈을 감는 그 순간부터 놀라운 속도로 깊은 수면의 세계에 빠져들었다. 게다가 한술 더 떠서 양옆 자리가 여유 있는 탓에 몸의 균형을 잡지 못하고 흔들거리다가 이내 좌석에 풀썩 누워버리기까지 한 것이다. 온기가 느껴지는 바닥만 있다면 일단 자리부터 펴고 누워버리는 이 고질적인 노숙자 기질이란!

믿기지 않겠지만, 그 상태 그대로 김중혁은 아주 잠시 동안 꿈을 꾸었다. 결코 깨고 싶지 않은 달콤한 꿈이었다.

한적하면서도 전혀 촌스럽지 않은 세련된 신도시의 고급 주택가. 그 주택가의 어느 한 대저택의 문이 열리고 김중혁과 한때 그의 아내이던 여자, 그리고 이젠 목소리조차 들을 수 없게 된 하나뿐인 피붙이 아들 녀석, 이렇게 셋이 더없이 행복한 표정으로 걸어 나온다. 그렇게 우아하게 걸어 나온 그들 앞에 운전기사로 보이는 정장 차림의 남자가 보이고, 그 옆에 최고급 세단이 파킹되어 있다. 멀미가 날 정도의 광택으로 번들거리는 3500시시 중형 세단 말이다.

이 완벽한 부르주아 판타지. 아내는 그야말로 처녀 때 보았던 가장 최상의 몸매와 최고가의 명품으로 치장하고 약간은 천박한 우아함으로 자신의 품에서 앙탈을 부리고 있고, 아들 녀석은 이런 어미와 아비의 애정 어린 스킨십을 질투하듯 올려다보는 풍경. 삼류 영화, 쌍팔년도 영화의 한 장면이라 해도 상관없다. 김중혁은 이전에 틀림없이 꿈꾸었다. 이런 부류의 인생, 상위 1프로 안에 편입되어 살아가는 로열의 삶을 말이다.

그런데 이상하다. 아내의 앙탈이 정도를 넘어선 것 같다. 자꾸만 자신의 아랫배와 어깨를 흔드는 모양새가 심지어 여자의 힘으로 느껴지지 않을 정도다.

상황 판단이 빠른 김중혁. 그 순간, 자신의 아랫배를 건드리는 한 남자의 구둣발을 의식한다. 이건 아내의 앙탈도 아니고 로열 럭셔리 부르주아 판타지도 아니다. 분명하고 냉엄한 현실, 바로 단속반원의 구둣발이다.

"이 더러운 새끼야. 일어나."

"아저씨. 일어나세요."

공손함과 무례함이 뒤섞인 부름이지만, 그들의 목표는 동일했다. 김중혁은 일부러 자는 척하며 아무도 알 수 없게 실눈을 뜨고서 자신을 에워싼 단속반원의 정체를 파악했다. 한눈에 봐도 비만인 공익 요원 한 명과 닮고 닮은 주차 단속반 출신으로 보이는 히스테릭하게 생긴 마른 체형의 50대 남자 한 명 그리고 더없이 권태로워하는 지하철 직원 정도로 보이는 남자, 이렇게 도합 세 명이다.

우선 김중혁은 공손하게 반응하기로 마음먹는다. 한 차례 더 50대 남자의 구둣발이 김중혁의 아랫배를 거칠게 가격하자 그는 눈을 뜨고 한 마리 순한 어린 양이 되어 뻗친 머리를 가다듬으며 자리에서 일어났다. 그러고는 고개를 숙이고 두 손을 모은 채로 지하철의 안내 방송을 들었다. "이번 역은 삼성역입니다. 디스 이즈 삼성 스테이션. 삼성 스테이션."

"이 개새끼 봐라. 적어도 네 사람은 앉을 자리를 떡하니 차지하고 자빠져 자기는. 이 냄새하며, 에이 썩은 짬뽕 같은 호로새끼."

50대 남자의 욕담(辱談)이 지나친 거야 그런대로 참고 넘어갈 수 있는 상황이다. 오히려 이렇게 대놓고 욕하는 인간일수록 처벌엔 미숙한 편이다. 그런데 지하철 직원으로 보이는 남자의 태도는 심각했다. 김중혁의 도주 의욕을 순식간에 최절정에 이르게 할 정도로 말이다.

"아저씨 같은 사람들, 오늘 100명 넘게 잡혀갔을 거요. 공공 기물 파손에 집단 불법 시위, 게다가 일반인, 공익 요원 폭행까지……. 콩밥 좀 먹어야 할 거요. 같이 가서 조사 좀 받읍시다."

김중혁은 다소 구차스럽지만, 거의 울먹이며 변명했다.

"전 그런 곳에 간 적도 없는데요."

"그냥 같이 조사받는 김에 떼로 들어가요. 그게 편하지, 혼자 튀어서 뭐 할 거야?"

지하철 직원으로 보이는 남자의 말이 끝남과 동시에 지하철 문이 열렸다. 김중혁은 비만인 공익 요원과 50대 남자 사이의 틈을 공략하기로 했다. 정도의 차이만 있을 뿐 두 명 모두 어리뻥뻥하긴 매한가지다.

결심이 서자 김중혁은 더 망설일 이유가 없었다. 그는 그대로 자리에서 일어나 두 명을 거칠게 밀치고 그 틈새로 빠져나갔다. 그러고는 열린 지하철 문을 지나 전력을 다해 뜀박질하기 시작했다. 그렇게 들입다 질주하는 김중혁의 뒤통수가 뜨끔뜨끔했다. 자신을 향해 퍼부어대는 50대 남자의 호통 소리가 요란하게 메아리를 일으키며 지하철 전체에 울려 퍼졌기 때문이다.

"코엑스몰에서 배스킨라빈스 아이스크림 가게는 여기밖에 없어요?"

"예."

"그런데 아가씬 몇 살이에요?"

"그건 알아서 뭐 하게요?"

"궁금해서 그러죠. 뭘 그렇게 오버하고 난리야. 누가 사귀자고 할까 봐 그래?"

기무는 여자의 툴툴거림을 앙탈의 다른 이름이라고 생각하는, 그야말로 형편없는 전근대적 사고를 추종하는 경향이 다분하다. 그런 경향은 오히려 기무처럼 세상 물정이라곤 어린아이 엄지 손톱만큼도 모르는 10대 방랑 청소년들의 경우에 더욱 노골적으로 드러나곤 한다. 여자들을 자신의 장난감 정도로 생각하는 사고방식, 그게 모두 유치찬란한 게임에 중독된 해악이라고 말한다면 지나친 비약일까.

여하튼 오후 4시에 거의 맞춰 그보다 15분 일찍 이벤트 장소에 도착한 기무는, 이 순간 느껴지는 약간의 당혹스러움을 감추기 위해 배스킨라빈스 알바생으로 보이는 여자에게 이렇듯 영양가 없는 농을 던져본 것이다.

도대체 뭐가 있다는 거야? 사람들의 움직임과 몰 전체의 모습은 평범한 다른 날들과 전혀 다르지 않았다. 최소한 무슨 행사가 있을 예정이라는 전광판 광고나 현수막 안내문 따위라도 있을 것이라고 예상했지만, 기무의 생각과는 전혀 다르게 게임 업체의 이벤트가 이제 곧 시작한다는 흔적은 그 어디에서도 찾아볼 수 없었다.

다소 답답하고 짜증스러워진 기무가 이번에는 정색을 하고 알바생 여자에게 질문했다. 어설프게 색조 화장을 해서 마치 판다 같은 얼굴을 한 여자는 이제 곧 대학에 입학하는 나이쯤으로 보였는데, 가뜩이나 장사도 안 되는 매장 앞에서 기무 같은 노랑머리가 물을 흐리고 있다는 생각에 초조해했다.

"아가씨, 오늘 여기서 이벤트 있는 거 몰라요?"

"무슨 이벤트요? 몰라요."

"파워킹 스테이션이라고 요즘 잘나가는 게임 있잖아요. 아니지. 별로 잘나가진 못하지만 그런대로 알 만한 사람은 다 아는데."

"난 게임은 카트라이더밖에 모르는데."

"슈팅 게임의 전설 건맨 스페셜 제작한 회사 말이에요. 몰라요?"

"슈팅 게임이 뭔데요?"

"미치겠네. 지랄. 나랑 몇 살 차이도 안 나는 년이 게임 장르도 모르냐? 저렇게 멍청해서 어디 남자 친구가 주물러주기나 하겠어……."

물론 마지막 말은 기무가 웅얼거림에 가까운 낮은 목소리로 구시렁거렸기에, 여자 알바생은 그저 짜증스러운 얼굴로 녀석을 째려봤을 뿐 별다른 반응을 보이진 않았다. 하지만 그녀는 지금 기무를 입시 지옥에 시달리다가 정신병원에서 막 탈출한 수험생 정도로 여기고 측은한 시선으로 바라보며 대하고 있긴 했다. 물론 타의 추종을 불허하는 불량스러움이 녀석을 도저히 수험생으로 볼 수 없게 만들기는 하지만서도.

　여자 알바생이 기무를 측은하게 본 이유는 비단 녀석의 노랑머리와 불량스러운 복장 때문만이 아니었다. 녀석이 쥐고 있는 총 때문이었다. 기무 따위의 철모르는 녀석이 쥐고 있어서 그런가? 아무리 봐도 그녀에게 그 총은 장난감 총, 그 이상 그 이하도 아닌 것으로 비칠 뿐이었다. 그런 녀석이 '건맨 스페셜'이 어쩌고 '슈팅 게임'이 어쩌고 주절거리니, 정신 이상자로 보는 것도 무리가 아니지 않은가.

　기무는 그렇게 손에 총을 들고서 배스킨라빈스 매장 앞을 하릴없이 서성거렸다. 젠장, 양머린지 뭔지를 뒤집어쓴 '최악' 멤버들이 대체 어디 있다는 거야? 그런 이벤트가 있긴 있는 거야? 수틀리면 그냥 당겨버려?

　별의별 망상이 기무의 머리를 어지럽게 몰아가던 그 마지막 절정의 순간에 결국 일이 벌어지고 만다. 무심할 정도로 천연덕스럽게.

29 장영달, PM 3:50

칠순을 넘긴 노인이 소비의 첨단을 지향하는 자본주의의 타지마할, 코엑스몰 같은 곳에서 나름대로 정신을 차릴 만한 공간을 찾고 싶어 하는 건 지극히 자연스러운 현상인지도 모른다. 더구나 민족주의, 근검절약, 새마을운동, 박정희 대통령 만세 따위의 가치를 삶의 영원한 좌우명으로 품고 살아가는 장영달 옹 같은 경우라면 더더욱 그럴 것이다.

아르바이트만 아니라면 결코 이렇게 혼란스럽고 상스러운 곳은 찾지 않았을 거다. 장영달은 젊은 것들이 아예 발가벗고 다니며 풍기 문란을 일삼고 사치와 과소비를 조장하는 이런 최악의 장소에서 만나겠다고 한 자신의 선택을 후회할 따름이었다.

어쨌든 이런저런 굴욕을 다 견디고 이곳까지 온 자신이 스스로 대견스러운 장영달이 코엑스몰 입구로 들어와 푸드 코트 앞에 멈춰 섰다. 그와 함께 손목시계로 현재 시간을 확인했다. 정확히 오후 3시 50분. 그는 약속 시간보다 10분 먼저 왔다고 생각했지만, 막상 몰에 도착하고 보니 좀 더 구체적인 장소를 정했어야 했다는 판단이 섰다. 그와 함께 장영달은 몇 시간 전에 통화한 여자를 타박했다. '멍청한 년. 이렇게 벌판 같은 곳이면, 약속 장소가 어딘지 구체적으로 정해줘야 할 거 아냐?'

바로 그때 장영달의 휴대폰 벨 소리 〈네 박자〉가 울려 퍼졌다.

사방이 개방되어 있고 수많은 테이블이 놓여 있는 푸드 코트의 중심에 자리를 잡고 앉은 장영달은, 소위 젊은 것들이 다정한 포즈로 곳곳에 앉아 애정을 표현하는 꼬락서니를 흉물스럽지만 나름 부럽다고 생각하며 전화를 받았다. 그 여자다. 30분 정도의 미팅으로 7만 원가량의 비교적 고액 아르바이트비를 주겠다고 약속한 아가씨. 그녀는 장영달이 "여보쇼?"를 외치자마자 다음과 같은 말을 건네서 그의 심기를 썩 불편하게 만들었다.

"할아버지세요?"

"내 분명 할아버지라고 부르지 말라고 단단히 타일렀을 텐데."

"그건 그렇고, 지금 어디세요?"

"어디긴 어디야? 처자가 말한 대로 코엑스몰이지. 아가씬 어딘데?"

"저도 코엑스몰에 왔어요. 코엑스몰 어디 계시냐고요."

"그런데 왜 아가씨가 먼저 짜증을 내고 지랄이야. 코엑스몰 어디서 만나자고 한 게 아니잖아? 그냥 코엑스몰에서 만나자고 했지."

"아니, 전 몰에서 뵙자고 하면 당연히 입구에서 만나는 걸로 생각했죠. 입구 쪽 아니세요?"

"입구가 한두 군데야?"

"지하철 타고 오셨을 거 아니에요. 그럼 지하철에서 몰로 들어가는 입구 있잖아요. 모르세요? 거기서 뵙자는 거였죠."

"아아, 몰라, 몰라. 그런 거 잘 모르겠고, 어쨌든 난 코엑스몰 안으로 들어왔으니까 이제부터는 아가씨가 나를 찾아. 꼭 노인네 보고 이리 와라, 저리 가라, 똥개 훈련 시켜야 맘 편하겠어?"

"알겠어요. 그럼 지금 계신 곳이 어딘지 위치를 알려주세요. 제가 그쪽으로 갈게요."

"알았어. 잠깐 기다려봐. 큼큼."

그렇게 말한 장영달은 자신의 옆자리에 앉아 수다를 떨고 있는 교복 차림 여고생의 어깨를 험악하게 건드리며 자신의 휴대폰을 들이밀었다. 갑자기 놀란 여고생은 대단히 무서워하며, 아무 말도 못 하고 장영달의 상판대기와 그가 들이민 휴대폰을 번갈아 보기만 했다. 장영달은 그런 여고생에게 신경질적으로 말했다.

"지금 나랑 통화하는 아가씨한테 학생이 설명 좀 해줘. 여기가 어딘지. 어서."

장영달의 일상적인 말투는, 그러나 다른 사람이 듣기엔 화가 머리끝까지 치민 자폭 직전의 노병(老兵)이 외치는 고함 같았다. 결코 쉽게 접하기 어려운 군복 차림에 선글라스까지 쓴 노옹(老翁) 장영달에게 호통을 들은 여고생은 거의 울 것 같은 표정이 되어 전화를 받아 휴대폰 너머 여자에게 현재 위치를 설명했고, 여고생의 친구로 보이는 아이는 잔뜩 겁을 먹고 자리에서 일어나 한 걸음 물러서기까지 했다.

"여기는요, 푸드 코트인데요……. 예? 아신다고요? 예……예…… 그럼……."

여고생은 연신 말끝을 흐리는 모호한 태도로 일관하다가, 이내 장영달에게 휴대폰을 건넸다. 옹은 먹이를 낚아채듯 민첩하게 자신의 휴대폰을 뺏어 들고 통화를 계속했다.

"이 학생 말, 제대로 알아들은 거야?"

"예. 어딘지 알았어요. 다른 데 가지 말고 꼼짝 말고 거기 계세요. 제가 갈게요."

"이런 육시랄! 내가 무슨 노망난 노인네인 줄 아나. 가긴 어딜 가? 여기 있을 테니까 어서 빨리 오기나 해. 이래 봬도 나 꽤 바쁜 몸이야."

그렇게 전화를 끊은 장영달은 어째서 여고생 아이들이 기겁을 하며 도망치듯 그 자리를 떠나버렸는지 영문을 모르겠다는 눈빛으로 여자가 오기만을 짜증스럽게 기다렸다.

30 김중혁, PM 3:55

그야말로 복날의 허망한 죽음을 피하기 위해 미친 듯 도망 다니는 똥강아지처럼 전력을 다해 도주하던 김중혁은, 순간 "내가 굳이 이럴 필요가 있는가?" 하는 생각에 돌연 멈춰 서서 현재 자신이 서 있는 곳의 정확한 위치를 확인했다.

제법 익숙한 곳이다. 기억나는 위치와 구조물, 간판도 한두 개

눈에 띄었다. 무엇보다 반가운 건 바로 화장실이다. 그보단 화장실 입구를 가리키는 안내 표지판이 김중혁을 더욱 설레게 만들었다고 해야 하나? 김중혁은 그렇게 코엑스몰 푸드 코트 옆에 위치한 화장실 앞에 서서 잠시 센티멘털한 상념에 젖어들었다.

그렇다고 그가 이곳에 엄청난 스캔들이나 잊지 못할 거창한 추억을 묻어둔 건 아니다. 단지 이곳 코엑스몰은 그가 노숙자 생활을 하기 전에 뼈를 묻으려 했던 직장이요, 일터였다.

빈말이 아니다. 잘만 되면 정말 뼈가 아니라 청춘이며 인생을 죄다 묻으려 했다. 남들이 들으면 비웃겠지만 말이다.

김중혁은 비정규직도 아닌 용역 회사 2교대 근무로 이곳 코엑스몰에서 설비기사로 6년 가까이 일했다. 일 시작할 때의 월급이 154만 원이었고 매달 당직 때 20개들이 신라면 한 박스를 줬는데, 6년 지난 뒤에는 월급이 164만 원으로 고작 10만 원 오르고 신라면 한 박스에 다섯 개를 덤으로 얹어준 게 고작이었다. 이처럼 임금체계, 복리후생, 근무 환경 최악인 용역 직원의 삶을 김중혁이 이 악물고 버텨낸 건 단 한 가지, 정규직 사원으로 승격시켜주겠다는 외국계 건물 관리 회사의 철석같은 약속 때문이었다.

보기보다 우직하고 성실한 김중혁은 그렇게 그 알량한 약속 하나만 믿고 교대 근무 때 마누라가 호프집 알바 한다고 싸돌아다니다가 그저 그런 연하남과 눈이 맞아 바람이 나는 것도 막지 못하고, 하나뿐인 제 아들 녀석이 자신보다 어미의 외간 남자와 놀이동산 놀러 가는 걸 더 좋아한다는 사실도 알지 못한 채 아둔하고 미련한 세월을 지내온 것이다.

그래서 그가 정규직 사원이 되었느냐? 그랬으면 억울하지나 않지……. 약속 하나는 끝까지 지킨다는 미국 출신 사장의 약속은 끝내 공염불이 되어버렸고 관리 회사마저 부도를 내버리는 바람에, 김중혁은 졸지에 자신의 설비기사 일을 다른 용역 회사 직원에게 송두리째 인수인계해주고 그만두는 신세로 전락했다.

닭똥 같은 눈물이 찔끔찔끔 두 눈동자에 스며들 즈음, 김중혁은 느닷없이 아랫배가 뭉클해지면서 똥이 마려웠다. 구태여 화장실 앞에 서서 눈시울을 붉히지 않았어도 됐을 텐데 하는 후회가 밀려온 건, 그 자신의 고질적인 배변 습관 때문이었다. 일단 배설이 시작되면 멈추지 않고 끊임없이 마지막 한 줄기까지 뽑아내려 하는 자신의 창자가 지닌 특성이 김중혁을 늘 곤란하게 했다. 한번 들어가면 최소 30분 이상은 변기에 죽치고 앉아 있어야 하니 말이다.

하지만 코엑스몰 화장실 정도면 믿을 만하다. 자신이 쫓겨나듯 이곳을 나올 때, 그때만 해도 첨단 시설로 통하던 비데를 설치하는 중이었다. 말이 좋아 설비기사지, 그때 김중혁은 화장실 뚫어 직원으로 통할 만큼 수시로 여자 화장실에 들어가서 생리대나 담배꽁초 때문에 막혀버린 변기를 닥치는 대로 뚫곤 했다. 그렇게 헌신적으로 일했는데…… 개같은.

김중혁은 그때의 지랄 맞은 추억을 다시금 떠올리며 화장실로 들어갔다. 물론 이번엔 남자 화장실이다.

31 장영달, PM 3:57

"뭐야? 이거, 약속이 틀리잖아."

미리 밝혔다. 장영달의 평소 목소리는 주위 사람들을 우울하게 만들 정도로 고압적이고 신경질적인 호통에 가깝다는 사실 말이다.

아무리 털털하고 이른 나이에 '세상에는 별의별 인간들이 죄다 모여 사는구나'라는 나름 투철한 인생철학을 가진 윤마리아라 해도, 이런 장영달의 막무가내 스타일은 당혹스러울 수밖에 없었다.

푸드 코트 한가운데서 음식이나 음료수 하나 시키지 않고 정수기에서 뽑은 냉수나 벌컥벌컥 들이켜던 장영달과 윤마리아는 그렇게 서로를 마주 보며 언성을 높였다. 장영달이 윤마리아에게 성토한 불만의 핵심은 전화로 말한 조건과 전혀 다르다는 거였다. 그가 윤마리아로부터 무작위 텔레마케팅 전화를 받은 건 정확히 일주일 전이다. 윤마리아는 그에게 건강 의약 헬스 식품의 혁명을 선도하는 글로벌유나이티드 제약회사의 야심작 '헬스큐'의 임상 체험 고객이 되어줄 것을 부탁했다. 캡슐 형태로 된 헬스큐를 복용한 다음에 느낌이나 신체적 변화를 설문지에 적힌 질문에 의거해 답하기만 하면 임상 체험 및 설문 조사 참가 비용으로 7만 원을 지급하겠다는 게 장영달이 들은 내용의 전부였다. 윤마리아는 분통을 터뜨리며 말하는 장영달의 항변에 고개를 끄덕여주며 동의했다. 그러고는 다음과 같이 대답했다.

"맞아요. 약을 드시고 그 느낌이나 몸의 변화를 설문지에 적어주시면 되는 거죠."

"그런데 왜 주사를 맞으라는 거고, 왜 돈을 바로 못 주겠다는 거야?"

"제가 처음에 말씀드렸잖아요. 주사 한 대 맞으시고 캡슐로 된 약도 드시고 하는 거라고요. 그리고 약을 먹고 어떻게 바로 몸의 변화가 오겠어요? 적어도 보름 이상은 계셔야지, 아, 내 몸이 이렇게 저렇게 좋아지는구나 하고 알 수 있는 거죠. 그럼 그때 설문지 작성하면 되는 거고. 그렇게 설문지 작성이 끝나면 확인하고 할아버지 통장으로 7만 원을 지급해드리는 거예요. 돈 7만 원 버는 게 그렇게 만만한 줄 아셨어요?"

윤마리아는 적어도 한 가지 부분에 대해선 확신했지만, 다른 한 가지에 대해서는 반신반의하는 구석이 아예 없진 않았다. 우선 7만 원 지급 문제에 대해선 당연한 결과로 생각했다. 그리고 분명히 그 절차에 대해서 장영달에게 전달한 것으로 그녀는 기억했다. 문제는 장영달이 자신의 말을 귀담아듣지 않고 오직 돈 7만 원이 생긴다는 사실에만 집착하느라 이른바 후불제에 대한 내용을 기억하지 못한 것뿐이다.

그런데 주사에 대한 부분은 그녀로서도 정확히 확신하지 못했다. '내가 주사도 맞아야 한다는 말을 했나, 안 했나? 하지만 이제 와서 그게 뭐가 중요해? 우기면 그만이지. 노인네가 뭐 어쩌겠어?'

그런 안이한 생각을 갖고 있는 윤마리아에게 장영달은 예상외로, 그러니까 상식을 넘어선 발끈함을 선보였다. 그는 자리에서 벌떡 일어나더니 괜히 겁을 주려고 그러는 건지 윤마리아가 테이블 위에 올려놓은 캡슐 약봉지와 액상으로 처리된 약물이 담겨 있는 주사기, 그리고 설문지 한 장을 움켜쥐고선 그것들을 그녀의 면상에 냅다 집어 던지며, 다음과 같이 소리쳤다. 그 호통은 이번에도 주위 사람들의 시선을 죄다 잡아끌기에 충분했다.

"이런 사기꾼 같은 것들을 봤나? 이제 와서 돈을 못 주겠단 말이야?"

그렇지만 장영달의 기대와 다르게 윤마리아는 그의 반응에 놀라거나 겁을 먹지 않았고, 대신 순식간에 짜증이 머리끝까지 치밀었다. 양대가리 카니발인지 뭔지도 물 건너간 것 같고 그렇다면 내일 발표 예정인 정규직 사원에서도 밀려나는 게 너무나 분명해진 이 늦은 오후에 돼먹지 못한 중늙은이가 부려대는 노망을 받아줄 만큼 그녀의 마음은 녹록하지 못했다. 장영달의 계속되는 질타를 일거에 잘라먹을 만큼.

"주사는 무슨 주사를 맞으라고 그래? 너 간호사 면허 있어? 그
것도 없으면서 무슨 주사를 놓겠다고 설레발이야. 어서 좋은 말
로 할 때 돈이나 내놔! 대한민국 헌법이 시퍼렇게 살아 있어. 이
거 왜 이래?"

"할아버지가 나한테 돈 맡겨놨어요? 지금 어디서 큰소리예
요?"

"뭐야?"

순간 장영달은 움찔했다. 웬만한 노인네도 자신의 호통 한 번
이면 군소리 없이 알아서 기는 게 정상인데, 윤마리아의 당찬 대
꾸를 들으니 장영달은 할 말조차 잊었다. 반면에 그녀는 '너 제대
로 임자 만났어' 하는 식으로 벅찬 울화를 장영달을 향해 마구
퍼부어대겠다고 마음먹고 있었다.

"할아버지야말로 바쁜 시간에 사람 불러다 놓고 이게 뭐 하는
짓이에요? 필요 없으면 필요 없다고 하고 그냥 가시면 될 일이지,
내가 무슨 사람이 없어서 할아버지 같은 사람에게 부탁한 줄 아
세요? 여기 코엑스몰에도 모래알처럼 지천에 널린 게 젊은 연놈
들이에요. 할 일 없이 빈둥거리며 아이스크림이나 입에 물고 쏘다
니는 인간들 중에 아무나 한 명 붙잡고 돈 7만 원 줄 테니 까짓것
주사 한 방 맞아라 하면 못 하겠다고 발 뺄 연놈이 한 명이라도
있을 것 같아요?"

"이것 봐, 처녀."

"그나마 내가 평소에 노인 공경하는 마음이 끓어넘쳐서 할아버지한테 부탁한 건데, 이런 식으로 나오면 정말 곤란하네요. 그냥 가세요."

"어허, 처녀. 왜 이래? 삐쳤어?"

"됐다니까요. 그냥 가시라고요!"

"알았어. 알았다고. 주사 맞으면 될 거 아냐. 어디? 팔뚝에 맞으면 돼? 아님 엉덩이?"

장영달은 보기보다 상황 판단이 빠른 편이다. 아무리 세태에 둔하고 자기만의 세계가 강한 스타일이라 해도, 상대가 어떤 종자인지조차 모를 정도로 그의 센스가 형편없지는 않았다.

윤마리아의 표정이나 그녀의 입에서 튀어나오는 말 속에 배어 있는 짜증의 농도는 비단 장영달뿐만 아니라 누가 보기에도 기가 질릴 정도였다. 우선 달래고 봐야겠다는 마음이 절로 생길 정도로 말이다.

억지로 자신을 앉힌 다음에 비굴한 미소를 지으며 팔뚝을 단숨에 걷어 올리는 장영달을 보며, 윤마리아는 깊은 한숨을 쉬었다. 그녀는 다음과 같이 말하며 주사기를 집어 들었다.

"죄송해요. 제가 오늘 좀 예민해서."

"알아, 알아. 젊은 계집들 달마다 정기적으로 그럴 수 있다는 거 나 모르지 않아. 그러니까 아프지 않게 잘 찌르기나 해."

그런데 진짜 걱정은 지금부터다. 사실 주사를 놓는 일은 윤마리아가 인턴으로 입사한 첫날 교육 시간에 한 번 보고 들은 게 전부다. 실습도 아니고 모니터를 통해 배우는 화면 학습이었던 것이다.

그리고 고백하자면 사실 그녀는 한 번도 주사를 놔본 적이 없다. 물론 임상 실험 시 주사와 약을 함께 체험해야 한다는 설문지와 계약서상의 조항이 있긴 하다. 하지만 그녀는 약만 건네주는 것이 전부였다. 주사는 맞은 걸로 갈음하자는 식으로 대충 때워온 것이다. 그렇다면 왜 장영달에겐 부득부득 주사를 맞으라고 했던 걸까. 그건 순전히 오기에서 비롯된 것이다. 물론 단지 계약서상 내용을 읽은 것뿐인데, 발끈해서 성을 내는 장영달의 태도가 괘씸한 이유도 한몫 단단히 차지했지만 말이다.

막상 주사를 놓으려 하니 어떻게 해야 할지 눈앞이 캄캄했다. 그녀는 노인 같지 않은 장영달의 나름 활력 넘치는 푸른 힘줄과 근육들이 가물치처럼 생생하게 꿈틀거리는 팔을 보자 더욱 자신이 없어졌다. 그러자 장영달이 이 틈을 놓치지 않고, 다시 그녀의 기를 죽이기로 작심하고서 한마디 내뱉었다.

"너 사실대로 불어. 주사 놔본 적 한 번도 없지?"

"어떻게 아셨어요?"

"척 보면 딱이지. 줘봐. 차라리 내가 놓는 게 낫겠다."

"할아버지가요?"

"너 내가 왕년에 월남에서 사람을 몇 명이나 죽이고 몇 명이나 살렸는지 알면, 아마 까무러칠걸. 총알이 다리에 다섯 발 넘게 박

힌 부하 녀석 다리에 모르핀 주사를 몇 방이나 쑤셨는지 셀 수도
없다."

그렇게 자신의 무용담을 늘어놓은 장영달은 그런대로 능숙하
게 혈관을 찾아 자신의 팔뚝 부근에 주사액을 투여했다. 옅은 붉
은빛을 머금은 어린이 감기 시럽 같은 약물이 그렇게 순식간에
장영달의 힘줄 속으로 힘차게 빨려 들어갔고, 그 순간 그는 마치
뽕 맞는 철 지난 록 가수처럼 두 눈을 지그시 감고 얼굴은 적당히
하늘을 향해 쳐든 채 오묘한 표정을 지어 보였다.

그 얼굴을 신기하게 쳐다보던 바로 그 순간이었다. 윤마리아의
시선 속에서 장영달 특유의 그 기묘한 표정이 갑자기 사라져버리
고 대신 희미한 윤곽만 남는 게 아닌가. 동시에 주위 공간이 온통
암흑천지가 되어버렸다.

그녀 혼자만 이 사태를 맞이한 것이 결코 아니다. 바로 맞은편
에 앉아 있던 장영달도, 푸드 코트 주위에 할 일 없이 모여 있던
사람들도 동시에 체험한 하나의 현상이었다. 그 현상으로 인해
주위는 빛 한 점 찾아볼 수 없는 철저한 암전 상태로 돌입했다.

32 기무, PM 4:05

'뭐야? 이거.'

석양의 건맨 장고처럼 은박으로 도금된 총을 들고 이리저리 설치고 다니던 기무에게도 이 상황은 여지없이 찾아왔다. 밝기를 유지하던 공간의 모든 불빛들이 갑자기 사라진 것이다. 하나도 남김없이 깡그리, 심지어 비상구 표지등마저 소등되어버렸다.

이 정도일 줄은 몰랐다. 한 번도 상상하지 못한 상황이 현실이 되자 이제 기무에게 선명하게 느껴지는 건 은빛 총의 윤곽뿐이다. 기무는 서둘러 배스킨라빈스 매장 앞으로 걸어가 아이스크림 통이나 만지작거리고 있는 알바생 여자에게 다음과 같이 물었다.

"자주 이래요? 왜 이렇게 어두워요?"

"그걸 왜 나한테 물어요? 나도 여기서 일한 지 보름도 안 돼서 잘 몰라요."

"아니, 불 좀 안 켜진다고 이렇게 어둡나? 쌍."

그렇게 말한 기무는 반대편 입구 근처에서 불빛 몇 개가 흔들리는 것을 보았다. 주먹 하나 정도 크기로 비치는 그것은 보아하니 랜턴 불빛 같았다. 그와 함께 사람들의 비명이 들렸다. 여자들 비명이야 어두우니까 무서워서 저러나 보다 하고 넘어갈 텐데, 남자들까지 돼지 멱따는 소리로 꽥꽥거리는 게 아닌가.

왜 저러지 하는 의문을 품는 순간, 엄청난 굉음이 몰 전체에 울려 퍼지기 시작했다. 기무는 엉겁결에 두 귀를 틀어막았고, 알바생 여자는 비명을 지르며 그 자리에 주저앉았다. 기무는 이 소리를 똑똑히 기억한다. 바로 오늘 독립문역에서 들었던 그 소리. 상상을 초월한 엄청난 굉음. 바로 총소리였다.

33 김중혁, PM 4:07

뭔가 단단히 잘못되었다는 생각이 김중혁의 뇌리를 스치고 지나가는 그 타이밍에 비로소 총소리가 잦아들었다.

김중혁은 이제 막 비데의 성능을 시험해보려던 찰나였다. 그렇지만 불행히도 그는 비데의 성능을 시험해볼 수 없게 되었다. 버튼을 아무리 눌러도 비데는 더 이상 작동하지 않는다. 모든 불이 꺼지면서 전기마저 끊어진 것이다.

한 가지 다행인 건 마치 우뢰와도 같이 일순간 쏟아져 나온 총소리 탓에 똥을 더 누고 싶다는 생각이 완전히 사라졌다는 사실이다. 하지만 전기가 끊어진 탓에 변기 물이 내려가지 않는 건 분명 비극이다. 냄새가 보통 고약한 게 아니기 때문이다.

총소리가 잦아든 직후 들려온 미세한 기계음을 김중혁의 두 귀는 예사롭지 않게 받아들였다. 스르릉, 스르릉. 철문과 철문이 접촉할 때 들려오는 이 소리를 김중혁은 이곳에서 교대 근무를 할 때마다 언제나 익숙하게 들었다. 이 소리는 바로 새벽 12시 30분이 되면 정확히 변전실 중앙 컴퓨터에 입력된 프로그램에 의해 코엑스몰의 사방 지정 구역에서 방화 셔터가 내려지는 소리였다. 그런데 이 소리가 왜 지금 시간대에 들리는지 김중혁은 도무지 이해할 수 없었다. '지금 시간에 방화 셔터가 내려갈 일이 뭐가 있지? 몰 밖으로 나갈 사람도 지하철에서 몰 안으로 들어올 사람도 한두 명이 아닐 텐데, 사방을 막아버리면 어쩌자는 건지…….' 김중혁은 간만에 지난날의 직업의식을 새삼 떠올렸다.

민방위 훈련이라도 하려는 건가 하는 생각을 하며, 김중혁은 휴지로 대충 밑을 닦고 바지춤을 올렸다. 아침부터 독한 술을 들이부어서 탈이 났는지 자신의 뒷구멍을 통해 빠져나온 변기 속 내용물에서 풍기는 악취는 지독했다. '이러면 청소 반장이 힘들어지는데……. 그 양반, 어디서 뭐 하고 있을까?' 그는 이 와중에 과거 동료였던 청소 반장의 거취를 생각하는 여유를 부렸다.

제2부

최악의 도시

1

이게 도대체 일어날 법한 일인가. 장영달과 윤마리아는 처절한 어둠 속에서 자신의 무능함을 절감하며 경악하지 않을 수 없었다.

코엑스몰 전체에 정전이 일어난 것까지는 그런대로 이해하고 넘어갈 수 있다. 뭐 그럴 수 있다. 우리의 영원한 우방 미국에서도 한 주(州) 전체가 암흑천지가 되어버린 어처구니없는 사고가 일어나지 않았던가.

그런데 그다음부터가 문제다. 물론 불이 모두 꺼져버린 푸드 코트 테이블에서 서로를 마주 보고 앉은 장영달과 윤마리아가 느끼는 심각함의 종류는 각자 다를 것이다. 그러나 어찌 됐든 그 난처함의 공통분모는 명백한 사실이다. 주변을 서성이던 수많은 사람들 역시 같은 생각을 할지도 모른다. 아니, 과연 지금 이 상황이 사람으로 하여금 정상적인 생각을 가능하게 하는 환경인지도 의문이다.

지하의 암담한 어둠 속에서 남녀노소 가리지 않고 비명을 질러댔다. 그뿐이 아니다. 이들은 실성한 좀비처럼 방방 뛰어다녔다. 방향도, 목적지도 뚜렷하지 않은 갈지자걸음이다. 그런 그들을 몰아가는 하나의 도구가 돋보인다. 바로 불빛이다. 아이 얼굴 크기만 한 랜턴 불빛의 색감은 다양하다. 청색과 적색, 어떤 것은 심지어 에메랄드빛을 띠기도 했다. 그야말로 변두리 나이트클럽 같은 곳에서 쉽게 볼 듯한 사이키 조명을 연상케 하는 다색(多色)의 난무(亂舞)다. 그런 형형색색의 랜턴 불빛이 빠른 속도로 공중을 배회하며 사람들의 참상을 보기 좋게 담아내는 듯하면서도, 제법 능수능란하게 이른바 인간 군상들을 한곳으로 몰아갔다. 전개되는 형국이 그랬다.

물론 불빛을 비춰대는 것만으로 사람들이 비명을 지르며 사방 가리지 않고 우왕좌왕하는 터무니없음을 연출한 건 결코 아니다. 랜턴을 손에 쥔 일단(一團)의 존재들은 언뜻 산만해 보이지만, 일관된 질서를 갖고 사람들을 통제하기 시작했다. 그중 가장 압도적인 방법이 바로 격발이다.

엄청난 굉음. 보통 사격장에서 날 법한 소리의 수준을 훨씬 뛰어넘는다. 장영달도, 윤마리아도 모두 강력한 총성이 터져 나오자 약속이라도 한 듯 두 귀를 틀어막았다. 그와 함께 윤마리아는 그대로 바닥에 주저앉아 외마디 비명을 질렀다. 장영달은 물론 그정도까진 아니었지만, 그 역시 거의 포복 자세로 바닥에 엎드리곤 총성의 진원지를 파악하려고 두 눈동자를 기민하게 굴려댔다.

랜턴을 쥔 자들. 상황을 주도하는 일군의 세력. 그들이 한 손엔 랜턴, 그리고 다른 한 손엔 총을 쥐고 있다. 산만하게 흩어지는 불빛 사이로 언뜻언뜻 보였기 때문에 정확히 확인되진 않지만, 장영달이 목격한 그 총은 일반 권총과 분명 달랐다. 뭐라고 해야 할까? M16이나 K2 보총보다는 길이가 짧고 폭이 좁으며 일반 권총보다는 훨씬 더 크고 육중해 보이는 제법 희귀종에 속하는 기종으로 보이는데, 한 가지 분명한 건 그 총에서 격발되어 나오는 총성의 엄청남으로 미루어볼 때 보통의 파괴력을 훌쩍 넘어선다는 우려다. 그리고 바로 그 우려의 실체인 총소리가 사람들을 공포의 도가니로 몰아넣었다.

그 세력들은 아주 빠른 속도로 코엑스몰에 있던 거의 모든 사람들을 색출해내어 한곳으로 집합시키는 작업에 열을 올렸다. 장영달과 윤마리아가 보기엔 분명 그랬다. 그렇게 그들이 사람들을 몰아넣은 장소가 바로 푸드 코트였다. 수십 개의 랜턴 불빛들이 푸드 코트를 향해 집중되었으며, 결코 적지 않은 사람들이 이 엄청난 혼돈에도 불구하고 바닥에 엎드리거나 무릎을 꿇는 질서 정연함을 선보였다. 그렇게 해서 한순간에 푸드 코트는 수많은 사람들의 집합소가 되어버렸다.

10분 정도 지났을까. 상황은 그렇게 일단락됐다. 적어도 장영달이 보기에 총기로 무장한 일군의 무리들은 제대로 훈련받은 용병임에 틀림없었다. 몇 발의 총질만으로 비명을 지르며 난리 법석을 피워대는 어중이떠중이들을 한 장소에 집합시킨 재주가 어디 보통 실력으로 될 일이란 말인가. 더구나 이처럼 많은 사람들을 단 10분 만에.

가까스로 고개를 든 윤마리아는 출근 시간대 지하철 2호선 신도림역을 방불케 할 정도로 수많은 사람들이 발 한번 뻗을 수 없을 만큼 촘촘히 모여 앉은 이 난데없는 상황에 심지어 감격스러움마저 느껴졌다. 그와 함께 기왕 고개를 든 그녀는 랜턴을 손에 쥔 무리들의 정체를 알아보고 싶은 대담함을 실행에 옮겼다. 그런데 이게 웬일인가? 무리 중 한 명의 모습을 본 윤마리아의 얼굴이 갑자기 깊은 산속에서 "심봤다!"를 목 놓아 외치는 심마니와도 같은 반가운 표정으로 돌변하는 게 아닌가.

이 시점에서 장영달 역시 고개를 들어 무리 중 한 명의 모습, 더 정확히 표현하자면 녀석의 머리통을 목격했다. 하지만 그는 윤마리아처럼 반가워하거나 하진 않았다. 물론 대단히 놀라워하기는 했다. 왜냐하면 그 모습은 금일 오후 2시경에 들은 예언의 한 토막에서 말한 모습과 거의 같았기 때문이다.

무리들은 어느새 인질이 된 사람들 주위로 크게 원을 그리고 서서 그들을 향해 총구를 겨누었다. 장영달은 분명 이들의 출신이 용병이나 남파된 빨갱이 특수부대원쯤 된다는 확신을 품고, 그들의 차림새를 살폈다. 하지만 그들은 장영달의 확신에 가득 찬 예상과는 전혀 다른 차림새였다. 그들은 성별과 연령대가 완전히 섞여 있는 양상을 보였다. 남자로 보이는 인간과 여자로 보이는 인간, 노인인 듯 구부정한 허리를 가진 인간과 기껏해야 중학생 정도로 보이는 어설픈 체형의 아이들이 뒤섞인 것 같은 다양한 모습들을 하고 있었는데, 그들 모두가 하나로 통일된 복장을 하고 있었다. 그건 바로 연미복이다. 검은 연미복.

연미복 상의의 제비 꼬리 끝까지 무리들의 모습을 완전히 확인했다는 이유만으로 윤마리아가 그렇게 반가워한 것은 아니다. 반가워할 이유가 어디 있겠는가? 다른 이들을 보라. 모두들 잔뜩 겁에 질려 이 사상 초유의 사태를 어떻게 받아들여야 할지를 고민하기에 숨 가쁘지 않은가? 그러나 문제는 그 연미복 무리들의 일관된 머리통에 있었다.

무리들은 모두 통일된 하나의 얼굴을 갖고 있었다. 남자든 여자든, 아이든 노인이든 관계없이 죄다 흔히 웨딩홀에서나 봄 직한 길고 화려한 제비 꼬리가 달린 검은 연미복을 곱게 차려입고 머리 역시 똑같은 모습을 하고 있었는데, 윤마리아가 반가워한 이유인즉 그들 모두 얼굴에 동물 인형 머리 같은 것을 눌러썼기 때문이다.

과연 그렇다면 윤마리아가 반가워할 만한 그 동물은 무엇이겠는가? 그렇다. 바로 양이다. 군이 랜턴 불빛을 비추지 않아도 야광 도료를 발랐는지 어둠 속에서도 반짝반짝 윤기가 흐르는 희디흰 양을 닮은 인형 머리를 눌러쓴 그들이, 곧 이 초유의 사태를 일으킨 장본인들이었다. 실제 사람의 머리보다 두 배는 더 크고 육중해 보이는, 영락없이 〈모여라 꿈동산〉 녹화 장면을 떠올리게 하는 이 광경이란.

하지만 윤마리아는 결코 섣불리 자리에서 일어나지 못했다. 물론 일어나야 한다는 의무감에 가까운 충동은 여전했지만, 이 상황이 연출하는 살벌함이 그녀를 좀처럼 자리에서 일어날 수 없게끔 잡아당기고 있었기 때문이다.

그런데 양머리—이제부턴 이렇게 부르기로 하겠다—들이 별다른 말을 하지 않았는데도, 사람들은 일사불란하게 잔뜩 웅크린 자세로 주저앉아 두 손으로 얼굴을 가리고 대리석 바닥만 내려다봤다. 윤마리아는 이처럼 사람들이 겁에 질린 모습을 보며 생각했다. 바로 오늘 오전 교육팀장 부리가 말해준 특급 정보 '양머리 카니발'에 대해 말이다.

그녀는 의아함과 당혹스러움을 느꼈다.

"무슨 카니발이 이렇게 살벌해?"

당연히 장영달의 시선에 드러난 이 형국은 양머리 카니발인지 뭔지 하는 행사와 전혀 관계가 없었다. 그건 단지 윤마리아가 인식하는 세계만의 특급 정보에 불과하다. 오히려 장영달이 지금 저 양머리들을 바라보며 떠올리는 건 금일 오후 2시경 한성기원에서 삼류 예언가 옥 선녀가 내뱉은 예언의 한 토막이다. 더 정확한 이해를 돕기 위해 금일 그녀가 남긴 예언의 한 토막을 다시 한번 인용해보면 다음과 같다.

남한에서는 양의 탈을 뒤집어쓴 위선자, 민중의 편임을 자임하는 좌익 빨갱이가 사상 전례 없는 쿠데타를 일으킬 것이다.

"양의 탈. 양의 탈." 장영달은 비장한 표정을 지으며, 흡사 교과서를 읽듯 어둠 속에서 빛나는 야광 양머리들을 향해 중얼거렸다.

그런 장영달의 비장감은 이내 다시금 난폭한 현실에 묻혀버렸다. 사람들을 인질 삼아 한곳에 몰아넣은 것만으론 안심이 안 되었던지, 이들은 누가 먼저랄 것도 없이 총구를 천장으로 향하고 무차별 격발을 시작했다. 느닷없이, 그리고 난폭하게.

정말 장난이 아니었다. 사람들이 모여 있는 곳의 천장을 향해 우악스러운 격발을 시작하자, 천장에 설치된 등기구 그리고 아예 천장 구조물 전체가 박살 났고 사람들의 머리 위로 파편이 떨어지기 시작했다. 사람들의 비명과 아우성조차 엄청난 총성에 묻혀버릴 정도였다. 양머리들은 그야말로 아낌없이 총질을 해댔으며, 그로 인해 사람들은 생면부지의 상대와 더욱 몸을 밀착시키며 한 명의 예외도 없이 두 손으로 귀를 가리고 제발 이 공포의 시간이 무사히 흘러가기만을 기도했다.

윤마리아는 눈을 감고 몸을 움츠린 사람들과 달리 눈을 뜬 채 다소 짜증스러운 표정을 지으며 양머리들의 무모한 사격을 마음속으로 비난했다.

'씨발. 이게 지금 뭐 하자는 거야? 무슨 카니발이 이렇게 우악스러워.'

2

기무는 오랫동안 꼬불쳐놓아 눅눅해진 자일리톨 껌 두 개를 호주머니에서 꺼내 포장을 벗긴 다음 단숨에 입 안에 넣고 우물거렸다. 긴장을 풀거나 현실에 대한 대응력을 가지기 위해서라기보다, 녀석이 껌을 씹는 이유는 단순했다. 액션 영화에서 제법 자주 나오는 장면 아닌가. 세련된 긴장과 서스펜스가 난무하는 건물 내 총격 신에서 대개 브루스 윌리스 같은 러닝셔츠 차림의 백인 터프가이가 등장해 껌을 질겅질겅 씹어대는 모습 말이다. 기무는 지금 그러한 자신만의 스타일을 표현하기 위해 여자 친구 육돌순이 일하는 편의점에서 슬쩍한 자일리톨 껌을 씹기 시작한 거다. 질겅질겅.

배스킨라빈스의 여자 알바생은 잡혀갔다. 양머리에 의해서 말이다. 멍청한 년. 눈에 뵈는 것도 없어 보이는 양머리에게 잡혀가다니……. 기무는 그렇게 여자의 아둔함을 질책했다.

양머리들은 푸드 코트에만 집결한 게 아니었다. 이들은 1조와 2조, 그리고 3조로 나뉘어 움직이는 것으로 기무의 눈에 파악되었다. 1조는 정전이 발생하고 방화 셔터가 작동함으로 인해 졸지에 코엑스몰 안에 갇힌 사람들을 푸드 코트로 몰아넣는 역할을 담당했고, 2조는 1조가 미처 수색하지 못한 커피숍, 음식점, 패션몰, 그리고 멀티플렉스 영화관 안에 남아 있거나 숨으려는 사람들을 찾아내어 푸드 코트로 끌고 가는 역할을 맡았다. 마지막 3조는 방화 셔터가 내려진 폐쇄된 각 구역에 두 명씩 짝을 지어서서 행여 발생할지 모를 외부로의 탈출 인원을 제지하는 역할을 수행하는 것으로 보였는데, 그 짜임새나 액션이 기무가 보기에 대단히 일사불란했고, 그만큼 시나리오스러웠다.

시나리오스럽다 함은 바로 지나치게 세련된 일련의 움직임들을 보며 기무가 자의적으로 판단한 지금 상황에 대한 표현이다. 아무리 봐도 그랬다. 감히 밝히자면 기무는 게임 중에서도 에프피에스 마니아다. 에프피에스 게임의 시나리오는 대체로 깔끔한 편이다. 아이템이 곳곳에 산포(散布)되어 있는 것도 아니고 일 대 다수 대결 구도도 아니므로, 시나리오의 일관된 소재로 인질극이나 쿠데타 세력의 본부로 진입해 보스를 제거하는 일 정도가 최종 미션의 정점을 이룬다. 기무의 눈에 비친 이 현상은 전자의 경우인 대규모 인질극 정도로 인지될 수 있다. 특히 겁에 질린 사람들을 푸드 코트로 몰아가는 작업, 남아 있는 사람들을 찾아내 그들의 등에 총부리를 겨눈 다음 역시 푸드 코트로 끌고 가는 이 일련의 과정이 지나치게 순조로워 보인다는 점이 기무로 하여금 이 사태를 이벤트의 한 장면으로 인식할 수밖에 없게 했다.

그런 맥락에서 봤을 때, 기무는 게임 업체가 펼쳐놓은 가공할 만한 이벤트 규모에 우선 놀라움을 감출 수 없었다. 한마디로 "댓 츠 그레이트!"이다.

그런데 기무는 딱 한 가지 우스꽝스러운 점을 지적하지 않을 수 없었다. 옥의 티라고 해야 하나. 그건 바로 '최악' 멤버들의 소위 콘셉트다.

말 그대로 최악이다. 지독히 부자연스럽고 보기만 해도 폭소가 터져 나오는 〈모여라 꿈동산〉 스타일의 양머리는 대체 누구의 아이디어란 말인가? 게다가 이게 무슨 웨딩쇼도 아니고, 연미복이 또 웬 말이냐?

하지만 복고풍 코스프레를 재현한 것도 아니고, 용병들의 반란을 연상케 하는 콘셉트와도 거리가 먼, 양머리들의 이 대책 없는 조직적 난동을 기무는 더 이상 책잡고 싶지 않았다. 우선 녀석은 무한한 흥미를 느꼈기 때문이다. 기무는 방금 전 알바생 여자가 양머리에게 끌려갈 때 지어 보인 그 전율하는 모습만 보고도 자신의 몸 구석구석에서 유저의 아드레날린이 솟구치는 짜릿함을 주체하기 힘들었다.

"저렇게 실감 나게 연기할 수 있다니……. 정말 놀라운걸."

그렇다면 기무는 어디에 숨어 있었는가? 단지 은신할 곳을 찾기 위해 녀석이 대형 아이스크림 진열대 안으로 들어간 것은 아니다. 정전이 되고 총격이 시작된 후 민첩하게 알바생이 서 있던 부스 안으로 몸을 숨긴 기무는, 알바생 여자가 양머리에게 잡혀가는 순간 실제 게임을 즐기는 기분으로 제 몸을 숨길 만한 장소를 발견한 것이다. 그곳이 바로 진열대 안이었다. 상당한 유연함과 운동 신경을 지닌 성인 한 사람이 애크러배틱 하듯 몸을 뱀처럼 똬리를 틀어야만 들어갈 수 있는 좁은 공간. 그 상태에서 기무는 조심스럽게 고개를 진열대 위로 내밀고 외부 동정을 살폈는데, 바로 그때 다시 총성이 연발로 터져 나왔다.

가슴을 얼얼하게 만드는 짜릿한 총성과 천장의 등기구들이 산산조각으로 파괴되는 소리의 황홀한 불협화음은 그야말로 전형적인 웰메이드 누아르 영화의 밤거리 총격 신을 방불케 했다.

이로 인해 기무는 더욱 극한 짜릿함을 느꼈다. 동시에 녀석은 주어진 미션의 규칙을 다시 한번 머릿속에서 정리했다. 남은 건 서른네 발이다. 중요한 건 보스 양머리를 잡아 없애는 것이다. 기무는 자신의 턱없이 모자란 영어 실력을 한탄했다. 이제야 깨달았다. 어째서 총 이름이 '킬십건'인지를. 녀석은 총을 더욱 다부지게 움켜쥐며 전의를 불태웠다.

3

아주 잠시 동안 김중혁은 숨을 쉬지 못했다. 인구 천만이 모여 사는 대도시 서울의 중심이라 할 수 있는 코엑스몰 같은 곳 전체가 정전된 것만 해도 충분한 이슈가 될 것이다. 그런데 이건 또 무슨 일인가. 총이라니? 여기가 사격장이나 바닷가 유원지도 아니고 말이다.

거기까지는 괜찮다. 정전이 되고 비데가 작동하지 않는 데다 휴지도 얼마 남지 않아 밑도 제대로 못 닦은 이 상태만으로도 최악이지만, 워낙 이런 생활에 단련된 터라 그래도 김중혁은 견딜 만하다고 자위했다. 그런데 총소리와 사람들 비명 소리서부터 뭔가 심상찮아지더니 이게 도대체 무슨 일인가. 검은 연미복을 입고 양대가리 인형을 눌러쓴 이들의 느닷없는 공습이라니.

화장실에서 밑도 대충 닦고 그대로 바지춤을 끌어 올린 김중혁은 곧바로 문을 열고 밖으로 나가지 않은 자신의 선택에 대해 스스로 대견해했다. 대신 그는 조심스럽게 열린 문틈을 통해 외부 상황을 날렵하게 살폈다. 그렇지만 외부의 이 어처구니없는 사태를 목격하고는, 김중혁은 "억!" 하는 비명을 토해내지 않기 위해 얼마나 기를 썼는지 몰랐다. 썩은 짬뽕 냄새가 나는 왼손으로 입을 틀어막고, 어둠 속에서 간헐적으로 비추는 랜턴 불빛을 통해 드러나는 참상을 목격하며 경악했다.

뭘 봤기에 이토록 호들갑인가. 갑작스러운 정전과 함께 방화 셔터가 내려가는 것까지는 봐줄 만하다. 경악할 정도는 아니란 말이다. 또한 랜턴을 들고 부자연스럽기 이를 데 없는 양머리를 눌러쓴 녀석들이 시민들을 위협하며 돌아다니는 것까지도 봐줄 수 있다. 그런데 '이건 아니다. 제대로 된 현실이 아니다'라고 김중혁은 속으로 수없이 외쳐대다가 자신 또한 문제의 장면과 맞닥뜨렸다. 그건 바로 양머리 녀석들이 벌인 이른바 막돼먹은 행동의 실상이었다.

양머리 녀석들은 랜턴을 파리채 휘두르듯 비추며 도주하는 시민들을 어느 한 곳으로 몰아가는 데 열중하는 것으로 보였다. 간혹 가다 위협용 총성을 터뜨리는 경우도 있었지만, 아예 직접적으로 시민을 향해 겨눈 건 아니었다.

그런데 저 모습을 어떻게 봐야 하나. 20대 후반으로 보이는 젊은 남자 한 명이 이러한 양머리들의 무자비하고 난데없는 포악을 견디지 못하고 급기야 반항하기 시작했다. "너희들 뭐야? 〈모여라 꿈동산〉이야?"라고 고래고래 악다구니를 떨며 주먹을 휘두르는 남자. 어디든 위급한 상황에선 알아서 기어야 하는 것이 처세의 영순위일진대, 녀석은 아직 물정을 모르는 건가. 아니면 불의를 보면 참지 못하는 소영웅주의자인가. 어쨌든 녀석의 저항은 김중혁이 보기에도 불안해 보였고, 자칫 잘못하면 엄청난 일이 벌어질 수 있겠구나 하는 우려를 품게 하기에 충분했다.

결국 그 우려는 현실이 되고 만다. 양머리 녀석 중 한 놈이, 남자가 작심을 한 듯 자신을 향해 덤벼드니까 이를 어쩌지 못하고 들입다 남자의 머리를 향해 총부리를 겨누더니 그대로 방아쇠를 당겨버린 것이다.

"쾅!" 하는 총성과 함께 남자의 외침은 더 이상 들려오지 않았다. 동시에 상황이 어떻게 되었는지 김중혁은 처음엔 제대로 보지 못했다. 랜턴 불빛이 일시 소강상태였기 때문이다.

그런데 총을 쏜 양머리 녀석이 어느새 바닥에 쓰러진 남자의 머리를 랜턴으로 비추자 참으로 보기 처참한 장면이 김중혁의 두 눈에 분명하게 각인되었다.

혹시 엽기 펑크 무비 〈이레이저 헤드〉의 영화 포스터를 기억하는가? 평범해 보이는 백인 남자의 폭탄 맞은 듯한 머리 스타일. 지금 남자의 머리는 영락없이 그 꼬락서니다.

김중혁은 그제야 알 수 있었다. 양머리 녀석들이 갈겨댄 총이 장난감 총이 아니고, 또한 소리만 요란한 공포탄도 아니라는 사실을. 그건 진짜 총이고, 그중에서도 살상력이 타의 추종을 불허하는 수준의 무기였다. 그 순간 그런 실제 살인 무기를 보유한 양머리 녀석이 김중혁이 똥을 누고 나오려던 화장실을 향해 성큼 들어섰다. 바로 이 사실이 김중혁의 숨을 멈추게 한 직접적인 원인이었다.

양머리 녀석은 민첩하고 신중하게 랜턴 불빛을 화장실 이곳저곳에 비추어대며 아직까지 쥐새끼처럼 숨어 있는 일반인이 없는지 수색했다. 김중혁은 자신의 존재가 랜턴 불빛에, 그리고 양머리 녀석에게 발각되지 않도록 안간힘을 썼다. 변기 위에 두 발을 딛고 올라앉아 최대한 몸을 웅크려서 가까스로 녀석의 수색 의지로부터 벗어날 수 있었다. 그러나 계속해서 숨을 쉬지 못한 통에 김중혁의 얼굴은 어느새 마른 홍당무처럼 발그레하게 달아올랐다.

대충 수색을 끝낸 양머리가 사람이 없는 것으로 파악되자 긴장이 풀렸는지 입식 소변기 앞에 서서 오줌을 누기 위한 채비를 갖춘다. 김중혁은 원망스러웠다. 도대체 무슨 테러 집단이 연미복 따위를 입어가지고 오줌 한번 싸는 데 저렇게 많은 시간을 허비한단 말인가. 검은 제비 꼬리가 인상적인 연미복 바지를 내리는 데만도 양머리 녀석은 적지 않은 시간을 소비했다. 허리띠를 풀고 단추로 되어 있는 바지춤을 연 다음에야 오줌을 눌 수 있었기 때문이다.

그런데 이때 너무 긴장한 탓일까. 김중혁은 주책없게 잔류해 있던 맹렬한 배설의 욕망을 견디지 못하고 부욱 하고 방귀를 뀌고 말았다. 순간 그는 스스로를 강하게 원망했다. 하필 이럴 때.

하지만 하늘은 계속해서 김중혁의 편인가. 김중혁이 보청기를 달고 사는 칠순 노인네조차 똑똑히 들을 만큼 요란한 방귀를 거침없이 뀌어댄 그 순간에 맞춰 코엑스몰 내에 설치된 방송 스피커에서 한 차례 거대한 하울링이 터져 나왔다. 양머리 녀석은 요란하게 울려 퍼지는 스피커 소리에 귀를 기울였다. 소리가 워낙 앙칼지게 공간 전체로 퍼져나가는 통에 김중혁은 기왕 이렇게 된 거 하는 심정으로 아랫배에 한 번 더 억센 힘을 가해 남은 방귀를 있는 힘껏 발사했다.

방송 스피커에서 하울링만 계속된 게 아니다. 그것은 일종의 스탠바이를 위한 마이크 테스트였다. 이 어처구니없는 인질극을 벌인 양머리 군단의 소위 우두머리가 자기네 조직의 엄청난 음모와 소기의 목적을 밝히기 위한 일장 연설을 앞둔 상태에서 마이크의 성능을 시험한 것으로 보면 될 것이다.

하울링이 5초 정도 지속된 다음, 곧 "아아, 마이크 테스트, 마이크 테스트. 다 잘 들리나? 잘 들려?" 하는 남자의 음성이 들려왔다. 스피커의 성능은 꽤 우수했다. 잡음 하나 없이 남자의 육성이 그대로 전달되었는데, 그러면 뭐 하나? 목소리 자체가 워낙 걸걸하고 발음이 부정확해 듣는 사람을 짜증 나게 하는 스타일이었다.

두목인 듯한 남자의 육성을 들은 양머리 녀석은 단추도 제대로 잠그지 않고 제비 꼬리를 휘날리며 황급히 화장실 밖으로 뛰어나갔다. 그와 함께 김중혁은 안도의 한숨을 내쉰 뒤에 쭈그려 앉은 자세에서 벗어나 양변기 위에 질펀히 걸터앉았다. 그러자 고

약한 냄새가 다시 김중혁의 후각을 자극했다. 여전히 그의 밑구멍에서 빠져나온 배설물이 처리되지 못한 채 양변기 속에 그대로 키핑된 상태였기 때문이다.

4

한 녀석. 그 녀석은 분명 다른 양머리들에 비해 조금 색다르다고 해야 할지, 아무튼 눈에 확 들어오는 특이함을 지니고 있었다. 통일성 중에서의 유별남이라고 표현하는 게 적합하려나. 그 녀석도 다른 양머리들처럼 동물 모양 머리를 뒤집어쓰고 있는 건 확실했다. 하지만 그 크기 면에서 녀석이 뒤집어쓴 그것은 다른 양머리들에 비해 남달랐다. 거의 두 배 정도 더 크다고 봐야 하나? 더구나 녀석은 누가 보기에도 마른 편이다. 마찬가지로 연미복 차림이긴 해도 워낙 마른 탓에 바지춤이 자꾸만 우측으로 돌아가는 지경이었으니 말 다 한 거 아닌가.

그렇지만 그처럼 우스꽝스러운 마른 몸에 더욱 극심하게 부조리해 보이는 거대한 양머리를 눌러쓴 녀석이 현재 왕이 되어 군림하고 있다. 그건 더욱 확실하고 명백한 하나의 현실이다.

녀석은 모든 사람들을 무릎 꿇린 푸드 코트 중간 지점 정도에 있는 테이블 위에 올라가서 구둣발로 딛고 섰다. 그러더니 무선 마이크를 쥐고 테스트하기 시작했다. 그 양머리 녀석—이제부턴 녀석을 두목 양머리라고 불러야겠다—은 마이크를 손에 쥐고, 소위 연설을 위한 나름의 지원 용도로 자신 주위에 랜턴 불빛을 집결시켰다. 그로 인해 지금 이 순간 두목 양머리는 모든 이들 위에 군림하고 서서 자신만의 연설문을 낭독하는 혁명가이자, 동시에 왕 혹은 파시스트가 된 것이다.

장영달과 윤마리아는 바로 이 순간 두목 양머리가 딛고 선 테이블 밑에 앉아 있었다. 윤마리아는 그저 고개를 땅에 숙인 채 조금이라도 빨리 자신이 데이비드교의 열성 신도임을 밝힐 방법을 궁리했고, 장영달은 열혈 군인 기질이 완전히 몸에 스며든 탓에 다른 이들처럼 행동하지 않고 나름대로 고개를 빼 들고 두목 양머리의 정체를 파악하는 데 집중했다.

하지만 장영달이 지근거리에서 고개를 쑥 내밀고 두목 양머리의 몸을 관찰한다 해서, 이 정체불명 집단에 대해 괄목할 만한 정보를 얻을 수 있는 건 결코 아니었다. 그저 다른 사람들보다 지나치게 몸이 말랐다는 것과 양머리가 우스꽝스럽게 보일 만큼 크다는 것 정도, 그리고 그로 인해 가만히 서 있어도 어느 순간 녀석이 제 머리의 무게를 지탱하지 못하고 주저앉을 것처럼 아슬아슬하고 위태로워 보인다는 사실을 통해 장영달이 내린 한 가지 결론은 다음과 같았다.

'뭐, 두목이란 녀석이 저따위야?'

그렇지만 분위기는 한마디로 엄숙함, 그 자체다. 떨거지 양머리들의 일사불란한 조명은 두목 양머리의 존재감을 부각시키기에 충분했고, 두목 양머리는 그러한 상황의 이점을 최대한 살리려는 듯 더욱 낮게 목소리를 깔고 준비해 온 소위 원고를 신중히 검토하는 모습을 연출해 보였다.

'지금 저 많은 걸 다 읽으려고?' 장영달은 두목 양머리가 연미복 안주머니에서 종이 쪼가리들을 꺼내자 대뜸 그런 생각을 하지 않을 수 없었다. 복사용지로 보이는 것들을 계속해서 꺼내고 나니 족히 열 장은 넘어 보였고, 희미한 불빛 탓에 자세히 보이진 않지만 용지에 수기(手記)로 적힌 깨알 같은 글씨들은 돋보기 안경을 써도 읽기 힘들 정도로 조잡해 보였다.

그러나 두목 양머리는 복사용지 중 단 한 장만을 추려서 뽑아 들고 나머지는 바로 장영달의 머리 위로 떨어뜨렸다. 종이들이 자신의 머리 위로 쏟아져 내리자 순간 흠칫 놀란 장영달은 고개를 숙였고, 두목 양머리는 그런 그의 민첩한 행동을 지켜본 후 다시금 "아아, 마이크 테스트, 마이크 테스트"라고 중얼거렸다. 벌써 마이크 테스트만 몇 번째냐.

비로소 두목 양머리는 깨알 같은 글씨가 적힌 종이를 손에 들고 소위 연설문을 낭독했다. 하지만 거창하고 장황하며 심지어 숭고하기까지 한 연설문 내용과 관계없이, 그것을 어눌한 어투로 더듬더듬 손으로 짚어가며 읽어 내려간 탓에 대체 뭘 말하려는 건지 제대로 이해할 인간이 과연 몇이나 될지 심각한 회의가 들 정도였다.

그래도 녀석이 낭독한 성의를 봐서 연설문의 내용을 대략 소개해보면 다음과 같다. 다소 억지스럽고 어긋난 문법의 무성의함이 종종 눈에 띄어도 이해해주기 바란다. 얼마나 힘들겠는가. 금방이라도 쓰러질 것 같은 마른 몸으로 남들보다 더 거대한 머리통을 지탱한다는 게 어디 보통 일이겠는가.

우리는 지칠 대로 지쳤으며, 기다릴 만큼 기다려왔다. 몇십 년 전이나 지금이나 그리고 앞으로 몇십 년 뒤에 과연 이곳은 얼마나 많은 긍정적인 변화를 보여줄 것이며, 단 한 줌의 희망의 지푸라기라도 제공해줄 수 있는 마음의 여유를 갖고 있기는 한 것인가?

이곳에서 우리는 웃기지도 않을 만큼 기가 막힌 기계적 노동의 노예가 되어왔다. 아침 시간만 되면 지옥철 속에서 서로의 역한 냄새를 맡아가며 살아왔고, 종일 사무실이든, 학교든, 여하튼 감옥을 떠올리게 하는 꽉 막힌 곳에서 기름칠 덜 된 윤전기처럼 돌고 또 돌았다. 컴퓨터 자판과 씨름했고, 각종 서류들과 부대꼈다. 어떤 이들은 작업복을 입고 기름때 묻히는 걸 무슨 신성하고 영원한 업(業)인 양 신앙하고, 어떤 이들은 이러한 삶만이 절대적인 것으로 선전하고 책동하는 몇몇 착취자들의 사탕발림에 속고 또 속아 잉여의 헌신을 최선의 미덕으로 믿기까지 했다. 그것만이 우리의 신이었고, 동시에 우리의 희망이었기 때문이다.

보라. 그런데 지금 우리에게 남아 있는 건 대체 무엇인가? 우리의 소위 권리란 것은 얼마나 더 깊은 수렁으로 곤두박질쳤는지, 오늘의 그대들은 과연 상상이라도 하고 살고 있는 건가? 그대들은 오히려 더 치욕스럽고 무감각한 속물이 되어 이 거대 도시, 이상과 성스러움, 인간 존엄과 아무 상관도 없는 절망의 무감각만이 창궐하는 시스템 속의 부속품으로서 생존하는 것만이 삶의 최우선인 것처럼 신앙하고 있는 건 아닌가? 그렇지 않고서야 어떻게 이처럼 뻔뻔스러운 천민자본주의의 노예가 되어 뼛속까지 착취당하면서도 이 말도 안 되는 기계적인 삶, 겨우 존재하는 인간으로서의 삶을 당연한 것으로 생각할 수 있단 말인가?

우리는 이 빌어먹을 도시에서 살면서 일부는 닭대가리, 말대가리, 또 일부는 양대가리가 되어가고 있다. 닭대가리는 흡사 무뇌아와 같으며, 양대가리는 목자를 잃은 채로 어느 순간 도살당할 비루한 운명의 결말을 기다리는 무지의 포로와 같다.

이 거대하고 무가치하며 아무 결론도 희망도 없는 집합체인 이곳, 최악의 도시에 볼모 잡힌 가련한 영혼들을 그 몇몇의 착취가들, 자본가들, 이상주의자들, 얼치기 정치인들, 회칠한 종교인들은 뭐라고 찬양했던가? 그대들을 자랑스러운 서울 시민이라고 추켜세우지 않았던가? 그리하여 각종 언론과 미디어를 통해 우리의 삶은 전혀 유치하지 않다고 여기도록 서로가 서로를 철저하게 세뇌해오지 않았던가? 그리고 언제까지라도 이 세뇌와 무뇌의 시간이 계속될 것처럼 설교해오지 않았던가?

우리는 참으로 오랜 시간 인내해오며 그대들에게 이러한 천성에 가까운 무지를 일깨워주기 위해 실로 다양한 방법으로 예언의 말들을 선포해왔다. 우리는 언제나 통곡하면서, 그대들의 인권과 영적 존엄을 일깨워주기 위해 한스럽게 애써왔다.

그러나 이제 더는 그런 소극적인 방법이 통하지 않는다는 사실을 처절하게 깨달았다. 현실을 바로 보기로 한 것이다. 행동해야 할 필요성을 절감하고야 말았다. 이 거대한 도시의 맘몬과 싸우기 위해, 자본가와 정치가 그리고 이 땅의 목자이자 지도자이기를 자처하는 저 쓰레기들이 감히 앉지 말아야 할 성스러운 자리를 차지한 이 추악한 악의 고리를 끊어내기 위해 우리는 과감한 선택을 할 수밖에 없었던 것이며, 당신들은 이 엄청나고도 성스러운 의식의 과정에 본의 아니게 참여하게 된 것이다.

부디 이 의식을 유감스러운 것으로만 생각하지 말길 바란다. 참된 혁명에는 언제나 숭고하고 불가피한 희생이 뒤따르는 법. 그러나 그대들이여! 중요한 건 이 의식을 통해 그대들이 자유를 얻을 수 있게 된다는 사실이다. 공상할 수 있는 자유, 파괴할 수 있는 자유, 동정받지 않을 수 있는 자유! 꽉 짜여 있는 기계적인 모든 것들을 해체하고, 철저하게 무책임하고 황당무계한 미답의 경지를 향유할 수 있는 자유를 체험할 수 있게 되었단 말이다!

이유 여하를 막론하고 지금 두목 양머리가 낭독한 이 연설문을 한마디로 표현해보자면, '혁명의 서(書)' 정도로 볼 수 있을 것 같다. 하지만 그 내용이 품고 있는 충격적이고 도발적인 면과 달리, 앞서도 밝힌 바 있지만 어딘가 모르게 우스꽝스러운 기분이 드는 건 비단 윤마리아 혼자만의 생각일까. 그녀는 그렇게 고개를 땅에 처박은 채 두목 양머리의 연설문 내용을 나름대로 경청하면서, 지금의 상황과 전혀 어울리지 않는 실소를 머금었던 것이다. 아니 대관절 카니발 하나 진행하는 데 이 무슨 거창한 담론이란 말인가.

그러나 윤마리아의 실소가 경박스러운 비명 소리로 변할 시점이 그리 멀지 않았음을 장영달은 어느 누구보다도 민감하게 감지했다. 너무 지나쳐서 탈일 정도로.

5

'지금도 있으려나⋯⋯.'

괴팍한 모양의 총을 들고 설쳐대던 양머리 녀석이 시야에서 완전히 사라진 걸 확인한 김중혁은 그제야 문을 열고 나올 수 있었다.

주위는 온통 암흑이다. 오래전 야간 당직 근무를 할 때에도 이곳은 언제나 적정 수치 이상의 빛을 쏟아내는 곳이었다. 그런 환경에 익숙하던 김중혁은 오히려 이 어둠이 당혹스러웠다. 세상에, 비상등조차 꺼져버리다니.

그래도 김중혁은 이곳, 코엑스몰에서 근무해본 경험이 있는 사람이다. 더구나 설비기사로 말이다. 배관이나 화장실 수도를 고치는 일이 주 업무이긴 했어도, 정해진 업무 영역이 따로 없었다. 시설에 약간이라도 하자가 발생하면 닥치는 대로 투입되어 수습하는 게 용역 회사 직원의 임무였다. 김중혁도 예외는 아니었다. 비록 설비기사와 배관기사 직함을 갖고 있긴 했어도, 형광등이 나가면 교체하고 화장실 변기가 막히면 뚫고 전기실이나 기계실 가리지 않고 들어가 눈에 띄지 않는 시설 관리에 관련된 온갖 잡일을 도맡아 했다.

결론적으로 김중혁은 설비에 대한 경험이 어느 정도 있기에 지금처럼 완벽히 암흑에 휩싸인 상태가 의미하는 심각성에 대해 적어도 일반인보다 훨씬 더 깊이 인지하고 있을 거란 얘기다. 그렇다면 그는 작금의 현상을 어떻게 이해하고 있는가.

우선 천장 전등과 바닥 콘센트에 전기가 완벽히 차단됐다는 점과 비상등도 켜지지 않는다는 사실은 전기실 전원이 우연한 외부 사고로 인해 나갔다고 보기 힘들다는 추정을 가능하게 한다. 만약 한국전력공사 측 사고로 인한 정전인 경우라면 일정 규모의 시설이면 모두 세팅해놓았음 직한 비상 발전기가 가동했을 것이다. 그랬다면 최소한 비상등 정도는 켜져야 한다는 의미다.

그렇다면 이건 외부 사고로 인한 단전이 아니요, 순전히 임의로 전기실 직원이 작심하고 코엑스몰의 메인 전원을 오프시켰다는 추리가 설득력을 얻는다. 또한 정전 시 자동으로 전환되는 비상 발전기 연동 시스템까지 고의로 차단하지 않았다면, 발전기조차 가동하지 않는 이 상황을 다르게 설명할 길이 없다.

방화 셔터 작동 여부 또한 이와 맥락이 크게 다르지 않다. 방화 셔터를 작동하고 스프링클러, 하론 같은 소방 설비 작동 여부를 결정하는 곳은 바로 방재실이다. 컴퓨터에 입력된 예정 시간을 무시하고 이렇듯 느닷없는 시간에 방화 셔터가 작동했다는 건 결국 방재실 직원이나 아니면 방재실에 무단 침입한 모종의 테러리스트가 설비를 장악하고 제 맘대로 컨트롤하고 있는 상황으로 봐야 한다는 것이다. 이것이 비록 짧은 시간이지만, 김중혁이 결론 내린 양머리 무리들의 계획에 대한 나름의 추리였다.

그러면 어찌해야 하는가. 우선 앞으로 무엇을 어떻게 해야 될지는 김중혁의 머릿속에 구체적으로 떠오르지 않았다. 단지 이 칠흑 같은 어둠에서 벗어나야겠다는 생각밖에 없었다. 그래서였을까. 김중혁은 어둠 속에서 단지 두 손의 감각에 의지해 화장실의 맨 왼쪽 칸을 찾았다. 그러고는 그 칸의 문을 조심스럽게 밀었다. 처음엔 잘 열리지 않았다. 뭔가 잔뜩 막혀 있는 묵직한 느낌이 손끝에 전달됐다. 그러나 그는 이에 물러서지 않고 이번엔 두 손으로 손잡이를 붙잡고는 전력을 다해 문을 밀었다. 그러자 내부가 반쯤 모습을 드러냈는데, 그 안에는 대걸레며, 일회용 휴지, 간이 청소기들이 무질서하게 쌓여 있었다.

김중혁은 공간에 대한 아무 배려도 없이 마구잡이로 쌓인 비품들의 숲을 헤집었다. 그러자 두루마리 휴지가 바닥을 뒹굴었고 각종 청소 도구들이 요란한 소리를 내며 대리석 바닥에 떨어졌다.

물론 김중혁은 그러한 자신의 성급함을 일순 후회했다. 예리하고 자극적인 소음이 쏟아져 나왔으니, 또 그 문제의 양머리 녀석이 이곳으로 유턴하면 어떡하나 우려스러웠다. 하지만 그러한 우려는 소기의 목적물을 발견하고 느낀 희열과는 감히 비교할 수 없었다. 김중혁은 비품통의 가장 깊은 곳, 대걸레 틈바구니에 끼여 있는 그것을 발견하곤 서둘러 끄집어냈다. 그것은 바로 랜턴이었다.

성능도 괜찮았다. 불빛도 선명했고, 한 손에 쏙 들어오는 것이 휴대하기 좋았다. 김중혁은 그제야 사물의 위치와 실내의 구조를 선명하게 파악할 수 있었다.

그 나름대로 확실한 도구를 확보한 김중혁은 천천히 몸을 돌려 화장실 밖으로 나왔다. 드넓고 사치스러운 인테리어가 돋보이는 복도 바닥에 가장 먼저 랜턴 불빛을 비추었다. 김중혁은 조심스럽게 주위 동정을 살폈다. 여전히 간혹 끔찍할 만큼 요란한 총성이 터져 나왔다. 그렇지만 김중혁이 서 있는 곳 주변은 조용했으며, 일반인의 흔적은 보이지 않았다. 그러나 곧 양머리 녀석들 몇 명의 발소리가 경박스럽게 들려왔다. 김중혁은 서둘러 어느 옷 가게의 마네킹 옆에 숨고는 랜턴의 불빛을 껐다. 그러고는 자신을 지나쳐 걸어가는 양머리들의 모습을 치밀하게 살폈다.

만약 지금 상황이 이렇게까지 살벌하지만 않았다면, 김중혁은 십중팔구 문제의 양머리를 보며 폭소를 터뜨렸을 것이다. 하지만 지금 핏발 선 흰자위를 희번덕거리며 해부하듯 노려보는 김중혁의 눈에 비친 그들은 오늘 오전에 광록이 자신에게 들려준 쿠데타를 떠올리게 하기에 충분했다. 좀 더 정확히 말해《격암유록 외전》에 관한 이야기 말이다.

　용산역이나 삼성역에서 메시아가 나타난다는 말. 노숙자, 비렁뱅이들의 메시아가 나타나면 가진 자들, 천민자본주의에 물들어 있는 자들을 깡그리 청소하고 자기들만의 왕국을 건설할 거라는 그 황당무계한 이야기. 그런데 그 시도는 벌써 용산역에서 무참히 실패하지 않았는가? 김중혁은 그렇게 믿었다. 하지만 저들의 좀처럼 보기 힘든 희귀한 복장과 모양새를 보며 그는 생각을 달리할 수밖에 없었다. 양머리를 눌러쓰고 검은 연미복 차림으로 총을 들고 싸돌아다니며 정확히 알아들을 순 없지만 무언가 분명히 혁명적인 뉘앙스의 연설문을 거침없이 낭독해대는 무리들의 행태만으로 보면, 비록 철저히 비현실적이긴 하지만 이건 완전히 막나가자는 거 아니겠냔 말이다. 더구나 김중혁의 두 눈은 똑똑히 재생(再生)해낼 수 있다. 방금 전 양머리 녀석이 자행한 끔찍한 참상에 대해.

　틀림없이 청년은 양머리 녀석의 총에 맞아 피투성이가 되어 죽어버렸다. 김중혁은 이게 혹시 짜고 치는 고스톱이나 연말 이벤트

같은 행사인가 하는 생각을 완전히 지우지 못하고, 화장실 앞 바닥에 대자로 뻗어버린 청년의 코 밑에 손가락을 갖다 대어보았다. 그러나 청년의 죽음은 현실이었다. 고도로 연출된 가공품(加工品)이 결코 아닌 것이다.

양머리들이 수색을 마치고 다시 푸드 코트 쪽으로 돌아간 것을 확인한 김중혁은, 다시 랜턴을 켜고 이번에는 비상계단이 있는 곳을 찾았다. 양머리들의 잔혹성이 또 한 번 머릿속에 떠오르던 순간, 그는 다음으로 이동할 장소를 궁리해낸 것이다. 그곳은 바로 지하였다. 지하 4층. 그곳은 전기실과 방재실이 모여 있는 주차장 구역의 마지막 위치에 있었다.

'우선 그곳으로 가야 한다. 불이라도 살려놓고 봐야 할 거 아닌가?'

6

전기의 힘은 참으로 위대한 것이다. 기무는 지금 그러한 생각을 하며 찐득한 오색(五色)의 액체 방울들이 자신의 눈 앞에서 낙하하는 모습을 지켜봤다.

여전히 기무는 몸을 잔뜩 웅크리고 배스킨라빈스 아이스크림 매장 진열대의 안쪽에 앉아 있었다. 정전이 되어 더 이상 가동되지 않는 진열대 안에 들어 있던 오색의 아이스크림들이 점차 액체 방울이 되어 바닥으로 흘러내리기 시작한 것이다.

물론 왕성한 식욕과 아이스크림 같은 자극적인 군것질거리에 열광하는 질풍노도 청소년 기무가 이렇게 아이스크림이 녹아 없어지는 사태를 방관하고만 있던 것은 결코 아니다. 녀석은 이미 진열대 안에서 아이스크림을 꺼내어 손과 입만을 사용해 난폭하고 서툰 솜씨로 단숨에 몇 통을 섭취한 상태다. 비어버린 통 여러 개가 기무의 옆에서 뒹구는 게 바로 그 증거다.

하지만 아무리 좋아하는 아이템이라 해도 자꾸 먹으면 질리는 법인가. 기무는 이제 슬슬 아이스크림이나 빨아 먹는 자신의 행위가 스스로 지겨워졌다. 하지만 녀석이 아이스크림만 먹으면서 그 자리에 남아 있던 건 결코 아니다. 녀석은 적어도 무슨 소리를 지껄이는지 들어봐야겠다는 생각에 스피커를 통해 흘러나온 소위 양머리 두목의 연설문 내용을 나름대로 최선을 다해 경청했다.

그러나 결과는 기대 이하였다. 아직 주민등록증도 발급받지 못한 기무로서는 당최 무슨 소리를 하는지 종잡을 수 없었기 때문이다. 하지만 분명한 건 이 '최악' 멤버들이 준비한 것이 진짜 혁명이거나 다분히 혁명적인 그 무엇이란 사실이다. 어떤 게임이든 프롤로그나 배경 화면에 제시되는 시나리오를 완벽히 이해할 순 없다. 특히나 구역마다 헤집고 다니며 총질로 적들을 쏴 맞히는 에프피에스 게임이야말로 일단 돌입하면 그대로 '게임 스타트!'이다. 뭐 대단한 게 있겠는가.

연설 방송이 모두 끝난 것을 확인한 기무는 이제부터 행동에 돌입했다. 녀석은 그런대로 결연한 마음으로 이 전투에 임할 것을 스스로에게 다짐했다. 삼류 축에 속하는 게임 업체가 모처럼 큰 돈을 들여 벌여놓은 이벤트임에 확실하다. 그리고 자신은 그 이벤트에 당첨된 유일한 럭키 가이 아닌가. 게임 머니를 획득하고 못하고를 떠나, 정말 현실 같은 서바이벌 게임에 더욱 성실히 임해야겠다는 각오가 여전히 낯선 충동으로 두근거리는 기무의 심장을 격렬하게 자극했다.

자리에서 일어난 기무는 먼저 입가에 묻은 아이스크림 흔적을 제법 긴 혀와 손등을 이용해 대충 닦아내고, 잠시 뒷주머니에 꽂아둔 총을 꺼냈다. 탄창 안엔 열 발의 총알이 꽂혀 있다. 그리고 호주머니에 남아 있는 스물네 발의 총알. 생각하기에 따라선 빠듯할 수도, 여유로울 수도 있는 분량이다. 문제는 양머리들의 숫자와 두목 양머리가 있는 곳까지 접근하기 위한 가장 효율적인 경로를 찾아내는 일이다.

그러나 그보다 선행해야 할 미션은, 이 총의 실제 성능을 시험해보는 일이다. 물론 격발이야 독립문역에서 이미 시도한 바 있지만, 실제 명중률, 상대의 반응 따위를 살펴봄으로써 이 게임의 실제 흥미도가 어느 정도 되는지 측정해볼 수 있지 않겠는가.

그런 결심이 서자 기무의 행동은 점점 더 거칠 게 없어졌다. 녀석은 나이키 트레이닝 상의의 지퍼를 목 끝까지 당겨 올리고 거칠게 뻗친 노란색 펑크 머리를 대충 어루만진 다음, 진짜 전투에 임하는 싸구려 용병의 시건방진 걸음걸이로 어둠의 복도를 걸어나갔다.

그리고 곧 얼마 가지 않아 기무는 이 게임의 타깃과 실제로 마주쳤다. 우회전하는 지점에서 문제의 양머리 녀석과 마주친 것인데, 녀석은 기무보다 키가 작았지만 양의 모습을 한 머리통이 워낙 커서 상대를 흠칫 놀라게 했다. 기무는 양머리 녀석과 마주치는 순간 "흡!" 하는 거친 단발성 탄성을 내지른 뒤 한 걸음 뒤로 물러섰고, 양머리 녀석은 기무를 향해 총부리를 겨누며 경고했다.

"순순히 따라와라."

녀석의 음성을 듣는 순간 기무는 다소 실망스러웠다. 텔레비전 오락 프로그램에서 흔히 들을 수 있는, 헬륨 풍선을 한껏 빨아들인 듯한 변조된 목소리였는데, 그래서 그런지 녀석의 성별이나 나이를 좀처럼 가늠하기 어려웠다. 기무는 자신도 모르게 다음과 같이 말했다.

"그 목소리는 뭐야? 이게 〈그것이 알고 싶다〉야? 목소리 변조나 하고."

"따라오라니까."

기무가 영 말을 듣지 않자 양머리 녀석, 전통적인 방법으로 녀석을 위협한다. 총을 겨누고 기무의 아랫배를 한번 쿡 찔러본 건데, 이 상황은 보기에 따라 일촉즉발의 위기 상황이 분명했지만 기무에게는 그저 불쾌할 따름이었다. 아랫배에 자극적인 따가움이 전해져 오자, 평소에도 자주 발끈하는 대책 없는 청소년 기무가 벌컥 성을 내며 손에 쥐고 있던 총의 총구를 대뜸 양머리 녀석의 머리통에 겨누는 게 아닌가.

"이런 씨발 새끼가! 죽고 싶냐?"

이것이 정녕 현실화된 서바이벌 게임의 진면모란 말인가. 총구를 양머리에 겨누고 방아쇠를 당기는 그 찰나의 순간, 기무의 온몸을 관통하며 솟구쳐 오르는 폭력의 아드레날린이 가히 폭발적인 수준이어서 녀석 자신도 감당할 수 없을 지경이 되어버렸다.

충동이 현실로 되는 그 순간, 기무의 눈앞에 엄청난 굉음과 함께 양머리가 대리석 바닥으로 떨어진 석고상처럼 금이 가버리는 사태가 벌어졌고, 녀석은 이 장면을 경이롭게 지켜봤다.

그렇게 양머리 녀석은 기무의 한 방에 다운되어 그대로 바닥에 쓰러졌는데, 기무의 눈엔 이 명중 장면이 가히 게임의 원초적 흥분 심리를 복원시키는 장치로 이해되었다. 사실성을 더하기 위해 산산조각 난 양머리 사이로 검붉은 핏물까지 흐르는 게 아닌가.

격발 후 짙은 화약 냄새까지 또렷이 확인한 기무는 하지만 마냥 기뻐할 수만은 없었다. 총성을 들은 동료 양머리들이 기무가 있는 곳을 향해 무서운 속도로 달려왔기 때문이다. 따라서 기무는 우선 반대편으로 피하는 수밖에 없었다. '두목 양머리 한 놈만

잡으면 게임 끝인데……' 하는 아쉬움을 가슴 가득 품은 채로 말이다.

7

정전이 되고 양머리를 뒤집어쓴 무리들이 코엑스몰을 장악한지 30분이 지난 지금, 푸드 코트의 상황은 어떻게 변했는지 알아보자.

우선 괄목할 만한 변화로 남녀 성(性)의 대이동을 꼽을 수 있다. 종이 쪼가리에 적힌 글 하나 읽는 것이 뭐가 그리 힘들었던지, 두목 양머리는 연설이 끝난 뒤 테이블에서 내려올 때 부하 양머리들에게 부축까지 받아야 했다.

그렇게 두목 양머리는 단 한 장의 연설문을 낭독하고는 서둘러푸드 코트를 빠져나갔고, 그 뒤로 상황을 지휘한 건 자신을 행동대장이라고 소개한 양머리 녀석이었다.

행동대장 양머리는 족히 190센티미터는 되어 보이는 엄청난 거구였는데, 그런 녀석이 여러 개를 연결한 테이블 위에 올라가 잔뜩 머리 숙인 인질들을 위협하기 위해서인지 허공에 대고 발길질을 해보이자 바닥이 쿵쿵 울리는 듯한 느낌이 들 정도였다.

행동대장 양머리와 동시에 공개적으로 설쳐대기 시작한 양머리가 한 명 더 있었으니, 그 양머리는 자신을 여두목 양머리라고 소개했다.

여두목 양머리가 가장 먼저 이른바 성 분류 작업을 진두지휘했다. 그녀는 눈을 부라리며 나이에 상관없이 여자들은 무조건 전부 일어나라고 호통쳤다. 하지만 그 말에 여자 인질들이 자리에서 벌떡 일어난 건 결코 아니었다. 여두목 양머리의 호통이 있은 뒤에 역시 여자들로 보이는 양머리들이 여두목 양머리를 중심으로 모여들더니, 다짜고짜 순진한 처녀들이나 보통 아줌마들로선 좀처럼 듣기 힘든 육두문자를 융단폭격 퍼붓듯 쏟아내고는 여자 인질들의 등이며 엉덩이를 사정없이 발로 차는 게 아닌가. 이에 화들짝 놀란 여자들이 그때부터 자리에서 일어서기 시작했으며, 그렇게 일어선 여자 인질들은 대개 젊은 2, 30대였고 그중엔 물론 윤마리아도 있었다.

여자들이 전부 일어선 것을 확인한 여두목 양머리는 이번에는 총구를 푸드 코트 옆 맥도날드 매장에 겨누었다. 그렇지만 여자들은 그런 여두목의 행동이 무엇을 의미하는지 전혀 이해하지 못했다. 말을 안 하는데 어떻게 알아듣고 행동하느냔 말이다.

그렇지만 여두목 양머리, 그녀는 말귀를 못 알아먹는 인종들을 향해 버럭 화부터 내고 보는 '버럭 소녀'였는가. 그녀는 자기가 한 행동의 의미를 여자 인질들이 전혀 알아듣지 못한다는 걸 확인하곤 제 분을 삭이지 못하고 천장을 향해 대뜸 총질을 해대기 시작했다.

그렇게 다시 한번 푸드 코트 안은 비명과 경악의 도가니가 되고 만다. 이런 식의 황당함을 전제로 한 살벌한 환경에서는 여성의 잔인성이 좀 더 부각된다고 봐야 하나? 행동대장 양머리를 비롯한 다른 남자 양머리들은 여두목 양머리의 도발을 미처 예측하지 못한 모양인지, 그들조차 당황하는 기색이 역력했다.

그렇게 한바탕 험악한 굿판을 벌인 여두목 양머리는 다시 한번 총구를 맥도날드 쪽으로 향했다. 이번에도 여자 인질들은 여전히 여두목의 제스처를 이해하지 못했지만, 일단 움직이고 봐야겠다는 생각에 아우성을 치며 자리를 박차고 맥도날드 매장 쪽으로 달려갔다. 그리고 이 민첩함의 전위(前衛)에 윤마리아가 섰다.

아마도 지금의 이 사태를 흥미롭게 받아들이는 여자 인질은 윤마리아, 그녀 혼자뿐일 거다. 맥도날드 매장 쪽으로 달려갈 때도 그녀는 마치 이것도 카니발의 한 과정이라고 받아들이는 듯했다. 조심스레 고개를 든 장영달은 그런 윤마리아의 행동을 이해할 수 없다는 듯 바라보며 혀를 끌끌 찼다.

"쯧쯧. 워낙 상황이 심각해서 그런지 아예 실성해버렸군. 실성했어. 젊은 것이."

그렇게 성 분류 작업은 일단락되었다. 평소엔 전혀 좁아 보이지 않던 맥도날드 매장이 여자 인질들이 들어서자 완전히 터지기 직전의 풍선처럼 위태로워 보였다.

어쨌거나 여두목 양머리는 그렇게 자신의 부하들을 이끌고 맥도날드 안으로 들어가 매장 문을 걸어 잠갔다. 그사이 남자 인질들은 저마다 안타까움과 어리둥절함이 뒤섞인 얼굴로 여자들의 이동을 지켜봤다. 그들 중에는 자신의 애인이나 여자 친구를 떠나보내는 이들도 있었기에, 그 안타까움은 더했을 것이다. '도대체 내 애인을 저딴 곳으로 끌고 가서 무슨 봉변을 주려는 걸까?'라는 식의 불안감 말이다.

그러나 상대를 향한 불안과 염려는 이제 곧 자신들에게 닥칠 실제 상황 앞에서 우습게 묻히고 만다. 왜냐하면 행동대장 양머리의 만행이 지금부터 본격화되었기 때문이다.

8

"여러분 중에서 일흔이 넘으신 어르신들은 모두 자리에서 일어나주시기 바랍니다."

이것이 행동대장 양머리의 변조된 목소리로 토해져 나온 첫 문장이다.

생각해보라. 이렇게 공손한 어투로 말머리를 열게 되면 대뜸 어떤 생각부터 드는가. 행동대장 양머리의 의지가 어떤 건지 짐작할 수 있지 않겠느냐는 말이다. 인질들은 모두 어렵지 않게 이 대목에서 '노인 공경'이라는 단어를 떠올렸다. 대충 이런 거다. '아. 그래도 이 소위 혁명의 무리들이 노인과 여자들은 살려주려는 최소한의 양심은 갖고 있구나.' 이런 것이 바로 초대형 인질극에서 간혹 나타날 수 있는, 스톡홀름 신드롬의 시작이란 말인가.

그래서였을까. 노인들은 순순히, 심지어 당당하게 자리에서 벌떡 일어나는 대담함을 보였다. 물론 이런 대담함의 선봉에 선 건 두말할 것도 없이 장영달이다. 그는 자신이 옹의 칭호를 받을 만큼 많은 세월을 살아온 게 지금처럼 자랑스러운 적이 없다고 생각했다.

장영달이 가장 먼저 자리에서 일어서자, 꾸물거리며 눈치를 보던 연세 높으신 어르신들도 자리에서 차례로 일어서기 시작했다. 하지만 역시 젊음과 소비의 집결체인 코엑스몰이라는 장소적 특성 때문인지 생각보다 어르신들의 숫자는 많지 않았다. 기껏해야 열 명 정도.

행동대장 양머리는 이들을 둘러보며 다음과 같이 말했다.

"저희는 어르신들이 지난 세월 동안 많은 인고와 변혁의 시대를 헤쳐 나오셨다고 생각합니다."

여기까지는 괜찮았다. 그런데 그다음 말이 심상찮다.

"그러나 어르신들은 끊임없는 변화를 촉구하는 우리의 메시지에 전혀 귀를 기울이지 않는 아주 파렴치한 인생으로 일관해오셨음을 부정할 수 없을 것이라고 생각합니다."

바로 이 순간, 사리 판단이 분명하고 약삭빠르기로 소문난 장영달 옹. 그는 다른 둔감한 노인들과는 다르게 바로 이 대목부터 다시 잽싸게 자리에 앉아야 할지 그대로 버티는 게 나을지를 고민하는 민첩함을 보였다. 왜냐하면 행동대장 양머리의 말이 워낙 고약한 방향으로 흘러갈 것 같았기 때문이다. 아니나 다를까. 장영달의 예상은 적중했다.

　"그래서 저희가 감히 이 시간을 빌려 기회를 드리려 합니다. 바로 이 자리에서 장렬한 집단 죽음을 겸허히 받아들이셔서 이참에 역사의 죄인 노릇도 청산하고 이제껏 버텨온 추한 인생도 마감할 수 있게 해드리겠다 이 말입니다."

　어느새 장영달은 행동대장의 말이 다 끝나기도 전에 다시 자리에 주저앉고는 서둘러 자리를 옮겼다. 다른 인질들 틈을 바득바득 비집고 들어갔다. 무슨 이유에서 그러는지는 다 알 것이다. 어떻게 해서든 양머리들의 눈에 띄지 않기 위해서다.

　아이들 말로 장난이 아니었다. 행동대장 양머리의 공손하고 절제된 말이 종결됨과 동시에 녀석이 별도로 지시를 내리지도 않았는데, 부하 양머리들의 격발이 시작됐다. 끝내 말도 안 되는 참상이 벌어진 것이다.

　자리에서 일어선 노인들이, 마구잡이로 쏘아대는 양머리들의 총격에 총알받이가 되어버린 처참한 장면. 이를 지켜본 장영달은 과거 어느 순간의 기억이 찰나의 섬광처럼 머릿속을 스쳐 지나갔다. 장소와 시대가 언제 어느 때인지는 분명치 않다. 6·25 전쟁 무렵, 마을 회관이나 소학교 같은 곳에 촌부와 양민들을 죄다 모아놓고 되지도 않는 이유로 살해하던 장면. 또는 장영달이 직접 참전해 나름 맹활약을 펼친 월남전 때 베트콩들을 쏘아 죽이던 장면. 그런데 무언가가 확실치 않다. 과연 6·25 전쟁 때 장영달이 본 게 미군에 의해 죽임을 당하던 양민들인가, 아니면 공산군들인가. 또한 월남전 때 장영달이 쏘아 맞힌 그 적(敵)이란 이름을 가진 상대가 베트콩이었던가, 아니면 그저 평범한 베트남 양민들이었던가.

하지만 지금 이 순간 그러한 분별은 무용하다. 장영달에게 현재 이 장면은 실제 상황이다. 진짜로 일흔 이상 노인들 모두가 양머리들의 피도 눈물도 없는 총질에 의해 유명을 달리하고 만 것이다. 이제 남은 노인은 장영달 혼자다.

행동대장 양머리는 보기보다 눈썰미가 좋은 편이었다. 장영달이 재빨리 사태를 파악하고 다시 자리에 웅크리고 앉아 이곳저곳 미꾸라지처럼 꿈틀거리며 자신의 존재를 은폐하려 했지만, 어느새 총부리는 장영달의 훤히 빛나는 대머리에 고정되어 있었다. 그와 함께 행동대장은 다음과 같이 말했다. 여전히 공손하게.

"자리에서 일어나시지요, 어르신."

이걸 어쩌나. 장영달은 이 순간 오직 이대로 죽을 수 없다는 의지를 활활 불태웠다. 하지만 별다른 묘수가 떠오르지 않았다. 완전히 궁지에 몰린 상태. 행동대장 양머리는 이런 옹의 똥줄 타는 기분을 아는지 모르는지 다시 한번 말했다.

"그만 구차함을 버리시고 떳떳이 명예를 지키세요. 일어나시죠, 어르신."

바로 그때 장영달이 생각해낸 방법은 참으로 어이없고 치졸했다. 하지만 이 방법 외에 다른 방법이 있으면 한번 말해보라고 따지고 싶을 만큼 궁지에 몰린 장영달은, 고개를 들고 행동대장 녀석에게 다음과 같이 말했다.

"내가 잠시 착각했소. 나 일흔 살 안 넘었어."

잠시 침묵. 행동대장 녀석은 총부리를 여전히 장영달의 면상에 겨눈 채 그의 말에 아무런 대꾸도 하지 않고 잠시 동안 그 상태를 유지했다. 그러자 답답해진 장영달이 다시 한번 거듭 말했다.

"아직 생일이 안 지났거든. 그러니깐 난 예순아홉이란 말이지. 큼큼."

"60대라고 보기엔 너무 많이 늙으셨는데요, 어르신."

행동대장 양머리의 말은 거짓이 아니다. 적어도 녀석은 있는 그대로의 사실을 말한 것뿐이다. 그러나 장영달은 손사래까지 치며 진실을 부정했다. 흡사 예수를 세 번 부인하는 제자 베드로처럼.

"어렸을 때 한약을 잘못 먹어서 그래. 나 진짜 예순아홉이라니까. 왜 사람 말을 못 믿어."

"주민등록증 갖고 계십니까?"

바로 이 순간 장영달은 자신의 국가유공자 카드며 주민등록증을 죄다 집에 놓고 온 것을 천운으로 생각하며, 고개를 힘껏 가로저었다.

그와 함께 장영달은 기왕 이렇게 된 거 끝까지 가보자, 죽든 살든 밀져야 본전 아니야 하는 식의 분기탱천하는 의지를 품고 계속해서 침까지 튀겨가며 격렬한 어조로 말을 이어나갔다.

"분실했소. 하지만 정말이야. 나 이래 보여도 지금도 시시껄렁한 젊은 애새끼들 몇은 예사로 때려눕혀. 이거 왜 이래?"

뭐든 지나치면 화를 부르는 법. 장영달의 말을 듣고 다시 그 끔찍한 침묵 모드에 접어든 행동대장 양머리. 그러더니 잠시 후 장영달을 일으켜 세우는 게 아닌가. 그때까지만 해도 장영달은 이제 죽었구나 하는 생각뿐이었다. 하늘이 노랗게 변한다는 말이 이런 때를 두고 하는 말인가.

그런데 행동대장 양머리는 방금 전의 경우처럼 마구잡이로 총알을 퍼붓진 않았다. 자리에서 일어나 테이블 위로 올려 세워진 장영달을 보며 대신 다음과 같이 말하는 게 아닌가.

"그럼 어디 한번 증명해 보이시죠."

"……뭘 말이야?"

"힘이 넘치신다면서요. 그걸 한번 증명해 보이시라고요."

행동대장 양머리의 말이 끝나기가 무섭게 다른 부하 양머리 몇 명이 젊은 남자 인질들 중에서 힘깨나 쓸 것 같은 청년 두 명을 일으켜 세운다. 그러곤 그들의 등에 총구를 겨누고 그들까지 테이블 위에 올려 세웠다.

그렇게 해서 다음과 같은 구도가 형성됐다. 장영달을 중심에 두고 두 명의 청년이 마주 보고 선 상황. 행동대장 양머리와 부하 양머리들이 아래에 서서 이를 태연하게 지켜보는 상황. 장영달은 이 순간까지도 이게 대체 뭐 하자는 건지 눈치채지 못했다. 두 명의 청년들 역시 마찬가지였다. 대체 뭘 증명해 보이라는 거야?

"지금부터 두 젊은이들과 UFC 게임을 벌이시는 겁니다. 이 매치에서 어르신이 승리하시면 기꺼이 인정해드리죠. 예순아홉이라고 말입니다."

주책없음은 시간과 나이, 그리고 장소까지 초월하는 법. 행동대장 녀석의 말이 끝나기가 무섭게 뭐가 그렇게 궁금했는지 스포츠머리를 한 청년이 다음과 같이 물었다. 굳이 하지 않아도 될 질문을.

"우리가 이기면요?"

"그럼 저 어르신이 죽는 거지."

"그럴 리 없겠지만 만약에 우리가 저 노인네한테 지면요?"

"당연히 너희들이 죽는 거야. 간단하지?"

간단하기도 하다. 부하 양머리들이 총알을 일발 장전하는 것으로 이미 격투의 시작은 선포된 것이나 다름없었다. 장영달은 마른침을 삼키며 좀 더 난감해진 이 상황을 어떻게 모면해야 할지 궁리했다. 제아무리 괴력 노인 장영달이라지만, 그래도 이 두 녀석의 몸은 거의 보디빌더 수준이다.

어찌 됐든 장영달과 두 청년을 중심으로 양머리들의 손에 쥐어진 랜턴 불빛이 일시에 집중되었다. 장영달은 어쨌거나 피할 수 없는 이 순간을 극복하기 위해 본능적으로 군복 상의를 팔뚝 위로 힘껏 걷어 올렸다. 한번 붙어보는 거다. 까짓것, 까무러치기밖에 더하겠느냐.

9

같은 시간. 맥도날드 매장 안에서도 유사한 분류 작업이 막 시작됐다. 윤마리아는 제법 높이가 되는 맥도날드 카운터 위에 서슴없이 올라가 리더 흉내를 내는 여두목 양머리의 몸을 힐끗 살폈다. 주의 깊게 관찰하지 않아도 그녀의 몸은 상당히 뚱뚱했다. 민망할 정도로 불룩 튀어나온 아랫배는 만삭의 임신부를 연상케 했고, 코끼리 다리 같은 허벅지는 금방이라도 바지를 찢고 헐크처럼 변신할 만반의 준비가 되어 있는 듯 보였다.

지금 그녀가 뭔가 거사를 진행하려 하고 있다. 카운터가 워낙 높게 설치되어 있는 탓에 조금이라도 움직일라치면 천장의 광고 패널과 부딪칠 지경이어서 소위 지랄 발광을 부리지는 못했지만 말이다.

여두목 역시 두목 양머리의 경우와 흡사하게 준비해 온 연설문을 낭독하려는 기미를 보였다. 연미복 상의 안주머니에서 역시 이면지로 보이는 에이포 복사용지 한 장을 꺼내서 모나미 볼펜 따위로 대충 휘갈겨 쓴 글을 읽기 시작했는데, 처음부터 변조된 음성에 초등학생이 국어책을 읽는 수준이어서 윤마리아의 얼굴에선 여전히 실소가 사라지지 않았다. 하지만 그 웃음의 전멸도 이제 시간문제다.

"우리 여성 동지들은 남정네들이 큰 뜻을 품고 혁명의 세월을 견뎌오는 동안 도대체 뭘 하고 있었는지 깊이 반성할 시간이 필요하다. 그래서 지금 그 시간을 마련하고자 하는 것이다."

윤마리아는 주위에 있는 여자 인질들의 모습을 크게 한번 둘러봤다. 모두 하나같이 잔뜩 겁에 질린 얼굴이었다. 그런 일관된 표정을 접한 윤마리아는 한 가지 엄청난 의문이 머릿속에서 내내 떠나지 않았다.

모든 사람들이 이 일종의 의식(儀式)을 실제 상황으로 받아들이는 것 같았다. 그렇다면 이 의식을 즐기거나 최소한 참여하려는 이들은 대체 누구지? 또 본부장 론은 대체 어디에 어떤 모습으로 숨어 있는 거야? 그렇게 윤마리아는 마음속으로 외쳤다.

그녀는 맨 처음으로 황당무계한 연설문을 서툰 어투로 낭독한 말라깽이 두목 양머리에게 그 혐의를 두었다. 그가 곧 본부장 론일지도 모른다는.

연설문 내용에 대해 윤마리아는 무슨 소린지 전혀 이해하지 못했다. 그건 누구라도 마찬가지였을 거다. 여하튼 지금 분위기가 굉장히 혁명적이라는 정도만 감지한 걸로 만족해야 하는, 난해한 내용이었다.

하지만 적어도 본부장 론의 사회적 지위로 보나, 명색이 박사라고 자신을 소개하던 그의 학력으로 보나, 이 정도 규모의 카니발에서 그가 두목의 위치를 차지하는 건 어쩌면 당연하다고 그녀는 어림짐작했다.

그럼에도 여전히 석연찮은 구석이 남아 있다. 우선 두목 양머리의 몸 상태가 일전에 모니터 화면을 통해 접한 본부장 론의 체형과 현저한 차이를 보인다는 사실이다. 키의 차이까지는 잘 모르겠다. 모니터를 통해 본 본부장의 정확한 신장은 여전히 오리무중이니까.

하지만 체형의 차이는 확연했다. 우선 본부장 론의 몸은 전형적인 40대 비만 체형이다. 그런데 방금 전에 본 두목 양머리의 모습은 빈곤 퇴치 포스터 모델 수준의 마른 체형인 것이다. 그사이 뼈를 깎는 노력으로, 아니면 기막힌 현대 의학의 도움을 빌려 혁신적으로 체중을 감량하기라도 했단 말인가. 바로 그 사실 때문인지 윤마리아는 쉽게 마음을 놓지 못했다. 과연 이 사태가 부리 말대로 '십헤드 카니발'인지 아닌지 말이다.

오히려 이 일련의 사태를 접하며 윤마리아의 머릿속에 떠오르는 건 오후 2시경에 용산역 피시 이용실에서 마지막으로 본 컴퓨터 모니터 속의 한 장면이다. 연미복 차림에 〈모여라 꿈동산〉 양머리를 눌러쓴 침입자들이 일반 시민들을 무차별 학살하는 한 컷의 일러스트. 윤마리아는 순간 후회했다. 그때 짧은 영어 실력이나마 총동원해 기록된 내용을 번역해 읽어보는 건데 하는 생각이 들었다. 분명 그 웹사이트 화면의 배너에도 '십헤드 카니발'이라는 타이틀이 있었고, 지금 상황과 그 화면 속 장면이 너무나 유사했기 때문이다.

그러나 언제나 후회는 아쉬움만 잉태하는 법. 윤마리아는 지금 그런 낭만적인 상념에 젖어 있을 겨를이 없다. 여두목 양머리의 계속되는 말들이 하도 기가 막혔기 때문이다. 그녀는 다음과 같이 선포했다.

"여성 동지들에게 필요한 건 체력이다. '약한 자여! 그대의 이름은 여자!' 같은 말 따위는 이제 걷어치워라. 아마조네스 같은 강한 여전사로 거듭나는 길만이 여성들이 남성 동지들의 혁명 과업 성취에 이바지하는 길이란 말이다. 그런 의미에서 이제 엄숙하기까지 한 체중 검사를 실시하기로 하겠다."

여두목의 말이 끝나기 무섭게 부하 양머리가 무언가 묵직해 보이는 물건을 갖고 와서 바닥에 내려놨다. 그것은 한눈에 보기에 체중계였다. 윤마리아는 순간 감탄했다. '정말 치밀하게 준비했구나!' 하는 생각이 잠깐 스친 것이다. 여두목 양머리는 계속해서 말을 이어나갔다.

"이제부터 그대들의 체중을 조금도 숨김없이 검열할 것이다. 그래서 만약 70킬로그램이 넘는 동지들이 있다면 그녀들을 색출해 내어 우리 식대로 처형할 것이니 그리 알도록."

처형이란 말이 들려오자 인질들이 술렁거리기 시작했다. 70킬로그램이라. 윤마리아는 마지막으로 찜질방에 갔을 때를 떠올렸다. 그때 몸무게가 얼마였더라. 70킬로그램? 71킬로그램? 아슬아슬한데.

"혁명 과업 완수를 위해 우리 여성 동지들이 해야 할 일은 최악의 사태에 대비하는 것뿐이다. 그런데 그런 최악의 상황에 맞닥뜨렸을 때, 빵이 없다, 밥이 없다, 요플레가 없다며 징징거릴 듯한 군살을 보유한 인종들은 스스로 명예롭게 이 세상에서 사라져주는 길만이 유일한 방법이 아니겠는가."

이 모든 연설 내용은 여두목 양머리가 즉흥에서 토해낸 말이 결코 아니었다. 종이에 적힌 그대로 읽어 내려간 것뿐이다.

여두목의 낭독이 끝나자마자 맥도날드 매장 안은 순식간에 아수라장이 되어버렸다. 윤마리아는 깜짝 놀랐다. 70킬로그램이 넘는 여자들이 이렇게도 많단 말인가? 별로 뚱뚱해 보이지 않는 여자들마저 혹시나 하는 불안감에 고양이 울음을 터뜨리며 심지어 오열까지 하니 말이다.

하지만 여자의 눈물은 이를 섹스어필이나 순애보쯤으로 여기는 이성(異性)에게나 먹힐 따름이다. 여두목 양머리는 이렇듯 급변하는 상황 속에서 절망에 사로잡힌 여자 인질들의 아우성을 채 5초도 봐주지 않고, 다시금 그 고질적인 충동을 실행에 옮기고 만다.

이번에는 단순히 천장만이 아니다. 여두목은 마치 실성한 불도그처럼 마구 비명을 질러대며 천장, 벽면, 인질들을 향해 무차별하게 총을 난사했다. 이건 정말이지 시비에스, 에이에프케이엔 등에서 방영하는 브레이킹 뉴스의 한 장면이었다. 천장 유리와 전등이 깨져버리고, 벽면 강화유리의 파편들이 허공을 맴돈다. 무엇보다 윤마리아는 두 눈을 부릅뜨고 목격했다. 여두목 양머리가 휘갈긴 총알에 의해 엄청난 양의 피를 콸콸 쏟아내며 죽어가는 인질들의 참상을 말이다.

찰나의 지옥도가 펼쳐진 매장은 여두목이 잠시 진정함으로 인해 순식간에 고요해졌다. 윤마리아는 고개를 숙인 채로 이 상황이 자신에게 가져다줄 데미지를 고민했다. 실감이 나지 않았다. 흰색 블라우스를 입고 있던 바로 옆 여자의 가슴팍에서 검붉은 핏물이 번져가기 시작하는 모습이 보였다. 윤마리아는 여자의 표정을 응시했다. 공포도 두려움도 아니다. 그저 황당하다는 표정뿐이다. 그럼에도 확실한 건 졸지에 여두목의 총알받이가 된 여자가 죽어가고 있다는 사실이었다. 실제로 말이다.

총격으로 인한 화약 냄새가 채 가시기도 전에 여두목 양머리는 다시 총구를 인질들을 향해 겨누며, 조속하고 민첩하게 지시에 따를 것을 촉구했다. 확실히 여성들이 좀 더 과격한 편이다. 어느 면에서만큼은 분명 그렇다.

"빨리빨리 시작해라. 난 그다지 인내심이 많지 않아."

다행인지 불행인지 곧바로 처형 의식이 거행되지는 않았다. 체중계 위에 올라서는 인질들의 얼굴은 공통적으로 새하얗게 질려 있었지만, 의외인지 예상된 결과였는지 70킬로그램을 넘는 여자들은 그다지 많지 않았다. 하지만 그래도 절반 가까이 체중을 계량한 결과 열 명이 넘는 소위 비만녀들이 추출된 건 어쩔 도리가 없었다.

그녀들은 다리가 풀려 그 자리에 그대로 멍하니 서서 여두목의 처분만을 기다렸다. 하지만 여두목은 그녀들을 곧바로 심판하지 않았다. 대신 그녀들을 카운터 안 주방으로 데리고 들어갔다. 그러고는 주방에 쌓여 있는, 햄버거 재료가 냉동 보관된 상자들을 꺼내 오라고 지시했다.

단 한 명의 예외도 허용치 않는 이 기계적 프로세스에 의해 윤마리아의 차례가 돌아왔다. 윤마리아는 급격히 떨리는 발놀림으로 구두를 벗고 체중계 위에 올라섰다. 그와 함께 여전히 카운터 위에 올라서 있는 여두목 양머리를 우러르듯 올려다보며 한마디 꺼낼 수 있는 황송한 기회를 결코 놓치지 않았다. 그녀는 여두목에게 쓸데없이 다른 말을 늘어놓지 않았다. 대신 이 말 한마디만 한 것이다. 모든 내용과 의미를 압축하고 있는 그 한마디.

"저 데이비드교 신도예요."

잠시 침묵. 이러한 반응은 지금 막 이종 격투기 게임이 벌어지려 하는 푸드 코트를 장악한 행동대장 양머리가 보이는 반응과 유사하다. 여두목이 아무 말도 않고 물끄러미 윤마리아를 내려다보는 사이 윤마리아의 두 발은 체중계의 발디딤대 위에 올려졌고, 그녀는 순간 자신의 목이 도살장 갈고리에 걸리는 기분으로 디지털 체중계의 숫자를 확인했다. 잔뜩 긴장한 마음으로.

그리고 잠시 후. "싯! 퍽! 머더 퍼커!" 좀 더 고상했으면 좋았겠지만, 윤마리아의 입에선 미국 어학연수 시절 습관처럼 다져온 할렘 욕설이 튀어나왔다. 체중계의 숫자를 확인한 그 순간에 말이다.

70.2킬로그램. 이것이 윤마리아의 현재 몸무게다. 지금 이 순간 그녀는 낮에 먹은 햄버거를 저주했다. 차라리 옆에 앉아 있던 노랑머리 양아치 녀석에게 통째로 줘버리고 콜라나 빨아 먹는 건데.

어찌 되었든 그녀는 이대로 물러서지 않겠다는 단호한 결의를 거듭 불태우며, 다시 한번 여두목 양머리를 올려다보며 읍소하듯 방금 전의 말을 거듭 강조했다.

"저, 데이비드교 신도라니까요. 양머리 카니발에 참석하기 위해 왔어요."

그러나 납득하기 힘든 절망스러운 현실은 언제나 난폭함으로 찾아오는 법인가. 다혈질인 여두목 양머리, 그녀는 더는 침묵 상태를 유지하지 않고 그대로 발을 뻗어 윤마리아의 어깨를 내리찍었다. 그러자 윤마리아는 돼지 먹따는 소리를 크게 한번 내지르며 가뜩이나 비좁은 바닥을 뒹굴었다. 그런 그녀를 향해 여두목 양머리는 총구를 겨눈 채 다음과 같이 소리쳤다. 정말 금방이라도 방아쇠를 당겨버릴 것 같은 긴박하고 우렁찬 목소리로.

"빨리 저쪽에 가서 서 있지 못해! 이 살진 암돼지야."

10

김중혁은 성능 좋은 랜턴을 손에 쥐고 비상계단을 통해 지하 4층까지 순조롭게 내려왔다. 거칠 것 없었고, 중간에 양머리 녀석과 마주치는 일도 없었다.

그러나 문제는 지하 4층에 내려온 그다음부터다. 김중혁의 기억 속엔 지하 4층에 방재실과 전기실, 그리고 기계실이 나란히 자리 잡고 있다.

대규모 설비의 특징으로 볼 때 시설을 완전히 리모델링하지 않은 이상 지하 시설들이 다른 곳으로 이전했을 가능성은 전무하다고 생각했는데, 그런 김중혁의 판단은 적중했다.

하지만 방재실과 전기실을 발견한 것만으로 안심할 단계는 아니다. 김중혁의 또 다른 추측대로 그곳엔 이미 여러 명의 불청객이 포진되어 있었다. 언제 봐도 꼴사나운 양머리를 눌러쓰고 검은 연미복 차림인 그들의 규모는 결코 무시할 수준이 아니었다. 방재실 문 앞에 두 명, 전기실 쪽에 세 명, 그리고 방재실과 전기실을 분주히 들고 나는 두세 명까지 합치면, 이곳에 족히 열 명이 넘는 양머리들이 진을 치고 있는 것이다. 그것도 그냥 순진하게 양머리만 뒤집어쓴 게 아니라 보기에도 기괴한 모양의 총으로 중무장하고서 말이다.

김중혁이 이곳까지 기를 쓰고 내려온 이유는 단 한 가지다. 불을 켜는 것. 김중혁의 예상대로라면 틀림없이 저 양머리 녀석들이 방재실을 비롯한 시설을 장악하고, 임의로 전원을 오프시키고, 방화 셔터를 작동시킨 것이 분명했다. 전원 자체가 완전히 오프되었으니 당연히 통신도 두절일 것이다. 그러니 외부와 접촉할 수 있는 방법은 우선 정전 상태를 해소하고, 방화 셔터를 재가동하는 일뿐이다.

알다시피 김중혁이 뭐 〈다이 하드〉 시리즈의 브루스 윌리스 정도 되는 시니컬하면서도 인질 구조의 소명엔 제 한목숨을 초개같이 불사르는 할리우드 특수 요원이라서 이런 기특한 방법을 모색하는 건 아니다. 그는 단지 자신의 생존에만 관심이 있을 뿐이다. 이것이 바로 겨울철 혹한의 추위로 얼어붙은 길거리의 하룻밤에서 살아남으려는 하루살이와 같은 생존 본능에 완벽히 길든 노숙자의 심리다. 우선 살아남고 봐야 한다. 그래야 하지 않겠는가.

아마도 보통 사람이라면 이 경우 그냥 포기하고 돌아갈 것이고, 할리우드 액션 영화에 심취한 이들이라면 양머리 녀석들과 격투를 벌이는 무모한 행동을 자행할지도 모를 일이다. 하지만 시설 전반에 대해 나름 경험이 풍부한 김중혁 같은 경우는 생각을 달리할 수 있다. 양머리 녀석들의 매서운 감시의 눈초리에서 벗어나 전기실로 직접 들어갈 수 있는 획기적인 방법이, 기특하게도 그의 머릿속에서 맴돌고 있었다.

코엑스몰을 단지 서울시의 자랑거리이자 소비와 자본주의의 상징으로만 생각하는 이들은 결코 깨닫지 못할 거다. 천장과 바닥, 관(管)과 관 사이를 쥐새끼처럼 돌아다니며 시설을 보수하는 이들의 설움과 고통을 말이다. 김중혁은 5년 전 그때를 생각하며 눈시울을 붉혔다. 그런 그의 눈에 띈 건 바로 계단 옆에 설치된 분전함이었다.

김중혁은 철문의 요란한 충돌 소리를 최소화하기 위해 매우 신중하고 조심스럽게 분전함을 열어젖혔다. 다행히 철문이 완전히 열리는 동안 양머리들은 전혀 눈치채지 못했고, 말 그대로 아무것도 모르는 순진한 어린 양처럼 총이나 폼 나게 들고 방재실 문 앞을 어슬렁거렸다.

대부분 분전함 철문은 두 가지 용도로 쓰인다. 하나는 각 층의 전등과 전열의 공급 및 분배를 위한 전기용 분전함으로 사용되고, 다른 하나는 층과 층, 실과 실의 천장을 연결해주는 피트가 연결되는 통로로 사용된다. 지금 김중혁이 열어젖힌 철문은 바로 피트 통로로 사용되는데, 그 피트는 고작 어린아이 한 명 정도 들어가면 꽉 찰 만큼 비좁은 관 형태로 되어 있었다.

보통의 성인이라면 그 피트 속으로 들어갈 엄두조차 내지 못할 것이다. 그러나 김중혁은 경험자다. 피트로 빨려 들어간 각종 오물들을 청소하기 위해, 여름철에는 가동 중인 냉방기의 누수를 보수하기 위해 적어도 일주일에 두세 번씩 피트 안으로 기어 들어가곤 했던 것이다.

하지만 김중혁 역시 현재 상태를 극복하기엔 다른 일반인들과 마찬가지로 자신이 없었다. 우선 지하 4층 복도 계단의 위치에서 전기실이나 방재실 천장까지 접근하려면, 족히 30미터를 가야 한다. 피트에 기어 들어간 적은 많았지만, 10미터 이상 나아가본 적은 없었다. 게다가 지금 드러난 이 피트가 전기실로 연결되는지 확실히 알지도 못하는 상태 아닌가.

어떻게 할까. 김중혁은 블랙홀처럼 시커멓고 음침하기만 한 피트 구멍을 올려다보며 막막한 기분이 들었다. 그렇지만 지금 이대로 주저앉는다면 밖으로 절대 나갈 수 없을 거라는 절망적인 현실을 다시 한번 떠올리고 나니, 어느새 그의 머리와 두 팔이 피트 속으로 빨려 들어가듯 움직이기 시작했다. 그렇게 김중혁은 흡사 요가의 동작을 연상케 하는 기묘한 자세로 몸을 똬리 틀듯 비틀어 피트 안으로 비집고 들어가서 살아남기 위한 힘겨운 노력을 시작했다.

11

"요즘 젊은 것들이란 예의가 눈곱만큼도 없구나. 진짜 들이받네. 이런 천벌을 받을 놈아!"

사정없이 연타를 허용하던 장영달이 무의식중에 내뱉은 말이다. 하지만 어찌나 목소리가 우렁차던지, 스포츠머리를 한 녀석이 장영달의 머리를 이단 옆차기로 가격해서 게임을 마무리하려다가 순간 움찔했을 정도였다. 녀석은 주춤거리면서 잠시 씁쓸한 미소를 지었지만, 이내 전의를 가다듬었다.

사실 게임은 싱겁기까지 했다. 2 대 1의 격투지만 스포츠머리를 한 녀석만 분주하게 주먹과 발을 놀려댈 뿐, 나머지 덩치 큰 녀석은 그대로 뒷짐만 지고 있는 형국이었다.

장영달은 혼신의 힘을 다해 스포츠머리 녀석을 제압하기 위해 무던히 용써봤지만 역부족이었다. 처음 한두 번 스포츠머리의 턱을 날린 것을 제외하곤, 거의 스무 방 이상 얻어맞은 상태다. 그 와중에 케이오되지 않은 것만도 그 나이에 대단한 노익장이라고 칭송해야 하는 게 아닐까.

어느새 눈가가 퉁퉁 부은 탓에 앞도 제대로 보이지 않는 장영달. 눈과 코에서 줄줄 흐르는 검붉은 피를 손이나 혀로 닦아내며 가쁜 숨을 몰아쉬었다. 양머리들을 비롯해 인질들 모두 이러한 장영달의 모습을 지켜보고 있지만, 그렇다고 무슨 〈록키〉 같은 영화의 명장면을 보며 감동할 때의 눈빛은 결코 아니었다. 뭐랄까, 어찌 저리도 끈질길 수 있단 말인가 하는 생명 연장의 신비를 보는 것 같은 측은함이라고 해야 하나? 여하튼 그랬다.

그들이 그러한 마음이 담긴 눈빛으로 장영달을 바라보는 데는 다 그만한 이유가 있었다. 그건 장영달 자신도 신기하게 생각하는 부분이기도 하다.

벌써 10분이라는 시간이 지났다. 장영달의 호통처럼 스포츠머리는 그야말로 노인 공경이니 우대니 하는 최소한의 예의와도 담 쌓은 지 오래인 막장 인간처럼 게임 시작부터 무자비하게 장영달을 공격했다. 미처 어떻게 손쓸 겨를도 없이 잔뜩 몸을 숙인 장영달 옹의 옆구리를 옆차기로 걷어차질 않나, 고개를 쳐든 옹의 얼굴을 사정 봐주지 않고 주먹으로 후려치질 않나, 하여간 말도 아니었다.

하지만 놀라운 사실은 그러한 스포츠머리의 거듭되는 공격에 거의 무방비로 당하기만 하는 장영달이지만, 결코 테이블 바닥에 쓰러지거나 무릎을 꿇지 않는다는 것이었다. 꿋꿋하게 소위 격투기를 벌이기 위한 링 위에서 벗어나지 않고 끝까지 버텨내는 게 아닌가.

한번 입장 바꿔놓고 생각해보시라. 칠순을 넘긴 노인이 이제 막 20대 초반 정도 되는 혈기 방장한 젊은 녀석에게 무작정 얻어 맞는다고 상상해보란 말이다. 스무 대는 고사하고 두세 방만 제 대로 맞아도 아마 남은 여생을 벽에 똥칠하며 살아갈지도 모를 일이다.

스포츠머리도 이런 장영달의 투혼을 갈수록 심각하게 받아들 이는 듯한 기색이 역력했다. 그와 때를 맞춰 장영달 특유의 일성 이 토해져 나왔다. 순간 장내에는 강력한 긴장감이 감돌았다. 뒷 짐을 지고 있던 덩치 큰 녀석도 사태의 심각성을 인지한 모양인 지, 곧 뒷짐을 풀고 두 주먹을 불끈 쥐는 나름의 전의를 연출해 보였다.

어느 정도 숨 고르기를 끝낸 장영달은 다시 허리를 곧추 세우 고 얼굴을 들며 자신의 몸을 둘러싸고 나타난 이 초인적인 스태 미나에 스스로 만족하기 시작했다. 군복 상의는 이미 벗어젖혔고 아예 러닝셔츠까지 훌러덩 벗어 던지자, 곧 칠순 노인네답지 않은 다부진 근육이 푸른 힘줄과 더불어 활력 있게 꿈틀거렸다.

그와 함께 있는 힘껏 괴성을 지르는 장영달. 오오, 이건 완벽한 한 편의 영화다. 랜턴 불빛은 어둠 속에서 타오르는 장영달의 구릿 빛 근육들을 더욱 극적으로 연출했다. 양머리들은 너 나 할 것 없이 포효하는 장영달의 사자후를 세밀하게 훑어가며 비춰주었다.

장영달은 아마 인정하기 힘들 것이다. 그다음부터 자신이 스포츠머리를 향해 분출한 폭력성의 근원에 대해 말이다. 그러나 팔짱을 끼고 이 볼썽사나운 장면을 묵묵히 지켜보던 행동대장 양머리는 분명 장영달의 이른바 괴력을 심상찮은 약물 종류를 투여한 징후로 받아들이는 듯했다. 실제로도 그렇지 않은가. 장영달은 이러한 정전 사태가 있기 바로 전에 윤마리아와 면담하면서 물도 마시지 않고 그녀가 건넨 약을 죄다 집어삼킨 상태였다. 게다가 정체 모를 주사 약물까지 자신의 몸속으로 직접 밀어 넣은 상태가 아니더냐.

그러므로 장영달의 이후 행동은 그때의 약물 투여, 좀 더 정확히 말해 윤마리아가 제공한 기력 회복 의약품 '헬스큐'의 효능이라고 볼 수밖에 없을지도 모른다. 장영달은 무소처럼 스포츠머리를 향해 다짜고짜 달려들어 녀석의 아랫배에 자신의 대머리를 토마호크처럼 날리고서, 두 손으로 녀석의 허리를 움켜쥐고 그대로 집어 들어 뒤로 넘기는 엄청난 테크닉을 선보였다. 순간 장내에는 누가 시킨 것도 아닌데 "와!" 하는 함성이 터져 나왔으며, 양머리들은 이러한 남자 인질들의 환호에 반응하기라도 하듯 랜턴 불빛을 더욱 요란하게 흔들어댔다.

몸이 공중에 들려 테이블 바닥 위로 메다꽂힌 스포츠머리는 그때부터 거의 제정신이 아니었다. 힘겹게 자리에서 일어나자마자 장영달의 연타가 녀석을 기다렸기 때문이다. 한 대, 두 대, 세 대. 그렇게 삼연속으로 회심의 스트레이트를 얼굴 정면에 난타당한 스포츠머리는 어쩔 수 없이 쌍코피를 흘렸으며, 이에 탄력을 받은 장영달은 도대체 무슨 생각에서 그랬는지 잘 모르지만 격투기 쇼맨십의 절정이라 할 수 있는 두발당성을 보기 좋게 시도해 스포츠머리의 앞가슴에 군홧발을 낙관처럼 찍는 데 성공했다.

두발당성의 위력은 대단했다. 스포츠머리는 그로 인해 몸의 균형을 잃고 테이블로 만들어진 링 밖으로 굴러떨어졌으며, 그 뒤로 더는 일어나지 못했다. 물론 기운을 차릴 수 없을 정도로 지친 탓도 있었지만, 무엇보다 약속을 군법처럼 준수하는 행동대장 양머리의 총알이 녀석의 가슴팍에 그대로 파고들었기 때문이다.

장영달은 마냥 승리의 기쁨에 젖어 있을 수 없었다. 이 엄청난 사태의 심각성을 다시 한번 절감한 덩치 큰 녀석이 이제 막 행동에 나서려고 만반의 채비를 갖추는 중이었기 때문이다. 녀석은 웃옷을 벗고 신발 끈까지 동여매며 전문 싸움꾼의 모습을 보였는데, 이런 녀석을 보며 장영달은 행동대장 양머리를 향해 애원하듯 외쳤다.

"아니, 이 정도면 된 거 아뇨? 이젠 믿을 수 있잖소? 내가 예순 아홉이란 사실 말이야."

하지만 행동대장 양머리는 자신이 원칙에 죽고 원칙에 사는 원칙주의자임을 다시 한번 분명히 했다.

"약속은 약속입니다. 어르신은 약속대로 이 두 젊은이들과 치르는 격투에서 승리하셔야만 합니다. 약속은 약속이니까요."

"제기랄, 융통성 없긴. 알았어, 알았다고. 붙어보면 될 거 아냐."

장영달은 이제 거칠 것이 없게 된 자신을 보며 더욱 강렬한 전의를 불태웠다. 그와 함께 소싯적 자신의 군인 정신을 다시금 소생시키기 위해 추억의 판타지에 빠져들기 시작했다. 월남전에서 소총에 장착된 칼로 베트콩을 살해하던, 오로지 생존을 위한 잔인함 말이다. 그때 장영달은 정말로 그렇게 믿었다. 베트콩의 숨통을 끊어놓는 일이 진정 나라와 국가를 위한 일이라고. 지금과 그때가 뭐가 다른가.

12

정말 이해되지 않는 건 왜 먹어야 하느냐는 것이 아니라, 어째서 더 들어가지 않느냐는 것이다. 윤마리아는 바로 그 사실을 도무지 납득하지 못했다.

여두목 양머리는 다분히 극적이고 즉흥적인 스타일이었지만, 나머지 여자 인질들까지 체중 계량이 모두 끝났음에도 70킬로그램 이상 나가는 비만녀들의 처형을 신속하게 거행하지 않았다. 대신 여두목 역시 행동대장 양머리처럼 색출해낸 비만녀 스무 명에게 살아남기 위한 자비의 게임을 베푼 것이다.

게임의 내용과 방법은 너무나 간단하다. 맥도날드 주방에서 상상하기도 힘들 만큼 엄청나게 쌓여 있는 냉동 보관된 상자를 꺼내 온 다음, 상자 속의 햄버거 내용물들을 충실하고 빠른 속도로 먹어치우면 된다. 냉동 보관된 음식물의 종류는 실로 다양했다. 샐러드, 피망, 각종 야채를 비롯해 훈제 소시지, 닭 가슴살, 햄버거 빵, 프렌치프라이에 들어갈 감자 양념까지. 완벽한 패스트푸드 원재료의 향연이었다.

여두목 양머리는 색출된 스무 명의 비만녀들에게 그녀들 자신이 직접 들고 온 먹을거리들을 제한된 시간에 모두 먹어치우라고 주문했다. 그런데 그 제한된 시간이란 게 터무니없이 짧았다. 20분. 단 20분 동안 맥도날드에서 하루치 판매할 패스트푸드 재료를 깡그리 먹어 없애야 하는 미션. 이걸 쉽다고 해야 되나, 어렵다고 해야 되나? 비만녀들은 각자 궁리에 찬 표정을 하고서 냉동 보관된 먹을거리들을 내려다보았다.

물론 여두목 양머리는 그렇게 아둔하거나 자비심이 없는 편이 아니었다. 비만녀들에게 이 엄청나다면 엄청난 미션을 그저 부여한 것이 아니란 말이다. 거기엔 의욕과 호승심을 엄청나게 자극하는 빅딜이 기다리고 있었는데, 여두목의 말을 그대로 옮기면 다음과 같다.

"무엇보다 중요한 건 우리 여전사들이 어떤 상태로 존재하는

251

것이 혁명 투사들을 지원하는 데 가장 효율적이겠느냐는 판단이 남았다. 그래서 우리는 이 판단을 돕기 위해 다음과 같은 게임을 제안하는 바이다. 게임은 아주 간단하다. 너희 비만녀들은 지금 이 바닥에 어질러져 있는 먹을거리들을 20분 안에 모두 먹어 없애야 한다. 욱여넣든 어떤 수를 쓰든, 단 입을 통해 들어가야 한다는 원칙만 지킨다면 상관없다. 만약 너희들이 이 미션에 성공한다면 너희들의 치열함을 높이 사서 살려줄 것이고, 대신 70킬로그램도 유지하지 못하는 연못 위의 갈대와도 같은 남은 계집들을 모두 처형할 것이다."

결국 비만녀—솔직히 이 표현도 우습긴 하다. 신장이며 체형을 깡그리 무시하고 70킬로그램만 넘으면 죄다 비만이란 말인가—스무 명과 300명 가까이 되는 여자들은 그때부터 엄청난 신경전을 시작해야만 했다. 20 대 300의 싸움이 시작된 것이다.

별다른 마음의 준비를 할 겨를도 없이 여두목 양머리가 다시 한번 천장을 향해 총질을 해댔다. 그것으로 미션의 시작이 선포된 셈이다. 처음엔 약간 주춤거리던 우리의 비만녀들. 더는 망설일 이유가 없으며, 계속해서 이런 식으로 가다간 아예 몰살당하겠다는 위기감에 눈이 번쩍 뜨이자, 그때부터는 어쩔 수 없이 우악스러운 대식가로 돌변해야 했다.

그녀들은 비닐 랩으로 씌워진 포장을 사정없이 벗겨내고 손에 잡히는 대로 입 안에 집어넣느라 혈안이 되었다.

처음 5분 동안 얼굴이 사색이 된 쪽은 도리어 제자리를 지키고 서 있는 여자들이었다. 그녀들은 그야말로 코뿔소 같은 저돌성으로 상자에 담겨 있는 먹을거리들을 해치워가는 비만녀들의 놀라운 속도에 경악하는 눈치였다. 여두목 양머리와 다른 양머리들 역시 이러한 비만녀들의 생존을 위한 몸부림에 심지어 숙연한 모습까지 보여주었다.

그러나 10분이 지나고, 15분째로 접어드는 지점에서 얼굴이 하얗게 질려가는 건 서 있는 여자들이 아닌 비만녀들이었다. 그녀들은 아무리 먹어치워도 줄어들지 않는 엄청난 분량의 먹을거리들을 보며 제풀에 지쳐갔다. 애써 소시지며 육포, 건포도와 샐러드 따위를 입 안으로 욱여넣긴 했지만, 5분도 채 남지 않은 시간에 아직도 먹을거리들은 3분의 1가량이 남아 있었기에 비만녀들 스스로 절망하는 시점에 이르고 만 것이다. 그 와중에 정말 하고 싶지 않은 얘기지만, 몇몇 비만녀들이 눈물을 흘리며 지금까지 자신이 먹은 음식물들을 죄다 바닥에 게워놓는 고통의 장면까지 연출하기에 이르렀다.

윤마리아의 현실 인식은 더욱 분명해져갔다. 이 의식이 카니발이라는 행사와 아무 관련이 없을 수도 있다는 느낌이 이제는 뚜렷해진 것이다. 그렇다면 이제 5분. 5분이 지나면 나는 어떻게 되는가? 윤마리아는 순간 맹렬한 섭취의 의식을 잠시 멈추고, 고개를 돌려 피투성이가 된 채 바닥에 엎드린 주검을 바라보았다. 실제로 죽은 거다. 진짜로.

이제 남은 시간은 2분 50초. 여두목 양머리가 손목시계를 확인하는 순간, 윤마리아가 결국 마지막 행동에 돌입하고 말았다. 내 나이 아직 서른도 안 됐다. 이대로 죽는다면 이거야말로 개죽음이야. 결혼이라도 해보고 죽어야 할 거 아닌가.

윤마리아의 돌연한 행동에 여두목은 물론 다른 부하 양머리들도 놀라지 않을 수 없었다. 더 이상 먹기를 중단하고 들입다 자리를 박차고 일어선 윤마리아가 대뜸 여두목의 손목을 두 손으로 붙잡으며 소리를 지르는 것이 아닌가. 살려달라고 말이다.

순간 부하 양머리들의 총구가 죄다 윤마리아에게 집중되었고, 다른 비만녀들도 그녀의 이런 난데없는 행동에 놀라 누가 먼저랄 것도 없이 먹기를 중단했다.

여두목 양머리가 윤마리아의 행동을 앙칼진 목소리로 꾸짖었다.

"이게 뭐 하는 거야? 끝까지 미션에 충실해."

"날 좀 살려주세요. 헬프 미. 헬프 미."

"다 먹으면 살려준다니까. 이게 왜 이래?"

"난 당신 두목을 알고 있어요. 당신 두목과 친한 사이라니까요. 그런데 날 죽이면 되겠어요? 날 당신 두목께 데려다줘요. 할 말이 있어요. 할 말이 있다고요."

목숨이 경각에 달렸는데, 무슨 거짓말인들 못 할까. 윤마리아는 오직 혼자라도 살아남기 위해 최후의 도박을 감행하고자 했다.

이걸 호재로 봐야 하나, 악재로 봐야 하나. 두목 양머리를 알고 있다는 윤마리아의 이야기를 들은 여두목 양머리가 다시 전과 같은 그 정체를 알 수 없는 침묵 상태를 유지하는 게 아닌가. 그렇지만 윤마리아는 이번엔 자신이 먼저 나서지 않기로 했다. 그저 진실 가득한 눈빛으로 여두목 양머리의 인공적인 검은 눈동자를 바라볼 뿐이었다.

전략이 주효한 걸까. 한참의 침묵을 깬 여두목 양머리가 다음과 같이 질문했다.

"정말로 우리 두목을 알아?"

"그렇다니까요."

"그럼 이름이 뭐야?"

"누구 말이에요?"

"누구긴 누구야? 우리 두목 이름 말이야."

순간 윤마리아는 생각했다. 누구의 이름을 갖다 붙여야 하나. 그냥 이름은 모르는데, 무조건 안다고 우겨야 하나? 아님 아무 이름이라도 갖다 붙일까? 이런 그녀의 속내를 아는지 모르는지 여두목 양머리는 다시 그 고질적인 천성을 드러냈다. 버럭 하고 소리를 지르며 윤마리아에게 대답을 채근한 것이다.

"빨리 말해. 안 그럼 그대로 총살이야!"

"론."

"뭐? 안 들려. 크게 말해."

"론이라고요. 론."

제기랄, 이건 또 뭐야. 윤마리아는 이때 도무지 표정을 읽을 수 없는 양머리 탈을 싹 벗겨내고 싶었다. 침묵에 빠질 때마다 천국과 지옥을 오락가락하니, 이거야 원 견딜 수가 있어야지.

그런데 그다음 순간 그야말로 예기치 못한 상황이 전개된다. 윤마리아는 사실 두목 이름을 말해놓고 아무 기대도 하지 않았다. '론이라니……. 이 참상은 십헤드 카니발과 아무 관계도 없을 텐데…….' 그녀는 이제 가슴에 총알 구멍이 뚫리는 순간만 기다려야겠다는 참혹한 느낌에 사로잡혔다.

그런데 이게 웬일인가? 여두목 양머리는 여전히 윤마리아에게 어떤 신의의 표시를 보여주지 않았지만, 그렇다고 바로 방아쇠를 당긴 것도 아니었다. 도리어 부하 양머리들과 함께 그 어색하게 큰 머리통을 맞대고 귀엣말을 주고받는 것이 아닌가.

다른 인질들까지도 어정쩡한 소강상태를 보이는 그 절정의 타이밍에 기어이 서로 귀엣말을 끝낸 여두목 양머리가 다음과 같은 질문을 던졌다. 그 질문을 들은 윤마리아는 상황이 어떻게 돌아가려고 이러는가 하는 생각이 들 만큼 혼란스러움을 느꼈다. 하지만 중요한 건 이 상황이 어떤 황당함으로 곤두박질치든지 무조건 살아남아 이 지옥 같은 코엑스몰에서 벗어나는 것이다.

"약 갖고 왔어?"

"예?"

"약 갖고 왔냐고?"

여전히 퉁명스럽고 우악스러운 다그침이지만, 확실한 건 여두목 양머리가 윤마리아를 해치려고 하기보다는 이 상황 자체를 긍정하고 있다는 사실이었다.

'약? 약이야 당연히 갖고 있지.' 윤마리아는 자신이 제약회사 인턴 사원인 것을 지금처럼 자랑스럽게 느껴본 적이 한 번도 없었다고 생각했다. 그녀는 잠시 머뭇거리다가 이내 힘주어 고개를 끄덕였다.

그러자 여두목 양머리와 부하 양머리들 사이에 괴상망측한 귀엣말이 다시 시작되었다.

그 순간 윤마리아는 맥도날드 매장 옆 푸드 코트에서 들려오는 함성 소리를 듣고 무의식적으로 시선을 그쪽으로 옮겼다. 푸드 코트 쪽 테이블 위에선 지금 하나의 이벤트가 공연되는 중이었다. 바로 장영달과 키가 190센티미터가 넘어 보이는 슈퍼헤비급 녀석 간에 벌어지는 무규칙 격투기 시합 말이다.

13

굳이 이 장면을 말로 표현한다면, 늙은 다윗과 골리앗의 투쟁 정도로 말할 수 있으려나. 그런데 황당한 건 푸드 코트에 모인 남자 인질들이 결코 늙은 다윗의 편을 들어주지 않는다는 것이다. 왜 그럴까? 모를 일이다.

여하튼 장영달의 기대 이상, 아니 상상을 초월하는 괴력에 정면으로 맞서고 있는 골리앗 녀석도, 이를 지켜보는 행동대장 양머리도 모두 경악하는 분위기였다. 물론 골리앗 녀석과 장영달의 격투 패턴은 시작부터 스포츠머리 때의 그것과 거의 다르지 않았다.

골리앗 녀석이 닥치는 대로 주먹과 발을 휘둘러대면, 장영달은 두 손으로 얼굴을 가리고 잔뜩 상체를 웅크리고서 그러한 녀석의 공격에 소극적으로 대응하는 게 전부였다.

골리앗 녀석의 펀치는 스포츠머리의 경량급 연타와는 그 무게감부터가 달랐다. 한 대, 두 대⋯⋯. 녀석의 어린아이 머리통만 한 주먹이 장영달의 대머리와 가슴팍에 적중될라치면 "쿵!" "쾅!" 소리까지 내며 옹의 전신에 강력한 데미지를 입히는 건 예사다. 장영달은 그때마다 이를 악물고 '여기서 쓰러지거나 무릎을 꿇으면 그다음엔 죽는 것뿐이다'라는 결사(決死)의 심정으로 골리앗의 공격을 막아냈다.

그러자 골리앗 녀석마저 지친 얼굴을 하고서 장영달을 대하기 시작한다. 이번에는 서른 번도 넘는 주먹질과 발길질을 선보였다. 그럼에도 장영달은 쓰러지지 않고 버티고 섰다. 이미 눈은 찢어져서 퉁퉁 부었고 코에서는 쌍코피가 끊이지 않고 흘러내리는데도, 장영달은 오직 살아남아야 한다는 불사의 신념 하나만으로 버티고 있는 것이다.

자연스러운 반응인지 푸드 코트에 모인 인질들이 술렁거리기 시작한 것도 바로 이때부터다. 무리들은 장영달의 맷집을 은근히 야유하듯 수군거렸다. 장영달은 이런 인질들의 반응이 도무지 이해하기 어려웠는지 원통한 눈빛으로 다음과 같이 소리쳤다. 여전히 백두산 호랑이도 울고 갈 쩌렁쩌렁한 육성으로 말이다.

"이런 개 후레자식들! 조용히 못 해! 노인네가 한번 살아보겠다는데, 무슨 말들이 이렇게 많아!"

장영달의 호통엔 참으로 비범한 구석이 있었다. 이내 인질들이 다시 숙연하게 느껴질 만큼 조용해졌기 때문이다. 그렇게 장내를 침묵의 공황 상태로 몰아넣은 장영달은 다시금 하늘을 우러르며 두 주먹을 불끈 쥐고 괴성을 내질렀다. 방금 전 스포츠머리를 때려눕힐 때와 같은 비장함으로.

"으으아아아아아아!"

바로 이 순간부터 장영달 옹도 자신의 몸 상태가 엄밀히 말해 정상이 아니라는 사실을 인정할 수밖에 없었다. 아무리 자신이 현역 군인의 삶을 살아오며 강골의 체력을 소유한 강철 노인이라 할지라도 이건 분명 정상이 아니다. 벌써 이 젊고 시건방진 녀석들에게 얻어맞은 타격만 몇 번인가. 그러고도 쓰러지지 않고 한계를 잊은 듯한 분노의 아드레날린이 몸 구석구석을 타고 흐르는 이 초인적인 스태미나에 대해, 장영달은 분명하진 않지만 정전되기 직전에 투여한 헬스큐의 영향이라고 볼 수도 있겠다는 생각을 문득 해보았다.

하지만 지금은 그렇게 추리나 하고 있을 틈이 없다. 조금이라도 방심하면 뒈지는 거다.

전의를 가다듬은 장영달은 이번에도 여지없이 무소처럼 골리앗 녀석을 향해 달려들었다. 그러고는 예외 없이 녀석의 아랫배를 머리로 들이받았다. 하지만 이번 녀석은 결코 호락호락하지 않았다. 장영달은 머리로 녀석의 아랫배를 들이받은 뒤 두 손으로 허리를 움켜쥐고 뒤로 넘기는 것으로 승부의 대미를 장식하려 했으나, 녀석이 격렬하게 저항했다. 녀석은 몸을 좌우로 비틀면서 끝내 장영달을 밀쳐내는 데 성공했다. 녀석은 다음으로 억센 주먹을 휘둘러 장영달의 안면에 카운터를 적중시키려 했는데, 그 순간 한 템포 앞서서 한 걸음 밀려난 장영달의 돌려차기가 녀석의 얼굴에 절묘하게 파고들었다.

그것은 이른바 회심의 일격이었다. 옹의 돌려차기에 안면을 무방비로 허락한 골리앗은 그대로 모든 사물이 정지되는 듯한 멍한 느낌에 사로잡혔고, 한동안 그러한 공황 상태에서 벗어나지 못했다. 장영달은 이 기회를 결코 놓치지 않았다. 그는 녀석이 멍한 표정으로 흡사 복싱 선수가 가드를 내린 것처럼 두 팔을 바닥으로 떨어뜨린 틈에 엄청나게 빠른 속도로 녀석의 얼굴과 아랫배에 연타를 퍼붓기 시작했다. 골리앗 녀석의 엄청난 덩치는 마치 썩은 고목이 뿌리째 뽑혀 나가듯 흔들렸고, 그사이 장영달은 다시 한 번 혼신의 힘을 다해 어느새 자신의 필살기가 되어버린 두발당성을 감행했다. 이번에도 상대의 앞가슴을 향해 제대로 적중시킨 것이다.

골리앗 녀석마저 때려눕힌 장영달은 스스로에게 대견한 마음을 품고서 테이블 위에 홀로 섰다. 녀석이 그렇게 테이블 밑으로 굴러떨어지자, 양머리들이 어김없이 처형의 의식을 거행했다. 그대로 실신하듯 바닥에 드러누운 골리앗 녀석에게 양머리들은 무자비하게 총격을 퍼부었고, 그로 인해 다시 한번 푸드 코트는 엄청난 광기와 공포의 침묵 모드로 접어들었다.

장영달은 격투에서 살아남은 것을 자축하기 위해 행동대장 양머리를 꾸짖듯 바라보며, 다음과 같이 물었다. 여전히 숨 가쁜 목소리로.

"자, 이제 믿겠소? 내가 예순아홉이란 사실을."

그런데 이게 웬일인가? 장영달의 말을 듣고도 팔짱을 낀 채 아무 반응을 보이지 않던 행동대장이 그 우스꽝스러운 양머리통을 설레설레 가로젓는 게 아닌가. 장영달은 놀란 눈을 더욱 크게 부릅뜨며 따지듯 물었다.

"이게 무슨 소리야? 두 명이나 때려눕혔잖아. 이 이상 뭘 더 어떻게 보여줘?"

순간 그는 자신이 격분한 나머지 반말로 지껄인 것을 후회했다. 상대는 자신의 생사여탈권을 쥐고 있는 습격자요, 탈레반 못지않은 잔인무도한 게릴라다. 공손하게 굴어도 모자랄 판에.

이런 장영달의 우려 때문에 행동대장 양머리가 굳이 다음과 같은 결정을 내린 것으로 보긴 어렵다. 행동대장 녀석은 아마 처음부터 작심하고 이 게임을 즐긴 듯하다. 녀석의 말을 들어보면 대체로 그랬다.

"이런 어르신의 모습을 보니 도저히 예순아홉이라고 믿기 어려운데요."

"그럼?"

"절대로 어르신으로 볼 수 없는 에너지예요. 30대 초반이라면 모를까."

"그럼 된 거잖소. 칠십도 안 넘었고 30대 초반으로 보이면 냉큼 살려달란 말이오."

"그건 곤란하죠."

순간 장영달은 절망적인 표정이 되어 안면 근육을 잔뜩 일그러뜨리며 물었다. 타는 목마름으로.

"왜 또?"

"거짓말을 하셨잖아요. 우리 혁명군이 가장 싫어하는 건 바로 거짓말입니다. 하늘을 우러러 한 점 거짓도 없어야 하는 인질이 어떻게 자기 나이를 속인단 말입니까?"

"이런 씨발 새끼들이……. 감히 어른을 가지고 놀아!"

장영달은 순간 자신도 모르게 욕설을 뱉어내고 말았다. 이젠 모든 게 틀렸다는 자포자기의 마음이 생겨서일까.

행동대장 양머리의 말은 진실이었나 보다. 녀석은 직접 테이블 위로 올라와 만신창이 복서의 꼬락서니를 하고 있는 장영달을 향해 천천히 다가갔다. 그런 녀석의 총구는 의심의 여지 없이 장영달을 표적으로 삼고 있었다. 그의 머리통을 향해.

그런데 바로 그때, 한차례 요란한 총성이 들려왔다. 한두 발이 아니다. 한꺼번에 수십 발이 연발 사격될 때 들려옴 직한 우레 같은 소리다. 순간 인질들은 꽥꽥 비명을 질러대며 두 귀를 틀어막았고, 이로 인해 모두의 시선이 총성이 들려온 쪽으로 쏠렸다. 행동대장 양머리도, 장영달도 마찬가지였다.

총성의 진원지는 푸드 코트 왼편이었고, 소리의 강도로 봐선 그다지 멀리 떨어진 곳이 아니었다. 그보다 더 중요한 건 총성이 한차례 지나가는 소나기처럼 이내 잦아들지 않는다는 사실이었다. 총성은 계속되고 있다. 마치 영화 〈블랙 호크 다운〉의 국지전 장면처럼.

그리고 얼마 되지 않아 대략 난감해진 푸드 코트를 향해 양머리 한 명이 뛰어왔다. 녀석의 연미복 상의는 검붉은 피의 흔적으로 흥건히 젖어 있었고, 그러한 피의 흔적은 양머리 탈에도 고스란히 묻어 있었다. 그런 녀석의 모습만 보아도 상황의 심각성이 충분히 실감되었다.

그런 양머리 녀석을 보며 행동대장이 다급하게 묻는다. 그러고 보니 어느새 행동대장의 몸이 테이블 밑으로 이동된 상태였다. 장영달이 이 사태를 긍정적으로 보지 않을 수 없는 이유가 바로 여기에 있다. 장영달 역시 이 틈을 타고 테이블 밑으로 슬쩍 내려갔다. 호기롭게 벗어 던진 자신의 군복 상의를 주섬주섬 챙기면서.

"어떻게 된 거야?"

행동대장 양머리의 추궁에 녀석은 가까스로 다음과 같이 답하고는 바닥에 그대로 주저앉았다. 피를 너무 많이 흘린 탓일까.

"그놈이…… 그놈이 나타났습니다."

일순 보기엔 장엄한 장면, 혹은 극적인 반전이기도 했다. 그놈? 그놈이라면 도대체 누굴 말하는 건가?

물론 '그놈'의 정체나 성격에 대해 알고 있는 건 행동대장 양머리를 비롯한 양머리들뿐이다. 장영달을 비롯한 인질들은 전혀 모르는 것이다. 이들과 뜻이 다른 제3의 게릴라 세력을 말하는 건지, 이들이 오늘 코엑스몰을 접수할 것을 미리 알고 파견된 비밀 요원이라도 있는 건지 전혀 감을 잡을 수 없었다. 그러나 모르긴 해도 한 가지 분명한 건 양머리들의 태도나 행동이 이로 인해 더욱 긴박해졌다는 점이다.

행동대장 양머리는 이제 더 이상 장영달 따위에게 관심을 둘 겨를이 없었다. 계속되는 총성을 들으며 녀석은 푸드 코트에 남아 인질들을 감시하기 위한 양머리 네 명만 남겨놓고, 나머지 양머리들은 총성의 진원지로 끌고 갔다.

그렇게 해서 행동대장 양머리를 따라간 무리들은 족히 스무 명도 넘었다. 그들은 푸드 코트의 반대편으로 달려갔다. 몹시 다급해 보였지만, 여전히 특유의 일사불란함이 돋보였다.

장영달은 그런 녀석들을 보며 한 차례 안도의 한숨을 쉬었다. 그와 함께 작금의 상황으로부터 빠져나갈 돌파구를 모색하기 위해 제법 영민하게 머리를 굴리며 상황 파악에 나섰다. 이제 푸드 코트에 남아 있는 양머리 녀석들은 고작 네 명이다. 누군가 한번 희생적으로 나서주기만 한다면…… . 장영달은 계속해서 흐르는 코피를 게걸스럽게 닦아내며 그러한 궁리를 거듭했다.

14

그놈은 바로 기무다. 노랑머리 기무가 처음부터 너무나 흥미로워하며 이 게임에 임했던 것이 사실이다.

푸드 코트에서 100여 미터 떨어진 곳에 위치한 멀티플렉스 영화관. 1관에서 2관으로, 2관에서 3관으로 이어지는 비상 통로를 통해 기무는 특유의 재빠른 몸놀림으로 이동하면서 지금까지 자신이 명중시킨 양머리들을 헤아렸다. 모두 열 명. 그렇다면 기무가 쏜 총알의 숫자는? 기무는 자신이 양머리들을 맞히면서 오발이 난 적이 있는지를 생각했다. 한 번도 없었다. 명중률 100퍼센트. 놀랍지 않은가. 기무는 그런 자신을 스스로 대견해하며 썩 괜찮은 놈이라고 자평했다.

그러나 기무가 이토록 정교한 사격 실력을 발휘할 수 있었던 건 결코 녀석의 사격 실력이 선천적으로 탁월해서가 아니었다. 그 점에 대해선 기무도 순순히 인정하는 편이다.

그렇다면 어떻게 한 발에 머리 하나씩, 100퍼센트를 자랑하는 놀라운 적중률을 이루어낼 수 있었단 말인가? 기무는 이 대목에서 게임 업체에서 제공한 총의 탁월하고 우수한 성능에 탄복하지 않을 수 없다.

처음 자신을 불쾌하게 한 양머리를 맞혔을 때만 해도 총의 성능이나 표적에 대한 자동 조준 기능의 우수성을 실감하기는 어려웠다. 하지만 배스킨라빈스 매장을 벗어나 일군의 양머리들에게 추격을 당하며 멀티플렉스 영화관 안으로 들어왔을 때 기무는 두 번째 격발을 하게 되었는데, 그때 기무는 총의 엽기적인 우수함을 확인할 수 있었다.

좌석에 숨은 기무는 영화관 문 쪽을 향해 총구를 겨누고서 양머리 녀석이 들어오기만을 기다렸다. 그러자 곧 얼마 되지 않아 양머리 한 명이 들어섰다. 양머리가 어둠 속에서도 유난히 눈에 띄었다. 이유는 확실하지 않지만, 양머리 자체에 야광의 성질이 있는 것으로 기무는 판단했다. 실제로 그랬다. 그렇지 않고서야

266

불 하나 켜져 있지 않은 완벽한 암흑의 영화관 안에서 어찌 저렇게 선명하게 〈모여라 꿈동산〉 프로그램을 연상시키는 양머리 탈이 허공을 떠다니는 것처럼 보일 수 있단 말인가?

어쨌든 기무는 그 양머리 표적을 향해 총구를 겨누고 가늠자를 바라봤다. 가늠자는 디지털이 아니었는데도, 매우 손쉽게 양머리 한가운데로 총구의 방향을 안내했다. 기무는 자리에서 일어나 별다른 노력 없이 양머리를 향해 총구를 겨누었고, 그때까지도 입구에 들어선 양머리는 기무의 존재를 발견하지 못했다. 랜턴을 사정없이 사방으로 흔들어대며 기무를 찾았는데, 그러다가 기무가 서 있는 곳을 발견한 순간은 이미 기무의 손에 쥐여 있는 총에서 엄청난 총성이 터져 나온 뒤였다.

그런 식으로 하나, 둘, 양머리들은 계속해서 기무의 총격에 의해 제거되어갔다. 기무는 총구를 향하기만 하면 거의 자동적으로 총구의 중심이 양머리에게로 집중되는 현상이 신기했다. 마치 게임의 규칙이 그렇게 결정되어 있는 것처럼, 기무가 손에 쥔 총과 양머리가 서로 자석처럼 밀착해 있는 것 같은 착각에 빠질 정도였다.

그렇지만 이러한 놀라운 적중률에도 불구하고 한 가지 난관에 봉착한 건 기무로서도 어쩔 도리가 없는 일이었다. 총소리를 듣고서 하나둘씩 모여드는 양머리 숫자가 이제는 감당하기 힘들 정도로 증가되었기 때문이다.

3관까지 도망쳐서 숨어든 기무를 중심으로 포위해오는 양머리들의 숫자만 어림짐작해도 스무 명이 넘는다. 녀석들은 죄다 총기를 소지했고, 게다가 총알이 낭비되는 것을 전혀 아쉬워하지 않았다. 제대로 보지도 않고 그냥 닥치는 대로 총격을 퍼붓는 양상이다. 그러다가 혹 아군의 심장에 총알을 박아 넣지나 않을까 하는 걱정이 들 만큼 양머리들의 총격은 과격하고 무모했다.

그런데 말이다. 이 짜릿하고 놀라운 이벤트에 참여한 기무로서도 한 가지 석연찮은 구석이 존재했는데, 그 찜찜함이 시간이 갈수록 증폭된다는 사실이 문제였다.

기무는 지금 3관 중앙 열의 제일 앞 좌석과 두 번째 좌석 사이에 몸을 은폐하고 총격전을 벌이고 있다. 그런데 양머리들이 사정없이 쏘아대는 총알의 강도가 너무 심했다. 총격으로 인해 천장의 전등이 죄다 박살 나 떨어지는가 하면, 좌석이 아예 두 동강이 나버리는 일이 우습게 벌어졌기 때문이다. 기무는 그 점이 궁금했다. 만약 저 총알을 직접 맞으면 어떻게 될까. 한번 미친 척하고 총알을 온몸으로 받아볼까 하는 충동을 아예 느끼지 않은 것은 아니다. 하지만 방음벽 자체가 허물어지고 좌석이 떨어져 나가는 등의 파괴력을 보고 나니, 그럴 엄두가 좀처럼 나지 않았다.

그러자 기무는 두 가지 의구심이 불현듯 떠올랐다. '도대체 어떻게 뒷수습을 하려고 이러는 걸까?'라는 생각과 '내가 게임에서 위너가 되지 못하고 기브업을 선포하면 어떻게 되지?'라는 의문이 그것이다.

어쨌거나 지금 기무로선 아무 생각도 할 수가 없다. 스무 명 가까이 되는 양머리들이 쏘아대는 총질의 무모함이 두 귀를 틀어막아도 정신을 차릴 수 없는 지경이 되었기 때문이다. 기무는 조심스럽게 양머리들이 포진해 있는 위치를 가늠했다. 녀석들은 현재 1조와 2조로 나누어 공격하고 있다. 1조는 입구와 비상 통로 쪽을 완전히 봉쇄했고, 나머지 2조가 사방으로 분산되어 맨 앞줄에 숨어 있는 기무를 향해 사정없이 총격을 해대며 서서히 접근해오고 있는 상태다.

기무도 반격을 하지 않은 건 아니다. 몸을 잔뜩 웅크리고 있다가 조금이라도 소강상태가 엿보이면 고개를 쳐들고서 찰나의 민첩함으로 2조 양머리들을 보이는 대로 쏘아 맞혔다. 하지만 아무리 그렇게 성실히 쏘아 맞혀도 2조 녀석들은 6·25 때 중공군처럼 끊임없이 투입되었다. 그로 인해 벌써 이곳의 대치 상황에서 허비한 총알만 열다섯 발이다. 계산해보니 이제 겨우 아홉 발이 남은 것이다.

기무는 있는 힘껏 마른침을 삼키며 다음과 같이 중얼거렸다.

"제기랄, 이러다가 게임 머니 2만 포인트 다 날아가는 거 아니야? 무슨 양대가리들이 이렇게 대책 없이 많아? 이거 반칙 아냐?"

15

미칠 노릇이다. 온몸에 쥐가 나서 견딜 수가 없다. 이것은 바로 피트 안에 스스로 기어 들어가서 빠지지도 부서지지도 않는 잘못 끼워진 너트처럼 고통을 느끼고 있는 김중혁의 현 상태를 설명하는 가장 솔직한 표현이다.

폐쇄 공포증이라고 들어봤는가. 밀폐된 좁은 공간에 갇혀 있다는 상황 자체 때문에 폐쇄 공포증을 느끼는 경우는 극히 드물다. 공포의 감정이 극에 달하는 순간은, 자신이 그 공간에서 결코 벗어날 수 없을 거라는 절망적 생각에 스스로 사로잡히는 시점이다. 그러한 절망이 자신을 압도하게 되면 온몸이 화석처럼 굳어가는 환각에 사로잡힌다. 지금 김중혁이 그랬다. 도무지 몸을 앞으로 더는 이동시킬 수 없다는 절망감이 강하게 자신의 의식을 짓눌러오자, 몸의 감각이 모두 제 것이 아닌 것처럼 느껴지기 시작했다.

그러나 김중혁은 어떤 상황에서도 헛되이 개죽음을 당할 순 없다는 놀라운 생존 본능의 소유자다. 그렇지 않고서야 자신의 소위 동반자가 공권력에 의해 개처럼 진압되는 꼴을 보고서도 오로지 살아남기 위해 도망치는 저돌적 개인주의가 어떻게 가능할 수 있겠는가.

한 가지 안도할 만한 현상은 몸을 앞으로 이동하면 할수록 처음 들어섰을 때보다 피트 내부의 공간이 더욱 협소하게 느껴진다는 사실이다. 그것이 의미하는 것은 이제 피트의 끝이 거의 가까워졌다는 사실이었기에 김중혁은 조금만 더 힘을 내기 위해 발버둥 쳤다.

이런 김중혁의 초인적 극기가 이제 그 결실을 맺는 순간이 다가왔다. 우선 그의 얼굴로 외부의 공기를 느끼게 해주는 신선한 바람이 한 차례 불어왔으며, 그와 함께 누군가의 말소리가 희미하게나마 들려왔다.

김중혁은 피트의 끝에 이르렀다는 확신을 갖게 되자, 완전히 망실해버릴 것만 같던 몸의 감각을 되살려냈다. 그것은 그야말로 쥐어짜낸 괴력이었다. 피브이시 재질로 되어 있는 피트 관경을 아예 부숴버릴 듯 밀어붙이면서, 이제는 얼굴을 앞으로 끌어내고 양어깨를 비틀어대며 낮은 포복 자세로 자신의 몸을 전진 이동시켰다.

그렇게 이를 악다물며 몸부림치기를 5분 정도 더 지속했을까. 기어이 피트의 끝이 보였다. 망처럼 생긴 점검구가 김중혁의 눈앞에 보란 듯이 펼쳐진 것이다. 점검구는 천장에 부착된 구조물로서, 김중혁은 망의 사각 틈새를 통해 내부를 살폈다. 그렇게 숨죽이며 그곳의 동정을 살폈는데, 대충 그곳에 어떤 기기들이 설치되어 있는가를 확인한 것만으로도 김중혁은 마음속으로 쾌재를 불렀다. 노력한 보람이 있던 걸까. 계단 피트를 통해 연결되어 있는 곳은 바로 김중혁이 바라마지않던 전기실이었다. 각종 패널의 생김새나 전기실이라는 장소만이 만들어낼 수 있는 특유의 통전음(通電音)이 바로 그 증거다.

역시 김중혁의 예상은 적중했다. 랜턴을 입에 물고 조심스럽게 전기실 내부를 살펴본 결과, 임의로 전기를 차단한 흔적이 역력했다. 내부 사고나 한전의 전력 공급 차질로 인한 단전이 아니었던 것이다.

사태가 더욱 선명하게 파악되자, 김중혁은 한층 더 조심스럽게 전기실을 살폈다. 행여나 자신이 천장의 쥐새끼가 되어 숨어 있다는 사실을 양머리들이 눈치채기라도 하면 어쩌나 하는 우려 때문에 그는 모든 행동을 조심스럽게 진행했다.

누군가의 말소리가 들렸던 게 사실이다. 하지만 그건 전기실에서 들려온 소리가 아니었다. 전기실의 문이 약간 열려 있었고, 그 틈을 통해 방금 전에 본, 문 앞을 지키고 선 양머리들의 대화가 들려온 것이다.

그렇게 전기실 안에 사람이 없는 것을 확인한 김중혁은 더 망설이지 않고 행동하기 시작했다. 점검구를 손으로 뜯어내어 그것을 신중하게 천장 옆에 밀어놓은 김중혁은, 그대로 피트 밖으로 빠져나와 점검구 바로 밑에 설치되어 있는 패널에 두 발을 내디뎠다. 이 모든 일련의 동작은 능숙했다. 그 이유는 다시 말하지 않아도 잘 알 것이다. 설비기사가 마땅히 할 수 있는 동작 중의 하나라는 사실 말이다.

김중혁은 최대한 소리를 내지 않고 미세한 진공상태를 유지해가며 기어이 전기실 바닥에 두 발을 내딛는 데 성공했다.

그렇게 전기실로 내려와 랜턴을 손에 쥐고 곳곳을 비추던 김중혁의 눈에 가장 먼저 들어온 건 바로 구석에 한가득 쌓여 있는 비품 상자들과 그 상자 안에 담긴 양머리 인형들이었다.

어쩌면 이곳이 녀석들의 탈의실로 사용되었을지도 모른다는 생각이 뇌리를 퍼뜩 스치고 지나간 순간, 김중혁의 머릿속에 내내 잠재해 있던 영민한 발상이 다시금 치솟았다.

비품 상자 안에는 여전히 다양한 사이즈의 양머리들이 가득했으며, 그 옆에는 연미복 상의와 하의가 함께 뒤섞여 있었다. 김중혁은 양머리들 중에서 자신의 머리 사이즈에 맞을 만한 걸 찾았다. 그래도 큰 게 제일 여유 있겠지 하는 생각에 뒤적거리던 것들 중에서 가장 큰 양머리를 골라 머리에 뒤집어쓰려 했는데, 생각보다 잘 들어가지 않았다.

그건 김중혁의 머리가 선천적으로 크기 때문만은 아니었다. 양머리의 재질이 거의 석고처럼 딱딱한 정체불명의 소재여서 신축성이 거의 없는 탓에 머리를 안으로 넣을 때 굉장히 고통스러웠다. 특히나 김중혁 같은 짱구 머리는 그 아픔이 특별히 더 심했다.

그러나 김중혁은 포기하지 않고 계속해서 몇 번이고 양머리를 뒤집어쓰려고 노력했다. 지성이면 감천이라 했던가? 열 번째 시도

끝에 그는 기어이 양머리를 뒤집어썼다.

물론 걱정이 아예 안 되는 건 아니다. 이만큼 경화된, 신축성이라곤 눈을 씻고 찾아볼 수 없는 양머리를 나중에 어떻게 벗어야하나 하는 생각이 들자 눈앞이 캄캄하긴 했지만, 지금으로선 별도리가 없지 않은가 하는 마음이 더 압도적이었다.

직접 양머리를 뒤집어쓰고 나니 어떻게 이런 걸 쓰고 다닐 수있나 하는 생각이 들 정도로 김중혁은 불편함을 느꼈다. 우선 눈알부터가 중심을 제대로 잡기 힘든 구조로 되어 있어 난처했다. 이건 마치 제 도수와 전혀 맞지 않는 안경을 억지로 쓴 기분이다.

그가 왜 양머리를 뒤집어썼는지에 대해 묻는다는 건 무의미할지도 모른다. 김중혁은 이른바 변장을 했다. 양머리들은 서로의진짜 얼굴을 보지 못한다. 단지 서로의 머리에 양머리가 씌워져있는 것만으로 서로를 같은 편으로 인정할 뿐이다. 이것이 바로김중혁이 직접 양머리를 쓴 이유이며, 그는 이러한 변장에서 한걸음 더 나아가 연미복까지 대충 주워 입기 시작했다. 기왕 하는거 철저하게 해야 할 거 아니냐 하는 마음에서 출발한 기특한 성실함이었다.

그렇게 해서 양머리와 연미복까지 갖춰 입은 김중혁은 영락없이 쿠데타의 한 멤버로 승격되었다. 누가 뭐라든 상관없이.

그와 함께 김중혁은 이제 어설프게나마 옛 기억과 그때의 체험을 더듬어 추억해보는, 힘들게 머리 쓰는 일을 다시 계속해야 했다. 비록 자신의 일은 아니지만 귀동냥으로 접한 전기 설비의 전원을 다시 연결하는 작업, 차단기 버튼을 올리고 내리고 하는 일련의 순서를 떠올려야만 하는 것이다.

김중혁은 자신의 키보다 높은 높이에 일렬로 도열되어 있는 열 개가 넘는 대형 패널들 앞에 멈춰 서서 그러한 궁리로 스스로를 괴롭혔다.

16

"이것 봐. 내 말을 좀 들어보라니까."

장영달은 그렇게 나지막한 소리로 젊은 녀석들을 선동하는 데 혈안이 되었다. 장영달의 그런 채근엔 틀림없이 분명한 근거와 이유가 있기는 했다. 아무리 총을 들고 있긴 하지만, 이제 푸드 코트를 지키고 있는 양머리는 고작해야 네 명이다. 맥도날드에 들어간 양머리들은 여전히 나올 생각을 하지 않는 상황. 그에 반해 여기에 무릎 꿇고 고개 숙인 인질들만 족히 200명이 넘어 보인다. 피플 파워라고 하지 않던가. 누군가 제대로 스타트만 끊어주면 양머리 네 명을 제압하는 건 일도 아니다. 바로 이러한 사실을 장영달은 테이블에서 내려온 직후부터 초면의 인질들에게 줄기차게 호소해온 것이다.

그러나 누구도 장영달의 말을 귀담아들으려 하지 않았다. 대신 장영달을 차갑고 냉랭한 시선으로 바라볼 뿐이다.

보다 못한 장영달이 제법 똑똑해 보이는 40대 남자의 멱살을 잡기까지 하며 다음과 같이 통사정했다.

"이것 봐. 자넨 나이가 먹을 만큼 먹었으니 내 말을 알아들을 것 아닌가. 젊은 녀석들 몇 명만 선동해서 일어나게 하면 되는 거야. 자네가 대신 말 좀 해주게."

"어르신."

"말해봐."

"어르신 때문에 두 명의 젊은이가 목숨을 잃었습니다. 지금 저들의 시체가 보이지 않습니까?"

"우라질. 그럼 내가 죽게 생겼는데, 자네 같으면 가만히 있겠나?"

"그래도 어르신은 이기심이 지나친 것 같단 말입니다."

"이런 개 후레자식! 너희들은 정녕 어미 아비도 없단 말이냐!"

장영달이 결국 숨죽이는 귀엣말을 포기하고 다시 한번 호통치듯 말하고 만다. 그로 인해 또 한 번 양머리들의 경고 사격이 시작됐다. 장영달은 잽싸게 40대 남자를 방패막이 삼아 그의 멱살을 붙잡은 채로 몸을 웅크렸다. 두려웠다. 도대체 이게 무슨 일이란 말인가.

양머리들의 느닷없으며 어이없기까지 한 연발 사격으로 인해 다시 한번 장내는 공포의 도가니로 변해버렸다. 양머리 한 명이 장영달이 소리친 쪽을 향해 총질을 해댔지만, 옹은 죽지 않았다. 대신 주변에 있던 청년 두 명과 그에게 먹살이 잡힌 40대 남자가 희생되었다. 매캐한 화약 냄새가 다시 한차례 자욱하게 피어오를 즈음 양머리의 변조된 음성이 들려왔다. 이제 더 이상 누구도 그 변조된 음성을 우스꽝스럽다고 하진 못할 것이다.

"제발 조용히 좀 해라. 몰살당하고 싶지 않으면."

이로 인해 장영달을 향한 인질들의 적의와 증오심은 극에 달하기 시작했다. 하지만 그렇다고 현 상황을 전복하려는 의지를 접을 우리의 옹이 아니다. 전투에서, 게다가 지금과 같은 극악무도한 인질범들과 대치하는 극한 상황에서 이 정도의 희생은 감수하는 게 오히려 미덕이다. 이런 것 가지고 뭘 호들갑이냐.

그는 자신을 대신해 피투성이가 된 40대 남자를 옆으로 밀친 다음, 자리를 이동해 다시금 두 눈알을 민첩하게 굴려댔다.

17

푸드 코트에서의 진압 사태와 행동대장 양머리를 비롯한 일군의 양머리들이 대거 멀티플렉스 영화관 쪽으로 집결하는 소소하지만 결코 무시할 수 없는 이동이 벌어지는 사이 여두목 양머리는 윤마리아를 데리고 맥도날드를 빠져나왔다. 맥도날드는 여전히 맹목적인 취식과 생존을 향한 아수라장 그 이상도 이하도 아니었다.

여두목 양머리는 걸음조차 불편한 비만의 몸을 이끌고 앞장섰다. 어둠 속에서 여두목 양머리가 들고 있는 랜턴의 불빛이 점점 더 희미해져만 갔는데, 그래서 그런지 윤마리아는 그녀가 자신을 어디로 데리고 가는지 도무지 그 위치조차 제대로 파악할 수 없었다.

그 와중에도 그녀는 손에 쥔 쇼핑백을 놓지 않았다. '얼마를 주고 투자한 건데, 잃어버리면 끝장이다.' 식탐과 생존욕을 넘어 윤마리아의 물욕마저 돋보이는 순간이다.

하지만 둘 사이에 끔찍하고 팽팽한 어둠의 기운만 흐른 건 아니다. 좌우에서 간헐적으로 또는 무차별하게 터져 나오는 총성은 지금의 공간을 참으로 비현실적으로 만들기에 충분했다. 윤마리아의 두 귀는 틀림없이 그렇게 인지할 수밖에 없었다. 생각해보라. 난데없이 서울 도심의 가장 번화하고 복잡한 공간에서 이 납득할 수 없는 암흑과 총성이 웬 말이냐.

따라서 윤마리아는 지금도 어느 비현실의 클라이맥스를 향해 자신이 고의적으로 내몰리고 있다는 의구심을 지울 수 없었다. 그렇기에 겉으로는 잠잠히 여두목 양머리의 뒤를 따르고 있었지만, 머리와 마음으로는 끊임없이 현재의 자신을 부정하고 있었다.

코엑스몰이 지금처럼 낯설어 보일 수가 없다. 모든 것이 어둠 속에 묻혀 있기 때문만은 아니다. 서울에 도대체 이런 곳이 존재했던가 하는 비현실감이 그녀를 압도했다. 그래서였을까, 아니면 특유의 호기심이 발동해서였을까? 윤마리아는 어느새 가쁜 숨을 내쉬며 빠르게 걷느라 지친 여두목 양머리를 향해 다음과 같은 질문을 던졌다.

"도대체 지금 어디로 가는 거죠?"

그러자 여두목 양머리는 윤마리아를 돌아보지도 않고 말해 뭐하냐는 식으로 퉁명스럽게 답한다.

"두목한테 가지, 어디로 가?"

"두목이 대체 어디에 있는데요?"

"잔말 말고 따라와. 약을 갖고 왔다면서."

흠칫. 그때 윤마리아는 그 자리에 얼음처럼 굳은 자세로 멈춰 섰다. 결코 자의가 아니다. 말을 멈춘 여두목 양머리가 느닷없이 가던 걸음을 멈추고 먼저 그 자리에 섰기 때문이다. 그렇게 멈춰 선 상태에서 몸을 돌려 윤마리아를 향해 여전히 엽기적인 양머리를 들이밀었는데, 여두목은 단순히 머리만 들이민 게 아니었다. 강한 경고의 표시로 총구도 함께 들이밀었다. 윤마리아의 가슴쪽을 향해.

"만약에 그 약이 아니기만 해봐. 행여 두목에게 무슨 일이라도 생기면 그대로 돼지는 거야. 단단히 각오해."

"그런데 말이에요."

"말해."

다시 여두목 양머리가 몸을 돌려 걸음을 계속한다. 꽤 걸은 것 같은데 여전히 여두목의 걸음걸이는 빠르고 그만큼 다급해 보인다. 천성적으로 걸음걸이가 저런 걸까. 윤마리아는 고개를 갸우뚱거리며 이 일촉즉발의 위기 상황에서도 특유의 호기심을 해소하기 위해 한마디 내뱉는 것을 잊지 않는다. 20대 후반의 여자만이 가질 수 있는 대범함으로 봐야 하나.

"두목 이름이 정말 론 맞아요?"

"난 맞다고 얘기한 적 없어."

"그럼 아니에요?"

"직접 물어봐."

"몰라요? 두목 이름이 뭔지?"

"하여튼 만나면 직접 물어보든지 해. 우린 두목 이름이 뭔지 따위는 관심 없으니까."

"그럼 관심 있는 게 뭔데요?"

하지만 여두목 양머리는 윤마리아의 마지막 질문에 대답하지 않았다. 워낙 목적지를 향해 걷는 일에만 모든 에너지를 쏟아부어서 그런가 보다. 윤마리아는 여두목 양머리가 저러다 제풀에 지쳐 그 자리에 주저앉지나 않을지 걱정되는 마음이 앞섰다.

18

인터컨티넨탈 호텔 리셉션 볼룸. 엄밀히 보면 이곳도 코엑스몰의 한 구역에 속한다고 할 수 있다. 하지만 확실히 푸드 코트 위치와는 극과 극으로 떨어진 곳이다. 족히 1킬로미터는 걸었다고 봐야 하나. 윤마리아는 말할 것도 없고, 여두목 양머리는 아예 볼룸 입구에 도착하자 고개를 숙이고 서서 금방이라도 숨이 넘어갈 것 같은 벅찬 호흡을 가다듬는 데 전력했다.

한동안 여두목 양머리는 그 자세를 그대로 유지하며 숨을 가다듬었다. 그저 쉬었다가 다시 걸음을 움직일 것 같아 보이진 않았다. 그것으로 미뤄보아 윤마리아는 이곳이 두목이 은신하고 있는 장소일 것이라고 추측했다. 처음 정전이 되고 사람들이 겁에 질린 채로 정신을 차리지 못하던 타이밍에 후들거리는 약골의 몸을 지탱하고서 그 괴기스러운 연설문을 읽어 내려가던 유난히 큰 양머리를 뒤집어쓴 남자. 윤마리아는 다시금 궁금해졌다. 이미 큰 충격을 받은 뒤였지만, 그래도 여전히 석연치 않은 앙금이 남아 있기 때문이다.

카니발. 좀 더 구체적으로 말해 부리가 자신에게 건네준 이른바 특급 정보라는 '십헤드 카니발'이 아직까지 유효하냐는 질문 같은 거 말이다. 의문이 완전히 해결된 게 아니라는 사실이 윤마리아를 더욱 혼란하게 했다. 왜냐하면 여두목 양머리 말대로라면 두목으로 불리는, 굳이 표현해 대두(大頭) 양머리는 약을 원하는 것으로 보였고, 그녀가 접근하고자 하는 대상은 아무리 좋게 말해도 약장사의 범주에서 벗어나지 못하는 글로벌유나이티드의 인사권자 론이라는 남성이기 때문이다.

어쨌거나 길고 짧은 건 직접 대봐야 아는 일. 윤마리아는 그렇게 믿는 수밖에 다른 도리가 없었다. 자신이 이렇게라도 어떤 말이든지 내뱉지 않았다면 살아남을 수 있었겠느냐 하는 나름의 자기 합리화를 반복하며 말이다.

여두목 양머리는 닫힌 볼룸 문을 열면 내부의 가장 화려한 자리에 두목이 앉아 있다는 말을 해주며, 다음과 같은 당부도 잊지 않았다. 여두목의 말은 모든 것이 심각하고 비장하기만 했다.

"두목은 현재 매우 위독한 상태니까, 최대한 말 건네는 건 삼가고 갖고 온 약이나 고분고분하게 바치는 게 좋아. 허튼수작할 생각은 말고."

윤마리아는 말없이 고개를 끄덕였다. 그럼에도 두목을 만나면 반드시 묻고 싶은 질문 두 가지만큼은 주문처럼 되뇌고 또 되뇌었다. 두목의 정체에 대한 것과 카니발에 대한 진실. 이 두 가지는 꼭 묻고야 말 것이다.

윤마리아로부터 무언의 확답을 얻은 여두목 양머리는 그제야 볼룸의 문을 열어젖혔다. 그런 그녀의 행동은 어딘가 모르게 부자연스러웠고 그만큼 엄숙하기까지 했다. 무슨 판도라의 상자를 개봉하는 것도 아니고 이게 뭐 하자는 거야. 윤마리아는 솔직히 이런 양머리들의 일련의 행동을 보면서 어이없는 폭소를 마냥 쏟아내도 부족할 심정이었다. 하지만 문제는 양머리들의 이런 우스꽝스러움과 극적인 대조를 이루는 현실의 잔혹함이다. 윤마리아의 눈앞에서 벌어진, 삼류 하드고어 영화에서나 봄 직한 피 흘리는 장면들이 죄다 실제였지 않은가.

이처럼 난감한 감정을 가슴에 품은 윤마리아는 결국 볼룸 안으로 혼자 들어가게 되었다. 여두목 양머리는 입구에 서서 그런 그녀를 감시하듯 노려봤다. 그렇다면 이제 명실상부한 독대의 시간이 시작된 건가. 두목과 윤마리아의 대면. 이 과정은 생각보다 수월하기까지 했다. 다른 음모는 또 없을까.

19

서바이벌의 매력은 과연 이런 것일까. 이런 생각은 지금의 기무에게 사치일 수밖에 없다. 빗발치는 총탄. 게다가 그것들은 유탄에 가까운 파괴력을 지닌 것이었으니, 한 발 한 발 사정없이 터질 때마다 기무의 주변은 완전히 초토화 상태로 돌변하고 말았다. 극장 좌석이 떨어져 나가는 건 예사고, 바닥의 대리석 타일까지 죄다 박살 나는 엄청난 화력은 그야말로 융단폭격을 연상케 하기에 충분했다.

기무가 아예 스릴을 느끼지 못한 건 결코 아니다. 오히려 너무 지나쳐서 탈이다. 이 정도의 사실감은 그야말로 태어나서 처음 겪는 경이로운 체험이다. 아마도 서울 시민 중에서 이런 종류의 긴박한 시가전(市街戰)을 경험해본 사람은 한 명도 없을 거다. 여기가 무슨 스리랑카 내전 지역도 아니고 말이다.

하지만 상황의 어이없음이 기무를 점점 지치게 한다. 아무리 100퍼센트 명중률이라 해도, 녀석이 이곳에서 소비한 총알만 벌써 스물다섯 발이 넘는다. 이제 정말 열 발도 남지 않은 것이다. 그런데 상황은 전혀 달라지지 않았다. 기무는 여전히 멀티플렉스 영화관 3관 앞줄 좌석에 처박힌 채로 아예 눌러앉아버렸고, 야광의 양머리들은 더욱 실감 나는 위치까지 접근해 온 상태다. 물론 기무가 쏘아 맞힌 양머리들이 곳곳에 장엄하게 자빠져 있거나 엎드린 채 꼼짝도 않는 자세를 유지하는 것도 사실이다. 그러나 중요한 건 현실이다.

스무 명이 넘는 양머리들을 성실하게 쏘아 맞혀도, 양머리들은 여전히 건재했다. 무엇보다 기무의 애간장을 태우는 건 게임의 성취도에 대한 문제다. 무조건 높은 명중률을 과신하며, 일개 조무래기에 지나지 않는 양머리들만 죽어라 맞힌다 해서 무슨 소득이 있겠는가. 더 현실적으로 말해 게임 머니 2만 포인트를 획득하기 위해서는 작금의 상황을 해결할 수 있는, 그리고 반드시 해결해야 할 분명한 돌파구가 필요한 시점이다.

그것은 보스 또는 두목 양머리를 쏘아 맞히는 일, 바로 그것이다. 그러면 이 게임은 마침내 게임 오버가 되고, 게임 업체는 어떤 형태로든 상황을 종료할 게 아닌가. 이것이 바로 현재 기무가 생각할 수 있는 가장 절박한 상황 인식이었다.

그러나 현실은 가혹하다. '이건 난이도 중에서도 답이 보이지 않는 슈퍼 울트라급인데'라는 회의가 들 정도로, 좌우 측면에서 몰아닥치는 양머리들의 무차별 총격 앞에 기무는, 뭐랄까, 전의를 거반 상실했다고 봐야 하나? 여하튼 그런 상태였다.

확실한 건 이 상태로 대치하는 것도 한계가 있지만, 설령 이 상황에서 벗어난다 해도 많아야 두세 발밖에 남지 않은 총알로 두목을 찾아 녀석의 머리에 총알을 맞힐 수 있는 확률은 기적에 가까울 정도로 희박하다는 사실이다. 두목 양머리가 혼자 중뿔난 투사처럼 설치고 다니겠는가. 틀림없이 경호원 양머리들 여러 명에게 호위를 받을 테지. 씨발, 뭐 이런 엿같은 게임이 다 있어? 기무는 그렇게 상스러운 욕설을 혼잣말처럼 지껄이며, 총격이 잠시 잦아든 소강상태를 환영했다.

어두운 영화관 내부는 믿을 수 없을 정도의 화약 냄새로 가득 찼다. 금방이라도 폭파 사고가 일어날 것 같은 긴장감을 느끼게 하는, 기무에겐 결코 익숙할 수 없는 냄새였다.

기무는 배가 고프기도 했지만, 무엇보다 오줌을 싸고 싶었다.

진작부터 느끼고 있었던 것이다.

녀석은 잠깐 동안 찾아든 이 평온을 기민한 살핌과 수색의 시간으로 활용했다. 양머리들은 아마도 행동대장의 지시를 받고 잠시 동안 전력을 재정비하는 시간을 갖는 것 같았다. 하지만 그들은 별다른 기척 없이 약속된 침묵을 통해 무언의 사인을 주고받는 듯했다. 그와 함께 총탄을 교체하는 소리가 절도 있게 들려왔다. 기무는 그런 양머리들의 일사불란함과 실제를 방불케 하는 이 모든 상황을 인정하며, 이제는 타이밍을 결정해야 할 시기가 왔다고 판단했다.

어떤 면에서 보면 결정의 순간은 빠를수록 유리하다. 지금과 같은 시점이라면 더욱 그렇다. 또한 기무처럼 에프피에스 게임에 나름 정통한 플레이어의 경우, 지금 상황이 기브업해야 하는 상황인지 계속 밀어붙여야 하는 상황인지에 대해 거의 동물적인 육감에 따라 결정할 수 있는 혜안이 있기 마련이다.

그러한 혜안에 입각해 판단해본 현 상황은 자신에게 기브업을 촉구하고 있는 듯 보였다. 물론 더욱 격렬하게 저항하지 않을 이유도 없다. 까짓것 맞아봐야 따끔하기밖에 더하겠느냐. 그런데 그런 생각을 내심 품으면서도, 기무의 마음 한구석엔 어쩌면 저 총알을 맞으면 치명적일 수도 있겠다는 불안감이 떨쳐지지 않았다. 저격당한 양머리들이 배를 보이며 자빠져 있는 꼬락서니를 보면 그랬다. 아무리 연기라고는 하지만 어떻게 저토록 사실적으로 죽은 흉내를 낼 수 있단 말인가. 십분 양보해 만약 총알에 수면제 성분이라도 첨가되어 있다면, 그것도 곤란하겠다고 녀석은 생각했다. 그렇잖아도 하루에 절반 이상의 시간을 수면에 할애하는 자신이 수면제 성분이 섞인 총알을 맞으면 어떻게 되겠는가. 그런 생각을 하며 기무는 자신도 모르게 고개를 설레설레 가로저었다.

비록 확신할 순 없지만 기무는 동물적인 육감에 대해 남다른 우수 인자를 보유한 것 같아 보인다. 총탄을 갈아 끼우고 전열을 재정비한 양머리들이 다시금 자신을 타깃으로 삼고 무차별 총격을 가하려는 바로 그 타이밍에 두 손을 들고 벌떡, 매복한 자리에서 그야말로 전격적으로 일어섰기 때문이다.

그렇게 기무는 자리에서 일어났다. 물론 손에 총을 들고 있었지만, 자세로 봐선 영락없이 항복하는 자세다. 두 손을 대한 독립만세 외치듯 높이 쳐들고 얼굴에 싱글싱글 겸연쩍은 웃음까지 머금은 걸 보면 그렇다.

"기브업. 기브업이라고. 이제 그만합시다."

기무는 그렇게 싸구려 물건을 흥정하는 장사치 같은 대수롭지 않은 말투로 게임 오버를 선언했다. 그러나 양머리들의 생각은 녀석과 달랐다. 이건 오직 기무 혼자만의 일방적인 선언 아닌가. 영화관 입구 앞에서 여전히 팔짱을 끼고 오만한 자세로 서 있던 행동대장 양머리는 다음과 같이 기무의 흥정을 일축했다.

"끝나긴 뭐가 끝나?"

"유저가 게임 오버 선포하면 그걸로 끝난 거잖아요. 이제 돌아가요. 나 재미없어. 오줌도 마렵고······."

"계속해라."

말 그대로다. 하마터면 기무는 '대한 독립 만세!'를 외치는 듯한 자세 그대로 온몸이 벌집이 되는 중대한 위기 상황을 맞을 뻔했다. 뭔가 수상쩍은 느낌을 받은 기무가 잽싸게 손을 내리고 다시 원래 매복하던 자리에 앉았고, 그와 함께 한차례 맹렬한 총격이 재개됐다. 양머리들은 마치 접신(接神)의 심리 상태를 과시하듯 전과 비교도 안 될 정도의 엄청난 총격을 퍼부었다. 참다못한 기무가 두 손으로 귀를 틀어막은 채 비명과 함께 "이런 씨발 새끼들아, 그만하란 말이야"라는 고함과 경고의 외침을 질러댔지만, 엄청난 총성에 묻혀 그 존재감을 알리는 데는 역부족이었다.

양머리들은 이제 기무가 매복한 자리 바로 앞까지 접근했다. 기무가 처음으로 도망가야겠다는 생각이 든 건 바로 이 순간이었다. 우측에서 호시탐탐 기무라는 한 표적을 집요하게 쏘아대던 양머리 녀석이 결국 기무를 보호해주는 은폐물이던 좌석마저 두 동강 내버렸기 때문이다. 거듭된 집중 포화가 낳은 쾌거로 볼 수 있는데, 물론 그걸 쾌거라고 생각하는 건 은폐물을 박살 낸 양머리 녀석뿐이다.

그리고 다시 한번 총격이 잦아들었다. 기무는 황당한 얼굴이 되어 어느새 자신 앞에 아무 은폐물도 세워져 있지 않은 휑한 상태를 맞이한다. 녀석은 다시 두 손을 들었고, 양머리 다섯이 특수요원을 떠올리게 하는 최대한 신중한 자세로 총구와 랜턴을 기무의 얼굴에 향한 채로 접근해왔다. 스멀스멀. 흡사 누에가 꿈틀거리듯 그렇게.

그런데 갑자기 눈가가 따가워진다. 뭔가 환한 것이 급작스러운 변화를 암시하듯 그렇게 섬광처럼 터져 오른 것인데, 기무는 그 현상이 양머리 녀석들이 갑자기 랜턴을 비추었기 때문이라고 생각했다. 그래서 순간 눈을 감고 한 차례 인상을 잔뜩 찡그렸는데, 뒤를 이어 요란한 사이렌 소리가 들려오는 게 아닌가.

총성의 난폭함과는 또 다른 성질을 지닌 사이렌 소리에 기무는 자신도 모르게 감은 눈을 떴다. 그랬더니 지금까지와 다른 상황이 자신을 압도하고 있는 게 기무의 두 눈에 선명히 들어왔다. 왜냐하면 이제 더 이상 영화관 안은 암전 상태가 아니었기 때문이다.

천장의 모든 불빛이 점등됨과 동시에 평소에는 켜놓지 않는 비상 헤드라이트까지 죄다 켜졌다. 그뿐만이 아니다. 불이 켜짐과 동시에 엄청나게 사람의 신경을 자극하는 것이 있었으니, 그것은 바로 사이렌 소리였다. 스피커를 통해 흘러나오는 화재 경보 사이렌은 사람의 정상적인 청력을 전혀 고려하지 않은 무책임한 소음이었다.

단지 불이 켜지고 사이렌이 울린 것뿐인데, 기무의 이런 생각과 다르게 양머리들은 일제히 대단히 당황하는 모습을 보였다. 비록 양머리를 눌러쓰고 있는 통에 어떤 표정을 하고 있는지는 잘 모르겠지만, 동작이나 갑작스러운 태도의 변화만 보더라도 대충 짐작할 수 있는 일이었다.

우선 그들은 기무를 향해 금방이라도 총격을 가할 듯 포위해오던 것을 이내 포기해버렸다. 무엇보다 불이 켜진 것을 뭔가 대단하고 엄청난 예측 불허의 상황이 도래한 것으로 인식한 행동대장 양머리가 황급히 영화관 밖으로 나가버린 것이 결정적이었다. 그러한 행동대장의 모습을 본 양머리들도 지금까지의 행동을 죄다 중단해버리고 행동대장 양머리의 뒤를 따랐기 때문이다. 기무는 이제 그들의 관심사에서 멀어져버린 것이다.

다소 황당할 수 있는 이 사태조차 게임의 전개 과정으로 인식한 기무는 이번에야말로 두목을 낚을 수 있는 절호의 찬스라는 생각이 들었다. 그러므로 기무는 작금의 정전 해지와 비상 사이렌 소리의 출현을 게임에서 유일하거나 한두 번만 사용할 수 있는 찬스나 리셋의 일종으로 받아들였다. 그렇다면 상황은 이제 자신에게 유리한 국면으로 펼쳐질 것이라는 계산이 가능하다. 행동대장이 서둘러 뛰어간 곳을 추격하면 된다!

틀림없이 행동대장 녀석이 두목을 만나 현재 상황을 보고할 거라는 계산이 없었다면 잘못된 예측일 수도 있다. 하지만 기무는 현재 이 게임 업체의 단순한 시나리오를 전폭적으로 지지하는 입장이다. 이 업체에서 출시한 게임치고 이처럼 긴박하고 짜임새 있는 스토리 구조를 가진 서바이벌 게임은 없었다. 그렇다면 여기까지가 한계이지 않겠느냐, 더 무슨 반전이 있겠느냐, 이 정도만 해도 대단한 거지 하는 단정이 마음속에 굳게 자리 잡자, 기무는 더 망설이지 않고 죽을힘을 다해 양머리들의 뒤꽁무니를 쫓기 시작했다. 누군가의 소설 제목처럼 이른바 '양을 쫓는 모험'이 시작된 것이다.

20

그렇다면 과연 전기는 어떻게 다시 공급되었을까.

김중혁은 복잡하며, 심지어 웅장하기까지 한 대형 전기 패널들 앞에 숙연한 표정으로 서서 스스로를 대견하게 생각했다. 자신이 이처럼 자랑스럽게 느껴진 적이 인생에서 단 한 번도 없었을 정도였다.

김중혁은 자신의 머리와 기억력, 그리고 경험이 아직 녹슬지 않았음을 확인하는 순간을 맞이한 것이다. 처음에 전기실로 들어가서 잘 맞지도 않는 양머리를 억지로 눌러쓰고 그로 인해 시야의 협소함과 다소간의 숨 막힘이라는 악조건을 견뎌가면서 차단기를 투입하는 순서를 생각할 때만 해도, 정말이지 아무것도 기억나는 것이 없었다. 전력 투입의 필수 조건인 차단기는 그 투입 순서에 의해 전력 공급의 재개 여부가 결정된다. 가장 우선되는 루트를 알지 못하면 한번 끊어진 전력을 공급하기란 좀처럼 어려운 일이다.

하지만 김중혁은 초기에 느낀 엄청난 막막함에도 불구하고 다시 한번 옛 기억과 경험을 떠올릴 것을 스스로에게 주문했다. 그와 함께 다시 접하게 된 패널들이 눈앞에 새롭게 드러났다. 인간의 집중력이란 실로 놀라운 것인가. 패널들마다 한두 개씩 설치되어 있는 차단기들의 투입 순서를 골똘히 궁리하고 또 궁리하자 가장 근원이 되는 차단기를 마침내 발견하게 되었다. 맨 우측 패널에 위치한 가장 큰 차단기가 바로 그것이다.

어린아이만 한 크기의 차단기를 랜턴 불빛으로 자세히 살펴보니 분명 오프 상태였다. 인위적인 조작으로 인한 차단 상태인 것이 분명했다. 김중혁은 아주 오래전의 기억이지만, 입사 초기에 대형 전기공사를 시행할 때 반장과 주임 녀석들이 이 차단기를 임의로 조작하던 장면을 회상했다. 레버를 위로 당겼던가, 아니면 아래로 당겼던가? 에라 모르겠다.

이를테면 기억을 재연(再演)할 때 가장 신뢰할 수 없는 미덕은 완벽함이다. 기억하는 것이 모두 완벽하다면, 사람의 두개골은 아마 수많은 과거 사건들의 누적으로 이내 폭발해버릴 것이다. 그렇게 나름대로 판단을 내린 김중혁은 실천의 순간에 직면해선 과감해지기로 작정한 모양인지, 곧바로 차단기 레버를 두 손으로 붙잡고 상하로 움직이기 시작했다.

레버를 위로 올리는 것은 수월했으나, 전기가 공급되진 않았다. 그렇다면 밑으로 내리는 방법뿐이다. 하지만 이번엔 레버가 내려가지 않는다. 내리면 된다는 느낌은 확실한데 말이다. 김중혁은 이에 포기하지 않고, 아예 온몸으로 매달려 차단기 레버를 밑으로 내리려고 애썼다.

그렇게 하기를 서너 번. 지성이면 감천, 열 번 찍어 안 넘어 가는 나무 없다고 했던가. 마침내 레버는 아래로 당겨졌고, 육중한 금속성 소리가 한 차례 들리더니 곧 전기가 재공급되었다.

나이스! 김중혁은 차례대로 켜지는 천장 불빛들을 보며 그렇게 중얼거렸다.

양머리 녀석들은 멍청한 건지 아니면 사전 지식으로는 거기까지가 한계였는지 다행히도 차단기를 그 한 개만 임의로 조작한 것 같았다. 적어도 김중혁이 보기엔 그랬다. 전체의 불이 다시 들어왔으며, 패널 전면에 부착된 알림등 역시 모두 온(on) 상태를 가리키는 적색 등으로 전환됐기 때문이다.

하지만 모든 일에는 옥의 티라는 게 존재하는 법. 차단기 레버를 당겨 전기를 재공급시킨 김중혁으로서도 예상치 못한 한 가지 돌발 사태가 발생했다. 그것은 곧 비상 사이렌의 출현이다.

그야말로 정신을 차릴 수가 없을 만큼 강한 음역을 넘나드는 사이렌 소리는, 일상에서 비록 자주는 아니지만 익숙하게 들어온 화재 신호음이나 구급차의 경광등 소리에 비교될 만했다.

김중혁은 자신은 그저 차단기 레버만 밑으로 당겼을 뿐이라는 사실을 스스로에게 강조했다. 다른 어떤 것에도 손을 대지 않았는데 이런 현상이 나타난 것을, 전기실 직원이 아닌 자신이 알면 얼마나 알겠는가 하는 생각으로 무마한 것이다.

불이 켜지고 얼마 되지 않아, 아니 정전 상태에서 벗어난 그 직후에 양머리들이 전기실 안으로 들이닥쳤다. 김중혁으로선 이런 상황을 예상한 것도, 그렇다고 예상하지 않은 것도 아니었다.

불이 켜지면 양머리들이 전기실에 들이닥칠 게 당연하겠지만, 그의 머릿속엔 우선 불을 켜고 보자는 생각 외엔 다른 것이 없었기에 그 후의 상황에 대한 묘안이나 대책이 전혀 마련되어 있지 않았다. 이를테면 맞서 싸워야 한다든지, 불이 켜지면 도망부터 치고 보자는 식의 일종의 후속 조치 같은 거 말이다.

그러나 양머리들 모두 김중혁의 존재에 관심조차 갖지 않는 듯했다. 이는 김중혁의 변장한 현재 모습이 준 가장 큰 이점이기도 했다. 양머리를 쓰고 연미복을 입은 것만으로 대여섯 명의 양머리들이 김중혁을 적군이나 최소한 인질로도 전혀 의심하지 않는 게 아닌가.

그들은 차단기의 동작 방법을 이미 알고 있었던 모양이다. 그래서 양머리 녀석들은 전기실에 들어오자마자 다짜고짜 달려들어

방금 전 김중혁이 내려놓은 레버를 다시 오프 상태로 만들어놓기 위해 서로 레버를 붙잡고 위로 올리려고 안간힘을 썼다.

그런데 김중혁이 방금 전 레버를 잡아당기면서 지나치게 무리한 힘을 가했던 것 같다. 레버의 스프링이 아예 끊어져버렸는지 아무런 저항도 없이 위아래로 무력하게 움직이는 게 아닌가. 이미 차단기 레버로서의 기능을 상실한 듯했다. 그로 인해 이제 전기를 물리적 힘으로 차단할 수 있는 방법은 거의 없는 듯 보였다. 물론 다른 방법은 충분히 존재할 것이다. 그러나 양머리들은 차단기의 레버를 조작하는 것 이상의 대안은 전혀 고려하지 않는 듯했다. 레버가 고장 난 것을 확인한 양머리들은 한동안 그렇게 서로의 우스꽝스러운 머리만 쳐다볼 뿐 별다른 행동을 취하거나 하지 않았다.

양머리들이 딱히 방법을 찾지 못하고 우왕좌왕하고 있을 동안 김중혁은 아무도 자신의 존재를 눈치채지 못하게 조심스럽게 전기실을 빠져나왔다. 다음으로 그가 가려고 하는 곳은 바로 방재실이었다.

하지만 방재실 앞을 버티고 선 양머리는 여전히 굳건했다. 물론 그렇다고 녀석이 김중혁을 적군이나 인질로 인식한 건 결코 아니었다. 양머리들은 김중혁을 전혀 의심하지 않았다. 서로 간에 이처럼 소통 불능 상태인 쿠데타 멤버들이 있단 말인가. 김중혁은 오히려 신기한 생각마저 들었다.

기왕 이렇게 된 거 김중혁은 좀 더 막 나가보자는 충동이 생겨났다. 그는 최대한 어색하게 보이지 않게 걸으면서 방재실 앞을 지키는 양머리에게 천천히 다가갔다. 그런 와중에도 김중혁은 조금도 긴장의 끈을 늦추지 않고 양머리 녀석의 손에 쥐여 있는 총을 응시했다. 총구의 방향은 바닥을 향하고 있었다. 조금은 안심이다. 그와 함께 김중혁은 지금 녀석의 얼굴 방향이 자신을 향하고 있음을 의식하며 조심스럽게 말문을 열었다.

"왜 불이 켜졌는지 알아?"

틀림없이 이것은 뜬금없으며 느닷없는 질문이다. 김중혁은 이 순간에 그러한 질문을 던진 자신이 원망스러웠다. 그러나 다르게 생각해보면 딱히 다른 질문을 할 상황도 아니지 않은가 하는 생각이 그의 의식을 강하게 지배했다.

그래서일까. 상대의 반응 역시 어설펐다. 양머리들의 지독한 소통 불능을 확인시켜주는 대목임에 틀림없다.

"그거야 모르지. 두목이 알아서 하는 거겠지."

"그래……."

잠시 침묵. 이윽고 "쾅!" 하는 소리와 함께 전기실 문이 열렸다. 그리고 지하 공간을 지키고 있던 양머리 대여섯 명이 일제히 뛰어나왔다. 그들의 행동은 모두 부자연스러웠고 불안해 보였다. 아마도 지금과 같은 사태를 전혀 예상하지 못한 듯했다.

하지만 그러한 혼란스러움 속에서도 녀석들은 하나의 일관된 목표를 갖고 있었다. 한 녀석이 앞장서서 지하의 문을 열고 계단을 올라가기 시작한 것이다. 뛰는 것까지는 아니었어도, 빠른 걸음이었고 꽤 다급해 보였다. 그러자 다른 양머리들도 앞장선 녀석의 뒤를 따르기 시작했다. 순간 양머리 무리들에게서 무능함과 어설픔을 발견한 김중혁은, 방재실을 제쳐두고 일행들의 뒤를 따르려는 양머리 앞을 가로막고 서서 다음과 같이 물었다.

"어디 가려고?"

"당신은 안 갈 거야?"

"어딜?"

"두목에게."

"두목한텐 왜 가는데?"

잠시 침묵. 순간 김중혁은 다시금 긴장했다. 어느 순간 이 표정을 알 수 없는 양머리들이 느닷없이 총부리를 겨눌 수도 있는 위험이 항상 존재하는 상황이었기 때문이다. 그러나 녀석의 반응은 여전히 순진하기까지 했다. 김중혁이 자신의 동료가 아닐 수도 있다는 점을 전혀 고려하지 않고 있었기 때문이다. 이로 미루어보건대, 이들은 분명 서로에 대해서 긴밀한 연락을 하지 못하는 무리들의 연대임을 확실히 알 수 있었다. 김중혁의 머릿속에서 말이다. 그와 함께 그는 거의 조건반사적으로 낮의 일을 떠올렸다. 용산역에서 벌어진 그 난동의 순간을. 양머리 녀석은 김중혁의 질문에 답해주었다. 그다지 친절하진 않았지만 말이다.

"왜 가긴? 불이 켜지면 무조건 두목이 있는 곳으로 집결하라고 두목이 그랬잖아. 벌써 까먹은 거야?"

"정말 미안한데 물어본 김에 한 가지만 더 물어보면 안 될까?"

"물어볼 거면 빨리 말해. 시간 없다."

"두목은 지금 어디 있는데?"

김중혁의 이번 질문에도 양머리 녀석은 별다른 타박을 하지 않고 순순히 답해주었다. 아마도 두목이 있는 곳으로 빨리 합류해야 한다는 생각이 앞섰기 때문일 것이다.

"인터컨티넨탈 볼룸에 있을 거야. 나랑 같이 움직이지 그래?"

"응? 아니……. 난 잠깐 할 일이 남아 있어서."

"빨리빨리 움직여. 두목이 기다리는 거 엄청 싫어하는 거 모르지 않잖아."

나야 당연히 모르지. 니네 두목 성질이 어떤지 내가 알 게 뭐야. 그렇게 속으로 중얼거린 김중혁, 몸은 어느새 방재실 안으로 들어선 상태였다.

김중혁은 이 순간 지금까지의 삶에서 느끼지 못한, 뭐랄까, 보람이라고 해야 하나, 타인에 대한 절대에 가까운 박애 의식이라고 해야 하나, 여하튼 그런 감정들이 한순간 폭풍처럼 밀려오는 강한 느낌을 받았다.

그가 방재실에 들어온 이유는 특별하지 않다. 바로 코엑스몰에 갇혀 있는 사람들을 해방시켜주는, 누구도 강요하지 않은 자신의 사명을 다하기 위해서다. 그것이 어째서 당신의 사명이냐고 누군가 묻는다면 아마도 김중혁은 아무 대답도 하지 못할 것이다. 그럼에도 중요한 건 현재 이 사명을 누가 자신에게 부여해주었느냐가 아니라, 자신이 이곳에서 무엇을 어떻게 저지를 수 있느냐이다.

전기실과 방재실을 하루에도 두세 번씩 닥치는 대로 드나들던 김중혁의 과거 경험은 이 순간 그로 하여금 손에 익을 대로 익은 옛 감각을 재현하는 데 결정적인 도움을 제공한다. 방재실에 들어온 김중혁은 우선적으로 방화 셔터를 올리는 작업부터 시작했다. 작업이라고 해야 뭐 별다르게 특별한 것을 요구하는 게 아니다. 방재실 전광판에 설치된 방화 셔터의 온과 오프 버튼 중에서 오프 버튼을 직접 수동으로 눌러주는 일이 고작이다. 전에도 간혹 자동 시스템이 고장 나거나 별도의 점검이 필요한 경우에 방화 셔터를 수동으로 조작해본 적이 있었다.

방재실에서 버튼 하나를 누른 결과는 엄청난 변화를 일으킬 것이다. 그런 생각을 하니 김중혁은 왠지 모르게 자신이 대단한 존재가 된 것 같은 심리에 사로잡혔다.

때로는 그러한 영웅 심리가 예상한 것 이상의, 이를테면 상식 이상의 행동을 유도한다. 흔히 말하는 오버액션이란 이런 심리 상태에 빠져든 김중혁의 행동을 두고 하는 말일 게다.

방화 셔터를 다시금 원위치대로 수동 조작한 것까진 괜찮았다. 그런데 김중혁은 그다음에 굳이 하지 않아도 될, 아니 하지 않는 것이 지극히 마땅한 짓거리를 벌이고 말았는데, 그것은 곧 소화 설비의 일종인 스프링클러와 하론 설비까지 죄다 가동시킨 것이다.

명분이야 얼마든지 찾을 수 있다. 끔찍한 인질극이 벌어지고 있는 공간에서 납치범들의 난폭한 집중력을 조금이라도 무력하게 만들고 그로 인한 혼란을 야기하는 게 사태 진압에 최선의 효과를 발휘할 수 있지 않겠느냐고 변명할 수도 있기는 하다. 그러나 김중혁이 그런 대단한 대의명분이나 민첩함으로 이러한 행동을 자행한 것은 결코 아니었다. 그의 이러한 행위는 참으로 말할 수 없이 뒤틀린 심리에서 기인한 행동으로 볼 수 있다. 다시없을 특수한 상황을 이용하여 일상의 세계에서는 엄두조차 내지 못하는, 기계의 톱니처럼 치밀하게 맞물린 시스템을 해체하고 조롱하는 일. 김중혁은 바로 그 일을 몸소 실행에 옮기면서 말로 표현하기 힘든 엄청난 카타르시스를 체험하는 중이다. 눈물이나 오줌을 찔끔찔끔 흘릴 만큼.

21

시작은 미약하였으나 나중은 심히 창대했다는 성서의 경구는 바로 이럴 때를 두고 하는 말인가. 장영달은 한순간에 펼쳐진 이 놀라운 변화에 대해서 한동안 입을 다물지 못했다. 그건 아마 장영달 혼자만의 반응이 아니었을 것이다. 푸드 코트에 모여 쥐새끼처럼 온몸을 숙이고 숨죽이고 있던 인질들 모두가 이 내부 환경의 급격한 변화에 대해 놀라워했으며, 그들을 인질로 삼고 있던 양머리들은 미련해 보일 만큼 다급하게 우왕좌왕했다.

변화의 시작은 물론 정전 상태이던 암흑이 돌연 밝음으로 전이되면서 발화되었다. 하지만 그냥 이 정도 상태에 머물렀다면 그건 그다지 놀라워할 만한 일이 아니었을 것이다.

놀라움은 귀청을 찢을 듯 터져 나오는 사이렌 소리와 함께 본격화되었다. 불이 켜진 지 얼마 되지 않아 천장에서 스프링클러가 사방으로 엄청난 분무를 시작한 것인데, 수압이 가히 상상을 초월하는 수준이었다. 놀라운 수압을 과시하는 물줄기는 요란한 사이렌 소음과 함께 푸드 코트를 비롯한 코엑스몰 전체에서 일정한 간격을 두고 터져 나왔다.

이 정도의 이상 징후만 보더라도 혼돈의 도래는 불을 보듯 뻔했지만, 사태는 이것만으로 마무리되지 않았다. 바닥 모서리의 미세한 틈새를 뚫고 피어오르는 하얀 분말의 연기들이 마치 무대 위의 드라이아이스처럼 코엑스몰 전체 공간에 솟구치기 시작했다. 그러나 인질들은 도무지 이러한 사태에 또 무슨 음모가 숨겨져 있는 건지 전혀 종잡을 수가 없었다. 그저 막연한 혼돈 속에 빠져 있었다.

그리고 곧 이러한 혼돈은 무리로 하여금 필연적으로 무질서한 상황에 빠지게 했다. 인질들은 분명 그랬다. 사이렌이 울리고 강렬한 물줄기가 천장 위에서 쏟아져 내리고 거기에 한술 더 떠 하얀 연기까지 바닥으로부터 치솟는 이 사태 자체에 인질들은 경악했다. 그리고 누가 먼저랄 것도 없이 비명을 지르며 자리에서 일어나기 시작했다.

인질들은 물론 양머리들의 서슬 퍼런 총구를 잊지 않았다. 하지만 지금 그들을 절대 공포에 질리게 하는 건 상대적으로 양머리들의 총구가 아니라, 상황의 급격한 대반전이었다. 그것은 분명 무리가 갖는 고유한 특성이다. 인질이던 무리는 그렇게 누가 시킨 것도 아닌 자발적인 난동을 감행하기 시작했다. 양머리들의 위협사격이 없던 것도 아니다. 실제로 그 사격에 한 청년이 희생되기도 했다. 하지만 중요한 건 인질들이 이제 양머리들의 총구에 고분고분하게 순종하는 길보다, 한 치 앞을 모르는 이 혼란에서 벗어나는 길을 선택했다는 거다. 그들은 비명을 지르고 아우성치면서 서서히 열리는 방화 셔터 밖으로 도주하기 시작했다. 당연히 그런 그들의 움직임은 필사적이었으며, 그만큼 우스꽝스러웠다. 서로가 서로를 밀치기도 했으며, 그로 인해 바닥으로 곤두박질치는 어리석은 낙오자도 발생했다. 이런 난동의 한복판에서 양머리들은 서서히, 하지만 명백하게 전의를 상실해갔다.

그러던 중 양머리 하나가 갑작스럽게 간질에 가까운 발작을 일으키기 시작했다. 하지만 그런 양머리의 난데없는 행동에 관심을 기울이는 사람은 이제 아무도 없다. 그들은 누가 뭐라 하건 상관없이 비상 사이렌이 왱왱 울려대고 스프링클러가 터져 나오는 사태를 일급 위기 사태로 인식하고 무조건 코엑스몰을 탈출하는 목표 외에 다른 생각을 할 여지가 없었다.

하지만 무리들의 대세가 그러한 본능에 가까운 생존 욕구에 포박되었다 해서 모두가 그렇게 공통의 목표를 좇아가는 건 분명 아니다. 그중에는 엄청나다고 할 만한 도심지 한복판에서 벌어진 희대의 인질극에 숨겨진 음모의 핵심을 파헤치고자 하는 공공의 의협심에 불타오른 소영웅주의자가 분명 존재했고, 지금 그 문제의 주인공이 일을 벌인 결과가 한 양머리의 간질 같은 발작으로 이어진 것이다.

혹시 기억하는가? 만리교를 포교하던 한복 입은 여인네의 어이없는 길거리 발작을? 그랬다. 장영달 옹에겐 비장의 무기, 호신용 전기 충격기가 있었던 것이다.

젊은 것들과의 말도 안 되는 이종 격투를 벌이는 와중에 잠시 잊고 있던 이 필살 무기를 떠올린 순간 장영달은, 더 두고 볼 것도 없이 우왕좌왕하는 양머리를 향해 다짜고짜 달려들었다. 헬스큐의 약발 때문인지는 몰라도 가뜩이나 힘이 뻗치는데 뭐가 두려울 게 있겠느냐는 호기로운 기세로 장영달은 한 양머리의 앞가슴을 표적 삼아 전기 충격기 버튼을 눌렀는데, 결과는 명중이었다. 전기 충격기의 공격을 받은 양머리는 몸을 꽈배기 꼬듯 비틀더니 그대로 바닥에 나뒹굴었고, 그로 인해 열린 방화 셔터 출구를 향해 달려가던 인질들의 발에 양머리가 짓밟히는 수모를 겪기도 했다.

하지만 장영달은 단순히 양머리 녀석에게 회심의 반격을 날린 것만으로 자신의 분풀이를 다했다고 절대로 생각하지 않았다. 어찌 되었든 그는 국가와 아름다운 도시 서울을 사랑하는 애국 시민이다. 이 말도 안 되는 해프닝을 벌인 양머리 녀석의 두목을 붙잡아 녀석들의 불온한 사상적 뿌리를 만천하에 공개해야 되지 않겠는가. 그러한 결의에 스스로 도취된 장영달은, 아직도 전기 충격의 극렬한 여파에 정신을 못 차리는 양머리의 멱살을 다잡고서 세상에서 그보다 더 그악스러울 수 없는 일그러진 표정으로 고통스럽게 심지어 근엄하게 소리쳤다.

"이 빨갱이 새끼들! 우두머리는 지금 어디 있어?"

"우어…… 어……."

이렇게 강력한 제품을 시중에서 판매해도 되는 걸까 하는 인도주의적 우려가 생길 정도로 전기 충격기의 위력은 상당했다. 어지간해선 정신을 차려야지 하는 생각이 들 정도로 엄청난 장영달의 고함에도 양머리는 제대로 된 말 한마디 하지 못하고 두 팔만 칠푼이처럼 허우적거릴 뿐이었다. 보다 못한 장영달은 양머리의 머리통을 손으로 움켜쥐고 일으켜 세웠다. 그런 그의 손엔 어느새 양머리 녀석으로부터 탈취한 총이 들려 있었다. 이 순간 그는 실로 50여 년 전으로 거슬러 올라간 기분이 되었다. 베트남전이라는 그 보편적인 추악성으로 가득하던 곳이 장영달에겐 애국과 청춘을 바친 낭만의 장소로만 남아 있었으니, 그 짜릿함이야 오죽했겠는가. 장영달은 적군 한 명을 붙잡고 놈들의 본거지에 단독으로 침투해 들어가는 람보가 된 심정으로 양머리 녀석을 앞장세웠다. 녀석의 등에 총구를 겨누며 말이다.

"앞장서. 네 두목이 있는 곳으로 날 안내하란 말이야!"

그렇게 양머리 녀석과 장영달은 인질들이 달려나가는 방향과 반대편으로 걷기 시작했다. 그들이 이동하는 방향에 세워진 표지판에는 '인터컨티넨탈 볼룸'이라고 표기되어 있었다.

22

호텔 볼룸. 이곳은 별천지 중에서도 별천지였다. 코엑스몰의 이 황당무계한 정전 사태 와중에서도 100평 남짓한 볼룸 내부만큼은 유유자적 점등 상태를 유지했다. 이곳은 처음부터 외부의 정전 사태와 전혀 무관하게 작동하는, 순전히 두목 양머리만을 위한 아방궁으로 조성된 것이다.

인터컨티넨탈 호텔 리셉션 볼룸에 들어설 때까지만 해도 윤마리아는 이런 분위기를 전혀 예상할 수 없었다. 내내 깊은 암흑 속에 잠겨 있다가 돌연 불이 들어옴과 동시에 사이렌 소리가 울려 퍼지고, 스프링클러가 터져 사방으로 물 폭탄이 쏟아지고, 게다가 하론 가스로 추정되는 하얀 분말의 가스가 바닥부터 천장까지 빠른 속도로 메워지는 이 작금의 현상을 뒤로한 채, 볼룸 내부는 비현실적인 평온 상태를 유지하고 있었다.

볼룸 내부의 구조는 지나칠 만큼 단조로웠다. 적색의 테이블보가 일률적으로 깔려 있는 원형 테이블이 스무 개 정도 무질서하게 배치되어 있고, 디너쇼 공연장을 연상케 하는 단상 위엔 무선 마이크와 노래방 기계쯤으로 보이는 반주기, 그리고 성인이 연주하기엔 도무지 억지스러워 보이는 미니어처 크기의 8기통 드럼이 설치되어 있었다. 그리고 이러한 단조로운 볼룸의 구석 테이블에 두목 양머리가 앉아 있었다. 거의 쓰러질 것같이 위태롭고 아슬아슬한 포즈로, 드러누울 듯 의자에 비스듬히 기대앉아 있던 것이다.

볼룸 안엔 두목 양머리 단 한 명 외에 다른 이는 존재하지 않았다. 무슨 생각에선지 여두목 양머리는 따라 들어오지 않았다. 볼룸 안으로 들어올 때, 윤마리아는 분명히 들을 수 있었다. 중세 시대 기병 부대의 말발굽 소리를 연상케 하는 엄청난 구두 굽 소리를 말이다. 하지만 고도의 방음 기술을 과시하기라도 하는 듯 볼룸 내부는 이기적일 정도로 조용했다. 물론 외부의 사이렌 소리가 아예 들리지 않는 것은 아니었지만, 그 소리마저 아련한 추억 속의 환청으로 들릴 정도로 묻혀버렸다.

보통 이 정도 되면 두목 양머리 주위에서 강렬한 암흑의 카리스마 같은 것이 폴폴 풍겨 나와야 정상적인 시나리오의 한 장면일 것이다. 한번 생각해보시라. 이 엄청난 인질극을 선동하고 이끈 리더가 신비주의로 충만한 공간에서 그 정도 카리스마도 내뿜지 못한다면, 그걸 어디 두목이라고 부를 수 있겠는가. 이 절정의 분위기만 보더라도 말이다.

그러나 실망스럽게도 비스듬히 기대어 앉은 두목 양머리의 모습은 초라하며 동시에 우스꽝스러웠다. 이건 정말이지 소극장 저질 가학 개그의 최절정 퍼포먼스와 다르지 않았다. 깡마른 체형에 엄청난 비대칭을 과시하는 양머리 탈을 뒤집어쓴 존재가 불완전한 자세로 다리까지 꼬고 앉은 그 꼬락서니란 그야말로 가관이 아닐 수 없었다. 윤마리아가 나이에 걸맞지 않은 상황 판단과 약삭빠름의 센스를 소유한 여인네였기에 망정이지, 푼수 기질이 다분한 사람이었다면 벌써 박장대소하고 남았을 장면이다. 틀림없이 그랬지만, 그녀는 꾹 참고 두목이 앉아 있는 구석 자리를 향해 천천히 걸어갔다. 어찌 되었건 그는 두목이다.

그렇게 점점 비대칭 양머리의 존재에 접근해가면서 윤마리아는 차츰 긴장하기 시작했다. 방금 전까지 곳곳에서 인질들의 핏물이 튀어 오르고 실제로 죽어나가던 그 끔찍한 양머리들의 만행을 떠올리며 말이다. 그는 누가 뭐래도 이 대담무쌍한 만행과 테러의 주동자다. 긴장해야 하지 않겠는가.

두목이 앉아 있는 자리 바로 앞까지 접근한 윤마리아는 대뜸 상체를 숙여 공손히 인사했다. 그러고는 자신이 갖고 온 약상자를 테이블 위에 조심스럽게 올려놓았다. 두목 양머리가 내내 관심을 갖고 있던 건 역시 여두목 양머리의 말처럼 그 약상자였다. 그 커다란 양머리의 두 눈이 약상자를 향하고 있는 것으로 봐선 분명 그랬다.

그래도 체면이란 게 있어서일까. 두목 양머리는 여전히 아무 반응도 보이지 않고, 약상자가 놓인 곳만을 뚫어져라 응시하고 있을 뿐이었다. 참다못한 윤마리아가 먼저 말문을 열었다. 방금 전 여두목 양머리에게 던진 말과 유사한 질문인데, 이번에도 두목이 그녀와 같은 반응을 보일지는 미지수였다.

"저기 뭐 하나 여쭙고 싶은 게 있는데요."

그러나 두목 양머리, 침묵이 암흑 대마왕만이 갖는 고유 특권인 줄 아는가. 그는 윤마리아의 질문이 시작된 지 한참의 시간이 지나도 여전히 무반응으로 일관했다. 그런 두목 양머리의 반응 없음을 보고 제풀에 지친 윤마리아는 끝내 자신이 묻고자 하는 질문의 핵심을 꺼냈다. 그것은 이 사태를 해명할 수 있는 열쇠임과 동시에 그녀가 소기의 목표를 성취하기 위한 필연적인 수순이기도 했다. 그녀는 다음과 같은 질문을 두목 양머리에게 던졌다. 별로 긴장하거나 망설이는 기색 없이.

"선생님이 혹시 본부장 론이세요?"

틀림없이 모니터 화면으로 봤을 때 론이 유창한 한국어 실력을 뽐내던 것으로 지레짐작하고 윤마리아는 처음에 한국말로 물었다가, 행여 한국말을 못 알아듣는가 싶어 짧은 영어 실력이나마 발휘할 겸 해서 재차 동일한 질문을 이번에는 영어로 물었다. 대충 "아 유 론?" 하는 식의 어설픈 영어로 말이다.

그러나 이번에도 두목 양머리, 아무 반응도 보이지 않는다. 더욱 답답해진 윤마리아는 기왕 이렇게 된 거 속 시원하게 이 녀석들의 정체나 까발려보자 하는 뒤틀린 심사로 밀어붙였다. 그녀의 이러한 어쩌면 무모하게 보일 수 있는 대담성의 한 측면엔 두목 양머리의 두 손에 문제의 총이 쥐어 있지 않다는 사실이 한몫 단단히 했는지도 모른다.

"저…… 부리라고 기억하시죠? 저희 인턴 사원들 교육하는 팀장 말이에요. 그 언니가 저한테만 알려줬어요. 본부장님이 데이비드교 열성 신도라고. 그래서 이곳 코엑스몰에서, 규모는 알 수 없지만, 여하튼 양머리 카니발인가 뭔가를 개최한다고 알려줬어요. 솔직하게 말씀드리자면, 본부장님, 저도 데이비드교, 그러니까 다윗 말세 교회의 신도예요. 무슨 이유인지는 잘 모르지만, 저희 아빠 엄마가 데이비드교를 추종하는 열성 신자거든요. 그래서 저도 그다지 열심히는 아니지만 주일만 되면 꼭 교회에 참석했어요. 정말이에요. 그러니까…… 음…… 더 노골적으로 말씀드리면…… 뭐랄까? 이번 정규직 사원 인사 발탁 건 말이에요. 부리

언니 말로는 같은 종교인들끼리 연합하는 게 글로벌유나이티드의 전통이라고 하더라고요. 저도 본부장님과 같은 종교인이거든요. 뭐, 이런 카니발도 나쁘진 않네요. 사람 죽어나가는 게 좀 끔찍하긴 해도, 서울에서 하루에도 수백 명씩 교통사고와 암으로 송장이 되어 죽어나가는데 이깟 게 뭐 대수겠어요. 이해할 수 있어요. 같은 종교인끼리 이해 못 할 게 뭐 있겠어요. 그러니까…… 뭐랄까? 이번 정규직 사원 인사 발탁 건 말이에요. 음……."

윤마리아는 어째서 자신이 제대로 조리 있게 말하지 못하고 더듬거리는지 이유를 알 수 없었다. 심지어 지금 자기가 무슨 말을 하고 있는지조차 확신할 수 없는 지경이었다. 하지만 그녀는 지금 자신이 최선을 다하겠다는 다짐만큼은 잊지 않고 있다고 자부했다.

그러나 그녀의 그런 확신은 오직 두목 양머리가 글로벌유나이티드라는 외국계 제약회사에 재직 중인 본부장 론이라는 전제가 있어야만 제대로 된 효과를 볼 수 있다. 만약 이 두목 양머리가 그녀가 알고 있는 본부장 론이 아니라면 카니발도, 정규직 승격도 딴 나라 이야기가 되어버리고 만다.

그런데 도대체 이건 뭔가. 윤마리아의 그 지독한 횡설수설에도 아무 반응을 보이지 않던 두목 양머리, 조리 없는 말의 덫에 걸려 더는 말을 잇지 못하고 가쁜 숨만 헐떡거리는 윤마리아가 보는 앞에서 오른팔 팔목을 테이블 위에 썩은 나무토막 내던지듯 올려놓더니 이내 연미복 소매를 쑥 걷어 올리는 게 아닌가.

곧이어 등장한 그야말로 깡마른 남자의 팔뚝. '이건 완전히 아프리카 난민 수준이네'라고 생각하는 게 전혀 무리가 아닐 정도로 앙상하게 뼈만 남은 팔뚝이다. 두목 양머리는 그렇게 걷어 올린 팔뚝을 하나의 절대적인 의사 표현으로 활용하려는 듯 단 한마디의 명령으로 윤마리아의 모든 말을 묵살해버렸다. 정답도 오답도 아닌 대답으로, 윤마리아의 신념과 확신을 여전한 모호함 속에 묻어두고서 말이다. 두목 양머리가 남긴 한마디는 다음과 같았다.

"빨리 주사나 놓으셔."

그러자 본능적으로 윤마리아의 입에서 다음과 같은 질문이 튀어나온다. 당연한 반응이다.

"당신 정말 누구예요?"

그러자 두목 양머리의 힘에 겨운 음성이 이어진다. 정말 그건 금방이라도 쓰러질 것 같은, 신경쇠약에 걸리기 직전인 남자의 육성이었다.

"내가 누군지가 그렇게 중요해?"

"그럼 중요하지 안 중요해요?"

"왜 중요한데?"

"제 취직 자리가 걸렸어요. 벌써 정규직 되는 줄 알고 카드깡해서 짝퉁 명품을 얼마나 많이 사들인 줄 아세요?"

"아가씨."

"말씀하세요."

"재미있는 이야기 하나 짧게 들려줄까?"

"재미없어도 괜찮으니까 아무 말씀이라도 해보세요."

잠시 침묵. 두목 양머리가 그 재미있는 이야기라는 것을 들려 주기 위해 숨을 가다듬는 중이다. 그렇지만 처음 정전이 발생하고 어눌하게 낭독한 연설문 속에 깃든 숭고함이나, 그 반대로 다이내믹한 화제를 기대한다면 포기하기 바란다. 두목 양머리가 사실은 전혀 흥미롭지 않은 동화 같은 이야기 한 토막을 들려준 것에 불과했기 때문이다. 그가 윤마리아에게 말한 이야기의 전부를 옮겨보면 다음과 같다.

"우리들이 왜 이렇게 양머리를 뒤집어썼는지 알아?"

"그거야 뭐 카니발을 위한 거겠죠. 안 그래요?"

"이 양머리는 우리가 뒤집어쓴 게 아니야."

"그럼 뭐예요?"

"어느 순간 우리 머리가 양머리로 변한 거야. 믿기 힘들겠지만 사실이 그래."

"……."

"우리가 뭐 할 일이 없어서, 아님 대단한 급진 사상을 가슴에 안고 평일 늦은 오후에 이 난리 블루스를 벌이는 줄 알아? 그거 아니야. 이건 순전히 우리 의지와 무관하게 진행되는 하나의 이벤트야."

"그러니까 그게 카니발 아니에요? 십헤드 카니발! 양머리 카니발 말이에요."

"갖다 붙이면 그만이겠지. 이벤트일 수도 있고, 카니발일 수도 있어. 그렇지만 중요한 건 말이야. 우린 지극히 평범한 서울의 소시민들이었어. 4대 보험에 가입한 직장에 다니며 아침 8시 반이나 9시쯤 출근해서 7시가 넘어 퇴근하고 접대 명목으로 폭탄주를 부어대던 평범한 직장인들, 아님 학교에서 수능 준비하던 수험생, 모여서 집값 대출 때문에 한숨만 푹푹 내쉬던 가정주부, 은퇴하고 할 일 없이 탑골공원이나 쏘다니던 노인들이 바로 우리들의 본래 모습이었지."

"계속 말씀하세요."

"그런데 어느 날부터인가 우리는 서로의 머리통과 얼굴이 양의 그것으로 변해가는 꼴을 목격하기 시작했어. 머리카락이 흰 털로 변하고 얼굴에서도 흰 털들이 자라 나오기 시작한 거야. 처음에 우리들 자신은 이 변화를 제대로 인식하지 못했어. 상대의 머리통을 보면서 비로소 그 사실을 깨닫게 된 거지. 아, 이제 우리 모두가 양이 되어버리는구나 하는 사실 말이야."

"……."

"처음엔 이렇게 양머리로 변신하고 보니까 여간 불편한 게 아니었어. 몸 전체에 갑옷을 뒤집어쓴 것같이 부자연스럽고 내 몸이 내 것처럼 느껴지지가 않는 거야. 그러다가 한두 명씩 나와 같은 모습을 하게 된 양머리들과 접촉하게 되었고, 그러면서 한 가지 공통분모가 생긴 거야. 그게 뭔 줄 알아?"

"전 잘 모르니깐 질문하지 말고 하던 얘기 계속해보세요."

"퉁명스럽긴. 그래, 아무튼 우리가 갖게 된 공통분모는 분노라는 거야."

"분노?"

"두 가지 경우지. 하나는 우리 의지와 상관없이 내 얼굴이 양머리로 변하는 것에 대한 분노. 그건 거의 짜증스러움에 가깝지. 성가시고 말이야. 그리고 두 번째. 이게 장난 아닌데, 우리 양머리들은 하나같이 이 분노를 견디지 못했어. 왜 하필 양머리였느냐 하는 억울함에 대해서 말이야."

"양머리인 게 어떠신대요?"

"이봐. 양의 특징이 뭔 줄 알아?"

"글쎄요……. 들판의 풀을 뜯어 먹는다? 뭐 그런 거 아닌가요?"

"무식하긴. 풀은 소도 뜯어 먹어. 그게 중요한 게 아니고 양은 무조건 목자가 없으면 살아갈 수가 없어. 저 드넓은 벌판에서 목자의 인도가 없이는 단 한 걸음도 걸을 수 없는 게 양의 빌어먹을 운명이라고."

"그래서요?"

"그런데 우리들은 모두 양머리들뿐이야. 목자가 없어. 그래서 불안해지기 시작한 거지. 모든 게 혼란스러웠어. 그래서 우리는 목자를 찾아 나서기 시작했지. 그런데 웬걸. 우리가 목자라고 믿고 싶던 대상들이 하나같이 우리의 기대를 배반했어. 또 어떤 얼어 죽을 사이비 목자들은 우리를 썩은 오물통 속으로 밀어 넣기도 하고 말이야."

"……."

"그래서 우리는 결심했지. 토론에 토론을 거듭한 끝에 숭고하고도 장엄한 결단을 내리고 만 거야."

"뭐가 그렇게 거창해요?"

"결국 우리는 우리들 중에서 목자를 찾기로 했지. 우리를 이 혼돈과 암흑 속에서 구원해줄 참메시아 말이야."

"그 메시아를 찾는 소동이 이 양머리인지 뭔지 하는 카니발이란 말이에요?"

"그래. 이제 좀 알아듣겠어?"

"글쎄요."

"이봐. 어떤 의미에서 보자면 말이야. 우린 선각자들이야. 당신들은 아직 스스로도, 아니면 상대를 통해서도 우리 모두가 양머리로 변해가는 것을 모르거나 자각하지 못하는 무지몽매한 상태에 빠져 있는 거고. 그래서 우린 결국 참다못해 당신들도 이제 곧 양머리로 변할 테니까 그때를 대비해 어떤 준비라도 해놓으라는 자각과 경고의 메시지를 전달하기 위해 이런 이벤트를 마련한 거란 말이야. 알아듣겠어?"

"그런데 왜 하필 양머리예요?"

"아까 말했잖아. 그건 나도 몰라. 내가 어떻게 알겠어? 어느 순간 거울을 보니 내 머리도 양머리, 다른 인간 머리도 양머리로 보이기 시작한 이 현상을 어떻게 설명할 수 있겠어? 안 그래? 그러니깐 미치고 죽겠기에 이 시간에 꼴같잖은 연미복을 입고 이 짓거리를 벌이는 거지. 설마 뭐 대단한 거나 기대한 건 아니겠지?"

"알겠어요. 다 알아들었어요. 그런데 말이에요. 이젠 제 질문에 대답해주지 않겠어요?"

"다 말했잖아. 뭘 더 말해?"

"제가 아까 한 질문 말이에요."

"글쎄 그게 뭔데?"

"당신이 본부장 론인지 아닌지 그것만 말해줘요. 글로벌유나이티드의 정규직 사원 인사에 결정적 영향력을 가진 론 말이에요. 론!"

그러나 이 말라비틀어진 무말랭이 같은 두목 양머리, 윤마리아와 싱거운 게임이라도 벌이고 싶은 걸까. 그는 끝내 윤마리아의 질문에 대해 이번에도 직접적인 답변을 피하며 대신 협상안을 내걸었다. 그것은 끝내주게 유치한 거래의 일종이었다.

"우선 갖고 온 약이나 꺼내봐. 그럼 그때 말해주지."

23

"멸공! 승공! 반공! 으아아아악!"

아마도 그런 식의 구호를 돼지 멱따는 소리로 내지르며 전진하
는 인종은 지구상에 결코 많지 않을 것이다. 그러나 장영달은 꾸
준히 그리고 과감하게 그와 같은 구호를 내지르며 자유민주주의
구현을 위한 불사조가 된 심정으로 돌진을 계속했다.

장영달은 유달리 어리바리하던 한 양머리 녀석으로부터 총기
를 탈취한 다음부터 완전히 물 만난 고기처럼 날뛰었다. 괜히 이
유도 없이 천장을 향해 방아쇠를 당겨보기도 하며, 완전히 코엑
스몰을 자신의 전쟁 놀이터로 착각하는 건 아닐까 싶은 광분 상
태에 빠져든 것이다.

인질들은 아수라장이 된 코엑스몰 밖으로 빠져나가는 데 모든
발악의 초점을 맞췄다. 비명을 지르고 옆 사람을 밀치고 쓰러뜨
리며 온몸으로 쏟아지는 하론 분말 가스와 스프링클러의 물세례
를 받으며, 그들은 열린 방화 셔터 너머의 세상을 향해 전력으로
움직였으며 또한 행동했다.

그러나 지금 우리의 분기탱천 히어로 장영달 옹을 보라! 양머
리 녀석을 앞세우고서 도리어 모든 이들이 꺼리고 도망치려 하는
두목 양머리가 있는 인터컨티넨탈 볼룸을 향해 힘찬 진군을 계
속하고 있는 것이 아닌가. 장영달은 이런 자신을 스스로 흡족하

게 여기며 자신이 진정으로 말만 번지르르하게 늘어놓는 보수주
의자가 아님을 확신하게 되었다. 그와 함께 틀림없이 자신의 이
넘치는 에너지를 가지고 두목 양머리마저 때려잡아 이대왕 따위
의 젠체하는 보수 논객들의 콧대를 납작하게 해주리라는 결의를
불태웠다. 이런 행위가 명예로운 구국 결단이 아니면 도대체 뭐란
말인가? 그렇게 장영달 옹은 주춤거리는 양머리 녀석의 등을 계
속해서 총부리로 힘껏 찔러대며 더딘 행보를 엄히 꾸짖었다.

24

   일반인들 사이에서 양머리를 찾아내는 건 대단히 수월하면서
도 묘한 짜릿함을 기무에게 느끼게 해주었다.
   기무는 다시 한번 게임 업체의 놀라운 서바이벌 게임 구성에
탄복하지 않을 수 없었다. 그와 더불어 이 삼류 게임 업체를 다시
보게 됐다. 이렇게 우수하고 치밀하며 방대하기까지 한 스케일의
리얼 서바이벌 게임을 마련해놓다니…… 쇼킹한걸!
   상황은 이제 대혼돈 속으로 빠져든다. 양머리들은 이제 인질
통제에 한계를 느꼈는지 그저 웅성거리며 이 사태를 망연히 지켜
보거나 아니면 두목 양머리가 있는 곳으로 잽싸게 이동하는 양
극화된 성향을 보였고, 수많은 인질들은 무질서의 극치를 보이며

이기적인 몸놀림으로 단지 이곳에서 빠져나가기 위한 필사적인 행보만을 거듭했다.

기무는 이런 일반인들을 밀쳐내며 출구와 반대 방향인 인터컨티넨탈 볼룸 쪽으로 진행하는 것이 다소 성가셨지만, 방대한 스케일이 가져다주는 리얼 액션의 하나쯤으로 간주하는 여유를 갖게 되었다. 그와 함께 녀석은 이제 더 이상 총알의 낭비를 아쉬워하지 않았다. 두목 양머리를 저격할 때 필요한 최소 세 발의 실탄만 확보하면 그만이다. 이와 같은 자신감은 자신이 이제껏 명중률 100퍼센트를 기록한 발군의 사격 실력을 갖고 있음을 전폭적으로 신뢰한 결과다.

따라서 기무는 좀 더 홀가분해진 상태에서 이 게임을 즐길 수 있게 되었다. 수많은 인질들의 틈바구니 속에서 눈에 확 들어오는 양머리들만을 저격하면서 숨 막히는 짜릿함을 만끽했다. 기무는 경쾌하게 복싱 스텝을 밟듯 두목 양머리를 맞이하기 위한 돌진을 계속했다.

25

사실 김중혁은 두목 양머리가 있다는 인터컨티넨탈 호텔 볼룸으로 가야 할 하등의 이유도, 명분도 없었다. 그럼에도 양머리에 연미복까지 그럴싸하게 갖춘 그가 향한 곳은 다른 인질들과는 다르게 인터컨티넨탈 볼룸 방향이었다.

다른 이유란 게 존재할 리 없지만, 그 또한 김중혁에게 분명한 행동의 동인(動因)으로 작동하는지도 모른다. 그것이 곧 일반 사람들이 이해하기 힘든, 하릴없이 표류하는 노숙자의 운명적 이끌림과도 같은 거다. 사실 김중혁은 지금 밖으로 탈출한다 해도 별 뾰족한 수가 없다. 그렇지 않은가. 김중혁이 다른 인질들처럼 저토록 필사적으로 코엑스몰을 빠져나가 돌아갈 집이 있나, 직장이 있나, 가족이 있나? 그가 다시 돌아갈 수 있는 곳은 옛 서울역 역사 정도가 고작인데, 그것도 오늘 낮에 벌어진 용산역에서의 노숙자 난동으로 인해 단속이 강화되어 하룻밤 노숙조차 장담할 수 없는 실정이다. 그러니 이곳에서 뭉갤 수밖에 없다.

하지만 김중혁에게 그보다 더 숭고한 의미가 남아 있기는 하다. 그건 바로 오늘 오전에 자신의 노숙 동반자임을 자처하는 광록이 남긴 예언에 대한 확인이다. 양의 탈을 쓴 메시아가 용산역이나 삼성역에 출몰하여 노숙자들만의 세상을 이루어낸다는 그 황당하고 거창한 예언의 경구 말이다. 용산역에선 이미 물 건너갔지만, 아직 삼성역 코엑스몰에서는 시퍼렇게 살아 있는 현재 진행형이다. 안 그런가? 김중혁은 그 기대를 도무지 버릴 수 없었다. 왜냐하면 광록의 소위 《격암유록 외전》에 나오는 메시아 출현에 대한 언급이 상당한 비현실에 근거한 내용이라면, 지금의 이 상황 역시 그에 못지않게 비현실적이기 때문이다. 게다가 양머리들이 설치고 다니며 온갖 요상한 혁명 조어(造語)들을 발설하지 않았던가. 이 대목에서 '설마 정말로 메시아가?' 하는 생각이 생기지 않는다면 그건 사람도 아니라는 확신이 생기자, 김중혁으로선 더욱 이곳을 벗어나기 싫어졌다. 적어도 두목의 얼굴, 아님 녀석의 정체나 알고 도망쳐도 괜찮지 않겠느냐는 심중 계산이 결국 김중혁의 발걸음을 이처럼 인터컨티넨탈 볼룸으로 향하게 한 건지도 모른다.

그런데 그는 지금 인질도, 양머리 멤버도 아니다. 양머리를 눌러쓰고 연미복을 입은 걸로 봐선 이 황당한 인질극을 벌인 양머리 멤버들 중 한 명이 마땅하지만, 그는 결정적으로 이 무리들의 정체 모를 음모에 찬물을 끼얹은 복전(復電)의 주인공이다. 하지만 이런 김중혁의 공적을 누가 알아주겠는가. 신만이 알아줄 뿐. 부디 김중혁에게 신의 은총이 함께하기를.

26

"으아아아아아악!"

어쩌면 비명을 지르는 당사자보다 그런 그를 지켜보는 윤마리아의 심경이 더 착잡했을지도 모른다. 그가 비명을 지르는 이유를 전적으로 윤마리아가 제공했기 때문이다. 말하자면 그녀는 지금 이 사태를 일으킨 가해자인 셈이다.

한번 돌이켜보자. 정전 사태가 발생하기 전 장영달과 윤마리아가 대면하던 시기를 돌이켜보잔 말이다. 그때 장영달 옹은 약만 먹으면 되는 거 아니냐며 주사 맞기를 극구 거부했으나, 윤마리아의 강경한 주문에 끝내 주사 맞는 걸 수락하는 것으로 상황이 종료되는 듯했다. 그러나 결과는 어땠는가? 그녀는 끝내 장영달의 푸르뎅뎅한 힘줄들로 넘쳐나는 팔뚝에 주사액을 주입하지 못했다. 장영달 자신이 월남 출신 운운하며 주사를 제 팔뚝에 스스로 꽂은 것이다. 윤마리아가 직접 주삿바늘을 꽂아 넣은 게 아니란 말이다.

그런데 지금 윤마리아는 무방비로 내민 두목 양머리의 팔뚝에 처음으로 주사액을 주입하고자 시도했다. 어쩔 도리가 없는 일이었다. 두목 양머리는 어서 빨리 주사를 놓으라고 재촉했고, 또 그래야만 카니발과 정규직 승격 여부에 대한 정확한 정보를 일러주겠다는 다짐을 받아낸 상태였기 때문이다.

하지만 엄밀히 말해 윤마리아는 태어나서 지금까지 단 한 번도 사람의 팔뚝에 주사를 놔본 적이 없음에 주목하기 바란다. 심지어 어렸을 적에 친구들이 병원놀이 같은 것을 즐길 때에도 그녀는 주사와는 거리가 먼 유희에만 몰입했던 것이다.

모니터로 한두 번 본 것만으로 주사를 놓는 건 그야말로 불가능에 가까운 일. 처음 주삿바늘을 밀어 넣었지만 실패, 다시 두 번째도 실패, 그렇게 세 번을 반복하다 보니 어느 순간부터 두목 양머리가 비명을 지르기 시작했다. 뼈마디만 남은 앙상한 그의 팔뚝에선 주삿바늘의 무자비한 공격으로 인해 검붉은 핏물들만 홍수처럼 터져 나올 뿐이었다.

그렇지만 윤마리아가 끝내 투여의 의식에 실패했다고 생각하는 건 섣부른 단정이다. 그녀는 끝내 주사기 속에 담긴 일정량의 약물을 두목 양머리의 팔뚝 혈관 속으로 밀어 넣는 데 성공하긴 했다. 거듭되는 실패에 오기가 생긴 그녀는 열 번, 스무 번이라도 될 때까지 찔러보겠다는 심사로 두목 양머리의 고통스러운 몸부림에도 아랑곳없이 주삿바늘을 마구잡이로 찔러 넣었고, 그렇게 열두 번쯤 줄기차게 시도한 끝에 주사기 속의 약물이 "쭈욱" 하는 소리와 함께 두목 양머리의 몸속으로 빨려 들어가는 것을 확인하고야 말았던 것이다.

그런데 이게 어찌 된 일인가. 그녀의 머릿속에서 '차라리 실패로 끝났으면 두목 양머리가 그냥 비명만 지르다 말았을 텐데……' 하는 걱정이 들기 시작한 건 전혀 엉뚱한 생각이 아니었다. 글로벌유나이티드라는, 정체는 모르겠지만 여하튼 글로벌, 최첨단, 나노테크 따위의 세련된 수식어란 수식어는 다 갖다 붙인 이 다국적 기업에서 야심 차게 개발한 건강 보조 의약품 헬스큐의 엑기스인 약물이 두목 양머리의 몸속으로 빨려 들어간 그 순간부터 그의 발작은 완전히 비현실적인 차원으로 승화되기 시작했는데, 그건 정말이지 걷잡을 수 없는 수준이었다.

자신의 머리통을 두 손으로 감싸 쥐고 괴로워하던 두목 양머리는 어느새 자리를 박차고 일어나 볼륨 곳곳을 돌아다니며 지랄 발광하는 용트림을 선보였는데, 뭐 그런 몸짓의 괴기스러움까진 그런대로 봐줄 수 있다. 정신병원에 격리 수용된 환자들에게서도 왕왕 발생하는 해프닝 아니던가.

그런데 '이건 정말이지 현실이 아니야. 꿈이야, 꿈!' 하는 탄성이 윤마리아의 머릿속에서 온통 어지러운 공명을 일으키며 울려 퍼졌다. 그것은 바로 두목 양머리의 언제까지라도 변함없을 듯하던 털 색깔이 급격하게 변색(變色)했기 때문이다.

양털 색깔에 대해선 우리 모두 의심의 여지를 갖지 않는다. 흰 털. 대충 그 정도로 생각하지 않는가. 지금 이 어처구니없는 쿠데타의 주인공들이 뒤집어쓴 양머리 역시 전형적인 흰 털이었으며, 두목 양머리도 물론 예외는 아니었다. 그러나 이 문제의 헬스큐 약물이 투여된 그 순간부터 두목 양머리의 털 색깔이 변하기 시작한 것이다. 무슨 5분 염색약을 머리 전체에 처바른 것도 아니고 어떻게 이럴 수 있을까 싶을 정도로, 두목 양머리의 털은 마치 세숫대야에 담긴 물에 먹물 한 방울이 떨어져 사방으로 번져나가듯 그렇게 검은색으로의 변색이 속도감 있게 전개되기 시작한 것이다.

두목 양머리가 이러한 변색의 과정을 그저 담담하게 받아들였다면, 윤마리아의 놀라움은 감소될 수도 있었을 것이다. 하지만 두목 양머리가 이 변색의 신호를 너무나 고통스럽고 절망스럽게 받아들이는 게 아닌가. 그는 볼룸 한쪽 벽면을 완벽하게 장식한, 아예 마감 재료로 사용되다시피 한 거울에 비친 자신의 전신(全身), 그중에서도 특히 변색되어가는 자신의 머리통을 바라보며 절규와 비탄의 비명을 발작적으로 토해냈다. 마냥 듣고 있을 수만은 없는 참혹한 전락(轉落)의 참상과 사지백체(四肢百體)가 맨정신으로 뜯겨 나가는 지옥의 한 장면을 목격하는 기분을 그녀는 감히 실감하지 않을 수 없던 것이다.

그리고 바로 그때 천장에서 뭔가 요란한 소리가 한 차례 들려왔다. 족히 3미터는 되어 보이는 천장 위에 매입되어 있던 어린아이 몸 크기만 한 조명 기구가 "와장창!" 소리와 함께 무너져 내린 것이다.

흡사 철 지난 홍콩 누아르 영화를 연상시키던 장면 다음에 등장한 것은, 하지만 전혀 매력적이지 못한 어느 존재의 느닷없는 추락이었다. 부서진 조명 기구 사이로 무언가 시커먼 것이 삽시간에 볼룸 테이블 위로 "쿵!" 하고 떨어졌는데, 놀란 윤마리아가 순간 비명을 질러댔다. 두목 양머리와 윤마리아가 지른 비명 소리의 뒤엉킴은 전혀 조화롭지 못했다. 이 무슨 해괴망측함인가.

바닥으로 추락한 존재 역시 양머리를 쓰고 연미복을 입고 있었지만, 어딘가 모르게 추레하고 부자연스러워 보였다. 연미복 상의 앞 단추는 모두 끌러져 있었으며 그 속으로 러닝셔츠가 노출되어 있었는데, 워낙 때에 절어 있어 무슨 걸레를 아랫배에 두른 듯한 불결한 느낌을 전달하기에 충분했다.

그랬다. 천장을 뚫고 볼룸으로 전격적으로 진입해 들어온 이는 바로 김중혁이었다. 피트와 천장의 배관을 전문적으로 뚫고 돌아다닐 수 있는, 그다지 특이하지도 그렇다고 아주 평범하지도 않은 재능의 소유자 김중혁은 이번에도 천장 배관을 이용한 파격적인 지름길을 통해 볼룸으로 진입한 것이다. 지하 방재실에서 이곳까지 채 5분도 안 걸리는 시간에 말이다.

바닥에 곤두박질친 충격에 여전히 두개골이 얼얼했지만 대충 수습하고 일어선 김중혁은, 우선 윤마리아를 알아보고 손짓을 해 보였다. 하지만 그녀는 김중혁을 알아보지 못했다. 그저 약간은 추레한 차림의 양머리 무리 중 한 명이라는 생각만 했을 뿐이다. 그래서일까. 윤마리아는 두 손으로 손사래를 치며 두목 양머리의 머리통을 두고 벌어진 일련의 현상에 대한 자신의 혐의를 강하게 부정했다.

"전 아무 잘못도 없어요. 그저 주사 놔달라고 해서 놔준 것뿐인데 이렇게 된 거예요."

윤마리아의 그 말을 들은 김중혁은 본능적으로 여전히 지랄 발광의 도가니에서 벗어나지 못하고 있는 두목 양머리를 돌아봤다. 이제 그의 머리는 완벽한 검은색이 되었다. 검은 털을 가진 양머리의 모습은 어딘가 모르게 음침하고 불길해 보였다. 그렇다고 딱히 정체가 드러났다고 볼 수도 없는 으스스함, 그것은 마치 엄청난 재앙이 닥치기 전 불어오는 산들바람 같다고 해야 할까. 여하튼 그랬다.

김중혁은 천천히 두목 양머리를 향해 다가갔다. 두목 양머리는 '가까이 오지 마!' 정도의 강한 경고 메시지를 발광의 몸짓으로 표현하는 듯했지만 김중혁은 대수롭게 생각하지 않았다.

그리고 윤마리아는 이런 둘의 모습, 특히 양머리를 뒤집어쓴 김중혁의 특이함을 인지하며, 어쩌면 김중혁이 본부장 론일지도 모른다는 경우의 수까지 염두에 두었다. 사실 이 상황에선 어떤 경우의 수, 어떤 황당무계한 상상도 죄다 용납되는 법이다. 이 상황 자체가 지극히 비현실적이지 않은가.

두목 양머리의 바로 옆에까지 다가선 김중혁은 조심스럽게 다음과 같이 물었다. 두목 양머리가 대답을 하건 말건 관계없이.

"당신이…… 메시아요?"

하지만 예상한 대로 두목 양머리는 그저 제 머리통을 부여잡고 고통의 비명을 지를 뿐 별다른 답변을 해주지 않았다. 윤마리아의 질문에도 그랬듯이. 답답한 생각이 든 김중혁은 혼잣말을 내뱉듯 다음과 같이 말했다.

"제기랄, 무슨 메시아가 이래? 머리통이 온통 시커멓게 물들어가지고. 양이 아니라 검은 길고양이에 가깝군."

"그런데요……."

윤마리아는 더 이상 고통에 몸부림치는 두목 양머리에게 질문하지 않았다. 이제 김중혁에게 질문하기로 한 것이다. 김중혁은 그녀에게 알은체했다. 용산역에서 봤지 않은가.

"말해봐요. 아가씨."

"절 아세요?"

"우린 구면이잖아. 안 그래?"

"그렇다면 당신이 본부장 론이군요. 그렇군요."

너무 앞서 나간 거 아닌가. 그렇지만 윤마리아는 이제 그렇게 확신할 수밖에 없었다. 다소 어처구니없는 결말이지만, 카니발이 이렇게 마무리되는 것도 나쁘지 않겠다고 마음속으로 위안하며 말이다.

그러나 김중혁은 어느새 자신의 두 손을 붙잡고 눈물까지 흘리는 윤마리아를 보며 무슨 말을 해야 할지 종잡을 수가 없었다. 론? 론이 뭐야? 혹시 자신을 길바닥으로 내몬 그 지긋지긋한 고리 사채의 원조, 카드론을 말하는 건가? 김중혁은 윤마리아에게 다음과 같이 물었다. 당연한 질문이다.

"본부장이라니? 무슨 소리를 하는 거요?"

"이제 숨기지 않아도 알 수 있어요. 이제 다 끝난 거죠? 이제 이 종교적 성극(聖劇)에 가까운 카니발이 순조롭게 마무리되는 거죠?"

"당최 무슨 말인지 모르겠네."

"당신의 머리털 색깔만 봐도 알 수 있어요. 그렇잖아요."

"내 머리털 색깔이 어때서?"

과연 김중혁은 처음부터 모르고 있던 걸까? 그는 순간 처음 전기실에 침입하여 비품 상자에 한가득 들어 있던 양머리 중 한 개를 골라 뒤집어쓴 기억을 떠올렸다. 동시에 그는 자신의 전신을 적나라하게 투영하는, 벽면에 부착된 전신 거울을 자연스럽게 응시했다. 그와 함께 "어라?" 하는 감탄사를 내질렀다. 윤마리아가 이처럼 확신하는 것도 어찌 보면 일리가 있을 수 있다. 왜냐하면 지금 김중혁의 머리통 위에 씌워진 양머리의 털 색깔은 바로 흰색도 검은색도 아닌, 회색이었기 때문이다.

김중혁은 순간 고개를 갸우뚱거렸다. 두 가지 이유 때문이다. 첫째는 '어째서 양머리 색깔이 회색인 것을 까마득히 몰랐을까?' 하는 의문이다. 처음에 양머리 하나를 집었을 때 분명 털 색깔이 흰색이었던 것 같은데, 그렇다면 시간이 가면서 저절로 변한 건가? 또 한 가지 의문 또한 만만치 않은데, 그건 바로 윤마리아의 말이다. 본부장은 뭐고, 카니발은 또 뭐란 말인가? 도대체 모를 일이다. 상황 자체가 의문투성이다.

아무리 볼룸이 완벽한 방음 장치를 자랑한다 해도 두목 양머리의 그러한 괴성이 거의 2분이 넘도록 쉬지 않고 계속되는데 이를 감지하지 못할 만큼 아둔한 무리는 아닐 터, 두목 양머리의 털 색깔이 완전히 검은색으로 변색된 그 시점과 때를 맞춰 볼룸의 문이 부서질 듯 소리를 내며 다시 열렸고 이어 수많은 양머리들이 개미 떼처럼 몰려들었다.

양머리들은 행동대장 양머리와 여두목 양머리의 지휘 아래 일사불란하고 민첩한 동작으로 순식간에 윤마리아와 두목 양머리, 그리고 김중혁의 주위를 둥글게 둘러쌌다. 그와 함께 이들 셋을 향해 동시에 총구를 겨누는 듯한 기묘한 구도를 연출했다.

그야말로 순식간에 벌어진 일이다. 이 상황에 대해 예측하거나 어떤 변수를 생각할 수 있는 여지가 윤마리아와 김중혁에겐 처음부터 주어져 있지 않았다. 이를테면 양머리 멤버들만이 습득하고 있는 일종의 시나리오에 대해 그들은 알지 못하는 것이다.

그러나 두목 양머리는 알고 있는 듯했다. 이 시나리오의 비극적인 결말에 대해 말이다. 그는 손사래를 치며 다음과 같이 절규하듯 소리친다. 행동대장 양머리와 여두목 양머리 쪽을 번갈아 바라보며.

"난 아니야. 아니라고!"

도대체 뭐가 아니란 말인가. 양머리가 메시아가 아니란 말인가. 아님 처음부터 녀석은 두목도 뭣도 아닌 사기꾼에 불과했단 말인가. 뭔가 뚜렷하고 구체적인 설명이 있으면 좋으련만, 그 후의 상황은 예상치 못한 비극의 암운(暗雲)으로 삽시간에 휘덮인다. 두목 양머리가 무언가를 설명하려고 행동대장을 향해 다가가려는 순간 행동대장은 고갯짓으로 부하 양머리들에게 지시를 내렸고, 지시를 받은 양머리들은 일제히 기다렸다는 듯이 두목 양머리를 향해 총격을 퍼붓기 시작했다.

순식간에 퍼부어진 이 엄청난 총격에 대해 윤마리아와 김중혁은 어떻게 반응했을까. 영화 같은 영웅적인 포즈를 상상했다면 일찌감치 잊어주길 바란다. 윤마리아는 다시금 몸을 웅크리고 두 손으로 귀를 틀어막았으며, 김중혁은 산산조각 난 벽면 거울에 등을 기대고 서서 망연한 눈길로 이 사태를 바라봤을 뿐이다.

양머리들은 어떤 면에서만큼은 끔찍한 만큼 잔인했고 무모했다. 아예 두목 양머리의 온몸을 벌집으로 만들어버리려는 심사로 녀석들은 자신들의 총에 장전된 총탄을 조금도 아끼지 않고 퍼부어댄 것이다.

그 결과 두목 양머리의 몸과 머리통은 그야말로 완전히 벌집이 되어버렸다. 잠시 소강상태에 들어간 순간, 김중혁은 그 자리에 주저앉아 연미복 바지에 그만 오줌을 지리고 말았고, 윤마리아는 거의 완벽한 패닉 상태인 백치 모드에 돌입했다. 그러나 여전히 '글로벌유나이티드'와 '정규직' 두 단어만큼은 그녀의 머릿속에서 지워지지 않는다. 대단하지 않은가. 그녀의 집념이란.

27

지나친 흥분은 과욕과 함께 화를 부르는 법. 볼룸을 향해 걸음을 재촉하던 장영달은 방금 전 대단하게 터져 나온 총성을 듣자 더욱 몸이 달아 견딜 수가 없었던 모양이다. 양머리 녀석의 더딘 걸음을 견디다 못한 장영달은 그대로 녀석의 머리통을 개머리판으로 내리쳐 쓰러뜨리고는, 냅다 함성을 내지르며 이제 50미터도 남지 않은 볼룸의 열린 문을 향해 전속력으로 달리기 시작했다.

그렇게 전력으로 내달리면서 장영달은 동시에 볼룸 내부에 벌어진 엄청난 사태의 전말을 두 눈으로 똑똑히 목격했다. 그러나 그는 도대체 무슨 생각에선지 자신을 통제하지 못하고 어이없는 사태를 감내해야 했다.

곧 다음과 같은 상황이 초래됐기 때문이다. 장영달이 양머리 녀석으로부터 탈취한 총을 들고 람보처럼 볼룸 문 앞에 다다른 순간은 때마침 두목 양머리를 향한 살벌한 총격이 마무리되는 시점이었다. 그런데 그때를 참지 못하고 우리의 장영달 옹은 느닷없이 총을 하늘 높이 쳐들고 우렁찬 특유의 일성을 터뜨림과 동시에 격발을 자행하고 말았던 것이다.

물론 그 나름대로 전략이 있었을 것이다. 일종의 위협사격 같은 것으로 봐도 무방할 것이다. 하지만 상대가 무장하지 않은 상태도 아니고, 더구나 모여 있는 양머리들만 마흔 명이 훨씬 넘었다. 그런데 무슨 수로 자신이 혼자 위협사격을 하면서 뛰어들어 그의 말대로 이 많은 좌익 빨갱이들을 소탕한단 말인가.

'무슨 수로?'

이 질문이 순간 떵 하고 뇌리를 스치는 순간 여지없이 양머리들의 반격이 시작됐다. 문 앞에 들어선 장영달을 향해 죽기를 각오하고 달려든 양머리들은 각자 장영달의 팔과 다리, 허리와 심지어 목을 붙잡고 완전한 결박 상태로 만들었다. 그로 인해 어느 순간 장영달은 손에 쥐고 있던 총을 바닥에 떨어뜨렸으며, 이제 남은 건 녀석들의 포박에 힘겹게 저항하며 정의의 외침을 부르짖는 일뿐이었다.

"놔라. 이 빨갱이 새끼들아! 너희들의 새빨간 음모를 내가 심판해주겠다!"

아무리 원통함에 치를 떨어도 열 명이 넘는 양머리들이 사지를 붙잡고 놓아주지 않는 이상, 장영달로서는 도무지 어쩔 도리가 없는 사태를 인정해야 했다.

그런 장영달의 촌극(寸劇) 따위는 처음부터 안중에도 없었다는 듯 행동대장 양머리와 여두목 양머리는 제법 숙연한 걸음걸이로, 바닥에 엎드려 오줌으로 연미복 바지를 적시느라 여념이 없는 김중혁에게 다가갔다. 그러곤 행동대장 양머리가 김중혁을 직접 일으켜 세우며 다음과 같이 말했다.

"일어서시죠."

엉겁결에 일어선 김중혁은 여전히 충격에서 벗어나지 못한 상태로 행동대장과 여두목의 모습을 번갈아 살폈다. 그런데 갈수록 비현실의 극치를 보여주는 상황이 전개되었는데, 이게 끝이 아니라는 사실을 입증하기라도 하려는 듯 행동대장과 여두목 양머리가 자리에서 힘겹게 일어선 김중혁을 향해 큰절을 하는 게 아닌가.

이게 뭔 일인가.

행동대장과 여두목 양머리는 그렇게 엎드린 상태로 결코 일어나지 않을 듯한 자세를 고수했다. 그러자 다른 양머리들 모두 그 둘의 행동을 따라서 김중혁을 향해 머리를 조아리기 시작했다. 장영달은 포박에서 풀려났지만, 그래서 좌익 빨갱이들을 처단할 절호의 기회를 맞이하긴 했지만, 아쉽게도 총을 빼앗겼기에 다른 방도를 찾을 수 없었다. 단지 물러서서 씩씩거리며, 이 황당한 장면을 두렵고 떨리는 마음을 누르며 바라볼 뿐이었다. 그건 윤마리아 역시 마찬가지였다.

어이가 없어진 김중혁은 여전히 엎드려 큰절 상태를 유지하고 있는 행동대장을 향해 다음과 같이 물었다. 축축해진 바지를 질질 끄는 모습, 땟국이 줄줄 흐르는 러닝셔츠가 드러난 자신의 모습을 과시하듯 내보이며, '봐라. 이게 무슨 메시아냐?'라는 항변의 메시지를 전달하는 것 같은 뉘앙스의 질문을 던진 것이다.

"뭐 잘못 아신 거 아니에요? 전 노숙자예요, 빌어먹는 노숙자."

그런데 이런 김중혁의 물음에 이번에는 여두목 양머리가 대신 답한다. 그녀 역시 머리를 숙이고 큰절을 하는 상태 그대로였다.

"당신이야말로 우리의 참메시아가 맞습니다. 세상을 바꾸고 우리들을 해방시켜줄 메시아!"

"무슨 근거로?"

김중혁이 그렇게 따지듯 물었으나, 여두목 양머리의 답변은 확고했다.

"시나리오에 그렇게 나와 있습니다."

"시나리오? 무슨 시나리오?"

김중혁이 더욱 황당한 표정을 짓자 오히려 여두목 양머리가 의아하다는 반응을 보였다.

"당신이 메시아가 아니면, 이제 저희는 어쩌란 말입니까?"

"도대체 내가 어째서 메시아가 될 수 있단 말이오?"

"그런 질문 자체가 무의미합니다. 어떤 식으로든 우리의 메시아는 도래하셔야 하기 때문입니다. 그게 바로 당신이고요."

"나, 이거야, 원!"

이런 둘의 모습을 지켜본 행동대장 양머리가 부연하여 설명한다.

"받아들이기 힘드시겠지만, 이게 진실입니다. 인정하고 받아들이세요. 의연한 모습을 보이시기 바랍니다."

'글쎄 뭘 알아야 의연하든가 하지.' 그런 속마음을 김중혁은 숨김없이 고백하고만 싶었다.

28

　그런데 바로 그때 볼룸 입구 근처에서 한 존재가 제법 화려하게 등장한다. 샛노랗게 탈색된 헤어스타일 탓에 너무나 눈에 확 들어오는 녀석은 바로 기무였다.

　기무는 모든 양머리들이 김중혁을 향해 머리를 조아리고 있는 상태를 예의 주시하면서 뭔가 감 잡았다는 자신만만한 미소를 얼굴 가득 지었다. 그와 함께 특유의 건들거리는 시건방진 걸음걸이로 김중혁을 향해 천천히 다가온다.

　녀석의 등장에 일순간 모든 사물의 동작이 정지된 것 같은 상태가 아주 잠시 동안이지만, 분명하게 지속됐다. 물론 그런 기무의 손엔 총이 쥐여 있지만, 양머리들은 모두 머리를 조아린 상태였고, 고래고래 소리를 지르던 장영달도 그런 기무를 보며 "어디서 봤더라? 저 시건방진 녀석을" 하는 궁리로 시간을 낭비했으며, 윤마리아도 저런 양아치 미성숙아가 무슨 일을 저지를 거라고는 전혀 상상하지 못했다. 그건 김중혁도 마찬가지다. 그는 여전히 멍한 상태에서 기무의 느닷없는 접근을 무방비하게 허락했다.

　기무는 거의 동물적인 육감으로 이제 이 리얼 서바이벌 게임의 끝이 다가왔음을 직감했다. 양머리, 다시 말해 '최악' 멤버들이 일제히 양머리 한 명을 향해 머리를 조아림으로써 녀석들의 두목이 누구인지를 명확하게 밝히고 있다. 게다가 두목으로 보이는 김중혁이 뒤집어쓴 양머리의 털 색깔을 한번 보라. 다른 녀석들은 죄다 흰색인데, 김중혁이 쓴 것만 회색이지 않은가.

그래도 이렇게 바로 격발하면 너무 싱겁지 않을까 하는 생각에 기무는 다시 한번 확인차 묻지 않을 수 없었다. 명색이 대미를 장식하는 순간이며, 천하에 둘도 없는 암흑 대마왕을 저격하는 순간이다. 기본적인 예우를 갖춰줘야 하지 않겠는가.

"당신이 보스야?"

그런데 이상하다. 보스치고는 전혀 카리스마가 없다. 이건 김중혁의 대답을 듣는 순간 기무가 느낀 솔직한 심정이다. 김중혁은 이렇게 답했다.

"난 아닌데."

"증명해봐."

"뭐?"

"당신이 보스가 아닌 걸 증명해 보이라고!"

이걸 어떻게 증명해야 하나. 그때 김중혁은 머리에 뒤집어쓴 양머리가 숨이 막힐 정도로 답답하다는 사실을 실감했다. 그러자 이걸 벗으면 자신이 두목이 아닌 것을 모든 사람이 알겠지 하는 심사로 두 손으로 양머리 양쪽을 붙잡고 그것을 벗으려 했다.

그런데 이게 또 뭔 일인가. 양머리가 벗겨지지 않는다. 순간 김중혁은 불길한 생각이 들었다. 처음에 양머리를 뒤집어쓸 때도 그랬다.

김중혁은 계속해서 회색 털로 뒤덮인 양머리통을 벗으려고 안간힘을 썼다. 그런데 어떻게 해도 벗겨지지가 않는다. 답답하다. 이러다가 영원히 양머리통을 뒤집어쓴 채로 살아야 하나 하는 생각이 들 정도로 벗는 것이 불가능하다.

기무는 결코 참을성이 많은 편이 못 된다. 그 나이 또래의, 특히 불량스러움을 최대의 미덕으로 삼는 녀석들은 대부분 그렇다. 기무는 짜증스럽게 다음과 같이 물었다. 이번이 마지막 질문이었다. 더 시간을 끄는 건 피차 피곤할 뿐이다.

"에이 씨발. 뭐 이렇게 치사해. 보스야, 아니야?"

"글쎄 아니라니까."

결코 웃을 일은 아니지만, 전후 사정을 죄다 생략하고 순전히 이 상황만 놓고 보면 코미디 프로그램 〈개그콘서트〉의 한 장면이 아닐 수 없다. 김중혁은 그럴수록 더욱 처량 맞게 양머리를 벗겨내려고 미친 듯이 열을 올렸고, 다른 양머리들은 아예 그 상태로 석고상이 되기로 작정한 모양인지 더욱 견고한 부동의 자세를 유지했다. 기무는 끝내 짜증이 폭풍처럼 밀려드는 상태를 견디지 못하고 참았던 욕설을 퍼부었다.

"이 개새끼가 끝까지 쌩까고 있어. 보스 맞잖아? 이 씨발놈아!"

이때 김중혁의 마음속에서 울컥하는 울분이 활화산처럼 치솟았다. '내가 이 나이에 호적에 잉크도 마르지 않은 풋내 나는 양아치 녀석한테 이런 욕이나 듣고 있어야 하나?' 하는 서글픔에 김중혁도 순간 오기가 생겼다. 그래서 그는 양머리를 벗는 작업을 중단하고, 기무를 향해 성큼 달려들어 다음과 같이 소리치듯 말했다.

"어린 노무 새끼가! 그래. 내가 보스다, 보스야. 그럼 네가 어쩔 건데?"

"빙고!"

김중혁의 말이 떨어지기가 무섭게 기무는 한 걸음 물러서서 두 손으로 총을 쥐고 총구의 방향이 김중혁 머리통의 중심을 향하도록 조준했다. 하지만 그때까지도 김중혁은 전혀 예상하지 못했다. 설마 이 덜떨어진 놈의 손에 쥐어진 총이 진짜 총일지에 대한 예상 같은 거 말이다.

그러나 잔혹사(殘酷史)의 클라이맥스를 장식하는 황망한 결말은 언제나 예측할 수 없는 곳에서 마무리되기 마련이다. 기무는 결코 망설이거나 타협하는 법 없이 김중혁을 향해 그대로 방아쇠를 당겼다. 남은 총알의 수는 모두 세 발. 기무는 그 세 발을 아낌없이 김중혁이 뒤집어쓴 양머리에게 헌납한 것이다.

"쾅! 쾅! 쾅!" 결코 호락호락하지 않은 세 발의 총성이 터짐과 동시에 기무는 다음과 같이 소리쳤다. 경쾌한 휘파람과 함께.

"게임 오버! 게임 머니 2만 포인트 획득!"

상황이 이렇게만 마무리된다면 얼마나 좋겠는가. 기무는 순간 자신의 앞으로 고꾸라지는 김중혁의 깨진 양머리를 보며 얼굴이 차가운 감촉으로 범벅이 되어가는 것을 인정해야만 했다. 무언가가 기무의 얼굴을 향해 거침없이 튀어 올랐는데, 그것은 바로 김중혁의 머리와 얼굴에서 뿜어져 나온 핏물이었다. 기무는 손등으로 자신의 얼굴에 묻은 그것을 훔쳐내고는 혀로 맛보았다. 피의 냄새와 맛으로 가득했다. 진짜 피였다. 한때 살아 있던 그 누군가의 뜨거운 피.

기무는 엎드린 김중혁의 몸을 발로 밀어 바로 눕혔다. 회색의 양머리통은 어느새 대리석 바닥에 떨어진 석고상처럼 박살이 나 있었고, 김중혁의 얼굴이 숨김없이 드러났다. 이마에 정확히 세 발의 총알 자국이 선명히 드러난 그는, 더욱 그로테스크하게도 두 눈을 감지 않은 채로 즉사하고 말았다.

장영달과 윤마리아는 누가 먼저랄 것도 없이 실제로 숨이 멎어버린 김중혁 주위로 모여들었다. 동시에 그들은 다른 양머리들의 반응을 살폈다. 그런데 이상했다. 이들은 총소리를 듣고서도 여전히 아무런 반응 없이 머리만 숙이고 있을 뿐이다. 마치 이러한 결말을 예상했다는 듯 메시아의 희생을 애도하는 근조(謹弔)의 묵념을 지속하는 것이다.

이것도 시나리오의 일부인가? 기무는 여전히 게임 업체의 서바이벌 게임을 염두에 두고 있었지만, 그래도 이건 아니라는 생각이 번뜩 들었다. 사람이 정말로 죽은 것이다. 그렇다면 자신은 지금 진짜 총을 쏘아대며 사람을 똥파리 잡듯 사살했단 말인가? 정말로? 진짜로? 몇이나?

수많은 질문들이 기무의 머릿속을 엉망으로 만들어갔다. 아마 장영달과 윤마리아도 녀석과 비슷한 상태일 것이다.

에필로그

장영달

제 버릇 개 못 준다고 했던가. 누구도 이 노인네를 비난할 자격
은 없다. 바로 장영달 옹. 이 어르신은 그 악몽과도 같은 하루가
지난 지금까지도 여전히 헬스큐가 제공한 조증(躁症)의 자장에서
벗어나지 못한 채 제 나름의 난동을 성실히 개진해나가고 있다.
장소는 종각역 와이엠시에이 옆에 위치한 한성기원이다.

그곳은 아무것도 변하지 않았다. 어제 하루 이대왕 선생이라는
작자가 대단히 무리해서 옥 선녀라는 희대의 예언가―이건 순전
히 이대왕 선생의 주장일 뿐 객관성은 없음을 밝힌다―를 초청
해 강연회를 개최한 것은 그야말로 1년에 한두 번 있을까 말까 한
이벤트였을 뿐, 일상의 이대왕 선생과 여러 할 일 없는 노인들의

소일(消日)이래 봐야 곰방대 물듯 싸구려 군용 솔 담배 하나 입에 물고 장기나 바둑을 두는 게 고작이다. 자칭 인텔리겐치아 이대 왕 선생도 예외는 아니어서 검은 뿔테 안경을 폼 나게 눌러쓰고, 또래 노인들과 《월간 조선》《신동아》나 뒤적거리며 시국에 대한 상식 이하의 잡담을 주고받는 중이었다.

그러던 중에 이 무가치한 평화를 깨뜨린 건 바로 장영달이었다. 그의 느닷없는 등장에 모두들 당황하지 않을 수 없었다. 왜냐하면 그냥 보기에도 그는 변신 직전의 헐크였고, 인류 최대의 사건을 폭로하려는 열의로 가득해 누구라도 붙잡고 열변을 토하고 싶어 했기 때문이다. 한 손엔 어디서 주워 왔는지 각종 일간 신문들을 잔뜩 움켜쥐고서 말이다.

하지만 이에 대한 장영달의 항변, 그 엄청나고도 어처구니없던 11월 24일 오후 4시 이후부터 벌어진 사건의 전말을 전해 들은 독자들이라면 충분히 공감할 수 있을지도 모른다. 분명 그건 가볍게 보고 넘어갈 수준의 사건은 아니라고 본다. 수없이 죽어간 사람들하며, 서울의 자본주의를 상징하는 공간의 임의 폐쇄와 정전이라는 초유의 사태가 갖는 사안의 심각성만 놓고 본다면 아마도 각종 일간 신문 1면을 장식하고 남을 특종 중의 특종인 것은 의심의 여지가 없는 일이었다. 그런데 지금 장영달이 경악하는 가장 큰 이유 중의 하나는 바로 어제 사건이 당연히 실려야 할 신문 1면에 아무 언급도 없다는 사실이다.

1면뿐만이 아니다. 하다못해 사회면 사건과 사고란에도 11월 24일 늦은 오후에 발생한 그 어처구니없던 인질극에 대한 언급이 단 한 군데에도 실려 있지 않았다. 이럴 수가 있는가.

그런데 장영달이 왜 지금 한성기원을 찾아왔느냐 하는 의문이 들 수도 있다. 물론 장영달은 이곳을 찾기 전에 준(準)난동 수준의 국가기관 건물 진입을 수차례 시도한 바 있다. 국정원과 청와대, 각종 공중파 방송사 사장실 따위를 거침없이 돌진하며 어제 있었던 양의 탈을 뒤집어쓴 그 천인공노할 좌익 빨갱이들—이 말 역시 양머리 인질범들에 대한 장영달의 사사로운 정의에 불과하지만—의 희대의 인질극에 대해 도대체 무슨 이유로 함구하느냐는 성토를 하지 않은 게 아니란 말이다. 그러나 그때마다 장영달의 뜻은 번번이 경비실이나 사장실로 향하는 엘리베이터 앞에서 무참히 좌절되고 말았다. 문전 박대. 잔뜩 상기된 얼굴로 자신의 두 눈으로 똑똑히 목격한 충격적 사건을 폭로하는 그 엄연한 참극의 증언에 아무도 귀 기울이려 하지 않았다.

이 미칠 노릇을 어쩔까 싶어 끝내 좌절에 좌절을 거듭하다 선택한 곳이 바로 이곳, 한성기원이다. 마침 이곳엔 장영달의 충복 제갈 소령도 있었다.

그런데 뭔가 심상찮다. 제갈 소령이 이젠 아예 이대왕 밑에서 삽살개 노릇을 하려고 작심한 걸까. 이대왕 주위로 모여든 다른 노인들의 틈바구니에 끼어들어 이대왕이 한마디 할 때마다 최대한 오버해 반응하는 게 아닌가. 하지만 지금 장영달은 그런 제갈 소령의 변절 따위를 응징할 마음의 여유가 없다. 그는 기원 문을 부수듯 열고 들어와선 다짜고짜 이대왕 선생의 멱살부터 잡고 다음과 같이 부르짖었다.

"옥 선녀를 데려와! 옥 선녀!"

"아니 이 노인네가 미쳤나? 왜 이래? 갑자기 옥 선녀는 왜 찾아?"

이대왕 선생의 퉁명스러운 반응에 더욱 극한 노기를 품은 장영달은 손에 움켜쥔 신문지를 격렬하게 흔들어대며 거듭 말을 이었다.

"나타났어! 나타났다고!"

"뭐가 말이야?"

보다 못한 제갈 소령이 자리에서 일어나 이대왕의 멱살을 쥔 장영달을 뜯어말리며 말문을 열었다.

"형님. 그만하쇼. 왜 이래요? 뭐가 나타났다는 건데?"

"양의 탈을 쓴 좌익 빨갱이들이 나타났단 말이야. 내가 잡았어. 내가 잡았다고. 그 빌어먹을 공산당들을 말이야."

장영달의 눈빛이 하도 진지해서였을까. 그의 말을 들은 이대왕도 도대체 무슨 일인가 싶어 뿔테 안경을 한번 추어올리고는 다음과 같이 물었다. 호기심 어린 눈빛으로.

"어디에 나타났는데요? 그 빨갱이들이?"

"코엑스몰!"

"……."

도무지 믿지 못하겠다는 표정을 이대왕만 지어 보인 게 아니었다. 기원 안에 모인 노인들은 물론이고 심지어 한때 장영달의 충견임을 자임하던 제갈 소령까지 이런 장영달의 말에 불신의 눈길을 보내고 마는 것이다. 장영달은 이들의 시선을 의식하며 더욱 핏대 올려 어제 일을 소상히 설명했다.

"어제 오후에 코엑스몰에서 대규모 정전 사태가 일어났어. 사람들이 죄다 갇혔고 양머리를 눌러쓴 빨갱이 무리들이 혁명이니 뭐니 하는 연설문을 읊어대더니, 우리 같은 노인들을 진짜 총으로 모두 쏴 죽였어. 진짜로 쏴 죽였단 말이지. 그랬어. 이건 정말이야. 나만 하니까 살아남았지. 정말 노인네들은 죄다 죽어버렸단 말이야."

그러자 참다못한 제갈 소령이 말했다.

"아니 그런데 그런 엄청난 사건이 어떻게 텔레비전이나 신문에 단 한 줄도 나오지 않을 수 있다요?"

"내 말이! 이건 필시 빨간 물이 들어도 철저히 물든 현 정부가 북한 괴뢰 놈들과 손을 잡고 벌이는 추악한 음모 중의 음모야. 이제 우리는 이 음모를 철저히 분쇄해야 해. 암, 그렇고말고!"

이때 장영달의 눈빛은 이대왕 선생에게 동의와 협력을 구하는 의미를 담은 것이 분명했다. 하지만 장영달의 기대나 바람과는 다르게 이대왕의 반응은 차가웠다. 비웃음에 가까운 미소를 머금고

서, 자칭 보수 논객 이대왕은 다음과 같은 말로 장영달의 연대에의 의지에 찬물을 끼얹었다.

"그냥 옥 선녀를 따로 만나고 싶으면 그러고 싶다고 얘길 해요. 나이 잡수실 만큼 잡수신 분이 이게 무슨 추태요? 추접스럽게."

순간 장영달의 표정이 험악하게 일그러졌다. 금방이라도 뭔가 일을 벌이지 않고는 못 견딜 것 같은 욕구로 가득한 표정이다. 하지만 이번엔 이대왕 선생도 물러서지 않는다. 아예 처음부터 이 미친 노인네의 예봉을 단박에 꺾어버리겠다는 심사로 단호하게 자신의 주장을 이어나갔다.

"지금 그게 말이 된다고 생각해요? 통일을 목전에 두고 올림픽도 남북 단일팀으로 같이 출전하자고 설쳐대는 이 시국에 무슨 양머리들이 코엑스몰을 설치고 다니며 노인네들을 죽여? 김정일이 미쳤소? 그런 무식하고 말도 안 되는 테러나 지시하게? 그리고 그런 일을 단 한 줄도 보도하지 않는 방송사며 신문사가 세상천지에 어디 있단 말이야?"

"내 말이. 그러니까 새빨간 음모가 도사리고 있다는 거 아니요. 빨리 옥 선녀를 만나게 해줘. 그년 안에 들려 있다는 빡통께서는 틀림없이 알고 계실 거야. 이 엄청난 음모에 대해 말이야."

"증거 있어요?"

"뭐라고?"

"양머리들이 총 들고 설쳐댄 증거 있느냐고? 그리고 방금 전에 당신이 직접 그 좌익 빨갱이인가 뭔가 하는 작자를 잡았다며? 그것들은 다 어디로 데려갔는데?"

"그건 말이지……."

이 대목에서 장영달은 할 말을 잃었다. 그와 함께 어제 자신이 마지막 순간에 보인 비겁한 행동을 자책했다. 머리를 샛노랗게 물들인 어린 녀석이 갑자기 들려온 경찰차 소리와 호루라기 소리에 지레 겁을 먹고 도망가는 것을 따라나서지만 않았어도, 지금쯤 영웅이 되어 있을 텐데……. 장영달은 지금도 자신이 왜 그 자리를 그렇게 허망하게 피해버렸는지 도무지 이해할 수 없었다.

그러나 이런 똥줄 타는 충정을 이대왕 선생이, 제갈 소령이, 다른 노인네들이 알 게 뭐란 말이냐. 이대왕 선생은 더는 못 참겠다는 듯 다음과 같이 소리치면서 장영달의 의로운 공분(公憤)을 복날 개 짖는 소리로 평가 절하했다.

"낮술 처먹었으면 곱게 집에 틀어박혀 있을 것이지, 왜 이 신성한 시국 토론장에 와서 지랄이야, 지랄이. 썩 꺼져라. 이 아무짝에도 쓸모없는 퇴물 군바리야!"

"뭐야? 이 주둥이만 살아가지고 설쳐대는 영감탱이가! 각설하고 옥 선녀를 데려와! 데려오란 말이야!"

역시 장영달이다. 그는 결코 순순히 자신의 퇴장을 용납하지 않았다. 대신 그가 선택한 것은 단 두 글자. 바로 '난동'이었다. 바둑판을 뒤엎고 의자들을 창가 쪽으로 집어 던지는 행동은, 하지만 그 자신만 의로운 항변이라고 주장하는 것일 뿐, 누가 보기에도 낮술에 만취한 노망난 노인네의 발악과 다름없었다. 모두가 겁을 먹고 이 괴력 노인 장영달의 원맨쇼를 지켜보던 사이 이대왕 선생은 은근하고 민첩하게 어디론가 전화를 걸고 있었다. 그곳은 바로 의경들의 짬밥이 넘쳐나는 곳, 종로경찰서다. 충분히 연행될 만한 상황 아니겠느냐.

윤마리아

"자매님. 다시 한번 말씀드리지만 저는 신부가 아니라 목사입니다."

"목사는 성도의 고민을 들어줄 의무에서 자유로운 건가요?"

"그런 건 아니지만 적어도 신앙 상담을 하시려면 자매님 자신이 직접 경험하신 고민을 이야기하셔야죠. 이런 공상만화 같은 이야기를 하시면 어떡합니까?"

"공상만화가 아니라니까요. 왜 제 말을 못 믿으세요?"

"하, 이거 참."

그런대로 점잖은 차림새에 얼굴도 괜찮게 생긴 40대 중반의 목사라는 사람이 겪고 있는 난처함의 수준은 우리가 생각하는 것 이상으로 보인다. 어느새 퀭하게 충혈된 눈빛과 오랜 시간 계속된 지루하면서도 끝이 보이지 않는 신앙 상담에, 충분히 그야말로 진저리 날 정도로 지친 기색이 역력했기 때문이다. 하지만 불행히도 지금 윤마리아는 목사의 바닥난 체력 따위를 배려할 만큼 여유로운 입장이 못 된다. 지금 제 코가 석 자다. 이렇게 누구라도 붙잡고 이야기하지 않으면 금방이라도 미쳐버릴 것 같은데, 그럼 어쩌란 말이냐.

하지만 목사 역시 할 말이 많다. 도대체 어떤 편견이나 고정관념이 작용하는 건지는 잘 모르겠으나, 목사라는 직업이 한량과 동일 선상에서 비교된다는 건 옳지 않다고 그는 힘주어 주장하고 싶었다. 목사는 정말 눈코 뜰 새 없이 바쁜 직업이다. 평일에는 더욱 그렇다. 설교 준비해야지, 포교 활동 지원해야지, 각종 행사 준비해야지 등등. 성직(聖職)이 이렇게 고달픈 일이란 걸 알았다면 진작 집어치웠을 거라고 생각하는 그는 그야말로 후회와 인고의 세월을 보내고 있는 중이다. 그런데 난데없이 교회에 나오자마자 자신을 찾아오더니 할 말이 있다며 내뱉은 윤마리아의 말들은 완전히 황당무계한 고해성사였다.

오전 9시부터 시작해서 지금이 도대체 몇 시인가? 벌써 오후 2시가 넘었다. "밥이라도 먹어야 하지 않겠습니까?"라고 독촉하듯 따져 물어도 아무 소용이 없다. 그녀는 반쯤 풀린 눈으로 자신의 어제 경험담에 대한 고백을 반복하고 또 반복하는 태엽 감는 앵무새처럼 떠들어댔다.

목사는 다시 한번 초인적인 인내심을 발휘해 이제는 의미 없는 넋두리에 가까워진 윤마리아의 말을 중간에 잘라먹고서, 그녀가 이제껏 말한 내용을 스스로 간추려 다음과 같이 정리했다.

"그러니까 결론적으로 말해 자매님이 인턴 사원으로 재직하던 회사 본부장이 우리와 같은 데이비드교, 아니 다윗 말세 교회의 독실한 신자였다. 그런데 그 사람이 우리 종교의 고유 행사라고 주장하는 양머리 카니발이라는 것에 참석할 예정이었다. 코엑스 몰에서 양머리 카니발과 유사한 이벤트가 일어나긴 했는데, 양머리통을 뒤집어쓴 연미복 차림의 사람들이 닥치는 대로 일반인들을 총으로 쏴 죽였고, 나중에 가선 그 우두머리의 머리털이 검은색으로 변하더니 그 사람도 죽고 양머리의 털이 회색이던 후줄근한 남자도 어느 노랑머리 생양아치 녀석에게 죽임을 당했다. 대충 이런 이야기 아닙니까? 자매님이 하고 싶은 이야기가?"

"제대로 이해하셨네요."

"그런데 말이에요. 자매님 혹시 알고 계십니까?"

"뭘요?"

"자매님이 인턴 사원으로 다녔다는 글로벌유나이티드인지 뭔지 하는 회사 말이에요."

"오늘 아침에 가장 처음 찾아간 곳이 바로 그곳이었어요."

"어땠나요? 자매님 말씀으로는 그 회사의 교육팀장이란 여자가 자매님에게 그 양머린지 뭔지 하는 카니발에 대한 정보를 제공해줬다면서요?"

"그런데 이상해요. 사무실에 가보니깐 아무도 없었어요. 책상도 없어졌고, 100명이나 되던 인턴 사원들도, 회사 간판도 없어졌단 말이에요. 마치 그 회사 사람들만 휴거된 것처럼 말이에요."

"그 여자는요? 팀장이란 여자요. 이름이 부리라고 했던가요?"

"물론 보이지 않아요. 전화도 안 돼요. 그 언니에게 전화를 걸면 결번이라고만 나와요. 정말 미치겠어요."

"그런데요, 자, 봅시다. 이제부터 자매님, 제가 하는 말을 잘 들으세요."

목사는 두 손으로 턱을 괴고 앉아 '이젠 정말 마지막이야!'라는 단호한 결의를 품은 눈빛을 윤마리아에게 보내며 다음과 같이 말하기 시작했다. 분명 그런 목사의 심중은 지금 끔찍할 정도의 심각한 환상과 자기최면에 빠져 있는 윤마리아의 무지몽매함을 일깨워주겠다는 성직자의 적극적 소명 의식으로 활활 불타올랐을 것이다. 뭐랄까? 축귀(逐鬼)를 목전에 둔 엑소시스트의 비장함이라고 해야 하나? 굳이 말하자면 그렇다는 거다.

"우선 오늘 아침 신문이나 방송 뉴스 중에 어제 코엑스몰에서 정전이 발생하고 양머리를 뒤집어쓴 테러리스트들이 대대적인 인질극을 벌였다는 기사는 단 한 군데에서도 발견되지 않았어요. 그리고……."

이때 윤마리아가 뭔가를 말하려 하자, 목사가 손을 들어 그녀의 말을 막았다. 이런 자신의 단호한 반응에 윤마리아가 다소 기가 죽자, 목사는 이에 용기를 얻고 더욱 과감하게 말을 이어나갔다.

"가장 중요한 건 우리 다윗 말세 교회, 아니 편하게 말해 우리 데이비드교에 그런 말 같지도 않은 양머리통이나 뒤집어쓰고 사람들을 닥치는 대로 총으로 쏴 죽이는 카니발 같은 건 교리적으로도, 전통적으로도 있을 수 없다는 사실이에요. 미쳤습니까? 가뜩이나 이단이니 사이비니 하며 안팎으로 핍박받는 지경에 그런 잔인무도한 카니발을 벌인다는 게 말입니다."

"그렇지만 영문 홈페이지에도 나와 있었어요."

"그 홈페이지가 우리 데이비드교 미국 공식 홈페이지던가요?"

"깨알 같은 영문 글씨로 되어 있어서 확인은 못 했어요."

"그럼 그 본부장이란 인간이 정말 텍사스주 출신인지, 그리고 독실한 데이비드교 신자인지도 확인해보셨어요?"

"그건 아니죠. 하지만 팀장이 그렇게 말해줬단 말이에요."

"그런데 그 여자는 지금 연락도 되지 않는다면서요."

목사가 계속 짜증 섞인 목소리로 다그치듯 말했지만, 윤마리아로서는 달리 따질 엄두를 내지 못했다. 목사의 현실 인식이 정확했기 때문이다. 이런 그녀의 풀 죽은 모습에 아예 쐐기를 박으려는 듯 목사는 마치 범인의 자백을 요구하는 형사처럼 준비해 온 신문 한 장을 그녀 앞에 보란 듯이 펼쳐 보이며 말을 이었다.

"오늘 자 신문이에요. 거기에 글로벌유나이티드인지 뭔지 하는,

바로 자매님이 다녔다는 회사에 관련된 기사가 나와 있더군요. 광고도 아니고 경제면도 아니고 다름 아닌 사회면에 말입니다."

목사의 말은 사실이었다. 윤마리아도 그 기사를 보지 않은 건 아니다. 아침 8시에 찾아간 텅 빈 사무실에서 그와 같은 심각한 사태에 공감하는 다른 인턴 사원들이 모여 이 유령 외국계 회사의 만행을 규탄하고 있는 것을 직접 보기도 했다.

사회면에 나온 글로벌유나이티드에 관련된 기사 내용은 비교적 단순하면서도 충격적이었다. 바로 글로벌유나이티드가 말도 안 되는 과장된 공시로 주가 조작을 공모했다는 점과 인턴 사원들에게 불법 의료 행위를 강요해 졸지에 인턴 사원들을 불법 의료 시술자로 만들어버렸다는 내용으로 기사는 가득 채워져 있었다. 목사는 윤마리아를 짜증스러우면서도 안타깝게 바라보며 다음과 같이 말했다.

"간호사 자격증도 없이 사람들한테 주사를 놔주는 행위가 불법인 줄 어째서 모르셨단 말입니까? 정말 한심하네요. 이게 다 자매님이 우리 종교만의 경전인 《데이비드 계시록》을 소홀히 묵상하고 신앙 생활에 충심을 다하지 않았기 때문에 생긴 비극적인 결과입니다."

"하지만 어제 일은 정말 사실이었어요. 뭔가 잘못되어도 단단히 잘못된 거라니까요. 정말 제 눈앞에서 사람들이 죽었어요. 한두 명이 아니었단 말이에요!"

"오오, 자매님."

순간 목사는 잠시 눈을 감고 흡사 방언 기도를 하듯 뭔가를 나지막하게 중얼거렸다. 흥분한 마음을 가라앉히는 그 자신만의 방법인 듯했다. 그렇게 흥분을 가라앉힌 목사는 다시 평심(平心)을 되찾은 다음에 가까스로 말을 이었다. 목자가 양을 대하는 심정으로 나름 다정다감하게.

"자매님이 어제 접한 경험은 지독한 망상이거나 몽유병에 가까운 증세에 불과합니다. 그걸 인정하지 않으시면 신앙의 힘을 통한 치유조차 불가능해져요."

"피 냄새가 가득했다니까요. 정말로 양머리의 털이 검은색으로 변하고, 천장에서 회색 양머리가 뛰어내리고, 하얀 분말 가스가 치솟고, 사이렌이 요란하게 울렸단 말이에요."

윤마리아는 그야말로 울 것 같은 표정이 되어 목사에게 따지듯 물었다. 그러나 목사는 순간 잔인해지기로 마음먹은 모양인지, 이런 그녀의 항변에 다음과 같이 대응했다.

"증거 있습니까?"

"예?"

"신문이나 방송 어디에도 나오지 않는, 자매님이 겪었다는 그 사건에 대해 최소한의 증거라도 있어야 제가 믿든지 말든지 할 거 아닙니까? 도대체 그럼 자매님은 어떻게 그 끔찍한 재앙 속에서 빠져나올 수 있으셨어요?"

"그냥 너무 놀라고 당황해서 도망쳤어요. 무슨 증거를 더 말해야 되죠? 제가 그 현장에서 박살 난 양머리통이라도 들고 와서 보여드려야 믿으시겠어요?"

목사는 더 대꾸하지 않았다. 그녀 역시 이제 현실을 어느 정도 받아들이는 듯했다. 하지만 그녀는 도대체 어느 것이 현실인지 확신할 수 없었다. 어제의 그 사태가 현실인가, 아니면 지금 자신의 감정 조절조차 익숙하지 못한 설익은 목사의 윽박지름을 받아들이는 것이 현실인가.

더는 상대해주지 못하겠다는 결의의 표현으로 자리에서 일어선 목사가 남긴 다음의 한마디가 과연 윤마리아에게 어떤 도움을 줄 수 있는지는 잘 모르겠다. 하지만 그녀에게 가장 중요하고 시급한 상황 설명을 해준 것만은 확실했다.

"자매님, 제발 정신 좀 차리세요. 어제 자매님 어머니께서 제게 전화를 주셨어요. 우리 딸이 쇼핑 중독, 명품 중독에 빠져 똥오줌도 분간 못 한다며 걱정이 태산 같다고 하시더군요. 자매님, 듣고 보니 카드깡도 하셨다면서요? 게다가 불법 유령 회사에 불법 의료 시술까지. 오오, 자매님, 제발 회개하고 말씀을 읽으세요. 무릎 꿇어 기도하시고 예배에 빠짐없이 참석하세요. 그렇게 해서 제발 환각과 망상에서 벗어나세요. 그 길만이 자신을 구원할 수 있는 유일한 길이랍니다. 누구도 자매님을 대신 구원해줄 수 없어요."

정말 그녀는 정신을 차려야만 하는 것인가? 이 범상치 않은 종교에 소속된 목사의 말처럼?

기무

기무와 같은 질풍노도 불량 청소년이 코엑스몰 앞에서 멍한 얼굴로 군대식으로 말해 짝다리를 짚고 서 있다 해서, 그것이 맘에 안 든다고 뭐라 할 이유는 없다. 사람들은 기무의 존재에 별다른 관심 없이 녀석을 비껴가거나, 조심성 없는 몇몇 청춘 남녀들은 은근히 부아를 돋우기라도 하려는 듯 녀석의 어깨를 은근슬쩍 밀치며 지나가기도 했다.

11월 24일이 지난 그다음 날 오후 1시. 기무는 누가 시킨 것도 아닌데, 평소에 찾아올 이유가 거의 없는 이곳, 코엑스몰을 다시 한번 찾았다.

이유야 여러 가지 있을 수 있다. 당연한 게 아니냐. 전날 그 생난리를 피운 곳인데. 물론 자신의 소행으로 미루어보면 백번 잠수를 타야 마땅할 것이다. 그렇게 사람 한 명—따지고 보면 녀석의 만행은 단지 한 명의 살상에만 그치진 않을 것이다. 그 수많은 양머리들이 모두 로봇이 아니며, 그 총알이 공포탄이나 비비탄이 아니라는 전제가 사실이라면 말이다—이 자신의 눈앞에서 그것도 두개골이 빠개지는 잔혹함으로 죽어나간 그 현장을 목격하고

서 곧이어 들려오는 백차의 경광등 소리에 놀라 도주 아닌 도주를 감행한 기무는, 그대로 지하철 2호선 삼성역 내부로 파고들어 마침 엄청나게 밀려드는 퇴근 시간대의 인파를 이용해 다행인지 불행인지 누구의 눈에도 띄지 않고 3호선 홍제역까지 무사히 이동할 수 있었다. 그리고 지하철역에서부터 자신의 반지하 전셋집까지 전속력으로 질주. 그 기가 막힌 탈주에서 완벽한 성공을 이뤄낸 녀석은 그대로 씻지도 않고 옷도 갈아입지 않고, 따라서 엉겁결에 뒷주머니에 구겨 넣은 총과 한 몸인 채로 자신의 방에서 은둔 아닌 은둔을 감행한 것이다. 침대 위에 엎드려 이불을 뒤집어쓰고 노랑머리의 거칠 것 없음과 전혀 어울리지 않는 공포에 혹사당한 얼굴을 하고서, 그렇게 밤 9시, 10시…… 새벽 2시, 3시가 되도록 잠 한숨 제대로 자지 못하고 거듭 반복되는 한 가지 장면의 재연에 몸서리쳐야 했던 것이다.

그 한 가지 장면이 뭐라고 생각되는가? 당연하다. 자신의 눈앞에서 두개골이 빠개진, 두 눈 부릅뜨고 숨통이 끊어진 노숙자 김중혁의 죽음 장면. 그 밖에 다른 장면의 전개와 묘사는 그야말로 옵션에 불과하다.

그렇게 뜬눈으로 밤을 지새우고 다음 날 아침에 기무는 그야말로 전형적인 도둑고양이의 몸짓으로 매우 신중하고 조심스럽게 방문을 열고 거실로 나왔다. 모는 어젯밤에도 들어오지 않은 모양이다. 아무것도 변한 게 없다.

거실 소파에 앉은 기무가 가장 먼저 확인하고자 한 건 아마도 당연히 열을 올리며 방송되고 있을 거라 믿은 공중파 방송의 뉴스 속보였을 것이다. 아직 철없고 세상 물정 모르는 녀석이라 해도 그 정도 상황 파악은 하고 산다. 어제 그 일, 코엑스몰에서 벌어진 사상 초유의 사태에 대해 언론이나 방송이 보여줄 엄청난 관심에 대해 말이다. 적어도 그 정도 규모라면 일주일은 우려먹을 기삿거리 아니겠는가. 기무는 어느 면에서만큼은 가혹할 정도로 비장한 마음을 품고서 리모컨의 텔레비전 전원 버튼을 눌렀다.

그런데 결과는 기무가 예상한 것과 정반대였다. 케이비에스, 에스비에스, 엠비시, 대한민국을 대표한다는 지상파 방송 뉴스에다 케이블로 넘어와서 뉴스 전문 채널인 와이티엔, 엠비엔 따위의 방송을 죄다 돌려봐도, 어제 코엑스몰에서 벌어진 정전 사태나 양머리를 뒤집어쓴 무리들의 집단 인질극 소동에 대한 언급은 단 한 멘트도 없었다.

그래도 명색이 아침 뉴스다. 그 정도 굵직한 사안이면 틀림없이 다루어줘야 예의 아니겠느냐는 자신의 예상이 보기 좋게 빗나가는 순간, 녀석은 쓸데없이 품고 있던 한 가지 기대만은 사실일지도 모른다는 생각에 단숨에 다시 자신의 방으로 돌아와 이번에는 컴퓨터 전원을 켰다. 그러곤 의자에 앉아 수족(手足)에 바이브레이터를 장착한 것처럼 번잡스럽게 온몸을 덜덜 떨어대며 모니터에 바탕화면이 뜨자마자 인터넷 익스플로러를 클릭했다.

기무의 기대는 다름 아닌 어제 사건의 완벽한 판타지였다. 처음부터 그래야 하는 게 아닌가. 그 문제의 삼류 게임 업체 홈페이지에 접속하면서 기무는 어느 정도는 예상한 울화가 가슴속에서부터 느닷없이 치밀어 올랐다. 독립문역, 압구정역 보관함에는 틀림없이 게임 업체에서 지시한 대로 은박으로 도금된 총과 총알들이 보관되어 있었다. 기무는 단지 그 엄청나게 황당한 이벤트에 참여한 것뿐이다. 자신이 도대체 무엇을 잘못했단 말인가? 양머리들이 보이기에 열심히 쏘아 맞혔으며, 마지막 순간에 회색 양머리의 머리통에 총알 세 발을 명중시켜 대미를 장식했으니, 자신에게 미션 성공에 대한 마땅한 대가를 치러야 하는 거 아닌가?

그러나 기무의 이러한 기대는 다시 한번 여지없이 붕괴되고 만다. 안타깝지만 현실이 그랬다. 문제의 게임 업체 홈페이지에 접속하는 순간 가장 먼저 창에 뜬 건 공지 사항 화면이었고, 그 공지 사항엔 다음과 같은 '사과의 말씀'이란 글이 적혀 있었다.

본 업체에서 야심 차게 추진한 게임 머니 2만 포인트 획득 찬스, '최악의 쿠데타' 리얼 서바이벌 이벤트는 장소 협찬을 약속한 코엑스몰 관계자 측의 일방적인 약속 파기로 인해 부득이하게 다음 새 게임 출시 때로 연기하게 되었습니다. 많은 기대와 관심을 보내주신 유저 여러분께 심심한 사죄의 말씀을 올리는 바입니다.

대표 공갈표

게시판의 반응은 의외로 담담했다. 대부분 접속자는 그럴 줄 알았다는 회의와 냉소의 반응으로 일관했다. 지하철 보관함 운운할 때부터 알아봤다느니, 코엑스몰에서 총격 신을 준비했다는 말도 안 되는 황당한 설정에서 이미 리얼 서바이벌 이벤트의 허상을 읽을 수 있었다느니 하면서, 저마다 대단한 평론가라도 된 듯 닥치는 대로 업체의 무성의함을 까발리고 있었다.

이게 도대체 뭐가 어떻게 된 건지 기무는 논리적으로 생각할 수 있는 능력을 갑자기 완전히 상실해버렸다. 틀림없이 양머리들이 설치고 다니며 멀티플렉스 영화관 기물을 닥치는 대로 파손했으며, 수많은 일반인을 붙잡고 인질극을 벌였다. 그리고 자신은 실제로 사람을 죽이고야 말았던 것이다. 기무는 지금도 생생히 실감한다. 자신의 얼굴과 목 부위로 사정없이 튀어 오른 핏물을 말이다.

이 명백히 일어났던 사실이 만약 게임 업체의 이벤트가 아니었다면 실제 벌어진 사건이란 말인데, 어째서 언론과 방송은 저토록 무심하단 말인가. 어떻게 늦은 오후에 천만 인구가 아웅다웅 모여 사는 서울특별시에서 적어도 50명 이상 죽어나간 이 대대적인 인질극에 대해 한마디도 없단 말이다. 별 볼 일 없는 연예인 부부의 이혼 소식조차 톱 이슈로 보도하는 이 판국에.

그래서 기무는 다시 이곳 코엑스몰을 찾아왔는지도 모른다. 사건의 현장이기에.

하지만 그 어떤 곳에서도 기무에게 어제의 참극을 입증할 만한 단서를 제공해주지 않았다. 푸드 코트는 전혀 파손됨 없이 깨끗했으며, 배스킨라빈스 알바생으로 일하는 여대생쯤으로 보이는 여자의 어수룩한 모습도 여전했다. 멀티플렉스에선 여전히 여섯 개의 상영관 모두에서 정상적으로 영화가 상영 중이었고, 인터컨티넨탈 호텔 볼룸의 외관도 조금도 손상된 흔적 없이 엄청난 위용을 과시하고 있었다.

그렇지만 어제의 그 모든 것이 기무의 머릿속에서 벌어진 판타지라고 확신하지 말기 바란다. 상황이 이렇다고 해서 어제 사건에 대한 단서가 아예 완벽하게 증발된 건 아니기 때문이다.

오히려 가장 결정적이며 부정할 수 없는 하나의 단서가 지금 기무의 몸에 분신처럼 매달려 있다. 기무의 오른손에 애써 매달려 있는 그것, 총. 은박으로 도금된. 독립문역 공중전화 부스를 한순간 엉망으로 만들어버린, 엄청난 굉음을 일으키는 총알까지 품고 있던 그 총이 지금 녀석의 손에 쥐여 있는 것이다.

그 사실만큼은 변하지 않는다. 기무는 항변이라도 하듯 지금 코엑스몰 입구 앞에서 문제의 총을 손에 쥐고 서 있는 것이다. 기무의 마음속 외침은 아마도 이럴 것이다. '자, 봐라. 난 어제 늦은 오후에 이곳에서 벌어진 일을 너무나 잘 알고 있다. 더 이상 숨기려 하지 마라.'

기무의 머리가 떠올릴 수 있는 최대의 추리는 결국 음모론이었다. 하지만 그렇다고 녀석에게서 치밀한 사회과학적 음모론을 기대하는 건 곤란하다. 녀석은 그저 이렇게 생각할 뿐이다. 보이지 않는 어떤 거대한 세력이 어제의 일을 저질러놓고 감쪽같이 은폐하려 하고 있다. 어젯밤 사이 제법 죽어나간 양머리들과 일반인들의 시체를 한강 어디엔가 집단으로 수장(水葬)해버리고, 부서지고 황폐해진 기물과 인테리어를 완벽하게 수리한 다음 언론과 방송의 입을 죄다 틀어막는다. 그러므로 이 쿠데타를 알고 있는 이들은 많지 않거나, 설령 알고 있다 하더라도 절대로 발설해서는 안 된다. 왜냐고? 이건 국가 기밀이기 때문이다.

'그럼 난?'

기무는 이 대목에서 더는 추리를 진행시키지 못하고 멈춰버린다. 갑작스럽게 동공이 자발적으로 확대되고 온몸이 강한 긴장감과 격렬한 충격으로 굳어버린다. 그러자 녀석은 쥐고 있던 총을 더욱 억세게 움켜쥔다. 유감스럽게도 단 한 발의 총알도 남아 있지 않지만 말이다.

왜냐고? 갑자기 녀석이 왜 이러냐고? 이유는 딱 한 가지다. 못 볼 것을 봤기 때문이다.

그렇다. 그것은 말 그대로 못 볼 것이다.

최신 걸 그룹의 강렬한 음악이 갑작스럽게 스피커를 통해 코엑스몰 입구 전체에 울려 퍼진다. 그와 함께 기무의 눈앞에 바로 어제의 그 무리가 등장한다. 양의 머리를 뒤집어쓰고 검은 연미복을 입고 흥겨운 디스코 리듬에 맞춰 스텝을 밟으며 나타나는 그들. 그들이 나타난 것이다.

하지만 말이다. 아무도 그들을 경계하지 않는다. 마냥 서로를 더듬는 데 충실한 젊은 연인들, 말도 안 되는 깻잎 머리를 하고 떼 지어 몰려다니는 여고생들, 짝퉁 핸드백을 자랑스럽게 매고 다니는 20대 여자들, 말쑥한 양복 차림으로 닌텐도 게임을 즐기는 30대 남자들, 그리고 어쩌다 딸려 나온 것으로 보이는 백발의 노인들까지. 그들 모두 양머리들의 흥겨운 몸짓을 그저 우스꽝스럽고 흥미로운 볼거리로만 받아들일 뿐이다. 어제의 공포, 어제의 짜릿함, 어제의 설익은 난폭함, 어제의 폭풍같이 밀어붙이던 쿠데타의 파격이, 요란하게 쾅쾅거리며 울려대는 걸 그룹 음악의 늪에 빠져 전혀 힘을 발휘하지 못하는 오늘의 현실. 기무는 자신이 이 시점에서 왜 이렇게 분노가 치솟는지 도무지 이해하지 못했다. 자신이 어째서 저 양머리들의 경박스러운 광대 짓을 보며 솟구치는 화를 견딜 수 없는지 납득하지 못했다. 하지만 지금은 자신의 상태를 납득하거나 이해하는 것이 중요하지 않다는 걸 녀석은 제법 빠르게 인정하고 말았다.

그렇게 완벽하게 자신의 현 상태, 현재의 감정을 인정하고 만 기무는 자신도 모르게 어울리지 않는 영웅적 포효를 시작했다. 그러더니 다짜고짜 총을 들이밀며 양머리들 중 가장 덩치가 있어 보이는 양머리에게 달려들어 막무가내로 녀석의 양머리를 두 손으로 붙잡고서 필사적으로 그것을 벗겨내려 했다. 그런 기무의 느닷없는 돌출 행동에 질서 정연하게 전개되던 양머리들의 몸짓은 순간 어이없이 붕괴되고, 그들의 손에 쥐여 있던 전단지가 손에서 벗어나 그대로 바닥에 떨어지고 만다. 실로 어마어마한 양의 전단지들이 때맞춰 불어닥친 바람에 의해 코엑스몰 입구 전체로 휘날리기 시작했는데, 전단지의 광고 문안은 살펴볼 것도 없을 만큼 상투적으로 요금 파격 할인 따위를 내건 통신 회사의 휴대폰 광고였다.

이 어이없는 사태. 한 명의 양머리통을 벗겨내기 위해 필사적이 된 기무와 그런 녀석을 떼어놓기 위해 우르르 모여든 다른 양머리들의 몸짓. 여전히 식지 않은 거친 사운드로 울려 퍼지는 걸그룹의 음악. 이들을 동물원 침팬지 바라보듯 쩨려보는 사람들의 속내를 알 수 없는 시선. 기무는 계속해서 짐승처럼 소리를 지른다. 그런 녀석의 마음속에선 계속해서 외치고 있다. '나는 어제의 일을 다 알고 있다!'라는 그 외침. 폭로에의 열정.

하지만 녀석의 무모한 열정은 결코 오래가지 못한다. 덩치 큰 녀석이 뒤집어쓴 양머리통을 기어이 벗겨낸 순간, 그래서 얼굴 전체가 땀으로 범벅이 된 다소 둔해 보이는 덩치 큰 녀석의 정체가 적나라하게 개봉된 순간, 기무가 그 녀석이 양이 아닌 명백히 살아 숨 쉬며 아르바이트를 통해 번 돈으로 서울이라는 도시의 어느 한 귀퉁이에서 날마다 패스트푸드나 먹어대며 살아갈 그렇고 그런 청춘임을 확인한 바로 그 순간, 열정은 박살 나고 판타지는 곤두박질치고 말았다.

음악은 계속된다. 기무는 다른 양머리들의 완력에 의해 바닥에 내동댕이쳐지고, 녀석의 손에 쥐어 있던 은박으로 도금된 총 역시 손에서 스르륵 빠져나와 바닥에 떨어진다. 양머리들은 다시 전열을 가다듬고 걸 그룹 음악의 리듬에 맞춰 춤을 추기 시작한다. 한 양머리는 바닥에 떨어진 전단지를 주워 모으느라 정신이 없다.

기무는 양머리들과 수없이 몰의 입구를 들고 나는 사람들의 마냥 분주하고 완전히 무관심한 모습을 지켜보며 자신이 왜 눈물을 흘리는지 이해할 수 없었다.

기무는 지금 눈물을 흘리고 있다. 전혀 슬프지 않은데……. 그저 황당하고 어이없다는 기분만 가득할 뿐인데……. 그럼에도 녀석은 지금 그 불량스럽고 당찬 꼬락서니와 결코 어울리지 않는 닭똥 같은 눈물을 뚝뚝 떨어뜨리고 있는 것이다.

잠시 후 나이키 트레이닝 상의 주머니에서 뭔가 신호가 온다. 습관처럼 넣어둔 휴대폰의 진동이 시작된 것이다. 기무는 제 팔뚝으로 눈물을 닦아내며 휴대폰을 꺼내 든다. 액정엔 '돌순'이란 이름과 그녀의 휴대폰 번호가 찍혀 있다. 한동안 망설이던 기무는 결국 그렇게 바닥에 주저앉은 채 폴더를 열고 휴대폰을 귀에 갖다 댄다. 그러고는 그녀, 기무의 여자 친구이자 매일 열 개 이상의 연양갱을 빼돌리는 융통성 넘치는 편의점 알바생, 학교도 다니지 않고 어리지만 대략 난감한 체위의 섹스를 선호하는 알몸 소녀, 육돌순이 자신에게 저질스러운 잔소리를 퍼붓기 전에 다음과 같은 한마디를 남기고야 마는 것이다.

"제발 용건만 간단히."

작가의 말

견해의 차이는 있을 수 있겠지만, 오늘의 대한민국을 사는 우리들은 천민자본주의의 막장에 서 있다고 생각합니다. 뚜렷한 이념으로 나뉜 적군과 아군들이 수면 밑으로 가라앉고, 예술적 순수성, 사상의 선명함조차 탈색되어버린 오늘의 우리들을 담아내는 건 그야말로 자본주의의 악마성이 토해낸 오물통밖엔 없는 것 같습니다.

그렇지만 오늘의 우리들은 그 무엇엔가 험악하게 분노하고 있습니다. 정말 이건 아닌데 하는 공분이 우리들의 가슴 깊은 곳에서 들끓고 있습니다. 그럼에도 오늘의 우리들은 당장 눈앞에 놓여 있는 참담한 현실 앞에서 아연실색합니다. 도구가 되어버린 교육과 경제 논리 앞에 모든 게 우습게 정리되는 우성과 열성 유전자의 줄 세우기로 인해 어느새 우리 내면에 자리 잡은 마땅한 분노조차 경쟁 논리의 출발점에서 무장 해제 해버릴 것을 강요받고 있습니다.

경쟁과 착취, 혼돈과 모순, 그로 인해 어느 순간 돌이켜본 우리들의 현실은 천민자본주의의 막장에서 비로소 드러나버린 '열외인간'이라는 낙인뿐입니다. 과연 이 지독한 경쟁에서 승리한 이들은 이른바 '열외인간'이라는 유전자로부터 말끔히 자유로울 수 있을까요. 그렇지 않다고 생각합니다. 이 천민자본주의의 오물통 속에서 벌이는 진흙탕 싸움에서는 승자도 패자도 모두 열외인간이 되어버리고 마는 것은 아닐까요.

정말 이래도 되는 걸까요. 이런 것이 정녕 오늘의 우리들이 쏟아내는 분노에 대한 해답이 될 수 있는 걸까요. 이 어처구니없는 현실 앞에서 소설은 무엇을 말할 수 있을까요. 소설은 과연 그 무엇을 말할 수 있기는 한 걸까요. 만약 소설이 그 무엇인가를 말할 수 있다면 그렇게 말할 수 있는 그 무엇은 과연 무엇일까요. 이러한 질문을 던지는 것이 늘 다음 책의 출간 여부를 걱정할 수밖에 없는 신인 작가가 할 수 있는 눌변의 전부라고 생각합니다.

졸고를 선택해주신 심사위원들께 머리 숙여 감사드립니다. 그분들은 쉽게 받아들이기 힘든 저의 생각을 너그럽게 이해해주셨습니다.

거의 유일한 문우 원옥과 성숙한 우정을 나누길 원하는 벗 정연, 항상 저를 아껴주시는 부모님과 형님, 형수님께도 감사의 인사를 드리고 싶습니다.

끝으로 작품을 발표할 수 있는 기회를 허락해주신 한겨레문학상 관계자 여러분께 깊이 감사드립니다.

2009년 7월

주원규

개정판 작가의 말

　필자의 첫 소설이나 다름없는《열외인종 잔혹사》의 개정판을 낸다고 하니 사실 두려운 마음부터 앞섰습니다.

　2009년의 여운과 사회적 분노, 계급적 차별에 관련된 설익은 감성이 낯설게 배치되어 있기에 두렵기도 했고, 무엇보다도 작품 자체가 내·외적으로 품고 있는 이종 감성이 독자 여러분께 지나치게 의욕 과잉으로 보이지는 않을까 하는 마음이 두려움의 실체였던 것 같습니다.

　그리고 또 하나, 거의 13년이 지난 2023년의 오늘, 한국 사회의 맹목적 숭배를 은유하는 양머리들의 창궐이 잦아들었는지를 살펴보면, 여전히 사회를 바라보는 소양이 부족한 필자의 짧은 안목만으로도 전혀 개선되지 않았음을, 오히려 그 창궐의 양태가 더 끔찍한 수준으로 확산했음을 보게 됩니다. 과연 이 잔인한 현실의 작태에 부러 소설까지 덧붙이는 게 어떤 의미가 있을까 하는 회의감도 들었습니다.

하지만 오히려 그렇기에 소설은 존재하는 게 아닌가 하는 마음, 이 안팎으로 뒤얽힌 복잡한 심리가 《열외인종 잔혹사》를 다시 대하는 소회가 아닌가 하여 새로이 시작하는 마음으로 소개해보고자 합니다.

개정판을 준비해주신 한겨레출판사 여러분께 머리 숙여 감사드립니다.

2023년 4월
주원규

추천의 말

    가상현실과 착종된 어처구니없는 서바이벌 게임의 희극이 자본주의의 상징적 건물 안에서 벌어진다. 그런데 게임은 어디까지나 게임일 뿐, 게임을 통해 현실은 결코 전복될 수 없다. 도리어 그 게임 안에서도 열외인간들(극우 수구파, 노숙자, 백수, 비정규직)의 현실적 입장은 극명하게 부각될 뿐이다. 이것이 바로 한국 사회의 끔찍한 지옥도(地獄圖)이다. 이 지옥도를 유쾌하면서도 재치 있는 언어로 속도감 있게 그려낸 것이 《열외인종 잔혹사》가 뿜어대고 있는 소설의 매력이 아닐 수 없다. 그렇다. 한국 문학사에 또 하나의 기억할 만한 '유쾌한 지옥도'의 서사가 등재되는 순간이다.

―고명철(문학평론가)

때때로 현실은 코미디보다 더한 코미디다. 너무 웃겨서 기가 막힌다. 숨이 가빠 입을 벌려도 웃음이 아닌 신음 소리가 터져 나온다. 구시대의 퇴물들이 벌이는 입맛 쓴 헛소동, 희망 없는 신세대의 오두방정 좌충우돌, 신(新)카스트 시대의 천민들이 벌이는 밥그릇 쟁탈전, 난세일수록 전염병처럼 창궐하는 거짓 종교의 헛된 믿음까지. 그토록 웃을 수조차 없을 정도로 웃기는 세상이 소설 속에 고스란하다. 《열외인종 잔혹사》는 웃기는 소설이다. 아니, 웃겨서 더욱 잔혹한 소설이다. 　　　　　　－김별아(소설가)

《열외인종 잔혹사》를 읽는 동안 내면에서 깨어나는 낯선 인격들과 만나는 듯한 기시감을 느낀다. 매혈로 생계를 꾸리는 노숙자, 정규직을 꿈꾸는 임시직 노동자, 서바이벌 게임에 몰입하는 청소년이 낯익고 정겹다. 그들이 욕망의 집결지인 거대 쇼핑몰에서 양머리 집단과 빚어내는 폭동의 해프닝은 그러므로 개인의 내면, 집단 무의식의 밑바닥에서 출렁이는 분노와 불안 충동을 선연하게 드러내 보이는 효과가 있다. 　　　　　－김형경(소설가)

다시 수상한 계절이 찾아왔다. 참을 수 없는 고통과 분노가 여기저기서 들려온다. 프로이트의 말을 빌리면, "사회가 강요하는 좌절을 더 이상 참을 수 없을 때 사람들은 정신질환에 걸린다"라고 했다. 그렇기에 《열외인종 잔혹사》는 지금의 기록이다. 이 작품은 소설적으로 뛰어난 기술이나 장치를 보여주지 않는다. 다만 일그러지고 뭉개진 인물들을 여과 없이 보여주고 있다. 등장인물들은 하나같이 과장되고, 프로이트식으로 말하자면, 정신질환자다. 그러나 이는 불편한 현실의 모습이다. 우리는 이 작품을 통해 현실에 대한 새로운 풍자가 가능할지 가늠해볼 수 있을 것이다.

-박성원(소설가)

우리가 아는 도시는 이 소설에 존재하지 않는다. 서울은 이제 기묘하고 낯선 마콘도로 재탄생한다. 그러니까 이 소설은 서울이라는 폐허에 대한 잔혹하고도 흥미로운 기록이다.

-손홍규(소설가)

문학과 오락의 경계선 위에 대자로 누워버린 파렴치한 정체성부터, 《열외인종 잔혹사》를 읽는 내내 어안이 벙벙했다. 코엑스몰에서 벌어지는 살육극이라는 게임적인 설정 안에 미래가 보이지 않는 현시대인의 다각적인 삶의 얼굴을 녹여낸 작가의 솜씨가 만만치 않다.

-심윤경(소설가)

이것은 일종의 테러 소설이다. 9·11이 미국의 상징이던 쌍둥이 빌딩을 무너뜨렸다면, 11·24는 자본주의의 타지마할인 코엑스몰을 아수라장의 카니발로 내몬다. 《열외인종 잔혹사》에는 개인을 사육하는 시스템에 대한 울분, 세속 도시에 대한 분노가 문장 곳곳에 갈무리되어 있다. 게다가 이 소설은 전통적 소설 문법을 유린하는 문학적 테러까지 감행한다. 숨 돌릴 틈도 없이 절정으로 치닫는 구성, 결정적인 순간에 토해지는 너스레, 우발적이고 불확정적인 사건 전개는 한국 소설에 대한 기존 관념을 뒤흔든다. 이 소설을 읽고 당혹스러웠는가? 그렇다면 당신은 이 소설을 제대로 읽은 것이다.

―오창은(문학평론가)

혼돈으로 가득 찬 난동과 봉기의 장소가 코엑스몰이라는 것은 대단히 상징적이다. 바벨탑은 언젠가 무너지게 되어 있다. 열외인간들이 뿜어내는 생기 있는 방언과 행동주의는 한국 소설에서의 그로테스크 리얼리즘의 잠재력과 가능성을 여실히 보여주고 있다.

―이명원(문학평론가)

《열외인종 잔혹사》는 혁명의 소요에 말려든 '열외인간들'의 무용담이다. 극우파 퇴직 군인, 정규직을 꿈꾸는 명품족 여성, 게임에 청춘을 파묻어버린 백수 청년, 그리고 노숙자가 그들. 그러나 비극적인 것은, 이 21세기형 신종 열외인간들이 반란을 꿈꾼 적도 없고, 그들을 둘러싸고 벌어지는 일들의 실체가 무엇인지도 모른다는 것. 혁명을 일으킨 양의 무리들은 거대한 자본주의 메커니즘에 갇혀버린 이 시대의 왜소하고 무력한 개인들이다. 혁명의 꿈조차 '망상'에 차압당하고 개인의 목소리는 거대한 권력과 미디어의 음모에 압살당한 우리 시대를 통렬하게 풍자한 《열외인종 잔혹사》는 그리하여 지독하게 웃긴, 그러나 슬픈 잔혹극이다.

―정은경(문학평론가)

이야기를 잔뜩 가진 낯선 작가가 나타났다. 이제 그의 이야기를 들어보자.

―최인석(소설가)

종말론적 분위기를 자아내는 인물들의 발작적 행위들은 우리 현실의 '잔혹성'과 맞닿아 있다. 군복 노인의 편집증적 '애국심', 컴퓨터 게임에서 현실로 (자연스럽게) 흘러나오는 청년의 치명적인 놀이, 중년 노숙자의 외전(外傳)적 예언으로의 이끌림, 젊은 여성의 정규직에 대한 과도한 집착 등이 그렇다. 이러한 삶의 단면들에서 동시다발적으로 분출하는 사건들이 우리 사회의 어두운

밑그림으로 수렴되어간다. 그리고 '최악의 쿠데타'로 폭발한다. 거침없는 문체와 발랄한 상상력이 새로운 형태의 '총체성'을 빚어내고 있다.

— 황광수(문학평론가)

열외인종 잔혹사

제14회 한겨레문학상 수상작
ⓒ 주원규 2023

초판 1쇄 발행 2009년 7월 16일
초판 5쇄 발행 2020년 5월 18일
개정 1판 1쇄 인쇄 2023년 4월 15일
개정 1판 1쇄 발행 2023년 4월 20일

지은이 주원규
펴낸이 이상훈
문학팀 최해경 김다인 하상민
마케팅 김한성 조재성 박신영 김효진 김애린 오민정

펴낸곳 (주)한겨레엔 www.hanibook.co.kr
등록 2006년 1월 4일 제313-2006-00003호
주소 서울시 마포구 창전로 70(신수동) 화수목빌딩 5층
전화 02)6383-1602~3   **팩스** 02)6383-1610
대표메일 munhak@hanien.co.kr

ISBN 979-11-6040-980-2 03810